光尘
LUXOPUS

THE
NIGHTINGALE

夜莺

[美]克莉丝汀·汉娜————著
施清真————译

致马修·希尔。朋友。导师。战士。
我们想念你。

致凯莉·诺瓦·汉娜,
我们世界里的新星:欢迎你,宝贝女儿。

目 录
Contents

第一部
两姐妹   *1*

第二部
夜莺开始歌唱   *171*

第三部
铭记   *353*

致谢   *519*

第一部 | 两姐妹

1

一九九五年四月九日，俄勒冈州海滨

如果在我漫长的一生中曾学到什么，那就是：爱，让我们明白自己想成为的样子；但战争，让我们看到自己真正的模样。现在的年轻人想知道每个人的每件事。他们以为谈谈说说，问题就会迎刃而解。我那个世代比较沉默。我们了解遗忘是多么重要，重新出发有多美好。

但近来我发现自己一直想着战争、我的过去，以及一个个我已遗落的人。

遗落。

这两个字听起来好像我忘了心爱的人们在哪里，或是把他们留在不该在的地方后掉头离去，困惑得不知如何追溯来时的脚步。

他们没有被遗落，也没有置身于更美好的处所；他们已经逝去。随着人生渐趋落幕，我明白了哀伤有如懊恼与悔恨，进驻于DNA中，永远成了我们的一部分。

自从先生过世、获知诊断结果后，这几个月来我老了不少。

我的皮肤皱纹累累，看起来像一张重复使用、试图压平的蜡纸。不论是在黑暗中、车前灯闪烁或下雨时，我的眼前经常就只是一片模糊。视力变得靠不住，令人不安。或许这就是为什么我发觉自己总在回顾过去，而往事中带有我现今再也无法得见的明晰。

我想象自己逝去时终将得到安宁，也将与每一个我曾爱过、却被我遗落的人相会。最终，我会得到原谅。

但我知道实际上会怎样，不是吗？

我那栋名为"峰园"、百余年前由一位林业大亨兴建的屋宅已上市求售，我也准备搬家，因为儿子认为我应该这么做。

他尽力照顾我，也想让我知道在这段最难过的日子里，他有多么爱我，所以我耐着性子，听他安排。我哪在乎我在何处离世？这是重点，真的。我住在哪里已经不重要。我在俄勒冈州海滨住了将近五十年，正把过去的岁月装箱打包，我想带走的东西不多，但有一事挂念。

我伸手抓住垂吊着的操控阁楼阶梯的把手，阶梯从天花板伸展而下，像一位绅士伸出手。

上阁楼的阶梯不太牢靠，踩上去有些松动。阁楼带着霉味，一个灯泡在头顶上晃来晃去。我拉了一下灯绳。

我觉得自己好像被困在一艘老旧的汽船里。墙上铺着宽长的木板，木板间蛛网密布，团团蛛网悬在空中，发出银闪闪的光芒。天花板很斜，我得站在阁楼正中央才可以挺直身子。

我看到那张孙儿们小时候的摇椅，还有一张旧婴儿床和一个看起来破烂、弹簧底座已经生锈的摇摆木马，也看到那张女儿在病中整修的椅子。一个个箱子沿着墙壁叠放，标注着"圣诞节""感恩节""复活节""万圣节""锅碗餐具""运动用品",箱箱皆是我已很少使用却割舍不下的物品。对我而言,承认自己不再装饰圣诞树形同放弃,而我始终不善于放手。我要找的东西塞在角落:一个贴满旅行贴纸的扁平置物箱。

我使劲把置物箱拖到阁楼中央吊挂着的灯泡下方。我在箱旁跪下,但双膝一阵刺痛,于是靠着箱子慢慢坐下。

三十年来,我首次打开箱盖。最上层的置物盘堆满小宝宝的纪念品:小鞋子、小手的陶印、画满细长小人和笑脸太阳的蜡笔画、成绩单、舞蹈彩排的照片。

我拿起置物盘,放到箱外。

箱子下层的纪念品乱七八糟地堆在一起:几本皮面精装、封面已经褪色的日记簿,一沓以蓝色缎带系绑的陈旧明信片,一个一角压扁的硬纸盒,一套朱利安·罗西诺所著的诗集小册、一个装了数百张黑白照片的鞋盒。

最上面是一张发黄褪色的纸片。

我双手颤抖,拿起纸片。那是一张战时的身份证。我看着证件上那张小小的半身照,照片上是个年轻女子:朱丽叶·吉威斯。

"妈?"

我听到儿子踏上嘎嘎作响的木阶梯,脚步声与我的心跳声一唱一和。他刚才有没有大声叫我?

"妈?你不应该上来这里。天啊,这些阶梯不稳。"他过来站在我旁边。"跌一跤就……"

我摸摸他的裤管,轻轻摇头。我无法仰头看他。"别说了。"我只说得出这一句。

他跪立,然后坐下。我闻得到他的刮胡水,淡淡的,略带辛香，我也闻得到一丝烟味，他先前偷偷在外面抽了一支烟，他多年前戒了，但获知我的诊断结果后故态复萌。我不需要表示反对，他是医生，他很清楚。

我直觉地想把身份证丢进箱里，用力合上，再次把它藏起来。我已经藏了它一辈子。我已来日不多。虽然不至于很快离世，但也拖不了多久。我不得不回头检视我的一生。

"妈，你哭了。"

"是吗？"

我想告诉他真相，但不行，我说不出口，那令我羞愧。到了这个年纪，我应该什么都不怕，尤其是自己的过去。

我只说："我想带走这个箱子。"

"箱子太大了。我会把你要的东西重新打包，装进比较小的盒子里。"

他试着管我，我微笑以对。"我爱你，而且我的病复发了，所以一切听你安排，但我还没死呢。我要带这个箱子走。"

"你真的需要箱子里的东西吗？那些只是我们的手工艺品和其他废物。"

如果我早早告诉他真相，或我多跳几次舞，多喝醉几次，多唱几首歌，说不定他会看到真正的我，而不是一个平凡、可靠的母亲。他挚爱的那个我并不完整。我始终以为我想要被爱、被仰慕。如今想想，说不定我想要被了解。

"当作是我最后的请求吧。"

我看得出他想叫我别这么说，但又怕自己忍不住哽咽。他清清嗓子。"你前两次都挺过来了，这次也可以。"

我们都知道这不可能。我身体孱弱，情况不稳定，除非借助药物，否则睡不好也吃不下。"当然没问题。"

"我只要你平安。"

我微笑。美国人可真单纯。

我曾经跟他一样乐观，认为这个世界很安全。但那是好久以前的事情。

"谁是朱丽叶·吉威斯？"朱利安说。听到他说出那个名字，我有点震惊。

我闭上眼睛，在弥漫着霉味和前尘往事的黑暗中想起过往，思绪有如一条直线，划穿时间与空间。我违背了自己的心意，或说顺从了自己，谁知道呢？

我想起了往事。

2

> 欧洲全境的灯火正趋熄灭,有生之年,我们将再也看不到灯火重新燃起。
>
> ——爱德华·格雷爵士评述
> 第一次世界大战(以下简称"一战")

一九三九年八月,法国

薇安·莫里亚克走出清凉的泥灰墙面的厨房,踏入屋外的前院。在这个美丽的夏天清晨,卢瓦尔河谷四处繁花盛开。白色的床单在微风中噗噗飘动,一道古老的石墙隔开了她家与道路,沿着石墙绽放的玫瑰轻轻颤动,如盈盈笑语。一对辛勤的蜜蜂在花丛中嗡嗡飞舞,远处传来火车啪嚓啪嚓的声响,然后她听到小女孩甜美的笑声。

苏菲。

薇安微笑。她八岁大的女儿八成已飞跑着穿过屋子,缠着爸爸跑跑跳跳，父女两人忙着准备星期六的野餐。

"你女儿是个小暴君。"安托万边说边从门口露面。

他朝着她走来，涂了发油的头发在阳光下闪烁着黑亮的光泽。他今早一直忙着修理家具，一张椅子已经被他用砂纸打磨得有如丝缎般光滑，他的肩膀和脸颊也蒙上一层薄薄的木屑。他身材高大，肩膀宽阔，五官不怎么细致，胡楂粗黑，若不经常刮理，很快就会一脸大胡子。

他悄悄伸手揽住她，把她拉近。"小薇，我爱你。"

"我也爱你。"

这是她的世界中最真切的事实。她爱他的一切：他的微笑，他睡梦中的喃喃自语，他打喷嚏后放声大笑，他洗澡时大唱歌剧。

十五年前，她在学校的操场爱上他，当时她还不晓得什么是爱情。他是她所有的"第一"——她的初吻、她的初恋、她的第一个情人。认识他之前，她是个瘦弱、笨拙、焦虑的女孩，一慌张就口齿不清，而且经常慌张。

一个没有母亲的女孩。

现在你必须是个大人，他们头一次走向这栋屋子时，爸爸这样对薇安说。当时她十四岁，双眼哭得红肿，难以承受心中的哀伤。霎时，这栋屋子便从夏日的度假别墅变成某种牢狱。不到两星期前，妈妈撒手西归，爸爸自此捐弃父职。他们抵达时，他没有牵她的手，没有搭她的肩，甚至没有递给她一条手帕，让她拭去泪水。

但是，我只是个小女孩，她说。

再也不是了。

她低头看向小妹伊莎贝尔，四岁的小妹依然吸吮着拇指，不知道怎么回事。伊莎贝尔一直追问妈妈什么时候回来。

大门一开，一个高瘦、鼻子形若水龙头、漆黑的双眼有如葡萄干的女人现身。

"就是这两个女孩？"女子问。

爸爸点点头。

"她们不再是你的麻烦了。"

一切进展得非常迅速。薇安搞不太清楚怎么回事。爸爸把女儿们当成发臭的脏衣服一般丢弃，把她们丢给一个陌生人。两姐妹年纪差很多，甚至像来自不同的家庭。薇安想要安抚伊莎贝尔，她真的想。但她心里好难过，根本不可能顾及别人，尤其是像伊莎贝尔一样任性、毛躁、吵闹的小孩。薇安依然记得刚开始的那段日子：伊莎贝尔尖叫哭喊，杜马斯太太打她屁股。薇安苦苦哀求，一而再、再而三地跟妹妹说，天啊，伊莎贝尔，拜托你别再尖叫，乖乖听她的话，但即使年仅四岁，伊莎贝尔已是个难管教的小孩。

丧母之痛，爸爸的遗弃，环境忽起变化，烦人的伊莎贝尔，无人可排解的孤单，薇安被这一切搞得心烦气躁。

安托万解救了她。妈妈过世后的头一个夏天，他们两人已形影不离。有了他，薇安得以脱逃。不到十六岁，她怀了孕；十七岁，她结了婚，成为"乡园"的女主人。两个月后，她小产，迷茫了好一阵子。除了"迷茫"，不知道该如何形容那段时日。她窝藏在自己的低迷情绪中，让哀伤如蚕茧般裹住自己，无法关照任何人、任何事。哭哭啼啼、缠着她不放的小妹当然是她无心挂怀的物事之一。

但这些都已成过去。今天风和日丽，她并不想耽溺于往事。

她靠在丈夫身上，看着女儿跑向他们，大声宣布："我准备好了，走吧。"

"好吧，"安托万咧着嘴笑笑说，"小公主准备好了，所以我们得出发啰。"

薇安面带微笑走回屋里，从门边的挂钩上拿下帽子。她一头金红色的秀发，肌肤如陶瓷般细致雪白，双眼像大海般澄蓝，仔细地做好防晒措施，以防晒伤。等她戴好宽边草帽，拿起蕾丝手套和藤编的野餐篮，苏菲和安托万已经走到闸门外。

薇安跟着他们走到门前的泥土小径。小径路面狭窄，勉强可让汽车驶过，直通绵延数英亩的牧草田野，处处青翠嫩绿，布满鲜红野罂粟和蓝色矢车菊。一片片林木群聚生长。这一带的卢瓦尔河谷向来种植牧草，而不是葡萄。尽管距离巴黎不到两小时的火车车程，但这里感觉像是截然不同的世界。观光客很少驻足，甚至夏季也没什么游客。

偶尔有部汽车隆隆驶过，三不五时冒出一个骑着自行车的家伙或一辆牛车，但路上大多时候只有他们一家人。他们家距离卡利弗约莫一英里，那是个小镇，人口大约一千，人们顶多趁着朝谒圣女贞德时，顺便经过卡利弗买点东西。镇上没有任何工业，除了飞机场的工作外，没什么工作机会。方圆数英里内只有这么一座小型飞机场，而卡利弗的镇民们也以此为傲。

狭窄的鹅卵石小径蜿蜒穿过镇上一栋栋古老屋舍，石砌的屋舍历史悠久，歪歪斜斜地倚靠着彼此。灰泥从石墙上脱落，青绿的常春藤掩盖了其后的荒芜；虽然看不见，但始终感受得到残破的气息。数百年来，弯曲的街道、崎岖的阶梯、阴暗的小巷拼凑出小镇的风貌。肋骨般的漆黑铁杆支撑着鲜红的遮阳棚，陶土花盆中的天竺葵装点着锻铁阳台，各色颜彩为石砌屋舍添增了生气。

放眼望去，处处皆是诱人一看的景物：一个展示柜陈列着色彩柔和的马卡龙，一个粗编柳条篮装满了奶酪、火腿和腊肠，一箱箱五颜六色的西红柿、茄子、黄瓜错落陈列。在这个晴朗的周末，各家咖啡馆高朋满座，男士们围着铁桌而坐，一边啜饮咖啡，一边抽着手卷的褐黄香烟，扯着嗓门高声争执。

卡利弗典型的一日。拉夏先生清扫他素食餐馆前的街道，克隆奈太太擦洗她帽子店的橱窗，一群少年你推我挤地在镇上晃荡，一边踢垃圾，一边轮流抽着一支香烟。

他们走到小镇尽头，转弯朝着河边前进。薇安在河边一处青绿的平地放下野餐篮，在栗树的树荫下铺上毯子，从野餐篮中取出一条香脆的长棍面包、一块鲜浓的奶酪、两个苹果、一些薄如纸片的火腿、一瓶一九三六年的法兰西香槟。苏菲跑向河边时，薇安帮先生倒了一杯，摆在他身旁。

时光在暖烘烘、懒洋洋的日光中慢慢消逝，他们心满意足地闲聊谈笑，共享野餐。直到那天稍晚，苏菲拿着钓鱼竿跑开，安托万帮女儿编扎雏菊花冠时，他才说："希特勒很快就会把我们全都卷入战争。"

战争。

最近人人说来说去总是脱离不了战争，薇安不想听，尤其是在这么一个清朗的夏日。

她一手遮挡阳光，注视着女儿。远方的卢瓦尔河谷一片青绿，农田工整，看得出受到细心照拂。放眼望去不见藩篱，亦无分界线，只有绵延起伏的青翠田野和丛丛林木，偶尔可见几栋石屋或谷仓。白色的野花绽放出小小的花朵，宛如飘浮在空中的丁点柳絮。

她站起来，双手一拍。"来，苏菲，回家啰。"

"你不能忽视这事，薇安。"

"我应该自寻烦恼吗？为什么？有你在这里保护我们。"

她微微一笑，说不定笑得太刻意。她收拾野餐，叫唤家人，带着大家走回泥土小径。

不到半小时，他们已经回到乡园坚固的木头闸门。这栋石砌的乡间宅邸已伴随她的家族三百年，岁月为石材蒙上十余层不同的灰影，宅邸楼高两层，在蓝色的百叶窗，从窗户可以俯瞰果园。长春藤沿着两座烟囱攀爬，覆盖其下的砖瓦。原本的地产只剩下七英亩，其余的两百英亩在过去两百年中因为家道中落而逐一出售。对薇安而言，七英亩已绰绰有余。她无法想象自己需要更多。

薇安随手把门带上。在厨房里，黄铜和铸铁锅具悬挂在炉子上方的铁架，一束束干燥的薰衣草、迷迭香和百里香吊挂在粗拙的屋梁。黄铜水槽因年岁而青绿，水槽大到可以让一只小狗在里面洗澡。

内墙的灰泥处处剥落，露出多年以来的漆彩。客厅里摆设着织锦花纹的小长沙发、奥布松织花地毯、古董中国青花瓷、印花棉布和亚麻织品，各式家具和布料兼容并蓄，不拘一格。挂在墙上的画作有些技艺纯熟，说不定身价非凡，有些纯属玩票。种种摆设呈现出一种散漫的美感，显现出过往的荣华与昔日的品位，有点破落，但不失舒适。

她驻足于客厅，透过通往后院的玻璃门，望着院子里的苏菲和安托万，苏菲坐在爸爸帮她搭的秋千上，安托万站在她身后推她一把。

薇安把帽子轻轻挂上门口的挂钩，取出围裙，仔细系好。趁着苏菲和安托万在外面玩耍，她动手准备晚餐。她把粉嫩的里脊肉裹上厚切培根，用细绳绑好，在热油里稍微煎一下，猪肉在烤箱里炙烤时，她调理其他菜肴。八点整，她唤大家上桌。脚步声轰轰隆隆，谈话声叽叽喳喳，大伙一坐下，椅脚吱吱嘎嘎刮过地板，她听在耳里，不禁露出微笑。

苏菲坐在主位，头上戴着安托万在岸边帮她编扎的雏菊花冠。

薇安把椭圆浅盘摆上桌，诱人的香味缓缓飘起，炙烤的里脊肉、香脆的培根、淋上香浓白酒酱汁的苹果，好端端地摆在盘底焦黄的马铃薯上，盘子旁边摆着一盅佐以奶油酱汁的新鲜青豆，酱汁以自家花园采收的龙蒿调味，桌上当然还有薇安早上烘烤的长棍面包。

晚餐时，苏菲跟往常一样叽叽喳喳地从头讲到尾，就这方面而言，她很像她的伊莎贝尔阿姨，两人都是静不下来的女孩。

甜点"浮岛"终于登场，轻烤的蛋白霜有如小岛，漂浮在浓郁的香草奶霜中，围坐在餐桌边的三人心满意足，安静地吃着。

"好吧，"薇安终于开口，伸手推开她半空的甜点盘，"该洗碗了。"

"哎呀，妈！"苏菲嘤嘤抱怨。

"别抱怨，"安托万说，"你这个年纪不该发牢骚。"

薇安和苏菲走进厨房，跟往常一样各就各位，薇安站在深广的黄铜水槽前，苏菲站在石砖洗碗槽旁，母女两人联手清洗、擦拭碗盘。安托万习惯在用餐后抽根烟，薇安可以闻到家中飘散着烟草浓烈、甜腻的气味。

"我今天说了好多事，没有一件让爸爸笑。"苏菲边说，薇安边把盘子放回钉挂在墙壁的粗拙木架上，"他怪怪的。"

"他没笑？嗯，确实不太对劲。"

"他担心战争。"

战争。又来了。

薇安轻嘘一声,把女儿赶出厨房。她稍后上楼,在苏菲卧房的双人床坐下,听女儿喋喋不休地说话。苏菲穿上睡衣,刷牙洗脸,准备上床睡觉,从头到尾讲个不停。

薇安倾身亲亲女儿,说晚安。

"我好害怕,"苏菲说,"快要打仗了吗?"

"别害怕,"薇安说,"爸爸会保护我们。"说是这么说,但她依然想起许久之前,她母亲也曾告诉她,别害怕。

那是当她父亲离家参战时。

苏菲依然一脸怀疑。"但是……"

"但是什么?别说了,没什么好担心的。好了,睡吧。"

她又亲亲女儿,双唇贴上小女孩的脸颊,好一会儿才移开。

薇安下楼,走向后院。屋外闷热,夜空中飘散着茉莉花香。她看到安托万坐在草地上的一张铁椅上,伸长双腿,身子不自然地斜向一侧,显得无精打采。

她走到他身边,一只手搭在他的肩上。他吞云吐雾,抬头看着她。月光中,他的脸颊苍白朦胧,看来几乎陌生。他把手伸到背心口袋,掏出一张纸。"我被征召了,薇安。十八至三十五岁的男子大多都已接到征召令。"

"征召?但是……我们还没有打仗。我不……"

"我星期二就得报到。"

"但是……但是……你是邮差。"

他直直凝视她,忽然之间,她喘不过气来。

"看来,我现在是军人了。"

3

薇安对战争并不陌生。她知道的不是隆隆的轰炸、硝烟的战火和鲜血,而是战争的后遗症。虽然在和平时期出生,她最早的记忆却攸关战事。记得一边跟爸爸说再见,一边看着妈妈啜泣。记得饿肚子,而且总觉得好冷。但最重要的是,她记得爸爸返家后走路一跛一跛、唉声叹气、沉默不语,变了一个人。也就是那个时候,他开始酗酒,什么话都埋在心里,对家人不理不睬。之后,她记得房门噼啪关上,争执声哄然四起,而后缓缓转为难堪的沉默,她爸妈搬进不同的卧室。

离家参战的爸爸和战后返家的爸爸是两个不同的人。她试着赢得他的爱;更重要的是,她试着持续爱他,但最终,两者皆是不可能完成的任务。自从他把她送到卡利弗,这些年来,她营造了属于自己的生活。她每年寄圣诞卡和生日卡给他,但从来没有收到过他的卡片。他们父女很少交谈,还有什么好说的?伊莎贝尔似乎始终放不下,但薇安不一样,她了解也接受。妈妈一过世,他们的家就无可挽回,支离破碎。他是个再怎么样都不愿为孩子承担父职的男人。

"我知道你多害怕战争。"安托万说。

"马奇诺防线挺得住,"她试图让自己听起来令人信服,"你圣诞节之前就会回家。"马奇诺防线是道长达数百英里的水泥墙,"一战"后,法国沿着德法边境筑起这道防线,沿墙架设武器与障碍物,防止德国入侵。德军不可能突破这道防线。

安托万揽她入怀。茉莉花香令人心醉,顷刻间,她确知从今以后,一闻到茉莉花香就会想起这次道别。

"我爱你,安托万·莫里亚克,我等你回家,回到我身边。"

日后,她不记得他们走进屋里,爬上楼梯,躺到床上,脱下彼此的衣服。她只记得自己赤裸裸地窝在他的怀里,躺在他的身下,他一反往常,狂热、急切地跟她做爱,他的吻带着探索的意味,双手似乎想要撕裂她,即使是紧紧搂住。

"你比自己以为的坚强,小薇。"完事后,他们静静躺在彼此的臂弯里,他对她说。

"我不是。"她悄悄说,声音轻到他听不见。

隔天早上,薇安想整天把安托万留在床上,甚至劝他收拾行囊,一家人像小偷那样摸黑逃跑。但他们能逃到哪里?战争的阴影已经笼罩了整个欧洲。

等她吃完早餐,洗好碗盘,她的头已经隐隐抽痛。

"妈,你好像不开心。"苏菲说。

"夏天天气这么好,而且我们正要去好朋友家里坐坐,我怎么会不开心?"薇安笑笑说,但是笑容有点牵强。

她走出家门,站到前院的一棵苹果树下,这才意识到自己没穿鞋。

"妈！"苏菲不耐烦地叫了她一声。

"我来啰。"她边说边跟着苏菲穿过前院，走过以前用来养鸽、现在用来摆放园艺工具的木棚和空荡的谷仓。苏菲推开闸门，跑进邻家精心修整的院子，冲向一栋装了蓝色百叶窗的小石屋。

苏菲敲敲大门，无人回应，她直接推门进去。

"苏菲！"薇安厉声说，但她的斥责对苏菲有如耳边风。在好友家不必拘礼，而蕾秋·德·尚普兰和薇安是十五年的知交。爸爸恬不知耻地把她们两姐妹丢到乡园后的一个月，薇安就结识了蕾秋。

两人自此就是一对好搭档。薇安瘦小、苍白、紧张兮兮，蕾秋个头跟男孩一样高大，眉毛的生长速度比谣言的散布更加惊人，声音跟雾号一样粗嘎。她们都不太合群，直到遇见彼此，很快就形影不离，中学毕业后依然是好友，直至今日。两人一起上大学，都成为小学老师，甚至在同一时间怀了孕。如今她们在当地的小学任教，在相邻的教室里教书。

蕾秋从敞开的门口露面，怀里抱着她刚出生的小儿子艾瑞尔。

她们互看一眼，眼神中道尽两人担心害怕的一切。

薇安跟着她朋友走进明亮、整洁雅致的小房间，一张粗拙的木头长桌上摆着一个插满野花的花瓶，两侧各有一张椅子，椅子式样并不搭调。角落有个真皮手提箱，箱上搁着蕾秋的先生马克喜爱的羊毛毡帽。蕾秋走进厨房，端出摆满可丽露蛋糕的小陶盘，两人走向屋外。

小小的后院里，玫瑰花沿着自家的树篱生长，一张桌子和四张椅子散置在砖石平台上，几盏古旧的煤油灯悬挂在栗树的树枝上。

薇安拿起可丽露蛋糕咬了一口，细细品尝浓郁的香草奶油馅和香脆微焦外皮。她坐下。蕾秋在她对面坐下,怀里的小宝宝好梦方酣。静默在两人间延展,满载彼此的忧虑和不安。

"我不晓得他有没有机会认识他爸爸。"蕾秋低头看着小宝宝说。

"战争会改变他们。"薇安想起往事,说了一句。她爸爸曾参与索姆河战役,在这场战役中,超过七十五万人丧命,种种关于德军暴行的传言也随少数幸存的法军传回乡里。

蕾秋把小宝宝抱到肩上,稳稳地轻拍他的背。"马克不太会换尿布。小艾瑞尔喜欢睡在我们的床上,我猜现在不是问题了。"

薇安感觉自己浮现笑意。这个玩笑不算什么,但多少有点帮助。"安托万的鼾声很烦人,这下我可以睡个好觉。"

"而且我们可以吃荷包蛋当晚餐。"

"脏衣服少了一半。"她说,但声音逐渐哽咽,"蕾秋,我不够坚强,应付不来。"

"你当然应付得来,我们会一起熬过来。"

"我认识安托万之前……"

蕾秋不以为然地挥挥手。"我知道、我知道,你瘦得跟树枝一样,一紧张就结结巴巴,对每样东西都过敏。我都知道,我也在,不是吗?但这些都过去了。你得坚强起来,知道为什么吗?"

"为什么?"

蕾秋的笑容渐渐隐去。"我知道我人高马大,轮廓优美,他们跟我推销胸衣和丝袜时总是这么说。但是,小薇,这件事让我濒临崩溃,有时我也需要你让我靠一靠,当然不会整个人靠在你身上。"

"所以我们两人不能同时崩溃?"

"没错!"蕾秋说,"就这么说定啦。好,我们是不是应该开瓶干邑白兰地或杜松子酒？"

"现在是早上十点。"

"没错，你说得对极了。那就来杯法式鸡尾酒吧。"

星期二早上薇安醒来时，日光自窗外流泻而入，粗拙的原木蒙上一层闪亮的光影。

安托万坐在窗边的椅子上，那张胡桃木的摇椅是薇安第二次怀孕时安托万亲手所制。多年来，空空荡荡的摇椅似乎是个嘲讽。日后想起，她把那段日子称为"流产岁月"。大地丰饶富足，她的心田却一片荒芜。四年内三度流产，失去三个气若游丝、心跳微弱、双手泛蓝的婴儿。而后奇迹似的，一个小宝宝活了下来：苏菲。那张摇椅的木头纹理间收纳着几个瘦小、哀伤的鬼魅，但也承载着美好的回忆。

"说不定你应该把苏菲带到巴黎，"她坐起时，他开口说，"你爸爸会照顾你们。"

"我爸爸已经表明他不想跟女儿住，我怎能指望他欣然接纳我们。"薇安把菱格被毯推到一旁，起身下床，光脚踏上陈旧的地毯。

"你们没问题吧？"

"苏菲和我会没事的，反正你很快就会回来。马奇诺防线挺得住，况且，天晓得，德国人才不是我们的对手呢。"

"可惜他们的武器比我们精良。我把银行存款全都领了出来，床垫下藏了六万五千法郎，薇安，请你善加花用。你还有教书的薪水，应该可以让你们支撑好一阵子。"

她一阵惶恐，心中狂跳。她对他们的财务状况所知甚少，向来是安托万管账。

他慢慢站起来，把她搂到怀里。她好想把此刻的安全感装入瓶中，日后当她的心因孤寂恐惧而干涸时，就能啜饮一口。

记住这一刻，她心想。他的乱发捕捉了日光，褐色的双眼盈满了情意，一小时前，他龟裂的双唇在黑暗中亲吻着她。

他们身后的窗户敞开，她听到窗外的声响，一匹马儿拖着四轮推车沿着小路缓缓前进，马蹄踢踢踏踏，车轮啪嗒啪嗒，声声平缓。

那八成是奎利安先生载着鲜花前往市场。如果她在院子里，他会停下来送她一朵花，称赞她人比花娇，她也会微微一笑，说声谢谢，请他喝杯饮料。

薇安不情不愿地抽身。她走向木制梳妆台，把蓝色陶罐里的温水倒进浅盆，洗了脸。在那个充当更衣间的凹室，她隐匿在金黄和乳白的亚麻布帘后方，穿上胸衣，套上蕾丝花边的底裤和袜带，沿着大腿顺顺丝袜，系在袜带上，然后穿上一件方领束腰洋装。等她拉上布帘转过身来，安托万已经不在房里。

她拿起皮包，走到走廊另一头的苏菲卧房。女儿的房间跟他们的一样狭小，天花板斜向一侧，地上铺着宽长的木板，还有一扇俯瞰果园的窗户。房里一张铸铁床铺，床边的小桌上搁着一盏二手台灯。漆成蓝色的大衣橱占据了剩余的空间，苏菲的绘画装点了墙面。

薇安拉开百叶窗，让阳光流泻到房里。

夏夜炎热，苏菲跟往常一样半夜就把被单踢到床下，她那只名叫"贝贝"的粉红绒毛玩具熊贴着她的脸颊。

薇安拾起玩具熊，低头凝视它那微微褪色、备受宠爱的脸庞。苏菲去年迷上了新玩具，贝贝受到冷落，被丢置在窗边的架子上。

/ 21

这会儿贝贝再度受宠。

薇安倾身亲吻女儿的小脸。苏菲翻身，眨眨眼睛，醒了过来。

"妈，我不要让爸爸走。"她轻声说。她伸手拿玩具熊，几乎从薇安的手中抢走贝贝。

"我了解，"薇安叹气，"我了解。"

薇安走向大衣橱，从橱里挑出那件苏菲最喜欢的水手洋装。

"我可以戴爸爸帮我编的雏菊花冠吗？"

所谓的"花冠"皱皱地搁在床边小桌上，小小的花朵已枯萎。薇安小心拿起，戴在苏菲的头上。她以为自己应付得不错，直到走进客厅，看到安托万。

"爸？"苏菲摸摸枯萎的雏菊花冠，犹豫地说，"别走。"

安托万蹲下来，抱住苏菲。"为了确保你和妈妈的安全，我必须上战场，但我很快就会回来。"薇安听出他话语中的哽咽。

苏菲抽身，雏菊花冠斜斜地从头上滑落。"你保证你会很快回来？"

安托万目光掠过女儿神情急切的脸庞，迎上薇安忧心忡忡的凝视。

"我保证。"他终于说。

苏菲点点头。

他们一家三口沉默地走出家门，手牵着手走上山丘，朝灰黑的谷仓前进。及膝的金黄野草覆满浑圆的山丘，一丛丛跟干草车一样巨大的丁香花沿着地产的边界蔓生。三个小小的白色十字架立在山丘上，世间只剩下这三个十字架缅怀薇安失去的孩子。今天她不许自己看十字架。心情已经够沉重了，她不能再想那些往事，添增心中的负担。

那部绿色的雷诺老爷车停放在谷仓里。他们都坐进车里后，安托万发动引擎，倒车驶出谷仓，辗过渐渐枯黄的草，开到小路上。薇安凝视灰尘仆仆的小窗，看着窗外青绿的河谷，铺了红砖瓦的屋顶、牧草田园、葡萄园、细长高耸的林木，种种熟悉的影像迷蒙地闪过。

车子开抵图尔附近的火车站。唉，太快了。

月台上挤满提着皮箱的年轻男子、与他们吻别的女人、哭哭啼啼的孩童。

一个世代的男人又将远赴战场。

别多想，薇安跟自己说。不要回想上次男人们返家时走路一跛一跛，颜面灼伤，缺手缺脚……

安托万买车票，带着他们上车时，薇安紧紧抓住丈夫的手。三等车厢非常闷热，几乎令人窒息，乘客们有如沼地芦苇般挤成一列，她直挺挺地坐着，皮包搁在膝上，依然抓着丈夫的手。

火车到站，十几个人下车，薇安、苏菲和安托万跟着其他人沿铺着鹅卵石的街道前进，走入一个迷人的村庄，这个小村跟都兰地区的其他村庄一样典雅幽静，繁花怒放，处处可见崩坍的古老城墙。战争怎么可能要来？这个宁静的小村庄怎么可能集结士兵，且把他们送往战场？

安托万拉拉她的手，示意她再往前走。她什么时候停下了脚步？

前方有一排固定在石墙上的才架设不久的铁制闸门，门后是一排排临时房舍。

铁门一开，一名骑马的士兵出来欢迎来报到的人们，他的皮制马鞍随着马儿的步伐嘎吱作响，脸上都是灰尘，热得满脸通红。

他拉扯缰绳，马儿停步，一边甩甩头，一边嘶嘶喷气。一架飞机在上空嗡嗡飞过。

"各位，"士兵说，"请把你们的文件带到铁门旁的中尉那里。来，赶快行动。"

安托万亲吻薇安，这一吻是如此柔情，让薇安好想哭。

"我爱你。"他贴着她的唇说。

"我也爱你。"她说，但此时此刻，这几个意义深重的字眼感觉却无足轻重。与战争抗衡，爱情算什么？

"我也是，爸爸，我也爱你！"苏菲哭着说，整个人投入他的怀抱。他们一家三口最后一次紧紧拥抱，直到安托万抽身。

"再见。"他说。

薇安无法道别。她看着他走开，见他渐渐融入一群谈笑的年轻人中，再也难辨身影。巨大的铁门"啪"地关上，钢铁在炽热、尘土飞扬的空气中发出铿铿锵锵的回声，薇安和苏菲站在街上，形影孤单。

4

一九四〇年六月,法国

一栋中世纪的庄园盘踞在青葱郁绿、林木丛生的山腰上,望似陈列在糖果店橱窗里的摆设;高耸的尖塔仿佛由焦糖雕制,窗户有如蓬松的棉花糖,百叶窗漆成焦糖苹果般的颜色。远远的山脚下,湛蓝的湖泊波光粼粼,湖面映出一朵朵银闪闪的白云。花园经过悉心维护,方便住在庄园里的人们和访客,尤其是这些来访的贵宾漫步于花园中。只有受到认可的话题,才可以在园中谈起。

正式的餐室里,伊莎贝尔·罗西诺直挺挺地坐在桌旁,桌子铺了白色的桌巾,宴请二十位宾客绝对不成问题。餐室的每一样东西都显得苍白。墙壁、地板、天花板全由淡灰的石头雕砌而成,弧形的天花板非常高,拱顶几达二十英尺。阴冷的餐室回声袅袅,声音无法脱逃,有如住在此地的人们。

杜弗女士站在桌子的首席,一身黑衣,高高的领口下端露出汤匙大小的圆洞,全身只配戴一副钻石胸针。(各位小姐,一件好饰品就够了,而且必须慎选;每样东西都会给人留下印象,而没有比劣等品更令人印象深刻)她脸颊窄长,下巴突出,一头鬈发显然经过染烫,完全抹杀了她刻意营造的青春气息。"诀窍在于,"她文诌诌地说,语调高雅,咬字清晰明确,"绝对不要开口,切勿引人注意。"

桌边的每个女孩都穿着合身的羊毛外套和裙子,这套制服冬天穿在身上还好,但在这个炎热的六月午后就让人受不了。伊莎贝尔感觉自己开始冒汗,她在肥皂里加上再多薰衣草也洗不掉自己刺鼻的汗臭。

她低头盯着一颗摆在里摩瓷盘中央尚未剥皮的柑橘。各式餐具按照顺序,一丝不苟地排列在瓷盘两侧。色拉叉、晚餐叉、刀、汤匙、奶油刀、鱼叉。如此这般,没完没了。

"好,"杜弗女士说,"请拿起正确的餐具,静静拿起,拜托,静静拿起,帮橘子剥皮。"

伊莎贝尔拿起叉子,试着把尖锐的叉子慢慢插入厚厚的果皮,但橘子从她眼前弹开,滚到镶了金边的盘子外,瓷盘随之哗啦作响。

"他妈的。"她低声抱怨,趁橘子滚到地上前赶紧抓住。

"他妈的?"杜弗女士忽然站到她旁边。

伊莎贝尔吓得跳了起来。天啊,这个女人走起路来像芦苇丛里的毒蛇,一点声音都没有。"抱歉。"伊莎贝尔边说边把橘子摆回盘里。

"罗西诺小姐,"杜弗女士说,"你怎么可能在我们学校读了两年书,却什么都没学到?"

伊莎贝尔再度拿起叉子戳橘子,动作不怎么文雅,却达到了目的。然后她抬头对杜弗女士笑笑。

"一般而言，杜弗女士，学生学习成效不佳，其实是老师教导无方。"

整桌女孩全都倒抽一口气。

"这么说来，"杜弗女士说，"因为我们，你才一直无法有模有样地吃橘子。"

伊莎贝尔试图削切果皮，但下手太猛、太快，银白小刀从皱皱的果皮上滑落，铿锵一声掉到瓷盘里。

杜弗女士忽然伸手，紧紧抓住伊莎贝尔的手腕。桌头桌尾的女孩们全都屏气凝神观看。

"各位小姐，请彬彬有礼地交谈，"杜弗女士浅浅一笑，轻声说，"没有人想跟雕像同桌进餐。"

女孩们仿佛受到提示，纷纷细声细气地跟彼此说些伊莎贝尔不感兴趣的事情。诸如园艺、天气、时装，种种受到认可、适合女性谈论的话题。伊莎贝尔听到她旁边的女孩轻声说，"我好喜欢阿朗松针绣蕾丝，你不也很喜欢吗？"说真的，她能做的只是遏制自己不要尖叫。

"罗西诺小姐，"杜弗女士说，"你得去见雅拉尔女士，跟她说我们的试验已告一段落。"

"这是什么意思？"

"她知道我的意思。去吧。"

伊莎贝尔赶紧从桌边溜开，以免杜弗女士改变主意。

杜弗女士听到椅子吱吱嘎嘎刮过石板地，眉头一皱，一脸不悦。

伊莎贝尔微微一笑。"你知道吗？我真的不喜欢橘子。"

"是吗？"杜弗女士语带嘲讽。

伊莎贝尔好想逃出这个令人窒息的餐室，但她已经惹了够多麻烦，所以强迫自己抬头挺胸，一步一步慢慢前进。走到楼梯口（如果非做不可，她可以头顶着三本书上下楼梯）时，她斜斜一瞥，没看到半个人，于是拔腿冲下楼。

在楼下的长廊里，她放慢脚步，镇定下来。等她行至校长办公室，她已经不再气喘吁吁。

她敲敲门。

听到校长声调呆板地说"进来"，伊莎贝尔随即开门入内。

雅拉尔女士坐在一张滚了金边的桃花心木写字桌后头，中世纪风的织锦挂毯悬挂在办公室的石墙上，一扇铅框玻璃窗俯瞰花园，花园精心雕琢，看起来甚至像画，而不像自然景观。连小鸟都难得驻足；鸟儿肯定察觉到令人窒息的氛围，挥挥翅膀继续飞翔。

伊莎贝尔坐下，一坐定就想到校长没有请她坐下，但已经太迟。她慌张站起。"对不起，雅拉尔女士。"

"坐，伊莎贝尔。"

她坐下，像淑女般脚踝交叠，十指交握搁在膝上。"杜弗女士请我跟您说试验已告一段落。"

雅拉尔女士伸手拿起桌上的一支慕拉诺钢笔，轻扣桌面。"伊莎贝尔，你怎么会在这里？"

"我讨厌橘子。"

"你说什么？"

"就算我打算吃那颗橘子，老实说，校长，我根本不喜欢橘子，怎么会想吃？我会跟美国人一样用手剥皮。其实每个人都这样，真的。谁会用刀叉吃橘子？"

"我的意思是,你怎么会在我们学校?"

"噢,这个。嗯,我被亚维侬圣心修女院退学。容我说句实话,我是无辜的。"

"圣法兰西斯修女院呢?"

"啊,她们有理由开除我。"

"圣法兰西斯修女院之前的那所学校呢?"

伊莎贝尔不知道该说什么。

校长放下钢笔。"你快满十九岁了。"

"是的,校长。"

"是时候了,我觉得你该走了。"

伊莎贝尔站起来。"我该回去课堂上继续学习剥橘子吗?"

"你误会我的意思。我是说你应该离开我们学校,伊莎贝尔。你显然对我们必须教导你的事不感兴趣。"

"怎么吃橘子,什么时候可以涂抹奶酪,哪个人比较要紧,公爵次子、没有继承权的公爵之女,还是出使一个小国的大使?校长,您难道不知道外面的世界发生了什么事吗?"

伊莎贝尔或许幽居乡间,但她知晓世界局势。即使身处这个被树篱围起的学院,被礼节压得喘不过气,她依然知道法国境内发生了什么事。夜深人静时,当同学们坠入梦乡,她坐起,在有如僧侣般简朴的寝室里,耳朵贴着那部违禁的收音机,收听广播。法国已经加入英国一方,正式对德国宣战,希特勒也已采取行动。整个法国境内,人们纷纷囤积食粮,装设遮黑的窗帘,学习如何像鼹鼠般在黑暗中度日。

人们已经做了准备,忧心忡忡,而后……一切如常。一个月一个月过去,什么都没发生。

起先大家说来说去都是"一战"里家家户户曾经承受的伤亡，但是过了几个月，战争依然只是个话题，伊莎贝尔听到老师们说那是"虚假战争"，真正骇人的状况发生在欧洲其他地方，诸如比利时、荷兰、波兰。

"伊莎贝尔，礼节在打仗的时候不重要吗？"

"礼节在现在这个时候不重要。"伊莎贝尔不假思索地说，话一出口就但愿自己什么都没讲。

校长站起来。"我们学校始终不适合你，但是……"

"只要能够打发我，爸爸会把我送到任何地方。"她说。伊莎贝尔宁愿脱口说出真话，也不愿再听到任何谎言。过去十多年来，她待过太多修女院和学校，从中学到不少教训，其中最重要的是，她只能靠自己，绝对不可能指望她爸爸或姐姐。

校长看着伊莎贝尔。她的鼻头微微一皱，客气地表示不赞同。"对男人而言，丧妻并不好过。"

"对女孩子来说，丧母也不好过。"她不甘示弱地笑笑，"但我失去了母亲，也失去了父亲，不是吗？一个过世，一个背弃我。我说不出哪一项更让我伤心。"

"天啊，伊莎贝尔，你非得如此直率，想到什么就说什么吗？"

这个批评伊莎贝尔已经听了一辈子，但她为什么必须缄默？反正大家都不在乎她说什么。

"好吧，你今天就得离开。我会发个电报给你爸爸。汤玛斯会带你去车站。"

"今晚？"伊莎贝尔眨眨眼，"但是……爸爸不会想要收容我。"

"啊，后果，"校长说，"或许这时候你就懂了人们为什么必须考虑后果。"

伊莎贝尔又孤零零地坐上火车，准备面对未知。爸爸不晓得会作何反应？

她凝视斑驳肮脏的车窗，看着窗外一闪而过的青绿景致：牧草田野、红屋顶、石砌小屋、灰黑桥梁、马匹。

一切看起来跟往常一模一样，令她略感讶异。战争逐渐逼近，她以为乡间多少有些改变，比方说草地变了颜色、树木枯萎凋亡，或鸟儿吓得四散纷飞，但是此刻她坐上嚓嘎嚓嘎的火车前往巴黎，眼前却一切如常，全无异状。

火车行抵庞大嘈杂的里昂车站，呼哧呼哧、噗噗啪啪地停下来。伊莎贝尔往下伸手，拿起搁在脚边的小行李箱，提到膝上。她看着乘客们你推我挤地走过她身边，车厢里闹哄哄，不禁又想起那个她始终回避的问题。

爸爸。

真想相信他会欢迎她回家，说不定他终于伸出双手，带着溺爱的口吻喊她的名字，就像从前妈妈把全家人凝聚在一起。

她低头盯着那剐痕累累的手提行李箱。好小。

她就读的各所学校里，女孩们大多带着一个个镶着铜钉、皮绳扎缚的置物箱来学校。她们的桌上摆着照片，床边小桌上搁着纪念品，抽屉里收着相簿。

伊莎贝尔只有一张加了框的照片，照片里是她想记得却记不得的女子。每当她试着回想，她的脑海中只会模模糊糊地浮现人们啜泣，医生摇头，妈妈叫她紧紧握住姐姐的手。

仿佛这样有用。但薇安很快就抛弃她，跟爸爸没什么两样。

她意识到车厢里只剩她一人。她伸出戴了手套的双手，紧紧抓住小皮箱，侧身滑下座椅，走出车厢。

月台上挤满了人。火车轰轰隆隆地成排停立，四处乌烟瘴气，黑烟直冲高耸的圆顶天花板。某处传来尖锐的哨声。庞大的钢铁车轮叽叽嘎嘎地转动，她脚下的月台微微颤动。

即使在人群中，她爸爸依然醒目。

当他认出她，她看到他一脸不耐，神情渐变为阴沉与决然。

他身材高大，起码六英尺，但"一战"害得他弯腰驼背，至少伊莎贝尔记得听过别人这么说。他宽阔的肩膀斜斜下垂，好像满怀心事，根本不在乎自己的仪态。他的灰发日渐稀疏，疏于梳理，鼻子宽大扁平，像支炒菜铲，嘴唇跟可有可无的话语一样单薄柔弱。在这个炎热的夏日，他穿了一件皱皱的白衬衫，衣袖卷起，一条领带松松地垂挂在磨得起毛的衣领上，灯芯绒长裤需要洗熨。

她试着看起来……像个大人。说不定他期望她像个大人。

"伊莎贝尔。"

她双手紧紧扣住皮箱把手。"爸爸。"

"又被退学了。"

她点点头，用力吞口水。

"这种时候我们怎么可能再找到一所学校？"

这话帮她起了头。"爸，我想跟你住。"

"跟我住？"他似乎又是气恼，又是惊讶。但一个女孩想跟爸爸同住，有什么好奇怪的？

她朝他跨一步。"我可以在书店工作，我不会碍着你。"

她用力吸口气，静静等候。周遭的声响似乎愈来愈宏亮。她听到人们走来走去，月台在行人们的脚下嘎嘎作响，鸽子在头顶上拍拍翅膀，有个小宝宝号啕大哭。

"当然没问题,伊莎贝尔。"

"回家吧。"

她爸爸一脸不屑地叹口气,从她身边走开。

"喂,"他回头一看,开口说道,"你来不来?"

伊莎贝尔躺在摊放在草地的毯子上,一本书摊在面前,青草散发出甜香。附近一只小蜜蜂绕着花朵嗡嗡飞舞,一片静谧中,听起来好像一辆微小的摩托车。天气酷热,她回到巴黎家中已经一星期,嗯,说不定称不上"家"。她知道爸爸依然偷偷计划摆脱她,但在这个充满草莓与青草甜香的美丽夏日,她不想为这事操心。

"你看太多书了,"克里斯多福边说边嚼着一根干草,"这本是什么?爱情小说?"

她朝着他翻身,"啪"的一声合上书本。那是一本关于英国护士艾迪丝·卡维尔的书,这位护士小姐是"一战"的英雄。"克里斯多福,我可以是战争英雄。"

他大笑。"你一个女孩子?战争英雄?太可笑了吧。"

伊莎贝尔猛然站起,一把抓起她的帽子和白色的羊皮手套。

"别生气,"他边说边抬头对她咧嘴一笑,"我只是不想再聊到战争。更何况女人在战场上没什么用是事实,你们的职责是等候我们返家。"

他一只手托着脸颊,透过垂散在眼前的金发盯着她。他身穿游艇风格的休闲外套和白色宽管裤,看起来不折不扣是个优渥富裕、没做过任何工作的大学生。许多跟他同龄的大学生已经自愿离校参军。克里斯多福才不呢。

伊莎贝尔爬上山丘,穿过果园,走到覆满青草、停放着他那部潘哈德敞篷车的丘顶。

她坐上驾驶座，发动引擎，克里斯多福才姗姗到来，他那张虽不太出众、但还算得上英俊的脸庞蒙上闪闪发亮的汗水，手里挽着空荡的野餐篮。

"把东西丢到后座吧。"她笑容灿烂地说。

"你怎么可以开车？"

"我显然可以。上车吧。"

"伊莎贝尔，这是我的车。"

"嗯，讲得明确一点，况且，克里斯多福，我知道你非常重视事实，这是你妈妈的车。我认为女人的车应该由女人驾驶。"

他翻个白眼，喃喃说声"好吧"，转身把野餐篮搁在驾驶座后面时，伊莎贝尔强忍笑意。他故意放慢脚步以示抗议，慢吞吞地绕过车子前头，坐到她旁边的乘客座。

他一关上车门，她马上猛踩油门。车子迟疑了一秒，随即往前冲，加速前进时喷出一团烟雾和废气。

"天啊，伊莎贝尔，开慢一点！"

她一手按住噗噗飘动的草帽，一手紧抓着方向盘。她飞快驶过一部部汽车，几乎没有放慢车速。

"天啊，开慢一点！"他又说了一次。

他当然知道她不会听他的话。

"现在女人也可以上战场，"当巴黎的车潮终于迫使她放慢车速，伊莎贝尔说，"说不定我可以开救护车，协助破解密码，诱使敌人告诉我秘密地点或计划。记不记得那个游戏。"

"战争不是游戏，伊莎贝尔。"

"我知道，克里斯多福。但是如果真的开打，我帮得上忙。我的意思就是这样。"

在柯利尼将军街，她不得不猛踩刹车，以免撞上一辆货车。一列法兰西喜剧院的车队缓缓倒车驶出卢浮宫。事实上，街上到处都是货车，身穿制服的宪兵们指挥交通，建筑物和地标周围堆满沙包，以防受到攻击。但是自从法国参战后，至今尚未受到任何袭击。

这里为什么到处都是法国警察？

"嗯，好奇怪。"伊莎贝尔眉头一皱，喃喃说道。

克里斯多福伸长脖子，看看怎么回事。"他们正把馆藏的珍品运出卢浮宫。"

伊莎贝尔发现车流稍缓，赶紧加速前进，不一会儿就开到她爸爸的书店前面，把车停好。

她挥挥手跟克里斯多福道别，溜进书店。书店狭长，两侧都是书架，从地板到天花板全都堆满了书。这些年来，她爸爸不停建造独立式书架，试图增加仓储空间。这些"改进措施"却让书店变成一座迷宫。一架架书籍引领人们东弯西拐，愈走愈深，直走到书店最里头那些专为观光客陈设的小册。有些书架照明良好，有些一片阴暗。店里没有足够的照明设施点亮各个角落。但她爸爸熟知每个书架上的每一本书。

"你迟到了。"他边说边从书桌旁抬起头。他正用印刷机印东西，说不定是他那些乏人问津、从来没有人购买的诗集。他粗钝的手指沾满了蓝色的油墨。"我猜对你而言，男孩子远比工作重要。"她悄悄坐到收款机后面的高脚椅上。过去这一星期，她跟爸爸同住在一个屋檐下，打定主意不要跟他顶嘴，即使不甘于顺从、满心不愿。她一只脚不耐烦地轻踏地板，好想大声说出几个字、几句话，甚至几个借口。她很难不对爸爸坦述心中感受，但她知道他非常想赶她走,所以强迫自己不要开口。

"你听到了吗?"过了一会儿,他突然对她说。

伊莎贝尔坐直。她先前没听到爸爸走过来,但此刻他已经皱着眉头站在她旁边。

她刚才睡着了吗?

书店里确实有个奇怪的声音。灰尘从天花板上飘落;书架轻微地嘎嘎作响,听起来像牙齿格格轻战。门外人影晃动,展示窗的铅框玻璃闪过数以百计的黑影。

人群?这么多人?

"到底怎么回事?"爸爸喃喃自语。

伊莎贝尔推开爸爸,挤过人群。

一个男人猛然撞上她,她被撞得东摇西晃,他却没有道歉。更多人挤过他们身旁。

"怎么了?出了什么事?"她问一个满脸通红、气喘吁吁、试图挣脱人群的男人。

"德国人快要进占巴黎,"他说,"我们必须离开。我经历了'一战',我知道……"

伊莎贝尔轻蔑地哼了一声。"德国人进占巴黎?绝不可能。"

他快步跑开,忽左忽右,摇晃着前进,身侧的两只手一下子握拳,一下子松开。

"我们必须赶紧回家。"她爸爸边说边锁上书店大门。

"怎么可能发生这种事?"她说。

"怎么不可能?最糟的事始终躲不了,"爸爸冷冷地说,"跟在我身边,别走远。"他补了一句,走入人群中。

伊莎贝尔从没见过如此惊慌的场面。街头街尾灯火通明,汽车引擎噗噗作响，门窗噼啪关上。人人对着彼此大呼小叫，伸出双手，试着不要在混乱的人群中走失。

伊莎贝尔紧跟着爸爸。街上太喧嚣、太混乱，他们不得不放慢脚步。地铁太拥挤，无法行进，只好一路走回家。等终于抵达家中，天色几乎昏暗。他们站在公寓大楼门口，爸爸双手颤抖得好厉害，试了两次才打开大门。进门后，他们舍弃摇摇晃晃的吊笼电梯，直接爬上五楼，冲向家中。

"别开灯。"爸爸一开门就压低嗓门说。

伊莎贝尔跟着走进客厅，朝窗边走去。她拉高遮黑窗帘，凝视窗外。

远处传来嗡嗡的声响。随着声响愈来愈激昂，窗户开始嘎嘎颤动，听起来像是玻璃杯里的冰块。

她先听到尖锐刺耳的嘘嘘声，过了几秒才看到空中的黑色小队，有如鸟儿般列队翱翔。

飞机。

"德国佬。"爸爸悄悄说。

德国人。

德国飞机翱翔在巴黎上空。嘘嘘的声响愈来愈激昂，听来像是女人的尖叫，然后炸弹在某处引爆。她觉得说不定是第二区，空中闪过一道诡异而耀眼的白光，然后某个东西起火燃烧。

空袭警报大作。爸爸"唰"地拉下窗帘，带着她走出家门，快步下楼。邻居们全都这么做，人人拿着外套、抱着小宝宝和宠物走到一楼门厅，再爬下狭窄曲折通往地窖的石阶。黑暗中，他们坐在一起，靠得更近。空中飘散着霉味、体臭和恐惧，恐惧的气味尤其刺鼻。炸弹持续引爆，嘘嘘嘶嘶，轰轰隆隆，四周石墙

/ 37

摇晃颤动，尘土从天花板纷纷飞落。一个小宝宝开始哭，怎么哄都没用。

"拜托叫那个小孩闭嘴。"有人厉声说道。

"这位先生，我试了，他吓坏了。"

"我们都吓坏了。"

时间慢得令人望眼欲穿，似乎过了好久，四周终于安静下来。但静默几乎比噪声更可怕。巴黎还剩下什么？

等到警报解除，伊莎贝尔已经感到麻木。

"伊莎贝尔？"

她多么希望爸爸朝她伸出手，握握她的手，轻声安慰她，即使只是短短的一秒钟也行。但他从她旁边转身，径自走上阴暗曲折的地窖石阶。一回到公寓，伊莎贝尔马上跑到窗边，透过窗帘探看埃菲尔铁塔。铁塔还在，屹立在厚厚的黑烟中。

"别站在窗边。"他说。

她慢慢转身。室内唯一的光源是他的手电筒，一道黄光孤零零地映照在黑暗中，感觉凄凉。"巴黎没有倒下。"她说。

他一语不发，眉头一皱。她不晓得他是否想着"一战"、他在战壕里见过的种种景象。说不定他的伤处再度作痛，与轰轰坠落的炸弹和嘶嘶作响的火焰相互呼应。

"上床睡觉吧，伊莎贝尔。"

"这种时候我怎么可能睡得着？"

他叹了一口气。"你终究会知道没有所谓的不可能。"

5

他们被政府骗了。执政当局一而再、再而三向他们保证,马奇诺防线可以阻止德国人入侵法国。谎言。

水泥墙、钢铁,或法国士兵都无法抵御希特勒进犯,执政当局像小偷似的摸黑从巴黎逃匿,据说他们潜藏在图尔研究拟定战略,但当巴黎已被敌军占领,战略又有什么用?

"你准备好了吗?"

"爸,我不走。我跟你说过了。"她已经照他的嘱咐换上旅行的装束,穿上圆点图样、适合夏天出门的红色洋装,套上低跟皮鞋。

"不用再讨价还价了,伊莎贝尔。赫伯一家很快就会来接你。他们会把你一路带到图尔。抵达图尔后,我相信你自有办法到你姐姐家。天知道你始终擅长跑路。"

"也就是说,你又要把我赶出去。"

"够了,伊莎贝尔。你姐夫在前线,她一个人带着女儿。你必须听我的,必须离开巴黎。"

他知道这话多伤她的心吗?他在乎吗?

"你从来不关心我们姐妹。况且姐姐跟你一样,根本不要我。"

"你该走了。"他说。

"我要留下来协助战事,爸,就像艾迪丝·卡维尔。"

他不屑地翻个白眼。"你记得她怎么死的吗?她被德国人处决。"

"爸,求求你。"

"够了。我见过他们做得出什么事,伊莎贝尔,你没见过。"

"如果真的那么糟,你应该跟我一起走。"

"然后把公寓和书店留给他们?"他用力抓住她的手,拉着她走出公寓,下楼梯,她上气不接下气,草帽和小皮箱噼噼啪啪撞上墙壁。

他终于打开一楼大门,拉着她走到布尔多内街上。

混乱。尘土。人群。街道成了一条活生生的人龙,一寸一寸缓缓移动,呼哧呼哧喷出尘土,震天作响地鸣着喇叭;人们高声求助,婴孩号啕大哭,空中弥漫着浓浓的汗臭。

车辆把附近挤得水泄不通,每部车子上方都堆满纸箱和袋子。民众把每一样找得到的物品全带上路,诸如手推车、自行车,甚至孩童的玩具车。

买不到或是负担不起汽油、汽车、自行车的民众步行前进。几百个、几千个妇女和孩童手牵手,拖拖拉拉地往前走,能带什么上路就带什么:皮箱、野餐篮、宠物。

年纪很大的长者和年纪很小的小孩已经落在后方。

伊莎贝尔不想加入这群无助绝望的妇女、儿童和老人。年轻男子远赴战场、在前线为国效力之际,他们的家人却离乡背井,往南方或西方前进,但说真的,大家怎么知道南方还是西方比较安全?希特勒大军已经进犯波兰、比利时和捷克。

人群淹没了他们。

一个女人撞到伊莎贝尔,她喃喃道歉,继续前进。

伊莎贝尔跟着她爸爸。"我帮得上忙。求求你,我可以当护士或开救护车。我可以包扎绷带,甚至缝合伤口。"

一辆车子在他们旁边猛按喇叭,叭叭叭叭,震耳欲聋。

她爸爸望向她身后,她看得出他松了一口气,神情缓和了。伊莎贝尔认得那神情:他又要摆脱她了。"他们来了。"他说。

"别把我送走,"她说,"求求你。"

他小心地拉着她穿过人群,走向一辆满是灰尘、停在路边的黑色汽车。一个肮脏的床垫斜斜地绑在车顶,还有一套钓鱼竿和一个兔笼,笼里还有兔子。车子的后备厢开着,但也捆上绳子;她瞥见里面散置着篮子、皮箱和台灯。

赫伯先生坐在车里,苍白肥短的手指紧抓着方向盘,好像车子是匹随时可能飞奔的马。他矮矮胖胖,在爸爸的书店附近开了间肉铺,他太太翠西亚粗壮结实,下颌两坨垂肉,像乡间常见的农妇。她抽着烟,凝视窗外,好像不敢相信自己看到的光景。

赫伯先生摇下车窗,探头出来。"你好,朱利安,她可以走了吗?"

她爸爸点点头。"可以,艾杜瓦,谢谢你。"

翠西亚靠过来,透过开了的车窗跟她爸爸说:"我们最远只到奥尔良,而且她必须分摊汽油钱。"

"没问题。"

伊莎贝尔不能离开,这样很懦弱,这样不对。"爸……"

"再见。"他说,口气相当坚定,让她知道她毫无选择。他朝车子点点头,她麻木地走过去。

她打开后座车门,看到三个脏兮兮的小女孩挤在一起吃饼干,

/ 41

用奶瓶喝水，玩洋娃娃。她非常不愿加入她们，但仍挤了进去，设法在这些依稀飘散着奶酪和腊肠气味的陌生人间挣得一席之地，关上车门。

她在座椅上扭来扭去，透过后座车窗盯着爸爸。她凝视他的脸，看到他的嘴角非常轻微地下垂；他只显露出这么一个迹象，让她知道他有看到她。人群朝他聚拢，好像水面淹没岩石，最后她只看得到一群群浑身污泥的陌生人有如城墙般朝车后逼近。

伊莎贝尔在座位上张望，车窗外，一个年轻女人瞪了她一眼，女子眼神狂乱，顶着鸟巢般的乱发，一个婴孩吸吮着她的乳头。车子行进缓慢，时而一英寸一英寸地移动，时而停滞好长一段时间。伊莎贝尔看着她的同胞你推我挤地从身旁走过，神情困惑、惊恐、茫然，男男女女都一样。偶尔有人用力拍打引擎盖或后备厢，口中喃喃哀求。他们始终没有摇下车窗，即使车内热得令人窒息。

起先她带着悲伤的心情道别，然后怒气渐渐高涨，怒火甚至比车子臭气冲天的后座更炽热。她非常厌倦被人视为可有可无。先是爸爸抛下她，然后姐姐弃她于不顾。她闭上眼睛，隐藏压抑不住的泪水。车里一片漆黑，飘散着腊肠、汗水和烟雾的气味，女孩们在她身旁争吵，她不禁想起她头一次被送走的光景。

火车一坐坐了很久……伊莎贝尔挤在薇安身侧，而薇安只是一直擤鼻子、掉眼泪、假寐。然后管家太太低头盯着她那水龙头似的鼻子，说了一句：她们不再是你的麻烦了。

虽然当时她四岁，伊莎贝尔已经知道孤寂的滋味，但她始终想错了。

住在乡园的三个年头，即使薇安始终不曾相伴，最起码她有个姐姐。伊莎贝尔记得自己从楼上的窗户偷偷往外看，远远凝视薇安和她的朋友们,暗自祈祷她们会想起她、邀她同游,后来薇安结了婚,解雇了那个女魔头管家(这当然不是管家太太的真名,但确实相去不远),伊莎贝尔认为自己终于成了家中的一分子。但好景不常。当薇安流产,情况马上变成"拜拜,伊莎贝尔"。三个礼拜后,年仅七岁的她就被送往第一所寄宿学校。那时她才真正体会到孤寂的滋味。

"喂,伊莎贝尔,你有没有带吃的东西?"翠西亚问。她从座位上转身,盯着伊莎贝尔。

"没有。"

"酒呢?"

"我带了钱、衣服和书。"

"书,"翠西亚轻蔑地说,转回身,"是噢,那可派得上用场。"

伊莎贝尔再度凝视窗外。她还犯了哪些错?

时间一小时一小时过去。车子缓缓南行,速度慢得令人心烦。伊莎贝尔庆幸车窗布满灰尘,因为车窗的朦胧能遮挡外面令人沮丧的光景。

人潮。到处都是人。车前、车旁、车后,人群极度拥挤,车子只能开开停停,一英寸一英寸地前进,感觉就像开过一大群暂且散开、瞬间再度聚拢的蜜蜂。阳光酷热,臭气冲天的车内被晒成烤箱,外面的女人们在恶毒的阳光下慢吞吞地走向……走向何处?没有人知道后方究竟发生了什么事,也不晓得前方哪里安全。

车子突然前进,猛然停顿。伊莎贝尔撞上前座。女孩们马上哭着喊妈妈。

"他妈的。"赫伯先生喃喃自语。

"赫伯先生,"翠西亚一脸严肃说,"孩子们在车里。"

一个老太太一边用力拍打后备厢,一边慢吞吞地走过车旁。

"这下没辙了,赫伯太太,"他说,"我们没汽油了。"

翠西亚看起来好像一只搁浅在陆地的鱼。"你说什么?"

"我沿路一找到机会就停下来加油,你知道我尽力了。汽油用光了,一滴也不剩。"

"但是……嗯……我们怎么办?"

"我们必须找个地方待下,说不定可以说服我哥哥来接我们。"赫伯先生小心翼翼地打开车门,以免磕碰到慢慢经过车旁的民众。他踏出车外,站在尘土飞扬的泥地上。"你看看前头,埃唐普不太远。我们可以租个房间,吃点东西,到了早上,情况看来会比较乐观。"

伊莎贝尔坐得挺直。刚才她肯定睡着了,漏听了什么。他们打算就这么抛弃车子?"你觉得我们可以步行到图尔?"

翠西亚在座位上转过身来。她看起来又累又热,正如伊莎贝尔的心境。"说不定你带上路的其中一本书帮得了你。带书上路,肯定比带面包或饮水更明智,是不是?来,女孩们,下车。"

伊莎贝尔伸手拿起脚边的小皮箱。皮箱紧紧挤在众多物品间,她必须花点力气才拉得出来。她决然地大吼一声,终于拉出皮箱,打开车门,踏出车外。

人群马上将她团团围住,推搡她,咒骂她。

有人试图从她手中抢走小皮箱。她奋力搏斗,牢牢抓住,绝不放手。她把皮箱紧紧抱在怀里时,一个女人推着一辆满载私人物品的自行车走过她身旁。女人无助地盯着伊莎贝尔,漆黑的双眼流露出疲惫。

另一个人撞上伊莎贝尔,她跌跌撞撞身体往前一倾,几乎摔跤，幸好周遭人潮拥挤，她才不至于双膝一瘫，跪在尘土之中。她听到她旁边的那人跟她道歉，她正想回应，忽然想起赫伯一家。

她推开人群，勉强挤到车子另一边，大喊："赫伯先生！"

无人回应。她只听见噗噗砰砰、不断前进的脚步声。

她大叫翠西亚，但周遭好多民众踏步前进，好多车辆辗过泥地，淹没了她的呼喊。人群撞上她，推开她，走过她身旁。如果她双膝跪地，肯定会遭到践踏，当场身亡，孤零零地丧生在蜂拥成群的同胞中。

她紧紧抓住小皮箱柔软的皮革把手，加入人群的行列，朝埃唐普前进。

步行了数小时后，天色逐渐昏暗。她的脚好痛，每走一步，脚上的水疱就灼热剧痛。饥饿感随行，不停伸出小小的手肘戳她一下，但她能怎么办？她先前为了造访姐姐而打包，哪晓得会踏上漫长的迁徙路？她带了最喜欢的《包法利夫人》，大家都在读的畅销小说《飘》，几件衣服，没有食物也没有水。她原本以为此行只花几小时，怎样也没想到她将一路步行到卡利弗。

在一个小小的坡顶，她停了下来。月光中，她看见数以千计的民众走在她的身侧、前方、后方；人人你推我挤，撞上她，挤迫她，最后她只好跌跌撞撞地跟着人群前进。数以百计的民众选择这个小山坡作为休憩处，女人和小孩露宿在路边、田野和沟渠里。

抛锚的汽车和私人物品散置在泥土小径上，件件都遭到遗忘、弃置、践踏，沉重得无法携带。女人和小孩躺在草地上、大树下、沟渠旁，手臂缠绕着彼此，窝在一起休息。

伊莎贝尔行抵埃唐普郊外，疲惫得再也走不动。人群在她眼前朝向四方散开，步履蹒跚地踏上通往市区的道路。

她心里清楚：埃唐普没地方可住，没东西可吃。比她先到的难民们肯定已经如蝗虫般横扫市区，把货架上的食物搜刮一空。她不可能找到空房，她的钱派不上用场。

所以她该怎么办？

往西南方走，到图尔和卡利弗。还有哪里可去？少女时，为了达成返回巴黎的心愿，她曾仔细研究这个区域的地图。她知道这一带的路，唉，如果有办法静心思考就好了。

人群朝远方一排被月光照得银闪闪的灰白石屋前进，她挤出人群，亦步亦趋、小心翼翼地穿过河谷。放眼望去，四周都是坐在草地上，或躺在被毯下睡觉的民众。她可以听到他们挪动身子、轻声耳语。数以千百计。她走到田野的另一头，看到一条沿着低矮石墙朝南延伸的小路。走上小路，发现四下只有她一人。她停步，让宁静的感觉进驻心中，安抚心情，然后继续前进。走了一英里左右，小路把她引入一片低矮的树林。

她试着不要多想脚指头多么疼痛，肚子多么饥饿，喉咙多么干涩，渐渐走到林中深处。这时，她闻到一股烟味。

而且是烤肉的烟味。饥饿剥夺她所有的意志力，让她变得轻率而莽撞。她看到火光一闪一闪，忍不住朝橘色的火光走去，最后一刻才意识到此举多危险，赶紧停下。一根小树枝在她脚下噼啪断裂。

"你干脆过来吧，"有个男人说，"你像头大象似的走过树林。"

伊莎贝尔愣在原地。她意识到自己多么愚蠢。对落单的女孩而言，树林里可能相当危险。

"如果我想杀你，你早就没命了。"

那绝对是真的。他大可在黑暗里突袭她，割断她的喉咙。除了咬啮她空腹的饥饿感和烤肉的香味外，她始终没有注意到其他事情。

"你可以信任我。"

她望向一片漆黑,试图看清他的模样,但办不到。"就算我不能信任你,你也会跟我说你值得信任。"

他大笑。"没错。好,过来吧。我生火烤了兔肉。"

她追随闪亮的火光走过崎岖的沟渠和上坡路。月光中,她周围的树干散发出银白的光芒。她蹑手蹑脚地行进,随时准备拔腿飞奔。走到最后一株她和火光间的树木时,她停下来。

一个年轻人坐在火边,靠在一段粗矮的树干上,一只脚往前伸,另一只脚跪在地上。他大概只比伊莎贝尔大几岁。

在橘色的火光中,他的身影朦胧,让人看不太清楚。他的黑发略长,有如乱麻,显然不常使用发梳或肥皂,衣服破破烂烂,东一块补丁,西一块补丁,看起来甚至像是近来出现在巴黎街头,囤积香烟、废纸和空瓶,乞讨零钱的难民。他脸色苍白,容貌憔悴,好像始终不晓得下一顿饭的着落。

但他主动请她吃东西。

"我希望你是绅士。"她站在暗处说。

他大笑。"你当然希望我是绅士。"

她踏入火光投注的光影中。

"请坐。"他说。

她在他对面的草地坐下。他往前倾,侧身绕过火堆,递给她一瓶酒。她狠狠喝了一大口,好久才放下酒瓶,让他忍俊不禁。当她把酒瓶递回给他,拭去滴在下巴的红酒,他不禁大笑。

"好一个漂亮的酒鬼。"

她不知如何回答。他微微一笑。

"贾约丹·杜博斯,朋友们叫我'小贾'。"

/ 47

"伊莎贝尔·罗西诺。"

"啊,夜莺小姐。"

她耸耸肩。这话了无新意。她的姓氏"罗西诺"是法文的"夜莺"。妈妈以前经常亲吻薇安和伊莎贝尔,道晚安,嘴里喃喃说着她们姐妹是她的小夜莺。那是伊莎贝尔对妈妈仅存的几段记忆之一。"你为什么离开巴黎?像你这样的男人应该留下来奋战。"

"他们打开了监狱的大门。他们显然认为现在德国人长驱直入,与其把我们关起来,不如让我们为法国打仗。"

"你坐牢?"

"吓到你了吗?"

"不,只是……出乎意料。"

"你应该害怕,"他边说边拂去垂落在眼前的一缕发丝,"不过,你跟我在一起不会有事的,我有其他事情操心。我打算去看看我妈和妹妹,然后找个连队参战。我会尽力多杀几个混账德国佬的。"

"你很幸运。"她叹了一口气说。这个世界上,为什么男人轻轻松松就可以做想做的事,女人却这么难?

"跟我一起走。"

伊莎贝尔不至于笨到相信他。"你之所以邀我同行,纯粹只是因为我长得漂亮,只要我待在你身边,你就觉得我会跟你上床。"她说。

他隔着火光凝视她,油脂滴到火焰上,柴火噼噼啪啪,嘶嘶作响,他喝了一大口酒,把酒瓶递回给她,两人的手在火边相碰,非常轻微地擦过彼此的肌肤。"如果我要,我现在就可以把你弄上床。"

"但不是出于我自愿。"她边说边用力吞了一口口水,无法移开视线。

"你会愿意的,"他的语气让她感觉一阵酥麻,喘不过气,"但我没有那个意思,我也没有么说。我是问你要不要跟我一起去打仗。"

伊莎贝尔兴起一股崭新的情绪,甚至不确定如何掌握。她知道自己容貌娇美,这是事实。不管什么时候见到她,人们总是这么说。她看过男人盯着她,眼中流露出赤裸裸的欲望,议论她的头发、绿色的双眼或丰润的双唇;她晓得他们怎么盯着她的双峰。她知道女人们也意识到她的美貌;学校里的女孩子不愿她接近她们喜欢的男孩,甚至她还没开口,她们就判定她傲慢无礼。

美貌只是另一个漠视她、不看她的借口。她已经习惯以其他方式得到注意。而她也不是完全不解世事。圣法兰西斯修女院的修女们不就是因为她在望弥撒时亲吻一个男生,所以叫她退学吗?

但这感觉不同。

他看得出她很漂亮,即使火光灰暗,这点她晓得;但他注意的不只是她的容貌。要不然,就是他够聪明,看得出她想对这世界付出更多,而不仅是一张漂亮的脸蛋。

"我可以做些有意义的事。"她轻声说。

"当然可以,我可以教你怎么用刀枪。"

"我必须去一趟卡利弗,确定我姐姐没事。她先生上战场了。"

他隔着火光盯着她,神情相当专注。"我们先去探望你在卡利弗的姐姐、我在波伊提耶的母亲,然后上前线打仗。"

他让整件事听来像探险,跟离家参加马戏团没什么两样,好像他们一路上会碰到吞剑的男人和留了胡须的胖女人。

她人生追寻的正是这种生活。"好,就这么决定。"她说,隐藏不住脸上的笑意。

6

隔天早上，伊莎贝尔眨眨眼醒来，看到阳光闪过头顶上方簌簌作响的树叶。

她坐起，顺一顺在睡梦中往上挪移，露出蕾丝边的白色袜带和破了洞的丝袜的衣裙。

"别为我打扮噢。"

伊莎贝尔往左一瞥，看到贾约丹朝她走来。她这才第一次清楚看见他的样子。他瘦高细长，身材结实，身上的衣物似乎全从乞丐的桶子里拣来。他戴着一顶磨得起毛的鸭舌帽，脸颊肮脏，五官清晰，没刮胡子，眉毛宽长，下巴尖细，灰色双眼深邃，眼睫毛浓密。他的眼神跟下巴一样尖利，流露出一股澄净的渴求。昨晚她觉得他用这种眼神凝视自己，现在她看出他用这种眼神凝视世界。

他没有吓到她，一点都没有。伊莎贝尔不像她那个始终屈服于焦虑和恐惧的姐姐薇安。但她也不笨，如果她打算跟这个男人一起上路，她最好先把几件事说清楚。

"呃，"她说，"你说你坐牢。"

他盯着她，漆黑的眉毛一扬，好像是说："还说你没被吓到，像你这样的女孩不会了解这种事。我可以跟你说我像《悲惨世界》里的冉·阿让那样被抓，而你会觉得这挺浪漫的。"

她老是听到这种话。说来说去总是扯回她的容貌，人们始终因为她长得漂亮而冷嘲热讽，金发美女当然必得是个肤浅的傻瓜。"你是不是为了喂饱你的家人而偷食物？"

他刁猾地咧嘴一笑，一边嘴角吊得老高，整张脸看起来不太均衡。"不是。"

"你是危险人物吗？"

"视情况而定。你觉得共产党怎么样？"

"啊，你是政治犯？"

"多少是吧。但就像我刚才说的，像你这样的好女孩不会懂生存是怎么回事。"

"如果你知道我了解多少事，贾约丹，肯定相当讶异。世间不止一种监狱。"

"是吗？小美人，你哪晓得被囚禁的滋味？"

"你犯了什么罪？"

"我拿走了不属于我的东西。这个答复令你满意吗？"

窃贼。

"你被逮到了？"

"显然是。"

"听了还是让人不太安心，贾约丹。你当时太大意了吗？"

"小贾。"他边说边朝她走来。

"我还没决定我们是不是朋友。"

他摸摸她的头发，手指钩住几缕发丝，缠绕在肮脏的指间。

"我们是朋友,我跟你打包票。好,出发吧。"

他牵起她的手,她忽然想到应该婉拒,但她没有。他们走出树林,回到小路,再次融入人群。人群让出一个空隙,勉强让他们挤进去,再将他们团团围起。伊莎贝尔一手紧抓着贾约丹,一手拿着小皮箱。

他们步行了数英里。

一辆辆汽车在他们周围抛锚,手推车故障,马匹停在路中央,怎样都不肯往前走。伊莎贝尔感觉自己愈来愈麻木,热气、灰尘和干渴令她筋疲力尽。一个女人一跛一跛地跟着她前进,边走边哭,泪水因沾染灰尘和沙砾而乌黑,过了一会儿,女人不见人影,另一个比较年长的妇人取而代之,妇人穿了一件貂皮大衣,汗流浃背,而且似乎把她的所有首饰都戴在身上。

阳光愈来愈强烈,天气热得令人晕眩、窒息。孩童呜咽抱怨,女人抽搭啜泣。空中飘散着浓浓的体臭和汗味,但伊莎贝尔已习以为常,没有注意到别人或自己的体味。

快要下午三点了,正是一天中最闷热的时刻。这时,他们看到一个法国军团拖着步枪与他们并行。士兵们杂乱无章、吵吵嚷嚷地往前走,而不是稳稳地列队前进。一辆坦克车轰轰隆隆开过他们身边,辗过留置在路面的物品;几个面色苍白的法国士兵坐在路边,头低低的,神情颓然。

伊莎贝尔从贾约丹身旁挣脱,跌跌撞撞地穿过人群,朝着军团挤过去。"你们走错方向了!"她大喊,讶异地听到自己的声音竟然这么粗嘎。

贾约丹扑向一个士兵,用力把他往后推,士兵被推得脚步不稳,猛然撞上一辆缓缓前进的坦克车。"谁在帮法国打仗?"

两眼昏花的士兵摇摇头。"没人。"银光一闪,伊莎贝尔看到贾约丹拿着小刀抵住士兵的咽喉。士兵眯起眼睛。"动手吧,你动手啊,杀了我吧。"

伊莎贝尔拉开贾约丹,在他眼中,她看到一股深沉得令她害怕的愤怒。他下得了手;他可以一刀割断士兵的咽喉,解决那人的性命。她想起:他们打开了监狱的大门。他是不是犯了比偷窃更严重的罪行?

"小贾?"

她的声音唤醒了他。他摇摇头,好像想厘清思绪,放下手中的小刀。

"谁在帮我们打仗?"他口气尖酸,朝着尘土咳了一声。

"我们会的,"她说,"我们很快就上战场。"

一辆汽车在她后面按喇叭,叭叭叭,震耳欲聋。伊莎贝尔不予理会。现在开车比步行好不到哪里去,少数几辆仍开得动的汽车,纯粹因为周遭人群愿意让出路,才有办法缓缓前进,好像芦苇丛中的残骸,漂流在泥泞的河水中。"来!"她说,伸手把他拉离那个士气低落的军团。

他们继续往前走,依然手牵着手,但随着时间的流逝,伊莎贝尔察觉贾约丹不太一样了。他几乎不说话,脸上也没有笑容。

每走过一个城镇,周遭就少了一些人。人们蹒跚地步入阿尔特奈、萨朗、奥尔良,眼神流露出绝望,目光灼灼地把手伸进皮夹、口袋和皮包拿钞票,希望有地方可让他们花用。

伊莎贝尔和贾约丹继续前进。他们白天不停步行,天黑了累得倒头就睡,隔天醒来再步行。到第三天,伊莎贝尔已经累得麻木,脚趾间和脚后跟冒出一颗颗流脓红肿的水疱,步步艰辛。她严重脱水,头痛欲裂,饥饿感咬啮着她空空如也的腹胃。灰尘卡在喉口,蒙蔽视线,让她不停咳嗽。

她跌跌撞撞地走过路边一个新坟,坟上插着一个草草钉制的十字架。她的鞋子被某个东西卡住,啊,原来是只死猫,她踉跄一步,几乎跪到地上。贾约丹扶住她。

她紧紧抓住他的手,顽强地挺直身子。过了多久她才听到某种声响?

一小时?一天?

蜜蜂。它们绕着她的头嗡嗡飞舞,她拍打驱赶。她舔舔干涩的嘴唇,想起花园里的恬静岁月,蜜蜂闹哄哄地飞来飞去。

不。不是蜜蜂。她认得那个声音。

她停步,眉头一皱。她头昏脑胀,思绪混乱。她试图想起什么?

嗡嗡声愈来愈高亢,响彻云霄,空中随即出现六七架飞机,飞机翱翔于晴空万里的蓝天,看起来像是小小的十字架。

伊莎贝尔一手遮住阳光,看着飞机愈飞愈低、愈飞愈近……

有人大喊:"德国佬!"

远处一座石桥轰然爆炸,火光、碎石、烟雾四散纷飞。飞机朝着人群继续降低高度。

贾约丹把伊莎贝尔推到地上,用身体护住她。周遭只剩下种种声响:飞机引擎轰轰隆隆,机关枪嗒嗒开火,她的心脏扑扑跳动,人们放声尖叫。一排排子弹把草地打得坑坑洞洞,人们尖叫哭喊,高声求救。伊莎贝尔看到一个女人像布娃娃似的飞到空中,再重重摔到地上。

树木"啪"的一声断成两截,倾倒在地。人们大喊大叫。一时间，火光熊熊，空中布满烟雾。然后……静默无声。

贾约丹从她身上翻身下来。

"你还好吗？"

她拂去眼前的发丝，坐了起来。

到处都是血肉模糊的尸体、熊熊的火光、滔滚的黑烟。人们尖叫、哀号、哭泣、垂死。

一位老先生发出呻吟："帮帮我。"

伊莎贝尔跪下来爬到他身边，一挨近他，她就意识到地上满是他的鲜血，泥泞不堪。他的胃被打了一个大洞，伤口渗过身上那件破烂的衬衫，腹部皮开肉绽，溢出一节节鼓胀的大肠和小肠。

"说不定会有医生。"她只想得出这句话。然后她又听到那个声音，嗡嗡、嗡嗡。

"他们回来了。"贾约丹拉着她站起来，她几乎滑倒在被血浸湿的草地上。不远处一枚炸弹引爆，轰然起火，伊莎贝尔看到一个包着尿布的幼童站在一个女人身旁，尿布脏兮兮，女人已无气息。

她跌跌撞撞地朝幼童跑去，贾约丹把她拉到一边。

"我必须帮。"

"你死了也帮不了那个小孩！"他高声怒斥，用力拉扯，力气大到她甚至觉得痛。她跌跌撞撞、昏昏沉沉地跟着他走。他们避开弃置的汽车和残骸，尸体多已血肉模糊，药石罔效，鲜血汩汩而流，白骨刺穿身上的衣物。

行至镇缘，贾约丹把伊莎贝尔拉进一间石砌的小教堂，其他民众已经躲进教堂里，人人蹲伏在墙角，藏匿在木头长椅之间，紧紧搂着心爱的亲人。

飞机隆隆飞过上空，伴随着机关枪噗噗啪啪的声响。嵌镶玻璃窗四分五裂；彩色的碎片哗啦哗啦飞溅落地，划破肌肤。木料破裂，尘土碎石纷纷坠落。子弹飕飕穿越教堂，人人匍匐倒下，臂膀和双腿紧贴地面。祭坛爆炸。

贾约丹对她说了几句话，她回应，或说她自觉做出回应，但她不确定，她来不及搞清楚，另一颗炮弹咻咻作响，直直坠落，她上方的屋顶轰然爆炸。

7

以市镇的标准而言,这所小学的规模不算大,但是校区宽广,规划良好,足以容纳卡利弗地区的孩童。学校的前身是大地主的马场,因此校区采型设计,中央的庭院曾是马车和商贾的聚会之处。校舍的灰色石墙、银闪闪的蓝色百叶窗、原木地板,看来相当傲人。学校正对面曾是大地主的宅邸,"一战"时,宅邸遭到炮轰,始终没有重建。在法国的小村落,学校大多位居镇上偏远的一角,这所小学也不例外。

在她的课堂上,薇安站在桌子后面,凝视前面一张张闪闪发亮的小脸,用她皱巴巴的手帕轻擦上唇。每个学童旁边的地上摆着一个防毒面罩,学校现已规定学童们必须随时携带这种面罩。

窗户敞开,厚实的石墙遮挡了炽热的阳光,但教室里依然热得令人窒息。原本就不容易专心,这会儿加上逼人的暑气,天知道如何静得下心。巴黎传来的消息相当可怕,令人心惊。大家说来说去都是黯淡的未来和骇人的现状:德国人进占巴黎,马奇诺防线瓦解,法国士兵葬身战壕或自前线脱逃。她爸爸三天前来电,从那之后,她就难以成眠。伊莎贝尔仍在巴黎与卡利弗之间的某个地方，天晓得她在哪里？安托万也毫无音信。

"谁愿意试试看？"她疲惫地问道。

"我们不是应该学德文吗？"

薇安意识到自己碰到了什么问题。学生们的精神来了，人人挺直身子，眼睛闪闪发亮。

"抱歉？你说什么？"她清清嗓子，拖延一下时间。

"我们应该学德文，而不是法文。"

问话的是肉铺老板的儿子吉尔·傅尼叶。这个小男孩的爸爸已经上战场，三个哥哥也都被征召，只剩下他和妈妈经营家里的肉铺。

"还有射击，"法兰索瓦点头附和，"我妈妈说我们也必须学习如何射杀德国人。"

"我奶奶说我们全都应该离开，"克莱儿说，"她记得'一战'的光景，她说留下来才是愚蠢。"

"老师，德国人不会越过卢瓦尔河谷，对不对？"

前排中央的苏菲在座位上往前挪动，双手搁在木桌上，十指交握，双眼圆睁。她跟薇安一样被谣言搞得心烦气躁。这个小女孩担心爸爸，已经连续两晚哭着入睡，此刻她的玩具熊贝贝跟着她上学。莎拉坐在她挚友的旁边，看起来同样害怕。

"害怕也没关系。"薇安边说边走向他们。她昨晚就是这么对苏菲和自己说，但字字听来空洞。

"我不害怕，"吉尔说，"我有刀。哪个肮脏龌龊的德国佬在卡利弗露脸，我就杀了他。"

莎拉的双眼睁得更大。"德国佬要来了？"

"不。"薇安说。否认事实并不容易，她心中的恐惧缠住这个短短的字眼,把话尾拖得好长。"法国士兵——你们的爸爸、叔伯、兄长——是全世界最勇敢的战士。我确信他们会为了巴黎、图尔和奥尔良而战,甚至此刻就在打仗。"

"但是巴黎沦陷了,"吉尔说,"前线的法国士兵怎么回事?"

"战争就是这样,大小战事,有输有赢,但我们的士兵绝对不会让德国人得逞。我们绝对不会放弃。"她凑近学生们,"留守在后方的我们也必须扮演自己的角色。我们也必须勇敢坚强,不要屈服于悲观沮丧。我们必须好好过日子,这样一来,我们的爸爸、兄长和……嗯……先生,才会期待返乡的日子。"

"但伊莎贝尔阿姨呢?"苏菲问,"外公说她早该到了。"

"我表哥也从巴黎逃出来,"法兰索瓦说,"他也还没到。"

"我叔叔说路上情况很不好。"

铃声响起,学生们像弹簧般从椅子一跃而起,战争、飞机、恐惧,马上被抛在脑后。他们毕竟才八九岁,下课后就可以尽情享受夏日,而他们也表现得像下课后的孩童,你推我挤,又笑又闹,叽叽喳喳,争相跑向教室门口。

薇安庆幸下课铃响。天哪,她是小学老师,哪晓得如何解释战争之类的危机?她自己的心情如此紧绷,怎么可能安抚受惊的孩童?她收拾十六个学童留下的杂物,拍去板擦的粉笔灰,把课本收好,埋首于这些寻常的工作。当一切恢复原状,她把文件和铅笔放进皮革小背包,从桌子最底层的抽屉拿出皮包,戴上草帽,用发夹别好,走出教室。

她沿着安静的长廊前进,边走边朝还在教室里的同事们挥挥手。几间教室上了锁,因为学校的男老师们已被征召。

她在蕾秋的教室门口停下来,看着蕾秋把小儿子抱进婴儿车,推着车子走向门口。蕾秋这学期原本打算休假,在家照顾小艾瑞尔,但战争改变了一切。现在她不得不带着小宝宝到学校教书。

"你看起来跟我现在的感觉差不多。"薇安看着好友走来,蕾秋的黑发在闷热的湿气中膨胀了两倍。

"那听起来不是赞美,但我太绝望了,所以决定把它当成赞美。嘿,你脸上沾了粉笔灰。"

薇安心不在焉地擦擦脸颊,倾身靠向婴儿车。小宝宝睡得香甜。"他还好吗?"

"十个月大的小宝宝应当跟妈妈待在家里,现在却冒着被敌军飞机轰炸的危险在镇上游荡,成天聆听十岁大的学童尖叫,你说他好不好?"她微微一笑,拂去脸颊一缕潮湿的鬈发,两人一起走向长廊的另一头。"我听起来是不是很刻薄?"

"不会,我们其他人更刻薄。"

"哈!刻薄才好。你那套微微一笑假装没事的把戏会让我起疹子。"

蕾秋推着婴儿车啪啪走下三阶楼梯,来到通往游戏区的步道,绿草如茵的游戏区曾是马儿的运动场和商贾的运货区,园区中央有座四百年历史的石头喷泉,水声潺潺,涓涓滴流。

"女孩们,来吧!"蕾秋朝着苏菲和莎拉大喊,两个坐在长椅上的小女孩马上站起来,快步走在妈妈前头,两人手牵着手,头靠着头,叽叽喳喳说个不停。挚友第二代。

她们转进一条小巷,在维克多·雨果街走出巷子,一出来就是一家小餐馆,几个老先生坐在小餐馆的铁椅上喝咖啡、抽烟、畅谈国事,薇安看到三个女人一跛一跛地走在前头,三人的衣服都破破烂烂,枯黄的脸上布满尘土。

/ 60

"她们真可怜,"蕾秋叹口气说,"海莲娜·卢埃尔今天早上跟我说,昨天深夜起码有十二个难民来到我们镇上,他们传述的事情听起来很可怕。不过没有人比海莲娜更会添油加醋了。"

薇安通常会批评一下海莲娜多长舌,这时却说不出什么俏皮话。她爸爸说伊莎贝尔几天前就离开巴黎,但仍未抵达乡园。"我担心伊莎贝尔。"她说。

蕾秋挽住薇安。"你记得你妹妹头一次从里昂的寄宿学校逃跑吗?"

"那时她才七岁。"

"她一路跑到翁布瓦兹,单独行动,身无分文。在树林里待了两晚,好说歹说才坐上火车。"

薇安只记得那段时期自己多么悲伤,此外一片模糊。头一次流产后,她陷入深沉的忧郁。安托万称之为"失落的一年",她也认为是。当安托万跟她说,他打算带伊莎贝尔到巴黎找她爸爸,薇安竟如蒙天助般地松了一口气。

伊莎贝尔从就读的寄宿学校逃跑,难道让人惊讶吗?直至今日,薇安想到自己如何对待妹妹,心中仍感愧疚。

"她九岁时头一次一路跑到巴黎。"薇安提起这件熟悉的往事,试图借此让自己安心。伊莎贝尔顽强坚韧,积极奋进,意志坚定;她始终如此。

"如果我没记错,两年后,她逃学跑去看巡回马戏团表演,结果被寄宿学校退学。嗯,还是因为她用一条床单从宿舍二楼爬下来?"蕾秋微笑,"重点是,如果伊莎贝尔想来找你,她绝对想得出办法。"

"谁要阻止她,谁就倒了大霉。"

"她随时可能抵达,我向你保证。除非她碰到一位流亡的王子,无可救药地坠入爱河。"

"她就是可能碰上这种事。"

"你看吧?"蕾秋说,"你已经开心多了。好,我们到我家喝杯柠檬汁,今天这种大热天,最适合喝柠檬汁。"

晚餐后,薇安哄了苏菲上床睡觉,走到楼下。她太担心,无法放松。家中静默无声,一再提醒她无人上门。她坐不住。即使跟蕾秋聊了,心中依然有股不祥的预感,无法不担心伊莎贝尔。

薇安站起来,坐下,再站起来,走到门口,把门打开。屋外,田野静卧在粉紫的夜空下。院子里的景象很熟悉,悉心照拂的苹果树矗立在家门和覆满玫瑰与长春藤的石墙之间,仿佛护佑家园,石墙外是通往镇上的小路和绵延的田野,枝干细长、林木稠密的树林散布于田野之间,年少时,她和安托万经常避开众人,偷溜到右方那片浓密的树林里约会。

安托万。

伊莎贝尔。

他们在哪里?他上了前线吗?她从巴黎一路步行过来吗?

别想这些。她必须做些什么,种花莳草,专注于其他事情。

她拿起那双破旧的园艺手套,套上搁在门边的靴子,慢慢走到那块充当园圃的平地。园圃位于木棚和谷仓之间,一畦畦悉心照料的菜圃栽种着马铃薯、洋葱、胡萝卜、甘蓝、豌豆、青豆、小黄瓜、西红柿、樱桃萝卜,园圃和谷仓之间的山坡上则是一排排覆盆子和黑莓。她跪在丰饶的黑色土壤间,动手除草。

初夏通常充满希望。没错,在这个生机盎然的季节,虽然有时不免出些差错,但若孜孜不倦,沉稳踏实,持续执行除草、修剪等要务，作物就会乖乖听话。薇安始终确保菜圃井然有序，利落而细心地善加整治。园圃对她的赐予比她对园圃的付出更珍贵。在园圃里，她寻获了宁静。

她慢慢察觉不对劲，逐渐拼凑出怎么回事。先是颤动与重击，园圃里不该有这些声响，后是喃喃的话语声，接着传来一股臭味：酸腐、刺鼻，跟园圃里的甜香完全不同，让她想到腐朽与衰亡。

薇安擦擦额头，意识到自己把黑色的泥土抹到了脸上，她站起来，把肮脏的手套塞进长裤后面的口袋，朝着闸门走去。还没走到门口，三个女人就出现，有如黑暗中的剪影。她们挤成一团，站在门后的小路上。衣衫褴褛的老太太紧拉着怀里抱着婴孩的少妇和另一位少女，少女一手拿着空鸟笼，一手拿着铁铲，三人全都目光呆滞，好像发了高烧，年轻的母亲显然浑身打战，汗水从她们的脸颊滴流，眼神中尽是挫败。老太太伸出肮脏、空空如也的双手。

"拜托分一点水给我们喝，好吗？"她问，连问话都畏畏缩缩，显然心力交瘁。

薇安打开闸门。"没问题。你们要不要进来？进来坐一坐？"

老太太摇摇头。"我们赶在他们前头，那些落在后头的人什么都没了。"

薇安不知道她的意思，但无所谓，她看得出她们全都筋疲力尽，饱受饥饿之苦。"请等等。"她走进屋里，帮她们准备一些面包、生鲜胡萝卜和一小块奶酪。她只有这些多余的食粮。她在一个酒瓶里装满清水，带着东西走回来。"抱歉只有这点东西。"她说。

"我们离开图尔之后就没吃过这么丰盛的食物。"少妇声调平板地说。

"你们先前在图尔?"薇安问。

"喝点水,莎宾。"老太太边说边把水凑到少女嘴边。

薇安正想问及伊莎贝尔,老太太就厉声说:"他们来了。"

少妇哀叹一声,抱紧怀里的婴孩,小宝宝好安静,小拳头好青蓝,薇安看了不禁倒抽一口气。婴孩已经没有气息。

薇安了解那种苦苦缠绕、不肯放手的哀伤;她曾陷入同样的魔爪,心境凄凉,迫使早已失去希望的母亲依然不愿面对事实。

"赶快进屋,"老太太对薇安说,"把门锁上。"

"但是……"

衣衫褴褛的三人逐渐后退,其实更像是摇摇晃晃地躲开,好像薇安的鼻息变成了毒气。

然后她看到一片黑压压的人影越过田野,沿着小路前进。

还没见到人,气味就飘了过来。汗味,秽物,体臭。人影渐渐逼近,污浊的恶臭慢慢散开,显露出一个个脸孔。她看到小路上和田野间的人群,步行,跛行,朝着她前进。有些人推着自行车和婴儿车,有些人拖拉着小货车。狗吠,婴孩哭闹。有人咳嗽,有人清嗓子,有人呜呜抱怨。他们越过田野,沿着小路不停前进,人人你推我挤,高声大喊,愈走愈近。

薇安帮不了这么多人。她冲回家里,锁上大门。进屋后,她走过各个房间,逐一锁上房门,拉下百叶窗。紧闭门窗后,她站在客厅,一颗心怦怦跳,不确定接下来会如何。

屋子开始轻轻晃动。窗户嘎嘎作响,百叶窗噗噗拍打石砌的外墙。灰尘有如小雨般从天花板粗拙的原木飘落。

有人用力拍打大门,拳头有如铁锤般击打门板,持续不歇。薇安不禁畏缩。

苏菲从楼上冲下来,怀里紧抱着毛绒玩具熊。"妈!"

薇安张开手臂,苏菲冲进她的怀里。敲门声愈来愈急迫,薇安紧紧抱住女儿。有人拍打侧门,悬挂在厨房的黄铜汤锅和平底锅撞来撞去,叮叮当当,有如教堂的钟声。她听到屋外的抽水泵发出尖锐的声响。他们在汲水。

薇安对苏菲说:"在这里等一下,坐在长沙发上。"

"别离开我!"

薇安推开紧贴在怀里的女儿,强迫女儿坐下。她从壁炉一侧拿起一根铁制的火钳,小心翼翼、蹑手蹑脚地走到楼上,躲在卧室里,偷偷凝视窗外,谨慎地保持隐匿。

院子里冒出几十个人,多是女人和小孩,像饥饿的狼群。他们的声音融为一股绝望的怒吼。薇安往后退。如果房门撑不住该怎么办?他们人数众多,大可打破门窗,甚至长驱直入。

她惊恐万分,赶紧下楼,直到看见苏菲依然坐在长沙发上才松了一口气。薇安在女儿身边坐下,搂住女儿,任由苏菲像个幼童般蜷缩在她怀里。她轻抚女儿的鬈发,在这种时候,比较称职、比较坚强的母亲八成讲得出一个个安抚人心的故事,但薇安好害怕,甚至发不出声音,满脑子只有无止无尽、无始无终的祷词。慈悲的天主,求求您。

她把苏菲拉近一点,开口说道:"睡吧,苏菲,我在这里。"

"妈,"苏菲说,拍打大门的声音几乎淹没了她的话语,"如果伊莎贝尔阿姨也在外面呢?"

薇安低头盯着苏菲热切、蒙上汗水与灰尘的小脸。"但愿天主保佑她。"她只想得出这么说。

一看到灰色的石屋,伊莎贝尔感觉自己被疲惫淹没。她的肩膀垮了下来,双脚的水疱疼痛不堪,贾约丹推开闸门,她听到闸门间歇地铿锵作响,歪歪斜斜地倒向一侧。

她靠向他,蹒跚地走到门口。她敲了两下,血迹斑斑的指关节一碰到门板,她就不禁哆嗦。无人回应。

她一边握拳敲门,一边试着大叫姐姐,但她的声音太沙哑,没什么分量。

她跌跌撞撞地退后一步,满心挫败,几乎双膝跪地。

"你可以在哪里休息?"贾约丹问她,抓住她的手腕帮她站直。

"后面的凉亭。"

他带她绕过屋子,走到后院。在清凉、飘散着茉莉花香的凉亭中,她整个人一瘫,跪到地上,几乎没有注意到贾约丹走开。过了一会儿,他捧着一些微温的清水走回来,她从他合起的手掌中呼噜呼噜地喝水,但光喝水还不够,饥饿感咬啮着她的腹胃,五脏六腑饥火中烧。当他起身打算再次走开,她伸手抓住他,喃喃说了几句,恳求他不要抛下她,他颓然在她身边坐下,伸出一只手臂,让她倚靠休息。他们并肩躺在温暖的泥地上,透过繁茂生长、缠绕着原木、如瀑布般垂落到地面的藤蔓仰望上方。芬芳的茉莉花、盛开的玫瑰花、肥沃的土壤造就出一个美丽的藏身之地,但即使置身这样宁静安详的乡间,他们依然忘不了方才经历的事,以及……紧随而来的改变。

她看出贾约丹的变化,眼见愤怒、激愤和无力感抹杀他眼中的怜悯与唇角的笑意。轰炸之后,他几乎不说话,即使开口也是简短生硬。如今他们对战争都较有领悟,也知道即将面临什么局面。

"你跟你姐姐待在这里,应该可以平安无事。"他说。

"我不要过得平安无事,况且我姐姐也不会留我。"

她转身看着他。月光有如镂空蕾丝般流泻而下,他的眼睛和嘴巴闪闪发光,鼻子和下颌依然漆黑。他的面貌又变了,几天之内老了好几岁,看起来疲惫而愤怒。他带着汗水、鲜血、泥土和死亡的气味,她知道自己闻起来也一样。

"你知不知道谁是艾迪丝·卡维尔?"她问。

"你觉得我是读书人吗?"

她想了一会儿,然后说:"是的。"

他好一阵子默不作声,让她知道她令他讶异。"我晓得她是谁。'一战'期间,她拯救了数以百计的同盟国士兵。她的名言是:'光有爱国情操还不够。'一个被敌军处决的女人,她就是你的英雄?"

"一个发挥影响力的女人,"伊莎贝尔边说边打量他,"现在我要靠你这个犯了罪的共产党员帮我发挥影响力,说不定我跟他们说的一样疯狂轻率。"

"谁是他们?"

"每一个人。"她暂且住口,感觉心中的期望逐渐高涨。她原本已经打定主意永远不信赖任何人,但她相信贾约丹。他看着她的神情,好像她举足轻重。"你会遵守承诺,带我参军。"

"你知道怎么担保这种协议吗?"

"怎么样?"

"用一个吻。"

"哈哈哈,很好笑。我是说真的。"

"临战之际,还有什么比一个吻更真?"他微微一笑,但笑得勉强,眼中再度浮现那股蕴积的怒意,她看在眼里,暗想自己毕竟不了解他,不禁感到惧怕。

"我愿意亲吻一个斗胆带我一起上战场的男人。"

/ 67

"我觉得你根本不晓得什么是亲吻。"他叹口气说。

"那你就给我看看你知道些什么。"她翻身,翻离他的身边,却马上想念他的抚触。她摆出一副无动于衷的神情,翻回他身边,面向着他,感觉他的鼻息吹拂她的睫毛。"好,你吻我,担保我们的协议。"

他慢慢伸出一只手,轻轻揽住她的颈背,把她拉向他。

"你确定吗?"他问,两人的嘴唇几乎相碰。她不知道他的意思是她确不确定想要参战,还是确不确定准许他吻她,但此时此刻,两者皆无关紧要。伊莎贝尔吻过几个男孩,对她而言,那些吻犹如弃置在公园长椅上或遗失在沙发椅垫间的铜板,没有什么意义。她从来不曾真的渴望一个吻。

"确定。"她悄悄说,慢慢靠向他。

他的唇印上她的唇,她残破而空虚的内心出现了曙光,一点一点地开启。她那些爱情小说头一次言之成理,她意识到女人的心灵果真可能跟大战中的世界一样瞬间起了变化。

"我爱你。"她轻声说。她从四岁起就没说过这三个字,而当时她诉说的对象是她的母亲。一听到她的告白,贾约丹的神情马上变得冷硬。他对她微微一笑,但笑容如此勉强,如此虚假,她甚至不知道如何解读。"怎么了?我做错了什么吗?"

"不,当然没有。"他说。

"我们找到了彼此,真是幸运。"她说。

"不,伊莎贝尔,请相信我,我们称不上幸运。"他边说边把她拉进怀里,再次吻她。

她纵情于这动人的一吻,让这一吻成为她的整个宇宙。她终于晓得有人因为她而知足是什么感觉。

醒来时，薇安最先察觉四下无声。一只小鸟在某处鸣唱。她直挺挺地躺在床上，静静聆听。苏菲在她身旁呼呼大睡，喃喃说着梦话。

薇安走到窗边，拉起遮黑的窗帘。

她院子里的苹果树满目疮痍，枝干有如断臂般垂挂而下；闸门歪斜晃动，三个绞链只剩下一个，另外两个已被狠狠拆除。小路对面的田野中，牧草已被踩平，野花遭到践踏。行经此地的难民们留下种种私人物品和废物，诸如皮箱，手推车，重得带不走、热得穿不上身的大衣，枕头套，运货马车。

薇安下楼，小心翼翼地打开大门。她听寻噪声，但什么都没听见，所以她打开门锁，扭动门把。

难民们毁了她的园圃；他们拔起任何看起来可以食用的作物，留下残破的枝干和一摊摊泥土。

一切全毁，化为乌有。她满心挫败，绕过屋子走到后院，后院也遭到摧残。

正要走回屋里时，她听到一个声响。有人低泣。说不定是婴孩哭哭啼啼。

低泣声再起。是不是哪个人抛下了孩子？

她小心翼翼地穿过院子，走向覆满玫瑰和茉莉花的凉亭。

伊莎贝尔蜷缩成一团，躺在地上，洋装破破烂烂，脸上伤痕累累，带着瘀青，左眼肿得几乎睁不开，紧身胸衣上别着一张纸条。

"伊莎贝尔！"

她妹妹微微抬起下巴，睁开一只通红的眼睛。"姐，"她说，声音喑哑粗嘎，"多谢你把我关在门外。"

薇安走向妹妹，跪在妹妹身边。"伊莎贝尔，你全身都是血和瘀青，你是不是被……"

一时之间，伊莎贝尔似乎不太明白。"噢，那不是我的血，最起码大部分不是。"她环顾四周。"贾约丹呢？"

"你说什么？"

伊莎贝尔摇摇晃晃地站起来，几乎摔跤。"他是不是抛下我？他真的抛下我。"她开始哭泣，"他离开我了。"

"来吧。"薇安婉言相劝。她带着妹妹走进清凉的屋内，伊莎贝尔一进门就踢掉脚上血迹斑斑的鞋子，鞋子"啪"的一声打中墙壁，哗啦地掉到地上，血淋淋的脚印一路追随她们进入楼梯下方的浴室。

薇安烧水注满浴缸时，伊莎贝尔坐到地上，摊开双腿，脚上沾了血，看起来脏兮兮，她喃喃自语，拭去眼中的泪水，泪珠滚过脸颊，留下一道道泥印。

当洗澡水放好，薇安转向伊莎贝尔，轻手轻脚地帮她脱下衣服。伊莎贝尔像个小孩般任人摆布，痛得呜呜哭泣。

薇安解开伊莎贝尔背后的纽扣，剥下那件曾是红色的洋装，她生怕自己轻轻一吹，妹妹就会摇晃倒下。伊莎贝尔的蕾丝胸衣也沾满血，薇安拉开腰间的蕾丝束带，慢慢松开。

伊莎贝尔格格打战，踏进澡缸。

"往后靠。"

伊莎贝尔乖乖照办。薇安把热水从伊莎贝尔的头上淋下，小心不让妹妹的眼睛进水。她清洗伊莎贝尔肮脏的头发和瘀青的躯体，始终好声好气地哄着，不断说些没什么意义、意在安抚的话。

她搀扶伊莎贝尔踏出澡缸，拿条柔软的白毛巾擦干妹妹的身体。伊莎贝尔望着她，垂头丧气，眼神空洞。

"睡一觉吧？"薇安说。

"睡觉。"伊莎贝尔喃喃说道，头无力地垂向一侧。

薇安拿了一套闻起来像是有薰衣草和玫瑰花水气息的睡衣给伊莎贝尔，帮她穿上。薇安带她走到楼上的卧室、帮她盖上薄毯时，伊莎贝尔几乎睁不开双眼，她头一沾枕，立刻沉沉入睡。

伊莎贝尔在黑暗中醒来。她想起日光。她在哪里？

她飞快坐起，以至于一阵晕眩。她浅浅地吸了几口气，四下观望。

乡园二楼的房间，她以前的卧室，并未令她感到温馨。女魔头管家曾经多少次"为了她好"，把她关在这个房间里？

"别想那些。"她大声说。

然后她想到贾约丹，心情更糟。他到底还是弃她而去；思及此，她心中充满深沉凝重、再也熟悉不过的失望之情。

难道她这辈子没有学会任何教训吗？人们终会离去。她心知肚明，人们尤其会弃她而去。

她穿上那件薇安垂放在床尾的直筒洋装，扶着铸铁把手，走下狭窄浅短的楼梯，每跨出一个痛苦不堪的步伐都像是小小的成就。

楼下一片寂静，只听到收音机调低音量，发出断断续续、充满噪声的声响。她确定那是墨利斯·雪佛莱[①]的情歌。

薇安在厨房里，一身浅黄家居服，套上一件方格纹棉布围裙，一条碎花围巾遮掩了她的头发。她正拿着小刀削马铃薯，身后的

[①] 墨利斯·雪佛莱（Maurice Chevalier，1888—1972），法国知名的歌星暨演员，也是"一战"之前第一位成功进军好莱坞的法国人。

铸铁锅发出噗噗啪啪、令人愉悦的轻响。

香气四溢,伊莎贝尔垂涎三尺。

薇安赶快过来,从厨房角落的小桌旁拉出一张椅子。"来,坐下。"

伊莎贝尔重重坐到椅子上。薇安帮她端来一盘已经准备好的食物:一大块依然温热的面包,一块切成三角形的奶酪,一小碟楹桲果酱,几片火腿。

伊莎贝尔伸出红通通、剐痕累累的双手拿起面包,捧到面前,深深嗅闻酵母的香气。拿起小刀在面包上涂抹果酱和奶油时,双手竟微微颤抖。她拿起面包,大口咀嚼,那是她这辈子吃过最美味的餐点:面包的外皮香脆,内里有如枕头般松软,奶酪奶香浓郁,再加上甜甜的果酱,让她几乎乐晕了。她像个疯女人似的吃下其余的面包,几乎没有注意到姐姐帮她端来了一杯黑咖啡。

"苏菲在哪里?"伊莎贝尔问,两颊依然塞满食物。她吃个不停,即使想要客气一下都办不到。

她伸手拿了一个桃子,摸摸手中这颗毛茸茸、香喷喷的果实,一口咬下,汁液滴流到她的下巴。

"她去隔壁找莎拉。你记得我的朋友蕾秋?"

"我记得。"伊莎贝尔说。

薇安帮自己倒了一小杯浓缩咖啡,端到桌旁,在桌边坐下。

伊莎贝尔打个饱嗝,遮住嘴巴。"啊,对不起。"

"我想我们可以暂且不管餐桌礼仪。"薇安笑笑说。

"你可没碰过杜弗女士,她肯定会拿起砖块狠狠敲我一下,训诫我失礼。"伊莎贝尔叹了一口气。她的胃开始痛,觉得自己说不定会吐。她用袖子擦拭湿淋淋的下巴。"巴黎怎么样?"

"纳粹的旗帜在埃菲尔铁塔上飘扬。"

"爸爸呢?"

"他说他还好。"

"我打赌他担心我的安危,"伊莎贝尔尖酸地说,"他不该把我送走。但话说回来,除了把我支开,他可曾做过其他事情?"

她们互看一眼,都记得被抛弃的滋味,这是她们少数共享的记忆之一,但薇安显然不愿记起。

"我们听说上千万人跟你一样逃难上路。"

"最糟的不止于此,"伊莎贝尔说,"我们大多是妇孺,姐,还有老先生和小男孩,而他们……把我们赶尽杀绝。"

"谢天谢地,这些都过去了,"薇安说,"我们最好把心思放在好事上。谁是贾约丹?你的呓语中提到他。"

伊莎贝尔抓弄手背上的剐痕,她马上意识到自己不该这么做,但已经太迟。疮痂已被扯破,鲜血直流。

"说不定他跟这个东西有关。"当两人愈来愈没话说,薇安开口。她从围裙口袋里掏出一张皱巴巴的纸片,也就是那张别在伊莎贝尔紧身胸衣上的纸条,纸上布满脏兮兮、沾了血的指印。

伊莎贝尔感觉整个世界从她脚下崩落。明知这种反应太夸张、太女孩子气,但她依然深受打击,内心受到重创。他曾打算带她上战场,直到两人相吻;不知怎么地,他察觉出她所欠缺的。"没什么。"她一脸阴沉地接下纸条,揉成一团。"他只是一个五官分明、满嘴谎言的黑发男孩,一点都不重要。"然后她看着薇安。"我打算去前线,我不在乎任何人的想法。我可以开救护车或包扎绷带,做什么都行。"

"老天爷啊,伊莎贝尔,巴黎沦陷了,纳粹控制了巴黎,一个

/ 73

十八岁的女孩能做什么？"

"我才不会躲在乡下，眼睁睁看着纳粹摧毁法国。我们不妨打开天窗说亮话，你对我这个妹妹始终没什么感情。"她一脸哀伤，神情愈来愈紧绷。"等我走得动，我马上离开。"

"你在这里会很安全，伊莎贝尔，这点最重要。你必须待下来。"

"安全？"伊莎贝尔怒斥，"姐，你觉得目前这点最重要？我告诉你外面的状况，法军弃敌逃逸，纳粹滥杀无辜。说不定你可以忽略这一切，但我不行。"

"你必须待在这里，确保安全。不必再说了。"

"姐，你什么时候确保过我的安全？"伊莎贝尔看着姐姐的眼中蒙上伤痛。

"伊莎贝尔，当时我还年轻，我试着为你扮演母亲的角色。"薇安悠悠地说。

"得了吧，我们别一开始就扯谎。"

"我流产后……"

伊莎贝尔转身背向姐姐，趁着自己说出某些不可原谅的话语前，一跛一跛地走开。她十指交握，稳住颤抖的双手，这就是为什么她先前不想回到这屋子与姐姐相会，这就是为什么多年以来她始终远远避开。她们之间的伤痛太深刻、太沉重。她调高收音机的音量，借此淹没思绪。

收音机噼噼啪啪地传出话语："……贝当元帅对民众表示……"

伊莎贝尔皱起眉头。贝当是"一战"的英雄，也是法国受爱戴的领导人物。她把音量调大。

薇安站到她身边。

"……我承担使命，引领法国政府……"

杂音盖过他低沉的声音，整段演说滋滋啦啦。伊莎贝尔不耐烦地重重拍打收音机。

"……我们令人敬仰的军队，秉持无愧于优良传统的英勇情操，对抗人数与装备皆超过我们的敌军……"

杂音。伊莎贝尔再度拍打收音机，轻声咒骂："该死。"

"……在这个艰困时刻，想到我们的街道挤满郁郁不乐、境况凄惨的难民，我对他们致上同情与关切。今天，我也带着哀伤的心情告诉诸位，我们必须终止抗争。"

"我们赢了？"薇安问。

"嘘！"伊莎贝尔厉声说。

"……昨晚，我吁请敌方，请问敌方是否愿意在抗争终止后，秉持同袍情谊与荣誉共同协商对策，终止双方的敌意。"

老先生唠唠叨叨说个不停，东一句"艰困的岁月"，西一句"管控人们的悲痛"，还有最让人听不下去的"祖国的前途"。然后他说出伊莎贝尔以为自己绝对不可能在法国听到的字眼。

投降。

伊莎贝尔拖着血迹斑斑的双脚，蹒跚地走出客厅，踏入后院，忽然间，她觉得喘不过气，必须到屋外透透气。

投降。法国。希特勒。

"这样肯定最理想。"她姐姐平静地说。

薇安什么时候走到屋外？

"你晓得贝当将军是谁。他的功绩无人能比。如果他说我们必须终止抗争，我们就必须终止抗争。我确信他会跟希特勒讲理。"薇安伸手拉住伊莎贝尔。

伊莎贝尔猛然甩开。一想到薇安打算安抚她，不禁反胃。她一跛一跛地转身面向姐姐。"你不可能跟希特勒这样的人讲理。"

"所以你现在懂的比我们的大战英雄还多了?"

"我知道我们不应该放弃。"

薇安啧啧轻叹,稍表失望。"如果贝当元帅认为投降对法国最好,那就应该这样。最起码战争会终止,男人们也会返家。"

"你真愚蠢。"

薇安说:"你爱怎么说都行。"然后走回屋内。

伊莎贝尔一手遮住眼睛,抬头凝视无云的晴空。再过多久,这片湛蓝的天空将布满德军的战机?

她不知道自己在那里站了多久,想象着最糟糕的状况,想起纳粹在图尔朝无辜的妇孺开枪,尽数追杀,草地沾染了他们的血,一片鲜红。

"伊莎贝尔阿姨?"

伊莎贝尔听到有人叫她,声音微弱犹豫,好像来自远方。她慢慢转身。

一个漂亮的小女孩站在乡园后门口,皮肤像她妈妈一样白皙,有如细致的骨瓷,双眼炯炯有神,从这个距离看过去,似乎跟她爸爸的眼睛一样墨黑。她简直像是从故事书里走出来的童话人物白雪公主或睡美人。

"你不可能是苏菲,"伊莎贝尔说,"我上次看到你的时候……你还吸吮着大拇指。"

"我有时还是会,"苏菲对她露出一个你知我知的微笑,"你不会告密吧?"

"我?我最会帮人保密。"伊莎贝尔慢慢走向她,暗自想着:我的外甥女,家人。"我是不是也该跟你说个秘密,这样才公平?

苏菲热切地点点头,双眼骨碌碌。

"我可以让自己消失。"

"少来了,你才不行呢。"

伊莎贝尔看到薇安出现在后门口。"你问妈妈就知道了。我曾经偷偷溜上火车,爬出窗外,逃出有如牢狱的修女院,都是因为我可以让自己消失。"

"伊莎贝尔!"薇安严厉斥喝。

苏菲抬头凝视伊莎贝尔,显然非常开心。"真的?"

伊莎贝尔瞄了薇安一眼。"若是没人看着你,让自己消失其实不难。"

"现在我看着你,"苏菲说,"你可以让自己消失吗?"

伊莎贝尔大笑。"当然不行。为了达到最佳效果,魔术必须出人意表,你说是吗?我们现在下盘棋,好不好?"

8

投降是不得不然的屈辱,但贝当元帅是"一战"领军对抗德国的英雄,值得敬重。没错,他的确上了年纪,但薇安跟大家的看法一致:正因年高德劭,所以他可由另一个角度衡量目前的局势。他已经研拟让士兵们返家的方法,以免重蹈"一战"的覆辙。

薇安了解伊莎贝尔无法了解之事:贝当为了法国的福祉而投降,借此拯救人民的生命,保护国家,维系其生活方式。投降的条件的确严苛:法国必须被分割为两个区域。北半部和沿海区域(卡利弗亦包括在内)被划归为"占领区",交由纳粹接收管控,中部的广大地带,也就是巴黎以南、直至地中海岸的区域,则被划归为"自由区",交由设立于维希的新政府管控,新政府由贝当元帅主导,与纳粹协力合作。

法国一投降,食物马上短缺。洗衣服的肥皂奇货可居,配给卡形同虚设,电话靠不住,邮件也不可靠。纳粹等于切断城市和乡镇之间的联系,所有信件必须誊写在德国当局发行的明信片上,否则不准投寄。但对薇安而言,这些改变还不算最糟。

伊莎贝尔变得非常难相处。投降的消息传出后,薇安卖力重建园圃、整修受损果树时，数度暂时停手，看着伊莎贝尔站在闸门旁边仰望天空，好像某些可怕的妖魔正朝这里前进。

伊莎贝尔不停述说纳粹多么凶暴，一心只想残杀法国百姓。她当然无法住嘴，既然薇安拒绝聆听，苏菲便成为她的听众。她跟她的小跟班讲述可能发生的状况，为这个可怜的小女孩灌输种种可怕的景象，到后来苏菲甚至做了噩梦。薇安不敢让她们两人单独相处，所以天天逼她们跟她一起到镇上，看看凭着配给卡可以领取哪些东西。今天也不例外。

她们在肉铺前排队，已经排了两小时。伊莎贝尔几乎从一开始就不停抱怨，她显然不认为自己应该排队领配给。

"姐，你看。"伊莎贝尔说。

薇安认为她又在虚张声势。

"姐，你看。"

薇安转头，纯粹只为了让妹妹闭嘴，却看到了他们。

德国人。

街头巷尾，家家户户"砰"的一声关上门窗。大伙一溜烟不见人影，薇安忽然发现街上只剩下自己、女儿和妹妹。她一把抓住苏菲，拉着女儿靠向肉铺紧闭的店门。

伊莎贝尔一脸叛逆，走到街上。

"伊莎贝尔！"薇安低声斥喝，但伊莎贝尔不为所动，绿色的双眼闪烁着恨意，伤痕和瘀青令她白皙细致、娇美动人的脸颊大为减色。

领头的绿色卡车在伊莎贝尔前面停了下来。卡车后座，士兵们面对面排排坐，步枪斜斜地倚在膝上。他们戴着崭新的头盔，灰绿的制服别上闪闪发亮的勋章，胡子刮得干干净净，看起来年纪很轻，神情热切。他们大多是小伙子。不是妖魔；说真的，只是男孩。他们头一歪，看看车子为什么停下来。一看到伊莎贝尔站在那里，士兵们全都微笑挥手。

薇安抓住伊莎贝尔的手，用力把她拉到一旁。

随行车队轰轰隆隆驶过她们身边。汽车、机车、盖上迷彩网布的卡车列队行进，装甲坦克声势如雷，辗过铺了鹅卵石的街道。然后是士兵。

士兵们排成长长的两列，踏着正步，走进镇上。

伊莎贝尔勇敢地跟随他们，沿着维克多·雨果街前进。德国人跟她挥手；看起来比较像是观光客，而不是征服者。

"妈，你不能让她自己一个人走开。"苏菲说。

"该死！"薇安紧抓住苏菲的手，追着伊莎贝尔跑。她们在下一条街赶上她。

镇上的广场通常挤满了人，这时空空荡荡，只有几位镇民敢留在原地，看着德国人把车子停在市政府前。

一位军官现身，或者说薇安认定他是军官，因为他对其他人发号施令。

士兵们绕着铺了鹅卵石的广场踏步，声势昂然，咄咄逼人，将浩大的广场收归旗下。他们扯下法国国旗，挂上纳粹旗帜，红黑相间的旗帜上，画着一个巨大漆黑的卐字符。挂上旗帜后，全体军队站定，高举右手，齐声高呼：希特勒万岁。

"如果我有枪，"伊莎贝尔说，"我会让他们知道不是每个法国人都想投降。"

"嘘，"薇安说，"你那张嘴会害我们全都送命。走吧。"

"不，我要……"

薇安猛一转身，面向伊莎贝尔："够了，你不可以让他们注意到我们。听懂了吗？"

伊莎贝尔再次恶狠狠地瞥了行进中的士兵们一眼后，任由薇安带她走开。

她们悄悄溜出大街，穿过石墙的缺口，走向女帽店后面的小巷。她们听到士兵们引吭高歌，然后一记枪响，再一记枪响。有人尖叫。

伊莎贝尔停下来。

"你敢停下来试试看！"薇安说，"走。"

她们一直躲在漆黑的小巷，一听到声音朝向她们的方向传来，马上低头挨着门边。她们花了比平常更多的时间走过镇上，终于勉强回到泥土小路。她们沉默地经过墓园，一语不发地走回家。一进屋，薇安马上"啪"地关门，上锁。

"你看吧？"伊莎贝尔马上说。她显然已经等着质问。

"回你房间。"薇安对苏菲说。不管伊莎贝尔打算说什么，她都不想让苏菲听见。薇安好整以暇地脱下帽子，放进空空如也的篮子里，双手微微颤抖。

"他们为了飞机场而来，"伊莎贝尔说，她开始踱步，"我以为事情不会这么快发生，即使法国宣告投降。我不敢相信……我以为我们的士兵无论如何都会继续奋战，我以为……"

"别咬指甲。你会咬到流血，你知道的。"

伊莎贝尔及腰的金色发辫松散凌乱，脸颊瘀青，气得面目狰狞，看起来像个疯女人。"纳粹来了，姐，他们来到卡利弗。他们的旗帜在市政厅上飘扬，就像在凯旋门和埃菲尔铁塔上那样。他们进城还不到五分钟，我们就听到枪响。"

"战争结束了,伊莎贝尔,贝当元帅这么说。"

"战争结束了?战争结束了?你刚才没看到他们吗?他们的枪、他们的旗、他们的傲慢?我们必须离开这里,姐,我们必须带着苏菲离开卡利弗。"

"我们能去哪里?"

"哪里都行,说不定里昂,或普罗旺斯。那个在多敦涅、妈妈出生的小镇叫什么来着?布兰托姆!我们可以去找她朋友,没错,那个巴斯克女人,她叫什么?她说不定会帮我们。"

"你搞得我头痛。"

"头痛不是问题,小事。"伊莎贝尔说,又开始踱步。

薇安走向她。"你不可以做出任何疯狂或愚蠢的事,听懂了吗?"

伊莎贝尔沮丧地喃喃抱怨,大步上楼,用力关上房门。

投降。

这个字眼占据了伊莎贝尔的思绪。那天晚上,她躺在楼下的客房仰望天花板,感觉心中的挫折感是如此沉重,几乎没办法好好思考。

难不成她应当像个无助的女孩在这栋屋里度过战争,成天洗衣服、扫地拖地、排队领取配给?难不成她只能袖手旁观,眼睁睁地看着敌人夺走法国的一切?

她始终觉得孤单沮丧,起码自从有记忆以来,她就感觉如此,但从来不像现在这么强烈。她被困在乡间,没有朋友,无事可做。

不。她肯定可以做些什么。即使在这里,即使在这时。

把贵重的物品藏起来。

她只想得出这个点子。德国人迟早会掠夺镇上的屋宅;这点她绝不怀疑,而当他们动手,他们会夺走每一样贵重物品。她的政府——那群胆怯的懦夫,早知道这一点,所以他们才把卢浮宫搬得精光,在博物馆墙上挂上赝品。

"算不上什么大事。"她喃喃说道,但胜过什么都不做。

隔天,薇安和苏菲一出门去学校,伊莎贝尔马上开始行动。她罔顾薇安叫她到镇上领取配给的嘱咐,她受不了再看到纳粹,况且,一天没肉可吃有什么大不了。她反而打开各个橱柜,翻寻各个抽屉,探寻床铺底下,在家里东翻西找。她收拾每一件贵重物品,搁在饭厅的长桌上——件件都是珍贵的传家宝。她曾奶奶梭织的蕾丝手工艺品,一组纹银的盐胡椒调味瓶,她姑妈那个镶了金边的里摩陶盘,几幅小小的印象派画作,一条阿朗松蕾丝的象牙色桌布,几本相簿,一张上了银框的照片,照片里是薇安、安托万和小宝宝苏菲。还有她妈妈的珍珠项链、薇安的结婚礼服等。伊莎贝尔把东西全装进木边皮革置物箱,拖着箱子走过凹凸不平的草地,皮箱一刮过小石头,或撞上某个东西,她就皱眉蹙眼。等终于走到谷仓,她已经气喘吁吁,汗流浃背。

谷仓比她记忆中狭小。干草棚其实只是个夹在天花板和屋顶之间的小平台,靠着一座摇摇晃晃的木梯爬上去,望出去是一方狭长的天空,曾有一段时间,世上只有这里令她开怀。有多少时间她带着图画书一个人待在这里,假装有人非常关心她,甚至跑过来找她?有多少时间她等着姐姐,但姐姐始终跟蕾秋或安托万外出?

她排拒往事,不再多想。

中央顶多三十英尺宽的谷仓由她曾爷爷亲手搭建,用来停放一辆辆马车。当时家业依然兴旺,现在只停着一辆破旧的雷诺汽车。台架上堆满拖曳车的零件、几座布满蜘蛛网的木梯、生锈的农具。

她关上谷仓的门，走向汽车。驾驶座旁的车门咔啦咔啦、不情不愿地开启，发出尖锐的吱吱声。

她爬进车里，启动引擎，往前开了大约八英尺，停下。

地上出现一道活板门，长约五英尺，宽约四英尺，由长条木板制成，条条木板之间以皮绳绑系相连，原就难以查见，如今门板上覆满灰尘和旧干草，更是隐匿。她拉开活板门，把它靠在汽车凹凸不平的保险杆上，低头望向充满霉味的暗处。

她抓住置物箱的绳带，点亮手电筒，把手电筒夹在腋下，拖着置物箱，铿铿锵锵、一阶一阶慢慢爬下木梯，直到梯底，置物箱哗啦啦地倒卧在她旁边的泥地上。

这个藏身之处跟干草棚一样，似乎比她记忆中狭小。地窖宽约八英尺，长约十英尺，一侧钉上架子，地上搁着一张旧床垫。架上曾经放着酿酒的木桶，如今只剩下一盏油灯。

她把置物箱塞到最里面的角落，回家拿取一些腌渍食品、几条毯子、药品、爸爸的猎枪、一瓶酒，再走回谷仓，把东西全都放进地窖的架上。

当她爬上木梯回到地面，发现薇安站在谷仓里。

"你到底在干吗？"

伊莎贝尔在破旧的棉裙上擦擦肮脏的双手。"我把你的贵重物品藏起来，又搬了一些补给品过来，以防我们必须躲避纳粹。下来看看，我觉得成果还不赖。"她又爬下木梯，薇安跟着她走入暗处。伊莎贝尔点亮油灯，骄傲地炫耀爸爸的猎枪、储备的食粮和药品。

薇安径自走向妈妈的珠宝盒，打开盒盖。

盒里摆着胸针、耳环、项链，大多是装饰性的饰品。但盒底的蓝色天鹅绒布上搁着外婆结婚时配戴的珍珠，后来外婆把珍珠送给妈妈，让她在结婚时戴。

"将来你说不定必须卖掉珍珠。"伊莎贝尔说。

薇安"啪"地合上盒盖。"珍珠是传家宝，伊莎贝尔，苏菲的婚礼用得上，还有你的婚礼。我绝对不会变卖。"她叹口气，转身面向伊莎贝尔，一脸不耐，"你从镇上弄了哪些食材？"

"我没去镇上，但做了这些。"

"你当然会搞出这些。伊莎贝尔，你显然认为把妈妈的珍珠藏起来，比帮你外甥女张罗晚餐重要。"薇安一边爬上木梯，一边怒气冲冲地嘟囔，难掩失望与不悦。

伊莎贝尔爬出地窖，把雷诺汽车开回原位，遮住活板门，再把钥匙藏在台架上一块破木板后面。走出谷仓前的一刻，她移除分电器盖，让汽车无法发动，再把分电器盖跟钥匙藏在一起。

当她终于回到屋里，薇安正在厨房里用铸铁平底锅煎马铃薯。"我希望你不怎么饿。"

"我不饿。"她走过薇安身边，几乎避开姐姐的目光，"我把钥匙和分电器盖藏在第一个台架的破木板后面。"她走进客厅，扭开收音机，凑近一点，希望可以听到英国广播公司的新闻。

嘎嘎的噪声后，传出一个陌生的声音："这是英国广播公司，戴高乐将军跟大家说几句话。"

"姐！"伊莎贝尔对着厨房大喊，"谁是戴高乐将军？"

薇安一边走进客厅，一边在围裙上擦干双手。"你在搞什么？"

"嘘！"伊莎贝尔厉声说。

"……长年以来执掌法国军方的高层领导人士筹组了政府。这个政府借口我们的军队已被击溃，以消弭敌意之名，跟敌人打交道。"

伊莎贝尔盯着小小的收音机，呆住了。这个大家从没听过的将军直接对法国人民讲话，他不像贝当元帅那样，而是以慷慨激昂的语调向大家喊话。"以溃败为借口，哈，我就知道！"

"……敌军陆空战备精良，我方始终居下风。德国人的坦克、战机、战略令我方将领深感震慑、苦恼、忧烦，至今仍是。但结果是否已经底定？希望是否尽皆破灭？溃败是否已成定局？"

"天啊。"伊莎贝尔说。这正是她始终期待的话。他们依然可以做些事情，致力奋战，投降并非结局。

"不管发生什么事，"戴高乐继续说，"法国的抗争火焰不应该、也不会熄灭。"

伊莎贝尔几乎没有察觉自己哭了。法国民众尚未放弃，她只需想出法子，响应这项号召。

纳粹进占卡利弗两天后，当局召开会议，每个人都必须参加，没有例外。即使如此，薇安依然必须跟伊莎贝尔争辩，强拉着她与会。伊莎贝尔一如往常，认为自己自外于常规，况且她想要用反叛来表达心中的不悦。难不成纳粹会在乎一个轻率鲁莽的十八岁女孩如何评断他们占领了她的国家？

"在这里等一下。"薇安终于把伊莎贝尔和苏菲拉出家门，不耐烦地对两人说。她缓缓关上破损的闸门，闸门"啪嗒"一声，轻轻扣上。

过了几分钟，蕾秋出现在小路另一头，朝着她们走来，一手抱着小宝宝,莎拉跟在她身侧。

"那是我最要好的朋友莎拉。"苏菲边说边抬头看着伊莎贝尔。

"伊莎贝尔,"蕾秋面带微笑说,"真高兴又见到你。"

"是吗?"伊莎贝尔说。

蕾秋凑向伊莎贝尔。"过去的事情就别提了,"蕾秋轻声说,"我们当时年纪轻,愚蠢而自私,抱歉亏待了你,你肯定非常伤心。"

伊莎贝尔嘴巴一张,但又闭上。仅此一次,她无话可说。

"我们走吧。"薇安说,她有点不悦,因为蕾秋对伊莎贝尔说了她自己说不出口的话。"我们最好别迟到。"

即使已是傍晚,天气依然异常温暖,不到一会儿,薇安已经开始冒汗。走到镇上,她们加入街上的人群,铺了鹅卵石的狭长街道挤满了人,人人满腹牢骚。店家大门紧锁,百叶窗全拉下;即使稍后回家屋里肯定热得受不了,家家户户依然紧闭门窗。陈列柜大多空空荡荡,这倒不令人意外。德国人食量惊人,更糟的是,他们在小餐馆用餐时,经常不吃完,把剩食留在餐盘上。最近这么多妈妈仔细算计地窖里的罐装食品,把每一口宝贵的食物分配给孩子们,德国人居然如此粗疏,如此冷酷。纳粹的宣传单贴在窗户和店家的墙上,四处可见;海报上法国孩童簇拥微笑的德国士兵,还加上标语,意在鼓励法国民众接纳征服者,成为德国的好公民。

民众慢慢走向市政厅,逐渐停止抱怨。他们听从指令,盲目地走向一个警卫森严、门窗紧闭的地方,感觉不太对。

"我们最好别进去。"伊莎贝尔说。

蕾秋站在两姐妹之间,低头看看她们两人,啧啧作声表示不耐。她重新调整小宝宝的睡姿,拍拍他的背脊,轻声安抚他:"他们叫我们进去。"

"那就更有理由避开。"伊莎贝尔说。

"苏菲和我要进去了。"薇安说,即使她不得不承认自己也有不祥的预感。

"我觉得一定没好事。"伊莎贝尔喃喃说。

民众往前移动,慢慢走入大厅,有如一只千足蜈蚣。市政厅的墙上曾悬挂织锦画,古时卢瓦尔河谷曾是皇室的狩猎场,一幅幅织锦画即是历代法王留下的珍藏,但现在画作全不见了,取而代之的是纳粹卍字符,印着"信赖德意志帝国"字样的宣传海报,以及一幅巨大的希特勒肖像画。

肖像画下方站着一名男子,身穿别着徽章和铁十字的黑色束腰军装、膝马裤和泽亮的皮靴,右手二头肌上裹着一个红色的纳粹卍字符臂章。

大厅挤满了人,士兵们关上一扇扇橡木大门,大门吱吱嘎嘎地合上,似乎表示抗议。大厅前头的军官面向民众,右手向前一伸,高呼:"希特勒万岁。"

民众们相互喃喃低语,现在该怎么办?"希特勒万岁。"几位民众不情不愿地附和。室内开始弥漫着汗水、皮革保养油和香烟的气味。

"我是盖世太保的党卫军少校魏德,也就是纳粹的秘密警察,"那名一身黑色军装的男子操着浓重口音的法文说,"我代表祖国和元首来此执行休战协议。各位若是遵守规定,处境应该不至于太糟。"他清清嗓子。

"规定如下:所有收音机立刻送到市政厅,缴交军方。枪支、火药、枪弹也一样。所有可用车辆将被征收,所有窗户必须加装遮光质材,而且必须遮黑。宵禁时间为晚间九点,即刻生效。黄昏之后不准开灯,我们将管制所有食物,不论是自产还是进口的。"他稍作停顿,凝视眼前黑压压的人群。"这些规定不算太糟,是不是?我们会和睦共处,对不对?但是你们听清楚,任何叛乱、谋反、抗争之举将被即刻惩处,绝不留情,会判处死刑。"他从胸前的口袋掏出一包烟,抽出一根,缓缓点燃,然后紧盯着众人,他的目光非常专注,几乎像是想要记住每一张脸孔。"还有一点,虽然很多衣衫褴褛、胆小怯懦的法国士兵说不定会返家,但我们必须告诉你们,那些被我们逮捕的战俘将留在德国。"

薇安察觉一股困惑流窜在众人之间。她看看蕾秋,蕾秋方方正正的脸上冒出一块块红斑,显示出心中的焦虑。"马克和安托万会回来。"蕾秋顽强地说。

少校继续说:"我确定我们彼此了解,所以大家可以离开了。我的军官们会留在这里,直到晚上八点四十五分,他们会收取违禁品,不要迟交。还有……"他微微一笑,"不要冒生命危险留下收音机。不管你们留下什么,藏匿什么,我们都找得到,如果我们找到,你们就……难逃一死。"他说得轻松自在,而且笑容如此柔和,一时之间,众人甚至没有百分之百领会他的意思。

众人在原地又停留了一会儿,不确定动一动会不会惹事,没有人愿意在众目睽睽之下跨出第一步。而后,大家突然成群地朝门口移动,走向通外户外的大门。

"混账东西。"她们走进小巷时,伊莎贝尔说。

"我还以为他们会让我们留下枪。"蕾秋边说边点燃一支烟,深深一吸,匆匆吐出。

"我就告诉你吧,我打算留下枪,"伊莎贝尔扯着嗓门说,"还

/89

有收音机。"

"嘘。"薇安说。

"戴高乐将军认为……"

"我不要再听到那些傻话,我们必须保持低调,直到男人回家。"

"天啊,"伊莎贝尔愤愤地说,"你以为你丈夫可以改变现状?"

"不,"薇安说,"我觉得你和你那个没人搞得清楚是谁的戴高乐将军才办得到。现在,我们回家。你去忙着拯救法国,我得照料我的园圃。来,蕾秋,我们这些蠢蛋靠边站。"

薇安紧握着苏菲的手,快步走在前头,丝毫不想往后留意伊莎贝尔有没有跟上来。她知道妹妹跟在后面,拖着受伤的脚一跛一跛地前进。薇安通常基于礼貌,放慢脚步配合妹妹,但现在她气到不在乎了。

"你妹妹或许不是全错。"她们走过镇缘的罗马式教堂时,蕾秋说。

"如果你在这件事上跟她一个鼻子出气,蕾秋,恐怕我得动手揍你。"

"说是这么说,但你妹妹讲得或许有道理。"

薇安叹口气。"别附和她,她已经够令人受不了。"

"她得学会守规矩。"

"你教她啊。她已经证明她绝对不要改变行为,也不接纳别人的道理。她已经上了两所女子精修学校,却始终没办法管住自己的嘴,也没办法礼貌地与人交谈。两天前,她不但不去镇上领配给,反而把值钱的东西藏起来,帮我们搞出一个藏身之地,以防万一。"

"说不定我也应该把值钱的东西藏起来,虽然我们没有什么贵

/ 90

重物品。"

薇安嘴角一撇，表示不必多谈了，安托万再过不久就会回家，他会帮忙监督伊莎贝尔。

薇安在乡园的闸门边跟蕾秋和她的孩子们说再见，继续走向家中。

"妈，我们为什么非得把收音机交给他们？"苏菲问，"收音机是爸爸的。"

"我们不必，"伊莎贝尔边说边从后面赶上她们，"我们可以把收音机藏起来。"

"我们不会把收音机藏起来，"薇安愤愤说道，"我们会依照指示行事，保持沉默。你爸爸很快就会回来，他会知道该怎么做。"

"欢迎来到中世纪，苏菲。"伊莎贝尔说。

薇安用力拉开闸门，一动手才想起闸门已被难民们捣毁，仅靠一个孤零零的绞链支撑，吱吱嘎嘎地晃来晃去，看起来相当可悲。薇安竭尽所能摆出一本正经的模样，假装闸门完好如初，昂首阔步走向家中，一进门就打开厨房的灯。"苏菲，"她边说边拔下夹住帽子的别针，"请你帮忙摆餐具，好吗？"

薇安不管女儿喃喃抱怨，不出所料，伊莎贝尔已在短短几天内成功教导外甥女质疑权威。

薇安点燃炉火，准备烹调晚餐。趁着一锅马铃薯培根浓汤慢慢炖煮，她开始动手清理。伊莎贝尔当然不见人影，别奢望她帮忙。薇安叹了一口气，在水槽里注满水，清洗碗盘。她非常专心，甚至隔了片刻才察觉有人敲门。她抚平头发，走进客厅，看到伊莎贝尔从长沙发上站起来，手里拿着一本书。在薇安忙着做饭、洗碗时，伊莎贝尔却悠闲读书，这是常态。

/ 91

"你在等谁来吗？"伊莎贝尔问。

薇安摇摇头。

"也许我们最好不要应门，"伊莎贝尔说，"假装没人在家。"

"说不定是蕾秋。"

那人又敲了一下门。

门把慢慢转动，大门吱吱嘎嘎地开启。

没错，当然是蕾秋，不然谁会想到一名德国军人走进她家。

"噢，对不起。"那个男人的法文非常糟。他脱下军帽塞进腋下，露出微笑。他是个英俊的男子，身材高大，宽肩，窄臀，肤色白皙，双眼浅灰。薇安猜他大概跟她同龄。他的军服熨得非常平整，看来簇新，立领上别着铁十字，脖子上挂着望远镜，腰间配戴一条粗重的皮革工具带。她看到他的摩托车停放在果园后方的路边，摩托车的一侧附加边车，上面架着机关枪。

"这位小姐，你好。"他对薇安说，然后左右靴鞋一踏，轻快地朝她点点头。

"太太。"她纠正他，暗自希望语气从容不迫、信心十足，但连她都听得出自己很害怕。"莫里亚克太太。"

"我是沃夫冈·贝克上尉。"他递给她一张纸。"我的法文不太好，请原谅。"他微笑时，脸颊露出两个深深的酒窝。

她接下那张纸，皱着眉头低头阅读。"我看不懂德文。"

"你有何贵干？"伊莎贝尔一边质问，一边站到薇安身旁。

"你们家很漂亮，而且离飞机场非常近，我们抵达此地时，我就注意到了。你们有几个房间？"

"你问这个干吗？"伊莎贝尔质问时，薇安几乎同时说道，"三个。"

"我将寄宿在这里。"上尉用他洋泾浜的法文说。

"寄宿?"薇安说,"你的意思是……住在我们家?"

"是的,莫里亚克太太。"

"寄宿?你?一个男人?纳粹?不行,不行。"伊莎贝尔摇摇头,"不行。"

上尉依然面带笑容,笑意丝毫不减。"你刚刚在镇上,"他看着伊莎贝尔说,"我们抵达的时候,我看到你了。"

"你注意到我?"

他微微一笑。"我确定我连队里每一个热血沸腾的小伙子都注意到了你。"

"你这种人提到血,真是好笑。"

薇安用手肘推妹妹。"抱歉,上尉,我妹妹有时候很难搞。但是,嗯,我已婚,我先生在前线,家里只有妹妹和女儿,所以你一定可以理解,你住下来实在不妥当。"

"所以你宁愿把房子留给我。那你一定会很辛苦。"

"留给你?"薇安说。

"我确定你没听懂上尉的话,"伊莎贝尔说,双眼依然紧盯着他,"他打算搬进来,其实就是接管,那一张纸是征收令,让他有权这么做。这当然就是贝当的休战协议之一。我们要么腾出空间给他,要么放弃这栋世世代代属于我们的祖宅。"

他看起来不太自在。"目前的状况恐怕正是如此,你们许多镇民都面临同样的困境。"

"如果离开,将来可以拿回我们的房子吗?"伊莎贝尔问。

"恐怕不行。"

薇安放胆朝他走近一步,说不定她可以跟他讲道理。"我想我先生随时可能回来,或许你可以等到他回来再说?"

"唉,我不是将军,我只是德军的一个上尉,莫里亚克太太,我奉命行事,而不是下命令。我奉命寄宿此地。但我向你保证,我是个绅士。"

"我们会离开。"伊莎贝尔说。

"离开?"薇安不敢置信地对妹妹说,"这是我的家。"然后对上尉说:"你说你是绅士,真的?"

"当然。"

薇安看向伊莎贝尔,伊莎贝尔慢慢摇头。

薇安知道自己毫无选择。她必须确保苏菲安全,直到安托万返家,然后他就会处理这个令人不舒服的状况。既然停战协议已经签署,他当然很快就会回来。"楼下有间小卧室,住起来应该很舒服。"

上尉点点头。"谢谢,莫里亚克太太,我把我的东西拿进来。"

上尉一随手关上大门,伊莎贝尔马上说:"你疯了吗?我们不能跟纳粹一起住。"

"他说他是德军,德军就是纳粹吗?"

"我才不在乎他们的从属关系。姐,你没见过他们对我们做出哪些事,但我见过。我们必须离开。我们搬到隔壁的蕾秋家。我们可以跟她一起住。"

"蕾秋家太小,容纳不下我们,更何况我才不会抛弃我家,把它交给德国人。"

关于这一点,伊莎贝尔无言以对。

薇安感觉焦虑感沿着喉咙攀升,神经紧张的老毛病又犯了。"如果你非离开不可,那请便,但我打算等安托万回来,我们已经投降，所以他很快就会回家。"

"姐，拜托你……"

大门嘎嘎作响。又传来一记敲门声。

薇安呆呆地往前走，伸出一只颤抖的手握住门把，打开大门。

贝克上尉站在门口，一只手握着军帽，另一只拿着一个小皮箱。他说："莫里亚克太太，又是我。"好像他离开了好一阵子似的。

薇安搔搔脖子，在这个男人的注视下，她强烈地感觉到自己的脆弱。她赶紧往后退，说了一句："上尉先生，这边请。"

转身时，她看到那个由家族老、中、青三代妇女布置的客厅。石灰墙金黄澄亮，有如刚刚出炉的奶油面包，灰色的石板地铺着奥布松织花地毯，精雕、厚重的原木家具罩上马海毛织品和织锦花布，陶瓷台灯，金红相间的印花棉布窗帘，各种罗西诺家族经商有成时购得的古董和宝物。墙上原本挂着画作，但近来只剩下一些不重要的艺品。伊莎贝尔已经把贵重作品藏了起来。

薇安走过这些东西，朝楼梯底下的小房间走去。房间旁有间二十世纪二十年代初期加盖的浴室，她走过浴室，站在小房间门口，房门关着，她可以听到背后传来他的呼吸声。

她打开门，眼前出现一个狭长的房间，里面有一扇大窗，窗户两侧各有一片垂到地面的蓝灰色窗帘，彩绘的五斗柜上搁着蓝色水壶和宽口水罐。角落有个陈旧的橡木衣橱，橱门里钉着镜子。双人床边有个床头柜，柜上摆着一个鎏金座钟。伊莎贝尔的衣物散置各处，好像她正在整理行李，准备度长假。薇安赶快拣拾衣物和伊莎贝尔的皮箱。收拾好之后，她转过身来。

他把皮箱"砰"地搁到地上，她看着他，纯粹基于礼貌挤出紧张的笑容。

"莫里亚克太太，请不必担心，"他说，"长官始终告诫我们行为要像绅士。我母亲也提出同样的告诫，老实说，她比我的司令官更让人害怕。"这番说辞如此家常，薇安甚至有点讶异。

这个陌生男子一身敌人的装束，看起来却像在教堂碰见的年轻人，她实在不知道如何应对。如果说错了话，她得付出什么代价？

他站在原地，跟她保持一段距离，相当得体。"莫里亚克太太，造成你的不便，真是抱歉。"

"我先生很快就会回家。"

"我们都希望可以很快回家。"

又是令人不知如何回应的话。薇安客气地点点头，把他一个人留在房里，随手把门关上。

"他不会待下来吧？你说话啊！"伊莎贝尔边说边冲向她。

"他说他会。"薇安一脸疲倦地说，她拂去垂落在眼前的发丝，这才意识到自己在发抖。"我知道你对纳粹的看法，拜托你绝对不要让他知道。我不准你因为幼稚和叛逆，让苏菲处于险境。"

"幼稚和叛逆！你有没有……"

客房的门打开，伊莎贝尔马上住嘴。

贝克上尉带着灿烂的微笑，昂首阔步走向她们，看到客厅里的收音机，他停下脚步。"别担心，两位女士，我非常乐意帮你们把收音机送交司令部。"

"真的吗？"伊莎贝尔说，"你真的认为你好心帮了我们？"

薇安感觉胸口一阵紧缩。伊莎贝尔的心中酝酿着一股风暴，脸颊一片苍白，嘴唇毫无血色，紧抿成一道直线，眼睛也眯了起来。她恶狠狠地盯着这个德国人，仿佛要用目光杀了他。

"当然。"他微微一笑,看起来有点困惑。突如其来的静默似乎令他不知所措。他忽然开口:"小姐,你的头发非常漂亮。"伊莎贝尔眉头一皱,他紧接着说,"这样的赞美不失礼吧?"

"你觉得我的头发很漂亮?"伊莎贝尔压低声音问道。

"嗯,漂亮极了。"贝克笑笑说。

伊莎贝尔走进厨房,拿着一把去骨的大剪刀回来。

他的笑容缓缓消失。"我是不是理解错了她想做的事?"

薇安说:"伊莎贝尔,住手。"就在这时,伊莎贝尔撩起她浓密的金发,紧紧抓牢,一脸冷酷地盯着贝克上尉英俊的脸庞,"咔嚓"一声剪断头发,把长长的金发递给他。"我们被禁止留下任何好东西,贝克上尉,是不是?"

薇安倒抽一口气。"拜托,上尉先生,别理她,伊莎贝尔是个高傲的笨女孩。"

"不,"贝克说,"她很愤怒,而愤怒的人们在战时会犯下错误,丧失性命。"

"侵占别人国家的士兵也一样!"伊莎贝尔厉声回应。

贝克对着她大笑。

伊莎贝尔近乎轻蔑地哼了一声,踮着脚尖快快转身,昂首走上楼梯,"啪"的一声关上房门,用力之猛,整栋屋子被震得晃动。

"我认为你必须跟她谈谈。"贝克说。他看着薇安的眼神,让她觉得他们彼此了解。"这种……戏剧化的行径,如果地点不对,可能非常危险。"

薇安把他一个人留在客厅里,走到楼上,看到伊莎贝尔坐在苏菲床上,气得全身发抖。

/ 97

她的脸颊和喉咙伤痕累累,足证她曾见到什么,熬过什么。她的头发剪得乱七八糟,发尾参差不齐。

薇安把伊莎贝尔的东西扔到乱糟糟的床上,带上房门。"你到底在想什么?"

"我可以趁他睡觉的时候把他杀了,割喉就行了。"

"然后呢?你认为他们不会派人来找一个奉命寄宿在这里的上尉?天啊,伊莎贝尔。"她深呼吸,安抚一下紧张颤动的神经。"我知道我们之间有问题,伊莎贝尔,我知道你小时候我对你不好,当时我太年轻、太心慌,没办法照顾你,爸爸更是亏待你。但现在不是只有我们两人,你不能冲动行事,我有女儿、你的外甥女,我们必须保护她。"

"但是……"

"法国已经投降,伊莎贝尔,你记得吧?"

"你难道没听到戴高乐将军的演说?他说……"

"这个戴高乐将军是谁?我们为什么应该听他的话?贝当元帅是大战英雄,是我们的领袖。我们必须相信政府。"

"姐,你在开玩笑吧?维希政府跟希特勒一个鼻孔出气,你怎么可能不了解其中的危险?贝当错了。人应当盲从领袖吗?"

薇安慢慢走向伊莎贝尔,此刻居然有点怕她。"你不记得上次大战,"她说,并将十指紧紧交握,稳住双手,"但我没忘。我记得那些一去不返的父辈和兄长。我记得电报传来坏消息,班上同学低声啜泣。我记得那些拄着拐杖回家的男人,裤管空空荡荡飘来飘去,我记得有人缺了手臂有人颜面伤残。我记得爸爸战前的模样,也记得他返家后变了个人,先是喝酒、摔门,对我们大吼大叫,然后撒手不管,放弃一切。我记得凡尔登战役、索姆河战役,数以百万计的法国士兵在血流成河的战壕里丧命。别忘了德国人的暴行,不,我没有忘记战争的那一面。他们非常残酷,伊莎贝尔。"

"这正是我的意思,我们必须……"

"他们之所以残酷,原因在于我们跟他们打仗,伊莎贝尔,贝当元帅解救了我们,让我们不必再承受这些痛苦。他确保我们的安全,已经终止战争,安托万和我们的士兵都将返家。"

"回到一个希特勒万岁的国家?"伊莎贝尔轻蔑地说,"戴高乐将军说:'法国的抗争火焰不应该、也不会熄灭。'为了法国,姐,我们必须竭尽全力反抗,法国才不会变调。"

"够了。"薇安说。她走近妹妹,近到可以说悄悄话或亲吻脸颊,但她反而冷冷地、不带感情地说:"你搬到苏菲在楼上的房间,苏菲过来跟我睡,伊莎贝尔,你记住:他可能开枪射杀我们。射杀我们,而且没有人会说话。你不准在我家里挑衅这个军人。"

她看得出这番话起了功效,伊莎贝尔神情紧绷。"我会试着闭嘴。"

"光试是不够的。"

9

薇安关上卧室的房门,靠在门上,试图安抚紧张的心情。她可以听到伊莎贝尔在另一个房间里踱步,步步怒气腾腾,地板为之颤动。她独自站在原地,全身发抖,试图抑制焦虑的思绪。她究竟在那里站了多久?与心中的恐惧奋战,时间似乎特别漫长,感觉好像过了几个钟头。

若是平时,她说不定有办法打起精神跟妹妹讲道理,说些长久以来从未明说的话。薇安说不定会向伊莎贝尔道歉,请妹妹原谅自己从前没有好好照顾她,说不定可以让妹妹明白自己的心情。

妈妈过世后,薇安极为无助。当爸爸把她们送到这个小镇,让她们受一个冷酷、严肃、对她们毫无感情的女人监管,薇安变得……凋萎。

换另一个时空,她说不定会跟伊莎贝尔交换两人共同的心情,妈妈的过世带给她多严重的打击,爸爸的背弃让她多伤心。她说不定会跟伊莎贝尔分享那段往事:十六岁的她陷入爱河,怀了孕,她向爸爸求助,爸爸却甩了她一巴掌,指责她丢人现眼,安托万用力把爸爸往后推,说:我会娶她。

爸爸回答：好，她是你的人了，房子也给你，但你必须接管她那个哭哭啼啼的妹妹。

薇安闭上眼睛。她非常不愿想起这些；多年来，她几乎忘了。如今她怎能再抛诸脑后？她对伊莎贝尔做的事，跟爸爸当年对她们姐妹做的简直如出一辙。这是薇安此生最大的遗憾。

但现在不是修补伤口的时候。

现在她必须尽全力确保苏菲无恙，直到安托万返家。她必须让伊莎贝尔明白这一点。

她叹口气，下楼查看晚餐。

薇安走进厨房，发现马铃薯浓汤炖煮得太快，她移开锅盖，关小炉火。

"莫里亚克太太？你气色红润吗？"

一听到他的声音，她就不禁畏缩。他什么时候走进厨房？她深深吸口气，轻拍一下头发。他用错了字。说真的，他的法文实在糟糕。

"好香。"他边说边走到她身后。

她把木头汤瓢搁在炉旁的汤勺座上。

"我可以看看你在煮什么吗？"

"当然可以。"她说，两人都假装她的意愿很要紧。"只是马铃薯浓汤。"

"唉，我太太不太会做菜。"

此刻他站在她身旁，那曾是安托万的位置，俨然是个肚子饿了低头查看晚餐菜色的男子。

"你成家了。"她说，这令她心安，即使说不出为什么。

"而且快要有小宝宝。我们打算叫他威廉，即使他出生时我八成没办法赶回家,况且取名字这种事必然由他妈妈做主。"

这话听来很像……人话。她发现自己转头看他,他跟她差不多高。两人身高几乎一致,令她有点不安;她直视他的双眼,忽然感到自己的脆弱。

"如果一切顺利,我们全都很快可以回家。"他说。

他也希望现状结束,她心想,不禁松了一口气。

"上尉先生,现在是晚餐时间,你要跟我们一起吃吗?"

"那是我的荣幸,莫里亚克太太。虽然你一定很乐于知道我晚上多数时候要加班,工作到很晚,通常跟同事们一起吃。我也常出差,有时你会几乎忘了家里有我这个人。"

薇安把他留在厨房,端着餐具走进饭厅,几乎和伊莎贝尔相撞。

"你不该单独跟他在一起。"伊莎贝尔低声喝斥。

上尉走了进来。"你们该不会觉得我受到两位招待,却会出手伤害你们?其实,今晚我为两位准备了一瓶不错的松赛尔白酒。"

"你为我们准备了一瓶白酒。"伊莎贝尔说。

"任何一位有礼貌的客人都应该这么做。"他回答。

薇安心想,糟了,但她无法制止伊莎贝尔不要开口。

"上尉先生,你知道德国人在图尔干了什么好事吗?"伊莎贝尔质问,"你知道你们的斯图卡轰炸机滥杀四处逃命、善良无辜的妇孺,对着我们丢炸弹吗?"

"我们?"他说,神情愈显关切。

"我在场。你看看我脸上的伤疤。"

"啊,"他说,"那肯定是个非常不愉快的经验。"

伊莎贝尔挺直身子,白皙的脸颊一条条伤疤与瘀青,绿色的双眼映着鲜红的伤疤,似乎冒出火苗。"不愉快?"

"拜托你想想苏菲。"薇安冷静地提醒她。

伊莎贝尔咬紧牙关,将怒气转为假笑。"好吧,贝克上尉,让我帮你带位,请跟我来。"

薇安松了一口气,她已经紧绷了起码一小时,总算放下心。她慢慢走进厨房,准备上菜。

薇安一语不发地送上餐点。餐桌上的气氛跟煤烟一样凝重,笼罩着每一个人。薇安神经紧绷,几近崩溃。屋外夕阳缓缓西落,窗面盈满粉红的日光。

"伊莎贝尔小姐,要不要喝点酒?"贝克对伊莎贝尔说,帮自己倒了一大杯他带上桌的白酒。

"如果一般的法国家庭喝不起这种好酒,上尉先生,我怎么喝得下去?"

"啜饮一口应该不至于……"

伊莎贝尔喝完她的汤,站了起来。"抱歉,我反胃。"

"我也是。"苏菲说。她站起来,头低低地跟着阿姨走出饭厅,像只小狗跟着领头的大狗。

薇安坐得挺直,汤匙悬在碗盅上方。她们留下她跟他独处。

她一颗心怦怦跳,气息紊乱。她小心翼翼地放下汤匙,拿起餐巾轻轻擦一下嘴角。"上尉先生,请原谅我妹妹,她个性莽撞,而且顽固。"

"我的大女儿也一样,等她再大几岁,我们只怕麻烦不断。"

薇安听了大为讶异,不禁转头。"你有个女儿?"

"吉赛拉,"他说,嘴角牵动,微微一笑,"她今年六岁,而她妈妈已经没办法让她乖乖做完一件最简单的事,比方说刷牙。我们的吉赛拉宁愿盖堡垒，也不愿读书。"他微笑地叹口气。她获知他这些私事，略感悸动。她试着思考如何回应，但神经太紧绷，不晓得该说什么。她拿起汤匙，继续喝汤。

这顿饭似乎吃了好久，两人无语，因为她什么也没说。他用完餐点，说"真好吃，谢谢你"后，她立刻起身清理餐桌。

谢天谢地，他没有跟着她走进厨房。他留在饭厅，一个人坐在餐桌旁，啜饮他带来的白酒，而她知道那款白酒带着水梨和苹果的香气，尝得到秋天的气息。

等她洗完碗盘，擦干收起，夜幕已经低垂。她走出家中，踏入星光下的前院，寻求短暂的安宁。一个黑影闪过园圃的石墙，说不定是只小猫。

她听到身后传来脚步声，有人划亮一根火柴，她闻到香烟的烟味。

她悄悄后退一步，打算隐没于暗影中。如果她有办法蹑手蹑脚地走动，说不定可以不要惊动那位先生或女士，悄悄从侧门回屋里。但她踩到一根小树枝，听到脚下噼啪一声，她整个人呆住了。

他踏出果园。

"莫里亚克太太，"他说，"原来你也喜爱星光。抱歉打扰你。"

她怕得不敢移动。

他走向她，两人离得更近，他站到她旁边，好像他原本就该站在那里，遥望她的果园。

"你一定很难理解外面正在打一场什么样的仗。"他说。

薇安觉得他的语气相当哀伤，她不禁心想，从某方面而言，他们同病相怜，两人都远离心爱的人。"你的……你的长官……说所有战俘都得留在德国。这是什么意思？我们的士兵会如何？他们当然不可能全都成为战俘。"

"我不知道,莫里亚克太太,有些人会回家,很多人可能不会。"

"哎哟,两位新朋友谈天说地,可真愉快。"伊莎贝尔说。

薇安惊怵,她被逮到跟一个男人站在这里,而且是德国男人、敌人,心中万分惊恐。

伊莎贝尔站在月光下,一身淡褐色套装,一手提着她的小皮箱,另一手拿着薇安最漂亮的一顶多维尔女帽。

"你拿了我的帽子。"薇安说。

"我说不定必须等火车,我的脸被纳粹弄伤,还很敏感。"说这话时,她笑笑地看着贝克,但是皮笑肉不笑。

贝克头一歪,生硬地点点头。"你们姐妹显然有事商量,我告辞了。"他客气地匆匆点头,走回屋里,随手把门带上。

"我不能待在这里。"伊莎贝尔说。

"你当然可以。"

"姐,我不想跟敌人交朋友。"

"伊莎贝尔,你真可恶,千万不要……"

伊莎贝尔站近一点。"我迟早会连累你和苏菲,你知道我会。你说我必须保护苏菲,我只能用这种方式保护她。姐,如果待下来我会发狂。"

薇安的怒气消散,少了怒气的支撑,她感觉自己疲倦得难以形容。她们姐妹间始终存在这个基本差异。薇安谨遵规则,伊莎贝尔反抗叛逆。即使幼时遭丧母之痛,她们宣泄情绪的方式也不同。妈妈过世后,薇安变得沉默,试着假装爸爸的背弃不曾令她伤心。但伊莎贝尔不同,她大吵大闹,离家出走,非得得到关注不可。妈妈曾预言她们姐妹有一天会变成挚友,但这个预言似乎永远不可能成真。此时此刻，伊莎贝尔说得没错。薇安会不停担心她在上尉面前说了什么，做了什么，老实说，薇安没有这样的精力。

"你打算怎么走？去哪里？"

"搭火车去巴黎。我到了会发电报给你。"

"一路小心，别做任何傻事。"

"我？做傻事？你知道我不会的。"

薇安把伊莎贝尔拉进怀里，用力抱抱她，然后放手让她走。

通往镇上的小路好暗，伊莎贝尔甚至看不见自己的脚。四下静得出奇，好像屏气凝神般悬疑，直到她走到飞机场。在这里，她听到皮靴大步踩踏坚硬的泥地，摩托车和卡车沿着一圈圈铁丝网轰隆前进，铁丝网最近才架设，用来保护为数众多的军火弹药。

一辆货车不晓得从什么地方冲出来，车前灯没开，轰轰隆隆地往前奔驰，她跟跄躲开，一步不稳跌进沟里。

镇上的店家大门紧闭，街灯熄灭，遮光窗帘拉下，窗户全都不透光，不太容易辨识方向。四下无声，感觉怪异，令人不安。她的脚步声似乎太张扬。每走一步，都察觉时值宵禁，她违反了禁令。她躲进巷子里，指尖沿着一个个橱窗摸索，凭触觉走过凹凸不平的人行道，一听到声音就吓得呆住，随即缩着身子躲进暗处，直到周遭重又无声。她似乎花了好久才走到目的地：镇边的火车站。

"别动！"

听到喝令的同时，一道白光有如洪水般漫过她全身。她是个蜷缩在白光下的黑影。

一个德国哨兵手握步枪，朝她走来。"你只是个小女孩，"他边说边凑近，"你知道宵禁，是吗？"他质问。

她慢慢站起，带着一股她感觉不到的勇气面对他。"我知道现在很晚，我们不准在这时候外出，但是事出紧急，我必须到巴黎，我爸爸病了。"

"你的证件呢？"

"我没有证件。"

他缓缓把搭在肩上的步枪移到手中。"没有证件就不可以通行。"

"但是……"

"回家吧，小女孩，以免遭殃。"

"但是……"

"马上走，趁我改变主意，假装没看到你之前。"

她深感挫折，在心里尖叫。她从哨兵身边走开，花了好大力气才一句话都没说。

回家途中，她甚至懒得躲在暗处。她大剌剌地蔑视宵禁，他们有胆就再度拦下她。她多多少少想被逮到，这样就可以释放心中那一连串恶狠狠的呐喊。

这种日子她过不下去。蛰居于大气不吭一声就投降的小镇，被迫跟纳粹住在同一个屋檐下。薇安不是唯一一个想假装法国既未投降、也未被征服的人，镇上的商店和小餐馆老板纷纷对德国人笑脸相迎，帮他们倒香槟，卖给他们最肥美的肉品。镇上的居民们，尤其是农民，莫不耸耸肩，照常过日子；没错，他们不以为然地嘀咕摇头，遇有德国人问路，他们就故意指错方向，但除了这些小小反叛，他们什么都没做。难怪德国士兵趾高气昂，气

/ 107

焰嚣张。他们不必打仗就接管了这个小镇。他妈的,他们不必打仗就接管了整个法国。

但是伊莎贝尔绝对不会忘记她在图尔田野看到的景象。

她回到家中,重回楼上那间小时候的卧房。她"啪"的一声用力关上房门,过了几分钟,闻到香烟的味道,让她气得想大叫。

他在楼下,抽着烟。五官分明、一脸假笑的贝克上尉,只要他高兴,就可以把她们全部赶出这栋屋子,根本不需要任何理由。她心中的挫败凝聚成前所未有的愤怒。她觉得自己体内好像有颗必须引燃的炸弹,一个错误的举动,或是一句错误的话,说不定就会爆炸。

她迈开大步走到薇安的卧房,推开房门。"我们需要通行证才可以离开,"她说,怒气愈发高涨,"那些浑蛋不准我们搭火车去看家人。"

薇安在黑暗中说:"那就算了吧。"

伊莎贝尔听不出姐姐是松了一口气,还是大失所望。

"明天早上你跟我一起去镇上,我在学校上课的时候,你必须排队领配给,领得到什么就领什么。"

"但是……"

"没有'但是',伊莎贝尔。现在你在这里,要待下来,就应该尽你的本分,让我们能够依靠你。"

其后一星期,伊莎贝尔尽量守规矩,但那个家伙跟她同在一个屋檐下,她实在做不到谨言慎行。她夜夜难以成眠。躺在床上,她孤零零地置身黑暗之中,设想最糟的状况。

今天早上,她早在天亮前就放弃装睡,索性起床。她洗洗脸,穿上朴素的棉布洋装,边用围巾包住剪坏了的头发,边走下楼梯。

薇安坐在长沙发上打毛线，旁边点着一盏油灯，一圈光影让她与黑暗相隔，在隐隐的光影中，她脸色苍白，神情憔悴，显然这个礼拜也没睡好。她抬头看看伊莎贝尔，有点讶异。"你今天早起。"

"今天得花一整天排队，不如早点去，"伊莎贝尔说，"排在最前头的人领到的配给最好。"

薇安放下毛线，站了起来，她抚平身上的洋装（这个举动再度提醒家里多了他，不然她们通常穿着睡袍就下楼），她走进厨房，拿了配给卡回来。"今天的配给是肉类。"

伊莎贝尔从薇安手里抢过配给卡，走出家门，踏入灯火管制、一片漆黑的户外。

走着走着，旭日渐渐东升，照亮隐匿于周遭的另一番天地。那番天地望似卡利弗，但感觉全然陌生。她走过飞机场，一部车尾印着"波兰"的绿色小车呼啸而过。

盖世太保。

飞机场已经熙攘繁忙。她看到前方有四名士兵，两名驻守刚刚兴建的铁门入口，两名驻守行政大楼的双道门。纳粹旗帜噗噗啪啪地飘扬在清晨的微风中。几架飞机已准备起飞，前往英国和欧洲各地投掷炸弹。卫兵们在红色牌志前行军，牌志上写着：禁止入内，违者处死。

她继续前进。

走到肉铺时，已有四个女人在门口排队。她站到队尾。

这时，她看到地上有支粉笔，悄悄塞在路边。她立刻知道粉笔可以怎么用。

她匆匆环顾，但没有人盯着她。到处都是德国士兵，大家干吗注意她？身穿制服的男人们跨着大步走过镇上，像一只只耀武扬威的孔雀，什么东西吸引他们的目光，他们就掏钱买下。他们高声喧哗，动不动就大笑。他们帮女士们开门，轻碰帽檐致意，始终客客气气，但伊莎贝尔不会上当。

她弯下腰，偷偷拾起粉笔藏到口袋里。光是有支粉笔，她就感觉惊险刺激，心情振奋。然后她不耐烦地轻踏地面，等着轮到她。

"早。"她边说边把配给卡交给肉铺老板娘，这个女人一脸疲惫，头发稀疏，嘴唇更是单薄。

"猪肘蹄，两磅，只剩下这些。"

"猪骨呢？"

"德国人拿走了最好吃的部分，小姐，算你运气好，你不知道法国人不准买猪肉吗？但是德国人不吃猪肘蹄。你是要还是不要？"

"我要。"她后面有人说。

"我也要。"另一个女人说。

"我要。"伊莎贝尔说。她接下那个用皱皱的白纸包起、用粗绳捆扎的小包裹。

隔着街道，她听到长筒靴踢踢踏踏踏过鹅卵石，刀鞘里的军刀格格作响，男人们高声大笑，那些帮他们暖床的法国女人嘤嘤低语。三个德国士兵坐在不远处的小餐馆桌旁。

"小姐，"其中一个士兵对她招手说，"过来跟我们喝杯咖啡吧。"

她紧紧抓着藤编竹篮，篮里有裹着白纸的小小一包却弥足珍贵的猪肘蹄，不理会那几个阿兵哥。她悄悄转过街角，走进狭长弯曲的小巷。小巷如同镇上所有其他通道，入口狭窄，从街上望去似乎是死巷，但当地人晓得如何穿梭其中，就像船夫轻而易举地驶过处处沼泽的河流。她继续走，没人注意到她。小巷里的商店全都门窗紧闭。

遭弃置的女帽店橱窗上贴了一张海报，海报上有个老先生，身躯佝偻，一个大大的鹰钩鼻看起来贪婪邪恶，手里握着一袋钞票，所经之处留下鲜血和尸体。她看到那个字。

犹太人停下脚步。

她知道应该继续前进。毕竟这只是一张宣传海报，敌方以拙劣手法，试图将世间所有苦难全部归咎于犹太人，连这场战争也是他们的错。

没那么简单。

她瞄了一下左边，贯穿全镇的格兰德街距此不到五十英尺，她右手边转个弯就是一条巷道。

她伸手进口袋，掏出粉笔，确定四下无人后，在海报上画上一个象征胜利的V，非常巨大，尽量盖过原有的图样。

有人抓住她的手腕，力道之猛，让她倒抽了一口气。她的粉笔"咔啦"掉到鹅卵石上，滚进石间缝隙。

"小姐，"一个男人边说边把她推向她刚才涂毁的海报，她的脸颊紧贴着海报，看不到他是谁，"你知道这么做是被禁止的吗？而且违者处死？"

10

薇安闭上眼睛,想:安托万,赶快回家吧。

她只有这个小小的愿望,也只准自己这么想。不然她怎能独自应付战争、贝克上尉、伊莎贝尔?她真想做个白日梦,假装她的世界挺立,而非坍落;那个关着的客房房门没什么特殊意义,苏菲昨晚跟她一起睡,只因她们母女看书看到睡着了,安托万在这个带着露水的清晨出外砍柴,为还有好几个月才降临的冬季做准备,过一会儿他就会进屋,说:好了,我出门送信啰。说不定他会跟她描述最近看到的邮戳,一封来自非洲或美国的信,再顺口为她编个浪漫的故事。

但她反而把毛线搁回长沙发旁的篮子里,穿上靴子,走出户外砍柴。秋天很快就到,接下来是冬天,她看着满目疮痍、饱经难民摧残的园圃,不禁想到维持生计将会多困难。她举起斧头,用力砍下。

抓住。举高。稳住。砍下。

她用力劈砍,力道震动臂膀,直冲肩头,引发阵阵疼痛,牢牢嵌入肌肉。汗水由毛孔渗出,沾湿她的发梢。

"让我帮你。"

她愣住,斧头举在半空中。

贝克站在她身边,穿着马裤和皮靴,上身只有一件薄薄的白色运动衫遮住胸膛。他早上刮了胡子,白皙的脸颊红通通,金发滴着水,水珠一颗颗落到运动衫上,呈现出有如阳光四射的图案。

她披着宽松的袍子,脚上套着工作靴,一头鬈发乱七八糟,这身装扮让她很不自在。她放下斧头。

"家里有些事情得由男人负责。你太娇弱,不适合砍柴。"

"我做得来。"

"你当然做得来,但为什么得你来做?莫里亚克太太,进屋照顾你的女儿,我可以帮你做这件小事,不然我母亲会拿藤条打我。"

她打算移动,但不知怎地依然站在原地,他站到她面前,轻轻从她手里拿走斧头。她直觉地紧紧握住。

他们四目相接,凝视对方。

她松手,很快退后一步,几乎跌跤,他揽住她的腰,稳住她,她喃喃道谢,转身从他身边走开,竭尽全力挺直脊背,用仅存的勇气克制自己不要加快脚步。即使如此,当她走到家门口,她却感觉自己像一路从巴黎跑回来。她踢掉过大的工作靴,看着靴子"啪"的一声撞上屋角,叠在一起。她绝对不想见到这个占用她家的男人表达任何善意。

她用力把门带上,走进厨房,点燃炉火开始烧水,再走到楼梯底,仰头叫女儿下来吃早餐。

她得再叫两次,放话威胁,苏菲才拖着沉重的脚步下楼。她满头乱发,眼神愠怒,身上又是那件水手洋装。安托万离家已经十个月,洋装也已太小,但她还是要穿。"我起来了。"她边说边慢吞吞地走到桌边,坐到她的座位上。

薇安把一盘黏稠的玉米粥放在女儿面前。她今早稍微挥霍,在上头加了一茶匙糖渍蜜桃。

"妈?你没听到吗?有人在敲门。"

薇安摇摇头(她的耳中只有斧头砰、砰、砰的声响),走去开门。

蕾秋站在门边,怀里抱着小宝宝,莎拉紧靠在她身侧。"你今天打算别着发夹去教课?"

"啊!"薇安觉得自己像个傻瓜。她到底怎么回事?今天是学期最后一天,明天开始放暑假。

"快点,苏菲,我们迟到了。"她匆匆走回厨房收拾餐桌,苏菲已经把盘子舔得干干净净,于是薇安把盘子搁在水槽里,晚点再洗。她盖上那锅剩下的玉米粥,收起糖渍蜜桃,跑上楼准备出门。

不一会儿,她已经拿下发夹,把一头鬈发梳理得服服帖帖。她抓起帽子、手套、皮包,匆匆走出家门,看见蕾秋和孩子们在果园里等她。

贝克上尉也在果园,他站在工具棚旁,白色的运动衫几处湿透,贴在胸前,隐隐露出卷曲的胸毛。他把斧头随意地架在肩上。

"啊,大家好。"他说。

薇安可以感觉到蕾秋审慎的目光。

贝克放下斧头。"莫克里亚太太,这位是你的朋友?"

"蕾秋,"薇安生硬地说,"我的邻居。这位是贝克上尉,他……寄宿在我们家。"

"大家好。"贝克又说了一次,客气地点点头。

薇安一只手搁在苏菲背上,轻轻推了女儿一下,众人拖着沉重的脚步踏过果园的草丛,走上尘土飞扬的小路。

"他很英俊。"她们走到飞机场时,蕾秋说了一句。一圈圈铁丝网围起的飞机场人来人往,非常忙碌。"你没跟我说他长得不错。"

"是吗?"

"我确定你知道他很帅,人怎么样?"

"他是德国人。"

"寄宿在克莱儿·孟罗家的几个德军好像长了腿的香肠。我听说他们喝酒喝到敢杀死法官,而且鼾声如雷,好像挖寻食物的山猪。我想你算幸运的。"

"你才幸运,蕾秋,没有人搬进你家。"

"家境清寒总算有好处。"她挽住薇安的手臂,"不要那么愁眉苦脸,薇安,他们奉令必须'规规矩矩'。"

薇安看着她的挚友。"上星期伊莎贝尔在他面前一刀把头发剪掉,还说长得漂亮铁定也违规。"

蕾秋几乎掩藏不住笑意:"噢。"

"一点都不好笑,蕾秋。她的脾气可能害我们丢掉性命。"

蕾秋的笑意缓缓淡去。"你可以跟她谈谈吗?"

"当然可以,但她什么时候听过谁的话?"

"你弄痛我了。"伊莎贝尔说。

男人把她拉离墙边,拖着她往前走,他走得好快,她得跑步跟上,边跑边撞上小巷的石墙。她踩到一颗鹅卵石,差点跌跤,他抓紧她,扶她站直。

动动脑,伊莎贝尔。他没穿制服,所以他一定是秘密警察。

/ 115

嗯，这下糟了，而且他已经看到她涂毁海报。这个举动算不算颠覆、策反，或违抗德国占领？她又不是炸毁一座桥，也不是贩卖情报给英国。

我在进行艺术创作……这个大大的 V 是插满鲜花的花瓶。没错，不是象征胜利的字母 V，而是花瓶。不是抗争，只是一个傻女孩在她唯一找得到的纸上作画。我从来没听过戴高乐将军。

如果他们不相信，那怎么办？

男子在一扇橡木门前停下来，木门正中央有个黑色的狮头门环。

他用力敲门，连续四下。

"你……你要把我带去哪里？"这里是不是盖世太保总部的后门？镇上盛传这些秘密拷问者的谣言。据说他们凶残变态，但没有人确知。

门慢慢开启，出现一位戴着贝雷帽的老先生，老先生的嘴唇肥厚，点点赤斑，嘴里叼着一支手卷烟，看到伊莎贝尔眉头一皱。

"开门。"伊莎贝尔身旁的男子嘟囔一声，老先生退到一边。

伊莎贝尔被拉进一个烟雾弥漫的房间。她四下环顾，眼睛被香烟熏得刺痛。这里是间废弃的商店，原本卖些软边女帽、缝纫用品、小饰品等新奇玩意。在雾蒙蒙的光影中，她看到空空如也的展示盒堆放在墙边，空荡的帽架堆叠在角落，前头的窗户已糊上砖块，通往格兰德街的后门上了挂锁，从里面锁起。

室内有四名男子：一个高大、花白发、衣衫褴褛的长者站在角落；一个男孩坐在先前帮她开门的老人旁边；还有一个英俊的年轻人，年轻人坐在咖啡桌旁，身穿破烂毛衣、陈旧长裤和磨损的靴子。

/ 116

"笛迪耶，这是谁？"刚才开门的老先生问。

伊莎贝尔头一次好好看清逮住她的男人，他身材魁梧，肌肉结实，虎背熊腰，看起来像马戏团的大力士，下颔宽厚，一张大饼脸。

她尽量挺直身子，肩膀往后缩，扬起下巴。她知道自己穿了方格裙和合身罩衫，看起来年轻得不像话，但她拒绝让他们因她恐惧而开心。

"我看到她拿粉笔在德国人的海报上画V。"名叫笛迪耶、逮到她的大个子说。

伊莎贝尔握起右拳，试图不要引起他们注意，偷偷把橘色的粉笔磨光。

"你有什么话好说？"站在角落的长者说。这里显然由他做主。

"我没有粉笔。"

"我看到她动手。"

伊莎贝尔放手一搏。"你不是德国人，"她对大个子说，"你是法国人，我敢打赌你是。还有你，"她对坐在小男孩旁边的老先生说，"你是杀猪的屠夫。"她根本不理小男孩，直接对衣服破旧、长相英挺的年轻小伙子说，"你看起来没吃饱。我觉得你八成穿了你哥哥的衣服，要不就是从洗衣绳随便拉下一件衣服穿在身上。啊，你是共产党！"

他对她咧嘴一笑，这一笑改变了他的神态。

但她只在乎站在角落的长者，这里显然由他做主。她朝他跨了一步。"你可能是德国人，说不定你强迫其他人待在这里。"

"小姐，我已经认识他一辈子，"杀猪的屠夫说，"我跟他爸爸在索姆河并肩作战，还有你爸爸。你是伊莎贝尔·罗西诺，是吧？"

她没有回答。这是不是陷阱？

"不说话噢，"那个被她称为共产党的年轻人说，并从座位上站起，朝她走过来，"这样才对。你为什么用粉笔在海报上画 V？"

伊莎贝尔再度沉默。

"我叫亨利·纳瓦，"他说，现在这距离近得可以碰到她，"我们不是德国人，也不帮德国人做事。"他意味深长地看了她一眼。"不是每个人都消极。嗯，你为什么在德国人的海报上涂鸦？"

"我就是想这么做。"她说。

"什么意思？"

她不疾不徐地叹口气。"我听了戴高乐将军的收音机演说。"

亨利转头看看房间后头，瞄了瞄站在角落的长者。她看着他们两人无声交谈，从头到尾一语不发。她这才看出真正做主的是那个英俊的共产党员。

亨利终于再度转头，对她说："如果你可以多做点事，你愿意吗？"

"你是指？"她问。

"我们在巴黎有个同志……"

"其实是一群同志，他们在人类学博物馆……"大个子纠正他。

亨利举手制止："我们只说必须说明的事，笛迪耶。总之，我们在巴黎有同志，他在印刷厂工作，冒着生命危险印制传单让我们分发，如果我们可以唤醒法国人，让民众知道发生了什么事，我们就有希望。"亨利把手伸进一个垂挂在椅子上的皮袋，拉出一叠纸，她赫然看到传单的标题：戴高乐将军万岁。

传单的内容是一封写给贝当将军的公开信，表达对投降的不满,信末写道:我们支持戴高乐将军。

"如何?"亨利低声说,在这短短的两个字里,伊莎贝尔听到了期待已久的召唤,"你愿意分发传单吗?"

"我?"

"我们是共产党员和激进分子,"亨利说,"已经被密切监视。你是个小女孩,而且是个漂亮的小女孩,没有人会对你起疑。"

伊莎贝尔毫不迟疑:"我愿意。"

男人们纷纷开口谢她,亨利示意大家安静。"印刷师傅冒着生命危险撰写这些传单,某人冒着生命危险印制这些传单,我们冒着生命危险把传单带到这里。但是,伊莎贝尔,如果你被逮到,你会是那个分发传单的人。请务必想清楚,这可不是在海报上画个V,你可能被判死刑。"

"我不会被逮到。"她说。

亨利对她微微一笑。"你多大?"

"快满十九岁。"

"啊,"他说,"你年纪这么轻,打算怎么瞒住家人?"

"我家人不是问题,"伊莎贝尔说,"他们不太管我。但是……有个德国军人寄宿在我家,我也必须违反宵禁。"

"这事不容易,如果你害怕,我绝对了解。"亨利慢慢走开。

伊莎贝尔从他手中抢下传单。"我说我愿意。"

伊莎贝尔欣喜若狂。停战以来,她头一次感觉不是一个人,有些人跟她一样非得为法国做点事情。那几个男人告诉她,法国境内还有几十个跟他们一样的组织,凝聚抗争的势力,追随戴高乐将军。大伙聊得愈多,她愈庆幸自己有机会成为一分子。是啦,她知道她应该害怕,他们已经一再提醒她。

但德国人怎么可能因为她散发几张传单就将她处死？这种威胁未免太可笑。就算她被逮到，也绝对有办法靠着三寸不烂之舌脱身。更何况她哪会被逮到？她已经多少次偷偷溜出校门深锁的学校，或没买车票就坐上火车，最终靠着三寸不烂之舌全身而退？她的娇美始终给了她优势，就算违规也不会被惩戒。

"等我们拿到更多传单，怎么联络你？"亨利一边问，一边开门让她出去。

她瞄了街尾一眼。"拉芙侬太太衣帽店楼上那间公寓是不是还空着？"

亨利点点头。

"你们拿到传单就拉开窗帘，我会尽快过来。"

"敲四下门，如果我们没有回应，你就掉头走开。"他说。他略作停顿，又加了一句，"请小心，伊莎贝尔。"

他关上两人之间的门。

又回到一个人的状态，她低头看着手中的篮子，传单稳当地搁在红白相间的方格亚麻布下，上头摆着用不透水厚纸包起的猪肘蹄。嗯，这算不上什么掩饰，她必须想出更有效的障眼法。

她沿着巷子往前走，转弯走到忙碌的街上。天色渐渐昏暗，她已经跟那几个男人待了一整天。商店准备打烊，只有德国士兵和几个自愿陪伴他们的女人在街上闲晃。小餐馆的露天座位坐满身穿制服、享用最可口餐点、饮用最香醇美酒的男人。

她使尽每一丝力气迫使自己慢慢走，一出镇上，马上拔腿飞奔。等接近飞机场，她已经大汗淋漓，上气不接下气，但没有放慢脚步。她一路跑回家，闸门吱吱嘎嘎地在她身后关上，她站在院子里，身子往前倾，用力喘气，一手按住身侧，试着调匀呼吸。

"罗西诺小姐,你不舒服吗?"

伊莎贝尔马上挺直身子。

贝克上尉在她身旁冒了出来。他刚才一直站在她跟前吗?

"上尉,"她说,拼命想稳住自己怦怦乱跳的心。"一列车队开过……我……嗯,赶紧跑开以免挡了他们的路。"

"车队?我没看见什么车队。"

"好一阵子了。我……我有时傻傻的。我跟朋友聊天,聊得忘了时间。嗯……"她对他露出最娇媚的笑容,拍拍她剪坏了的头发,好像她非常想为他展现自己最甜美的一面。

"今天排队排得如何?"

"没完没了。"

"请让我帮你把篮子拿进屋里。"

她看向篮子,一小角白纸露在亚麻餐布外,有点显眼。"不了,我……"

"噢,我坚持。你知道的,我们是绅士。"

他指甲剪得工整美观的修长手指紧紧握住藤编的把手,转身朝屋子走去,她紧随在侧。"今天下午,我看到一大群人聚集在市政厅,那些维希政府的警察在这里做什么?"

"噢,你不必担心。"他站在大门边,等她开门。她紧紧张张、手忙脚乱地转动装在中央的门把,把门打开。虽然他绝对可以任意进入,但依然等着她说请进,仿若客人。

"伊莎贝尔,是你吗?你到哪里去了?"薇安边说边从长沙发上站起来。

"今天队伍好长。"

苏菲从壁炉旁的地上跳起来,方才她坐在那里跟毛绒熊玩耍。

"你今天领到什么配给?"

"猪蹄肘。"伊莎贝尔边说边忧心忡忡地瞄了一眼贝克手中的篮子。

"只有猪蹄肘?"薇安说,"食用油呢?"

苏菲颓然坐回毡毯上,显然相当失望。

"我把猪肘蹄收进储藏间。"伊莎贝尔说,伸手要拿篮子。

"拜托,让我来。"贝克说。他看着伊莎贝尔,紧盯着。还是这是她的想象?

薇安举起一支蜡烛,递给伊莎贝尔。"别浪费蜡烛,动作快一点。"

贝克昂首阔步地走过阴暗的厨房,打开通往地窖的门。

伊莎贝尔带头,拿着蜡烛照亮阶梯。木梯在她脚下嘎嘎作响,直到她踏上坚硬的泥地,置身阴冷的地下。贝克凑近她身边,木架似乎全都向她围拢。烛光的火焰在他们眼前跳动。

伸手拿取厚纸包起的猪肘蹄时,她试图稳住自己颤抖的双手。她把猪肘蹄放在逐渐减少的补给品旁边。

"拿三颗马铃薯和一颗大头菜上来。"薇安朝着地窖大喊。伊莎贝尔听到声音,吓了一跳。

"你好像很紧张,"贝克说,"伊莎贝尔小姐,我这个形容词用对了吗?"

烛光在两人之间闪动。"今天镇上好多狗。"

"啊,盖世太保。他们非常喜欢他们的警犬,你不必为此担心。"

"我……我怕狗,小时候被狗咬过。"

贝克对她微微一笑,笑容被烛光拉得好长。

别看篮子。但太迟了，她看到不止一小角白纸露出来。

她强迫自己微笑。"你知道我们女孩子，什么都怕。"

"伊莎贝尔小姐，我可不会如此形容你。"

她小心翼翼地从他手里把篮子接过来，看都不看他，径自放到架上，高高搁在烛光上方。把篮子在暗处放好后，她终于松了一口气。

他们一语不发地看着对方，气氛尴尬。

贝克点点头。"好，我得走了。我只是回来拿今晚开会的文件。"他转身走向阶梯，往上爬。

伊莎贝尔跟着他爬上狭窄的阶梯，从厨房的地面露脸时，薇安站在一旁，手臂交叉在胸前，皱起眉头。

"马铃薯和大头菜呢？"薇安问。

"我忘了。"

薇安叹了一口气。"下去，"她说，"下去把东西拿上来。"

伊莎贝尔转身，再度爬下地窖。拿了马铃薯和大头菜后，她走到篮子旁，高举蜡烛，照亮篮子。啊，那一小角白纸偷偷露了出来。她赶快从篮子里拿出传单，塞进衬裤里。爬上阶梯时，她感觉传单摩擦着肌肤，忍不住欣然一笑。

晚餐时，伊莎贝尔坐在姐姐和外甥女之间，吃着清水般的汤和隔夜面包，她试图找些话题，但无话可说。苏菲似乎没有察觉，径自不停地讲着一桩又一桩趣事。伊莎贝尔一只脚紧张地轻踏地板，聆听摩托车是否轰轰隆隆开到家附近，盖世太保的长筒皮靴是否嗒嗒踏过屋前的走道，门口是否传来重重的敲门声，她的目光一直徘徊在厨房和地窖木门之间。

"你今晚不太对劲。"薇安说。

伊莎贝尔不理会姐姐的评论。等终于用完餐,伊莎贝尔马上从座位上站起,说:"姐,我来洗碗,你和苏菲继续下棋吧。"

"你洗碗?"薇安说,同时一脸怀疑地瞪了伊莎贝尔一眼。

"得了吧,我以前也曾主动洗碗。"伊莎贝尔说。

"我可不记得。"

伊莎贝尔收拾空汤碗和餐具。她只想保持忙碌,让手边有些事情可做,才抢着洗碗。

洗好碗,伊莎贝尔无事可做。长夜漫漫,薇安、苏菲和伊莎贝尔打了几局贝洛特牌,但伊莎贝尔无法专心,她太紧张、太兴奋。她找了个含糊的借口,假装疲惫,早早就说不玩了。她上楼,走进卧室,和衣躺在被毯上,静静等候。

过了午夜她才听到贝克返家,听到他走进院子,然后闻到烟味飘上楼。过了一会儿,他进屋,足蹬皮靴,重重踏步,在家中四处走动。但到了凌晨一点,家中再度安静下来。她继续静静等候。凌晨四点,她下床,穿上黑色精纺毛纱织成的厚毛衣和方格毛绒短裙,扯开外套衬里的一道缝线,把传单塞进去,穿上外套,在腰间系上皮带,把配给卡塞进胸前的口袋。

下楼时,楼梯一发出吱吱嘎嘎的声响,她就却步。她似乎走了好久,感觉永无尽头,好不容易才到门口。她轻轻开门,随手带上。

清晨冷冽漆黑。某处有只小鸟高声鸣叫,说不定是开门声打扰了小鸟的清梦。她吸进玫瑰花的香气,此时此刻,一切是如此寻常,她有种胜利感。

一旦继续,她就无法回头。

她走向还没修好的闸门,一直回头探看不透光的屋子,等着看到贝克站在屋里,双手交叉在胸前,足蹬皮靴,摆出战士的态势盯着她。

但周遭只有她一个人。

她第一站是蕾秋家。这一阵子邮务几乎中止,但像蕾秋这样先生远赴战场的妇女仍天天查看信箱,明知无望,依然期盼信函为她们捎来只字片语。

伊莎贝尔伸手进外套,摸索真丝衬里的缺口,掏出一张传单。她打开邮箱,塞进传单,悄悄盖上封盖,从头到尾毫不犹豫。

她又回到路上,四下观望,没看到半个人。她办到了!

她的第二站是瑞维特老先生的农场。老先生是忠贞的共产党员,信奉革命,而且有个儿子在前线捐躯。

等发完手边最后一张传单,她已感觉自己无所不能。天空刚刚破晓,苍白的日光悄悄漫过镇上的石灰岩屋舍。

那天早上,她是头一个站在商店外排队的女人,因此,她领到了当月配给的奶油一百五十克,三分之一杯,一克都不少。

难得的宝贝。

11

在那个漫长、炎热的夏季,薇安每天醒来就得处理许多杂务。在苏菲和伊莎贝尔的协助下,她重新播种,增建了园圃,还把两个旧书柜改建成兔笼。她用细铁丝网把凉亭围起来,把堆肥放在凉亭里,用来为园圃的作物施肥,此刻田野中最浪漫的地方飘散着堆肥的臭味。她帮小路另一头的老农夫瑞维特洗衣服,借此交换饲料。只有星期天早上,她才能真正放松,感觉一切如常。每个星期天早上,她带苏菲上教堂(伊莎贝尔拒绝参加弥撒),然后跟蕾秋喝咖啡,坐在阴凉的后院谈天说地,笑笑闹闹。伊莎贝尔有时也加入,但她通常跟两个小女孩一起玩,而不愿跟薇安和蕾秋聊天,薇安也不以为意。

她当然必须处理这些杂务,虽然似乎还有好久,但冬天可能像不请自来的访客,在最不恰当的一日突然造访,这些杂务有助于她们度过寒冬。更重要的是,忙于杂务,她就不会胡思乱想。她在园圃里工作,烹煮草莓制作果酱或腌渍黄瓜,她就不会想到安托万,或她已经多久没有他的消息。他是否成了战俘?是否在某地受了伤?阵亡?说不定哪天她一抬头,会看到他面带微笑从小路的另一头走来？种种不确定啃蚀她的心头，这才令她苦恼。

想念他，惦念他，担心他，是她每晚的心境。

在这充满噩耗和静默的世界，唯一令人稍感欣慰的是贝克上尉整个夏天多半出差。他不在家的时候，她们的生活步入某种常轨。伊莎贝尔没有抱怨，乖乖做该做的事。

现在已经十月，天气开始转冷。薇安带着苏菲从学校走回家，发现自己心烦意乱。她感觉到她的一个鞋跟愈来愈松，走起来有点颠簸。这双黑色小山羊皮牛津鞋不是日常便鞋，不适合每天穿，但过去几个月来，她天天穿着外出，鞋子的胶底已从脚尖松脱，经常让她跌跤。她始终担心如何替补鞋子等物品。光有配给卡，并不保证弄得到鞋子或食物。

薇安一只手搭在苏菲的肩上，一来为了保持步伐，二来是为了确保女儿在身旁。到处都是纳粹士兵。他们坐在货车上，骑乘侧边架着机关枪的摩托车；他们在广场上行军，引吭高唱凯旋军歌。

一辆军用货车朝她们按喇叭，她们急急退到人行道里侧，看着军警呼啸而过。更多纳粹士兵。

"那是伊莎贝尔阿姨吗？"苏菲问。

薇安随着苏菲指出的方向瞄了一眼。没错，伊莎贝尔从巷子里出来，手里紧抓着篮子，她看起来……薇安只想得到"鬼鬼祟祟"一词。

鬼鬼祟祟。思及至此，其他十几件小事忽然讲得通。那些没什么道理的小事有了模式。伊莎贝尔每天凌晨就离开乡园，而她绝对没有必要这么早出门。她讲了几十个又臭又长的借口，辩称自己为什么不见人影，鞋跟断了，她得追回被风吹走的帽子，小狗吓坏了她,挡了她的路等等,薇安几乎懒得理会。

她是不是偷溜出去跟男孩子约会?

"伊莎贝尔阿姨!"苏菲大喊。

她不等阿姨回应或是妈妈许可直接冲到街上,还避开了三个把球抛来抛去的德国士兵。

"该死,"薇安喃喃自语,"对不起。"她边说边低头绕过士兵,大步穿过铺了鹅卵石的街道。

"你今天弄到了什么?"她听到女儿一边发问,一边把手伸进藤编竹篮。

伊莎贝尔拍掉苏菲的手,很用力。

苏菲大叫一声,把手抽回。

"伊莎贝尔!"薇安厉声说道,"你哪里不对劲?"

最起码伊莎贝尔倒是通情达理地脸红了。"对不起,我只是累了,我排队排了一整天,究竟为了什么?一块软趴趴、几乎不带肉的小牛骨和一小罐牛奶。真令人丧气。但我不应该这么粗鲁,苏菲,对不起。"

"如果不是早早地就溜出门,你或许不会这么累。"薇安说。

"我才没有溜出门,"伊莎贝尔说,"我去店里领配给,我以为你希望我这么做,对了,我们需要一辆自行车。穿着一双破鞋来回镇上,累死我了。"

薇安但愿自己够了解妹妹,能够解读她眼神的含义。那是愧疚?还是忧虑?叛逆?如果搞不清状况,她说不定会以为是骄傲。

苏菲挽着伊莎贝尔,三人一起走回家里。

薇安刻意忽略卡利弗的种种改变,比方说纳粹占用了许多地方,石灰墙上张贴着宣传海报(最近这批反犹太人的海报尤其令人作呕），门边和阳台全挂着红黑卐字符。人们已经开始迁离卡利弗，把家园弃交给德国人。镇上谣传他们前往自由区，但是没有人确知。商店关门，不再营业。

她听到后面传来脚步声，但镇定地说："我们走快一点。"

"莫里亚克太太，抱歉打扰你一下。"

"天啊，他跟踪你？"伊莎贝尔喃喃说道。

薇安慢慢转身。"上尉先生。"她说。街上的民众紧盯着她，人人眯起眼睛，一脸非难。

"我想跟你说我今天很晚才会回家，而且很抱歉，我不能在家吃晚餐。"贝克说。

"真是遗憾啊。"伊莎贝尔的语调又甜又腻，像烤焦的麦芽糖。

薇安试图微笑，但说真的，她不知道他为什么叫住她。"我会帮你留些……"

"不了，不了，你人真好。"他沉默下来。

薇安也沉默。

伊莎贝尔终于重重叹口气。"上尉先生，我们正要回家。"

"上尉先生，还有其他事情吗？"薇安问。

贝克凑近一步。"我知道你一直担心你先生，所以我做了一点调查。"

"噢。"

"很抱歉，我必须向你报告一些不怎么乐观的消息。你先生安托万·莫里亚克跟你们镇上很多男人一起被俘，正被关在战俘营。"他递给她一张列出许多名字的白纸和一叠官方明信片。"他回不来了。"

薇安几乎不记得自己怎么走到镇外。她知道伊莎贝尔搀扶着她，敦促她一步步往前，苏菲也在身旁，叽叽喳喳问了一大堆跟鱼钩一样尖锐的问题。什么是战俘，上尉先生说爸爸回不来了是什么意思，永远吗？

薇安知道她们回到了乡园，因为园圃散发出的气味迎向她、欢迎她。她眨眨眼，感觉自己像从昏迷状态清醒，赫然发现世界全都变了样。

"苏菲，"伊莎贝尔果断地说，"帮你妈妈煮杯咖啡，开罐牛奶。"

"但是……"

"快去。"伊莎贝尔说。

苏菲走开后，伊莎贝尔转向薇安，伸出冰凉的手捧住她的脸。"他会平安无事。"

薇安感觉自己一点一点地解体，她站在原地，思索始终刻意回避的事。一想到她的生命中可能缺了他，她顿感血气尽失，无法支撑下去。她开始颤抖，牙齿格格作响。

"进来屋里喝咖啡。"伊莎贝尔说。

进来屋里？他们的屋子？屋里四处都有他的影子，长沙发上那个他坐着看书、凹陷下去的印子，他用来挂外套的钩子，他们的床。

她摇摇头，但愿自己哭得出来，但流不出泪。这个消息令她内心一片空洞，甚至无法呼吸。

忽然间，她满脑子只想到自己身上这件毛衣曾属于他。她动手脱衣服，扯下外套和背心，伊莎贝尔大叫住手，但她充耳不闻，猛然从头上脱下毛衣，把脸深深埋在柔软的羊毛里，试图从缕缕毛线中闻到他最喜爱的香皂、他身上的气味、他的人。

但除了自己的气味,她什么都没闻到。她放下蒙住脸颊、揉成一团的毛衣,低头盯着它,试图回想他最近什么时候穿过它。她拉扯一根松落的毛线,毛线在她手中缓缓散开,变成一团弯曲的酒红色毛线。她用牙齿咬断毛线,打了一个结,以免袖子整个散开。近来毛线可是奇货可居。

近来。

近来世界正在打仗,所有物品都缺,而且你先生不在身边。

"我不知道自己一个人怎么撑下去。"

"你在说什么?这些年我们都撑下来了。从妈妈过世的那一刻起,我们就只能靠自己。"

薇安眨眨眼。她妹妹的话听起来有点混乱,仿佛以错误的声速播放。"你只靠你自己,"她说,"我始终不是一个人。我十四岁遇见安托万,十六岁怀孕,十七岁就嫁给他,爸爸把这栋屋子送给我,借此摆脱我。所以你看,我不曾只靠自己。这就是为什么你很坚强,我却不是。"

"你非得坚强不可,"伊莎贝尔说,"为了苏菲。"

薇安深深吸口气,没错,因为苏菲,她不能吞下砒霜或一头撞上火车。她拿起这一小团弯曲的毛线,系在一株苹果树的枝干上。酒红色的毛线映着青绿与褐黄,格外醒目。此后当她每天在园圃里工作,当她走到闸门,当她采收苹果,她会经过这根树枝,会看到这一小团毛线,会想起安托万。每次她都会祈祷,对着他,也对着天主祈求他回家。

"进屋吧。"伊莎贝尔边说边揽住薇安,把她拉近一点。

屋里回荡着一个男人的声音,却不见他的身影。

薇安站在蕾秋的石砌小屋外,在这个冷冽的傍晚,天空看起来雾蒙蒙。金黄、橘红、鲜红的树叶刚开始变色,叶缘印上一圈漆黑。再过不久,叶子就会飘落到地上。

薇安盯着大门,暗自希望自己不必走这一趟,但她已经看了贝克交给她的那些名字,马克·德·尚普兰名列其中。

她终于鼓起勇气敲门,蕾秋几乎马上应门,她穿着陈旧的家居服,套着松垮垮的毛袜,开襟毛衣扣错了纽扣,斜斜地披在身上,整个人看起来歪向一侧,有点奇怪。

"薇安!进来,莎拉和我正在烤米布丁,当然大多是开水和吉利丁粉,但我用了一点牛奶。"

薇安勉强挤出笑容,任由朋友拉着她走进厨房,帮她倒一杯口感苦涩、如今市面上仅存的代用咖啡。薇安评论米布丁,其实她根本不晓得自己在说什么。

蕾秋忽然转身问她:"怎么了?"

薇安盯着朋友。仅此一次,她希望自己是坚强的一方,但她遏止不了盈满眼眶的泪水。

"乖乖待在厨房里,"蕾秋跟莎拉说,"如果听到弟弟哭了,就过去把他抱过来。你,"她朝着薇安说,"跟我来。"她拉着薇安的臂膀,带她穿过小小的客厅,走进蕾秋的卧室。

薇安在床上坐下,抬头看她朋友,然后一语不发地递出她从贝克那里拿到的名单。"他们是战俘,蕾秋。安托万、马克,名单上所有人都回不来了。"

三天后,在一个寒冷的星期六早晨,薇安站在她的课堂上,看着台下一群妇女。妇女们坐在对她们而言太小的书桌旁,人人神情疲倦,有点警戒。近来大家都不喜欢聚会,没有人搞得清楚哪些关于战争的言谈算违法,何况卡利弗的妇女们全都筋疲力尽。她们整天排队领取少得可怜的食粮,其他时候到乡间搜寻可以吃的东西,或是试图卖掉她们的舞鞋丝巾,借此换点钱,买一条像样的面包。教室最里头,苏菲和莎拉躲在角落,靠在彼此身上,窝在一起看书。

蕾秋把沉睡中的儿子从肩膀这边移到另一边,关上教室的门。"谢谢大家专程前来,我知道最近除了绝对必要的事,大家没时间顾及其他。"妇女们喃喃低语,表示同意。

"我们来这里干吗?"傅尼叶太太疲惫地问道。

薇安往前跨一步,她们当中的一些人始终让她不自在,薇安十四岁搬到卡利弗,她们大多不喜欢她。当薇安"钓到"镇上最英俊的小伙子安托万,她们更是嫌恶她。这些当然都是陈年往事,如今薇安跟她们相处融洽,是她们小孩的老师,也经常光顾她们的店,即使如此,少女时代的嫌隙依然让她感到些微不自在。"我拿到一份卡利弗地区法国战俘的名单,很抱歉通知大家,你们的先生,还有我和蕾秋的先生都在这份名单上。据我所知,他们回不来了。"

她暂时停顿,让女人们有时间反应。周遭一张张脸孔蒙上悲伤与失落,薇安深知自己心中也同样哀恸,即使如此,她依然无法看着大家。她意识到自己的双眼又盈满泪水。蕾秋站到她身边,握住她的手。

"我帮大家拿到明信片,"薇安说,"是官方明信片,我们可以写信给我们的先生。"

"你怎么拿得到这么多明信片?"傅尼叶太太边问边擦拭泪水。

"她请她的德国人帮忙。"面包师傅的太太海莲娜·卢埃尔说。

/ 133

"我没有！而且他不是我的德国人，"薇安说，"他是一个征用我家的德军。难不成我应该放手让德国人进占乡园，自己两手空空一走了之？镇上每一个还有空房的旅馆或住家都被他们征用，我没有得到特别待遇。"

更多人喃喃低语、啧啧异议。有些女人点点头，其他人摇摇头。

"我宁愿自杀，也不让他们任何人搬进我家。"海莲娜说。

"是吗？海莲娜，你说真的吗？"薇安说，"你宁愿杀了你的小孩，或把他们赶到街上，让他们自生自灭？"

海莲娜移开目光。

"他们进占我的旅馆，"一个女人说，"通常表现得像绅士，但可能其实没什么教养，还很浪费。"

"绅士？"海莲娜愤愤地说，"我们是待宰的猪。你等着瞧吧，我们是一群听天由命、毫不抗拒的猪。"

"我最近都没在肉铺看到你。"傅尼叶太太带着责难的口吻对薇安说。

"我妹妹帮我跑腿。"薇安说。她知道她们不满这一点，她们生怕薇安有办法获取或夺取她们无权享有的特殊待遇。"我不会接受敌人的食物或任何东西。"她忽然感觉自己又回到了学生时代，被那些高人气女孩霸凌。

"薇安试着帮助大家。"蕾秋说。她的口气非常严肃，足使大家噤声。她从薇安手中接下明信片，逐一分发给大家。

薇安坐下，低头看着手中那张空白的明信片。

她听到其他人拿着铅笔在明信片上沙沙书写，她也慢慢开始动笔。

我最心爱的安托万：

　　我们都好，苏菲活力无穷。虽然家务繁忙，今年夏天我们依然抽空到河边野餐。

　　我们，我，时时想着你，祈求上天保佑你平安无恙。勿念，盼你回家。

　　我爱你，安托万。

她的字迹如此微小，她甚至怀疑他能否看清。

或是他能否收到明信片。

或是他是否还活着。

天啊，她哭了。

蕾秋移到她身边，一只手搭上她的肩。"我们都了解。"她悄悄说。

过了一会儿，妇女们一个个起身，人人不发一语，步履蹒跚地往前走，把明信片交给薇安。

"别让她们伤了你的感情，"蕾秋说，"她们只是害怕。"

"我也害怕。"薇安说。

蕾秋把她的明信片紧贴在胸前，摊开手掌压住这张方形的小纸片，仿佛她需要将每一个边角都触摸过。"我们怎能不害怕？"

聚会后，她们回到乡园，贝克那部侧车架设着机关枪的摩托车停放在闸门外的草地上。蕾秋转头看着她。"要不要我们跟你一起进去？"

薇安感念蕾秋眼神中的忧虑，她知道如果她开口，蕾秋一定会相助，但蕾秋怎么帮得了她？

"不了,谢谢。我们没事。他说不定忘了什么东西,很快又会出门。最近他很少待在这里。"

"伊莎贝尔在哪里?"

"你问得好。她每逢星期五,天还没亮就偷溜出去。"她凑近一点,悄悄耳语,"我觉得她去见男孩子。"

"太好了。"

薇安不晓得如何回应。

"他会不会帮我们寄明信片?"蕾秋问。

"我希望他会。"

薇安的目光在她朋友身上多停留了片刻,然后说:"嗯,我们很快就会知道。"随即带着苏菲进屋。一进屋,她马上要苏菲上楼看书,她女儿已经习惯这种命令,而且并不介意。薇安尽量让女儿和贝克保持距离。

他坐在餐桌旁,面前摊着文件。她一进来,他随即抬头,一滴墨水从他钢笔笔尖滴落到他面前的白纸上,晕出一朵蓝色的星芒。"莫里亚克太太,太好了,真高兴你回来了。"

她紧紧握住那沓明信片,谨慎地往前。明信片用一小段粗绳捆扎起来。"我……我有些明信片……镇上的朋友们……写明信片给我们的先生……但是我们不知道寄到哪里,我希望……说不定你可以帮帮忙。"

她别扭地把重心移到另一脚,深感脆弱。

"当然可以,我非常乐意帮你这个忙,但只怕要花一些时间和工夫。"他客气地起身。"我正在帮司令部的长官们编纂一份名单,他们需要知道你学校一些老师的姓名。"

"噢。"她说,不确定他为什么跟她提到此事。他从来不谈工作上的事。当然,他们根本很少谈到任何事。

"犹太人,共产党员,同性恋,共济会会员,耶和华见证会会员,你知道谁是吗?"

"上尉先生,如你所知,我是天主教徒。我们在学校不谈这些,我不太知道谁是同性恋,谁是共济会会员。"

"啊,这么说,你知道哪些人是犹太人和共产党员?"

"我不懂你的意思……"

"我没说清楚,真是抱歉。如果你让我知道你们学校的老师哪些是犹太人和共产党员,我会很感激。"

"你为什么要知道他们是谁?"

"纯粹只是文书工作。你知道我们德国人的习性,我们喜欢编纂名单。"他微微一笑,帮她拉张椅子。

薇安低头凝视桌上空白的纸张,再看看手中的明信片。安托万收到明信片说不定会回信,说不定她就可以知道他是生是死。"这不是什么秘密,上尉先生,任何人都可以告诉你他们是谁。"

他靠向她。"莫里亚克太太,只要花点工夫,我相信我可以查出你先生的地址,也可以帮你寄包裹给他,这样稳当吗?"

"'稳当'一词用得不对,上尉先生,你是不是想要问我这样可行吗?"她在拖延时间,而她也知道自己在拖时间。更糟的是,她确定他也知道。

"啊,非常谢谢你指导我学习你们优美的语言。我在此致歉。"他拿支笔给她,"别担心,莫里亚克太太,这纯粹只是文书工作。"

薇安想说她不想写,但她写或不写又有什么差别?反正他轻而易举就可以从镇上得到这些信息。

大家都知道哪些人应该列入这张名单。何况,贝克可以因为

/ 137

她抗逆,而将她逐出自己的家,若真这样,她怎么办?

她坐下,拿起笔开始写,直到写完每个名字才停下,把笔尖从纸上移开。"写完了。"她轻柔地说。

"你忘了还有你朋友。"

"是吗?"

"你当然想要正确无误,对不对?"

她紧张地咬咬嘴唇,低头看着名单上的名字。忽然间,她确定自己不应该这么做。但她有选择吗?他控制了她家,违抗他会有什么下场?她在名单上写下最后一个名字,渐渐感到反胃。

蕾秋·德·尚普兰。

12

十一月底一个格外寒冷的早晨,薇安哭着醒来,脸颊沾了泪水,她又梦见安托万。她叹了口气,慢慢下床,小心别吵醒苏菲。薇安穿了满身衣服上床睡觉:羊毛背心,长袖衬衫,毛袜,法兰绒长裤(长裤原本属于安托万,她把裤脚剪短,穿起来才合身),再加上针织帽和连指手套。现在还不到圣诞节,层层衣物已不可或缺。她又披上一件开襟毛衣,还是觉得冷。

她把戴着连指手套的双手深深探入床垫底下的缺缝,掏出安托万留给她的真皮钱包,包里没剩多少钱,再过不久,她们就得靠她教书的薪水过活。

她数了数(自从天气变冷,数钱已经变成一个改不了的习惯),把钱放回皮包里,下楼。

物资始终不足,样样欠缺。晚上水管冻结,直到正午才有自来水。薇安已经习惯把一个个盛满了水的桶子放在炉子和火炉边,方便洗濯。煤气和电力匮乏,她们也没有余钱支付煤气费和电费,所以能省则省,她的炉火开得非常小,连水都烧不开。灯也几乎不开。

她生了火,拿张厚重的鸭绒毯裹住自己,坐到长沙发上。她旁边是一袋从自己一件旧毛衣拆下的毛线,她正在帮苏菲编织围巾当作圣诞节礼物,一天当中,她只有清晨时分才空闲。

四下寂静,只有屋子嘎吱的声响与她为伴,她专注于浅蓝色的毛线和穿梭于柔软线绳间的织针,分分秒秒添增一针一线。这个稀松平常的晨间例行公事,缓和了她紧张的心情。如果放松思绪,她说不定会想起妈妈坐在身旁,教她怎么编织:"一个下针,两个上针,没错……好漂亮……"

或是安托万穿着袜子下楼,面带微笑问她正在帮他织什么……

安托万。

大门慢慢开启,冷空气和乱糟糟的树叶随即涌进屋里,伊莎贝尔走进来,她穿了安托万的旧羊毛大衣和及膝靴子,一条围巾缠绕她的头和脖子,只剩下眼睛露在外面。她看到薇安,忽然停住。

"噢,你起来啦。"她松开围巾,把大衣挂起来,神情中显然带着罪恶感。"我出去查看鸡舍。"

薇安歇手,织针暂停。"你干脆跟我明说,你最近一直偷溜出去见面的那个男孩是谁。"

"谁会在这么冷的天气出去见男孩子?"伊莎贝尔走向薇安,拉她站起来,带她走到炉火边。

薇安忽然感觉到暖意,不禁哆嗦。她先前没有意识到自己多冷。"你就会。"她笑笑说。她竟被逗笑了,自己也讶异。"你就会在这种冷飕飕的天气出去见男孩子。"

"那他一定要是了不起的家伙,说不定是克拉克·盖博吧。"

苏菲匆匆跑来,依偎在薇安身边。"啊,好舒服。"她边说边伸出双手。

在那短暂而甜美的一刻,薇安把忧虑抛在脑后,随后伊莎贝尔开口:"好,我得出门了,我必须抢先到肉铺排队。"

"你得吃点东西再出门。"薇安说。

"把我那一份给苏菲。"伊莎贝尔回了一句,再度套上大衣,拿起围巾包住头。

薇安陪妹妹走到门边,看着她悄悄没入黑暗中,然后回到厨房,点亮油灯,爬下储藏食物的地窖,地窖的石墙上是一排排木架,两年前,木架上摆着一块块烟熏火腿、一瓶瓶装满鸭油的广口瓶、一串串盘绕起来的香肠,还有陈年香槟酒醋、沙丁鱼罐头和果酱,东西多得几乎摆不下。

如今,她们已经快要喝完菊苣咖啡。最后一些白糖零星散落在玻璃罐底,面粉比黄金珍贵。谢天谢地,虽然遭到难民肆虐,园圃依然丰收,她把每一个水果、每一株蔬菜罐装保存,不管蔬果是否过小。

她伸手拿出一块好像快要变坏的粗麦面包,对发育中的女孩而言,一颗白煮蛋和一片面包实在不够吃,但胜过什么都没有。

"我还要。"苏菲吃完之后说。

"我没东西给你吃了。"薇安说。

"德国人拿走我们所有的食物。"苏菲说,一身灰绿军装的贝克刚好从房间出来。

"苏菲!"薇安厉声说道。

"莫里亚克小姐,你说得没错,我们德军确实拿走许多法国产制的食物,但打仗的人需要东西吃,对不对?"

苏菲眉头一皱,抬头看看他。"每个人都需要东西吃吧?"

"没错，莫里亚克小姐，但我们德国人不只是拿，也会回馈朋友。"他伸手进制服口袋，掏出一条巧克力棒。

"巧克力！"

"苏菲，不行！"薇安说，但贝克正对她女儿施展魅力，一边开玩笑，一边变戏法，巧克力棒在他手中忽隐忽现，最后他终于把巧克力棒拿给苏菲，苏菲高声欢呼，扯开包装纸。

贝克走向薇安。"今天早上，你看起来……有点哀伤。"他轻声说。薇安不知道如何回应。

他微微一笑，转身离开。她听到他的摩托车在户外隆隆启动、噗噗驶离。

"巧克力真好吃。"苏菲咂咂嘴说。

"你应该每晚吃一小块，而不是狼吞虎咽，一次吃光。而且我该提醒你，分享是美德。"

"伊莎贝尔阿姨说，宁愿果敢莽撞，也不要谦和温顺。她说就算从悬崖跳下去，最起码坠地之前可以在空中飞翔。"

"啊，没错，那听起来的确像伊莎贝尔会说的话。说不定你应该请你阿姨说说她上次怎么从树上跳下来，摔断手腕，尤其是她原本就不该爬树。好了，我们上学吧。"

她们走出户外，站在泥泞冰冷的路边等蕾秋跟她的小孩，再一起踏上寒冷的小路，走向学校。

"我四天前就没咖啡喝了，"蕾秋说，"如果你想不通我最近为什么如此讨人厌的话。"

"我最近才暴躁呢。"薇安说。她等着蕾秋表示不赞同，但蕾秋相当了解她，深知一句简单的话语其实并不单纯。"我……我心里有很多事。"

名单。她几星期前写下名单,至今未引发事端。虽说如此,忧虑依然萦绕心头。

"安托万?挨饿?受冻?"蕾秋微微一笑,"你这礼拜挂念什么小事?"

学校钟声响起。

"快点,妈,我们迟到了。"苏菲边说边抓着她的手臂,拖着她往前走。

薇安任由自己被拖着走上石阶。苏菲、莎拉和她进教室时,教室里已经坐满学生。

"老师,你迟到了,"吉尔面带微笑地说,"记过一次。"

每个人都大笑。

薇安脱下大衣,把它挂起来。"吉尔,你跟平常一样非常幽默,让我们看看拼字小考之后,你还笑不笑得出来。"

这下每个人都喃喃抱怨,他们垂头丧气的模样,让薇安忍俊不已。小朋友们看起来好沮丧;说真的,在这个冰冷、暗蔽、没有足够灯光驱除黑影的教室,实在很难不沮丧。

"哎呀,不管了,今天早上好冷,也许我们应该来玩捉迷藏,暖和一下筋骨。"

教室里顿时喧闹声四起,以示赞同。薇安还来不及拿大衣,就被一群笑闹的学童挤出教室。他们在外面只待了几分钟,薇安就听到汽车轰轰隆隆朝学校驶来。

孩子们没有察觉,近来他们似乎只注意飞机,继续玩游戏。

薇安走到校舍另一头,躲在屋角窥望。

一部黑色奔驰汽车开到肮脏的车道上,挡泥板上插着纳粹旗,小小的旗帜在寒风中噗噗飘动,一部法国警车紧随其后。

"各位小朋友，"薇安边说边跑回中庭，"过来，站在我旁边。"

两个男人走过屋角，渐渐出现在大家眼前，其中一个她没见过，这人身材高大，温文儒雅，一头金发，几乎有点阴柔，身穿长长的黑色皮大衣，足蹬淬亮的靴子。另一个家伙她认识，叫保罗·尚瑞，在卡利弗当了好多年警察，安托万常说这人生性刻薄懦弱。

"莫里亚克太太。"这个法国警察官模官样地对她点点头。

她不喜欢他的眼神，那眼神让她想起男孩们动手霸凌一个弱小孩童前，有时就像这样互相看看对方。"早安，保罗。"

"我们来找你们一些同事，莫里亚克太太，请别担心，你不在我们的名单上。"

名单。

"你们找我的同事做什么？"她听到自己问，但声音小得几乎听不见，即使小朋友们安静无声。

"有些老师今天会被解聘。"

"解聘？为什么？"

纳粹特务白皙的手指轻轻一弹，好像拍打一只苍蝇。"犹太人、共产党员、共济会会员，"他轻蔑地说，"这些人再也不准在学校教书、担任公职或在司法界工作。"

"但是……"

纳粹朝法国警察点点头，两人一致转身，昂首阔步地走进学校。

"老师？"有人拉拉她的衣袖说。

"妈？"苏菲低声嘟囔，"他们不能这么做，是吗？"

"他们当然可以，"吉尔说，"他妈的纳粹混账。"

/ 144

薇安应该训诫他不要粗口骂人，但除了她交给贝克的那份名单，她无法思考其他事情。

薇安跟自己的良知奋战了数小时。当天大部分时间她继续上课，即使记不得自己怎么办到的。她满脑子只想着蕾秋随同其他被解聘的老师走出教室时，对她流露出的眼神。撑到中午，虽然学校已经人手短缺，薇安依然商请另一个老师帮她代课。

现在，她站在镇上广场的边缘。

一路走来的途中，她已经想好要说什么，但当她看到纳粹旗帜在市政厅上飘扬，决心又开始动摇。放眼望去都是德国士兵，有些骑乘健壮的骏马，有些两人一组昂首前进，有些乘坐闪闪发亮的黑色雪铁龙汽车在街上飞驰。广场对面，一个纳粹军人吹哨子，拿着步枪强迫一个老先生跪下。

进去吧，薇安。

她走上通往橡木大门的石阶，大门紧闭，一个一脸稚气的年轻警卫拦下她，质问她为什么来此。

"我来找贝克上尉。"她说。

"啊。"警卫帮她开门，指指宽广高耸的楼梯，伸出两只指头比比数字"二"。

薇安踏进市政厅的大厅。到处都是身穿军服的男人。她试着避开所有人的注视，匆匆穿过长廊，走向楼梯，元首的肖像高挂在墙上，占据了大部分墙面，她在元首的注视下爬上楼梯。

上到二楼，她找了一个穿军服的男人，对他说："麻烦帮我找贝克上尉。"

"好的。"他把她带到走廊尽头的房间，利落地敲敲门。听到里面有人回应，他随即帮她开门。

贝克坐在一张金光闪闪、华美绚丽的黑色书桌后头，桌子显然掠夺自附近的豪门宅邸。他身后的墙上挂着希特勒肖像，还钉着一张张地图。一部打字机和一部油印机搁在桌上，被没收的收音机堆放在房间的角落。但最让人看不下去的是食物，一盒盒食品、一堆堆熏肉、一轮轮奶酪叠得跟小山一样高，堆放在后侧的墙边。

"莫里亚克太太，"他说着马上站起，"真令人惊喜。"他走向她，"我能帮你什么？"

"我来是为了那些被你解聘的老师。"

"我没有解聘他们，莫里亚克太太。"

薇安瞄了瞄他们后面微启的房门，朝他走了一步，压低声音说："你跟我说那份名单只是文书工作。"

"我真的很抱歉，他们确实跟我这么说。"

"学校需要他们。"

"你来这里……恐怕不妥。"他走近一点，"你最好不要招惹他们的注意，莫里亚克太太，尤其是这里。那边有个人……"他瞄了门口一眼，赶紧打住。"走吧，莫里亚克太太。"

"我但愿你没有对我提出那个要求。"

"我也是。"他带着谅解的目光看着她。"莫里亚克太太，你快走吧，你不该来这里。"

薇安转身背对贝克上尉，以及那些食物和元首肖像，走出他的办公室。下楼梯时，她察觉士兵们在对她评头论足，他们微微一笑，互相挤眉弄眼，肯定开玩笑说又有法国女人来向英俊潇洒、刚令她心碎的德国军官示爱。但直到重回阳光灿烂的户外，她才完全意识到自己做错了。

几个站在广场上或广场附近的女人看到她从纳粹的巢穴里走出来。其中一个是伊莎贝尔。

薇安匆匆走下阶梯，走向面包师傅的太太海莲娜·卢埃尔，海莲娜正要送面包到司令部。

"莫里亚克太太，来应酬啊？"薇安匆匆走过身边时，海莲娜嘲讽地说。

伊莎贝尔几乎是冲过广场，朝她跑来。她沮丧地叹了口气，停顿一下，等着妹妹赶上她。

"你去里面做什么？"伊莎贝尔质问，声调非常高亢，但说不定只有薇安感觉如此。

"他们今天解聘学校老师。不，不是每个老师都被解聘，只有犹太人、共济会会员和共产党员。"她满脑子只有这件事，心烦意乱。她想起走廊静默无声，保住工作的老师们一脸困惑。没有人知道怎么办，没有人知道如何反抗纳粹。

"只有那些人，是吗？"伊莎贝尔说，神色愈来愈紧绷。

"我不是那个意思。我只是想要澄清，他们没有解聘所有老师。"连她自己都觉得这话听起来像个不痛不痒的借口，所以她闭嘴。

"这也无法解释你为什么出现在他们的总部。"

"我……我以为贝克上尉可以帮我们，帮蕾秋。"

"你去找贝克帮忙？"

"我不得不去。"

"法国女人不会求助于纳粹，天啊，你必须知道这一点。"

"我知道，"薇安不服气地说，"但是……"

"但是什么？"

薇安再也压抑不住。"我给了他一份名单。"

伊莎贝尔挺直身子。一时之间,她几乎无法呼吸。她看着薇安的眼神比甩在脸上的一巴掌更火辣。"你怎么可以这么做?你给了他蕾秋的名字?"

"我……我不知道,"薇安结结巴巴地说,"我怎么可能知道?他说那只是文书工作。"她抓住伊莎贝尔的手。"原谅我,伊莎贝尔,我真的不知道。"

"姐,你不必跟我道歉,你该请求原谅的对象不是我。"

薇安感觉一股强大、刺痛的羞愧,她怎么可能这么愚笨?她要怎么弥补?她瞄了瞄腕上的手表。学校快要放学了。"去学校一趟,"薇安说,"拜托你去接苏菲和莎拉回家,有件事我非做不可。"

"不管你打算做什么,我希望你想清楚了。"

"去吧。"薇安疲倦地说。

圣珍妮礼拜堂位居镇郊,是座小小的诺曼式石砌教堂。礼拜堂坐落在中世纪的围墙中,后方是圣乔约瑟修女院,院内的修女们掌理一所学校和一所孤儿院。

薇安走进礼拜堂,脚步声在冰冷的石地上回音袅袅,呼出的鼻息在眼前绽放成一朵朵白花。她脱下连指手套,指尖沾沾冰冷的圣水,立刻戴回手套,她在胸前画了个十字,走向一排空荡的长椅,屈膝跪下,闭上眼睛,低头祷告。

她需要指引和宽恕,但生平头一遭,她不知道该说什么祷词。她做出如此愚蠢、轻率的事,怎么可能祈求宽恕?

天主看得到她的愧疚和恐惧,他会审判她。她放低紧握的双手,坐回木头长椅上。

"薇安·莫里亚克,是你吗?"

院长玛丽·泰蕾兹修女移到薇安身边坐下,静候薇安开口。她们之间始终如此。薇安第一次求教于院长时才十六岁,而且怀孕了。爸爸骂她丢人,院长出面安慰她;尽速安排婚礼,说服爸爸把乡园交给薇安和安托万的也是院长;院长还向薇安保证,小孩永远是个奇迹,年轻的恋人也可以白头偕老。

"你知道有个德国人寄宿在我家。"薇安终于说。

"他们住进每一栋大房子和每一家旅馆。"

"他问我学校哪些老师是犹太人、共产党员和共济会会员。"

"啊,而你告诉他了?"

"这就让我成了伊莎贝尔口中的笨蛋,是不是?"

"你不是笨蛋,薇安。"她凝视薇安,"你妹妹批评得太快,我记得她就是这样。"

"我自问:如果我不帮他,他们找不找得出那些名字?"

"他们解聘了镇上所有犹太人,难道你不晓得吗?皮诺瓦先生不再是邮局局长,柏拉亚斯法官已被撤换,根据来自巴黎的消息,赛维涅学院的女校长被迫辞职,巴黎歌剧院的犹太籍歌手们也一样。说不定他们需要你的协助,说不定不需要。你没帮他们,他们也一定找得出那些名字。"院长的语调既温和也坚定。"但这不是重点。"

"你的意思是?"

"战争愈打愈激烈,在这种时刻,我觉得我们都应该更有洞见。问题不在他们,而在我们。"

薇安热泪盈眶,感觉微微刺痛。"我不知道该怎么做了。以前都是安托万打理一切,我真的没办法应付德军和盖世太保。"

"别想着他们是谁。想想你是谁,你可以接受哪些牺牲,哪些牺牲会让你崩溃。"

"每件事都让我崩溃。我应该向伊莎贝尔看齐,她对每件事都那么有信心。在她眼中,这场战争善恶分明,她似乎什么都不怕。"

"伊莎贝尔迟早会有面临信心危机的时候,我们每个人都会。'一战'时我也有过。我知道苦日子才开始,未来会更艰困,你必须坚强下去。"

"经由信仰。"

"当然,但不只是靠着信奉天主。祷告和信仰恐怕不够。正义的路上充满艰辛,薇安,你必须做好准备,这只是你的头一个考验,你必须从中学习。"院长往前倾,拥抱薇安。薇安紧紧抱住院长,脸颊紧贴着院长刺人的羊毛修女袍。

当她抽身,心中稍感安宁。

院长站起来,牵起薇安的手,拉着她走向一个台座。"也许你这星期可以找时间过来看看院童,帮他们上上课?上次你教他们画画,他们好开心。你想必也知道最近大家都抱怨吃不饱,感谢天主,院里的姐妹们有个很不错的园圃,山羊奶和奶酪更是天赐,然而……"

"是。"薇安说。每个人都晓得勒紧裤带的滋味,尤其是小孩子。

"你并不孤单,而且事情不是你能掌控,"院长温和地说,"需要帮助时,你就求助;能够帮忙时,你就相助。在最近这种黑暗的时刻,我想这就是我们侍奉天主、侍奉彼此、侍奉自己的方式。"

事情不是你能掌控。

回家途中,薇安一路思索院长的话。

她始终从信仰中得到慰藉。当妈妈刚开始咳嗽,后来咳得肩膀剧烈颤抖,手帕上留下一摊摊鲜血,薇安祈求天主赐予自己所需的协助和指引,或许天主可以帮她想个方法,欺骗即将上门的死神。十四岁时,她对天主许诺,如果他救了妈妈的命,她愿意在所不惜,奉献一切。即使她的祷告没有应验,她依然回到天主跟前,祈求天主赐予力量,帮助她面对后来的一切,例如心中的孤寂,爸爸闷闷不乐、沉默不语、借酒浇愁、怒气冲天,伊莎贝尔哭喊哀号、苦苦纠缠。

她一再回到天主跟前,请求他协助,许诺对他忠诚。她想要相信自己不孤单,事情也不由她掌控,而是天主自有安排。她的一生依循天主的安排前进,即使她无法臆见。

如今她的愿念却如同锡片一样单薄,容易弯折。她的确孤单,而且除了纳粹之外,谁都做不了主。

她已经犯下一个可怕、严重的错误。不管多希望有机会挽回,都不可能了。她无法重来一次,撤销这个错误,但好女人应当承担责任与责难,诚心道歉。不管她在其他方面表现如何,不管她有哪些缺失,她都想做个好女人。

因此她知道自己必须怎么做。

她知道,但当她走到蕾秋家的铁门口,依然发现自己动弹不得。她的双脚沉重,心更沉重。

她深深吸口气,敲敲大门。屋里传来凌乱的脚步声,接着大门开启。蕾秋一只手抱着沉睡中的小儿子,另一只手臂上垂挂着一件粗棉布工作裤。"薇安,"她微笑地说,"请进。"

薇安几乎要屈服于心中的胆怯。嗨,蕾秋,我只是过来打招呼。她刻意深吸一口气,跟着好友进屋。她走到老位子,在那张靠近炉火、没有加装软垫的椅子上坐下,火光熊熊,感觉相当舒适。

"来,抱一下艾瑞尔,我来帮我们泡咖啡。"

薇安接过沉睡中的宝宝,抱到怀里。他紧紧依偎着她,她轻拍他的背,亲亲他的后脑勺。

"我们听说红十字会已经把一些爱心包裹送交到战俘营里的囚犯手中。"蕾秋稍后说,她端着两杯咖啡走回来,把其中一杯放在薇安旁边的小桌上。"女孩们在哪里?"

"在我家,跟伊莎贝尔一起,说不定正在学习如何开枪射击。"

蕾秋大笑。"开枪射击不算什么,她们恐怕得具备更骇人的技能。"她拉下披在肩上的工作裤,丢进一个草篮,跟其他待缝补的衣物摆在一起,然后在薇安的对面坐下。薇安深深吸了一口婴儿独特的甜香,抬起头,蕾秋正望着她。

"是不是心情又不好?"蕾秋小声地问。

薇安不安地对她笑笑。蕾秋知道薇安多悼念她失去的婴孩,也知道她多希望再生几个。当蕾秋怀了艾瑞尔,她们两人之间感觉别扭,说不上不合,但有点不自在。

薇安为蕾秋高兴,却也难掩妒忌。"不。"她说。她轻轻抬高下巴,直视好友的双眼。"我有件事必须跟你说。"

"什么事?"

薇安深呼吸。"你记得我们写明信片的那天吗?我们回到我家时,贝克上尉在等我?"

"记得,我提议跟你一起进屋。"

"我但愿你真的跟我一起进屋,即使我觉得结果可能没什么不同。他只要等到你离开就行了。"

蕾秋动了动,似乎打算起身。"他是不是……"

"不、不,"她赶快说,"不是那样。我回家的时候,他在餐桌旁工作。他埋头写东西,他……他跟我要一份名单,他想知道学校里的老师谁是犹太人或共产党员。"她稍作停顿。"他还问到同性恋和共济会会员,好像大家会聊这些似的。"

"你跟他说你不知道。"

薇安满心羞愧,不得不移开目光,但只移开了一秒。她强迫自己说:"我把你的名字给了他,蕾秋,还有其他人的名字。"

蕾秋直直挺立,脸上血色尽失,漆黑的双眼看起来更是醒目。"而他们解聘了我们。"薇安用力吞咽口水,点点头。

蕾秋猛然起身,头也不回地走过薇安身边,尽管薇安一再哀求,她依然急急走开,躲避薇安的碰触。她走进卧室,"砰"的一声关上门。

薇安一口一口地吸气,一句一句地默祷,椅子嘎吱作响,时间似乎过得好慢。她看着挂钟小小的黑色指针嘀嗒嘀嗒地移动,时间一分一秒过去,她随着指针的节奏,轻拍着小宝宝的背。

房门终于开启,蕾秋走回客厅。她的头发非常凌乱,好像刚才一直伸手乱揉;脸颊一块块红斑,可能因为焦虑,也可能因为气恼,说不定两者皆是。她哭得双眼通红。

"真的很对不起,"薇安站起来说,"请原谅我。"

蕾秋走近,站到她面前,低头看着她,眼中闪过一丝愤怒,但怒气很快消散,被一股无奈取代。

"镇上每个人都知道我是犹太人,薇安,我也始终以此为傲。"

"我知道,我也跟自己这么说。但我仍然不该帮他,对不起,我再怎样都不会伤害你,希望你明白。"

"我当然明白,"蕾秋平静地说,"但是,薇安,你必须小心一点,我知道贝克年轻英挺,亲切有礼,但他是纳粹,而纳粹都很危险。"

一九四〇年的冬天是大家记忆中最寒冷的冬季。连日大雪,树木和田野一片银白;银闪闪的冰柱把树枝压得下沉。

尽管如此,每逢星期五,伊莎贝尔依然早早起床,不到天亮就出门散发如今被纳粹称为"恐怖分子文件"的传单。上星期的传单追踪报导北非的军事行动,也提醒法国民众,冬季食物之所以短缺,原因并不是纳粹文宣所宣称的英国军事封锁,而是德国人将法国产制的物品掠夺一空。

过去几个月,伊莎贝尔不停散发这些传单。老实说,她看不出传单对卡利弗的民众造成什么影响。许多民众依然支持贝当元帅,很多人甚至毫不在乎。邻居们把德国人视为小伙子,啊,他们好年轻,只是一群男孩子,然后低着头继续跟生活奋战,试着不要惹麻烦,这样的人还不少,令人恼怒。纳粹当然已经注意到传单。有些法国民众用尽各种手段拍马屁,头一步就是把他们在邮箱看到的传单交给纳粹。

伊莎贝尔知道德国人正在搜索印制和散发传单的法国人,但他们并不十分积极,尤其是最近这种下着大雪,人人只关注伦敦大轰炸的冬日。说不定德国人知道传单上的文宣不足以扭转战争的局势。今天伊莎贝尔躺在床上,苏菲像株小小的耳蕨般蜷伏在她身边,薇安睡在苏菲的另一侧。现在她们全都睡在薇安的床上。过去一个月,她们把每一张找得到的百衲被和毯子都搬上床。伊莎贝尔静静躺着,观看自己的鼻息凝聚,幻化为一朵朵微小的白云。

她知道即使套着她穿上床的毛袜,脚下的地板依然冰冷。她知道一天当中,只有这个时候她会感到暖和。她凭借钢铁般的意志,慢慢滑出重得不像话的层层被毯,身旁的苏菲喃喃抱怨,翻身靠向她妈妈取暖。

当伊莎贝尔踏上地板,疼痛直窜脚踝。她呻吟一声,一拐一拐地走出房间。

她的脚好痛,花了好久才下楼。愚蠢的冻疮!今年冬天人人都为冻疮所苦。据说缺乏奶油和油脂才会生冻疮,但是伊莎贝尔知道那是因为天气严寒,袜子全是破洞,鞋子的缝线一一开花。

她想生火,她渴望暖意,即使只是一秒钟也好。但她们已经用到最后一批柴。一月下旬,她们就得动手拆谷仓,焚烧谷仓的木材、装工具的木盒、旧椅子和其他每一样她们找得到的东西来取暖。她帮自己烧了一杯开水,喝了下去,让满满一杯滚烫的开水欺骗胃肠,误以为自己并不是空着肚子。她吃了一小块走味的面包,在身上裹了一层报纸,再穿上安托万的大衣,戴上自己的连指手套,套上靴子。她拿条羊毛围巾包住头和脖子,即使如此,踏出户外时依然冷得几乎无法呼吸。她随手带上大门,在雪地上步履维艰地前进,每走一步,脚指头的冻疮就隐隐抽痛,即使戴着连指手套,手指依然马上冻僵。

户外弥漫着诡异的宁静。她沉重地踏过及膝的积雪,打开毁损的闸门,踏上覆满白雪的小路。

天气寒冷,漫天大雪,所以她花了三小时才发完传单(本星期的内容是大轰炸,光是一个晚上,德国佬就在伦敦丢掷了三万两千颗炸弹)。旭日东升,但天光跟清汤一样贫乏。她头一个到肉铺前面排队,但其他人很快跟进。早上七点,肉铺老板娘拉开百叶窗,打开店门。

"章鱼。"老板娘说。

伊莎贝尔瞬间大失所望。"没有肉？"

"不在法国人的配给之内。"

她听到背后那些想要领取肉品的女人们喃喃抱怨，排得更后面，甚至连章鱼都领不到的女人也满腹牢骚。

伊莎贝尔接下纸包的章鱼，走出肉铺。最起码她弄到了一些东西。市面上再也看不到锡罐装的牛奶，配给卡没有用，连黑市也没货。她运气好，排了两小时的队之后，领到一小块卡蒙贝尔奶酪。她用一条厚重的毛巾盖住篮子里的宝贝，一跛一跛地沿着维克多·雨果街往前走。

她走过一家坐满德国士兵和法国警察的咖啡馆，闻到煮好的咖啡和刚出炉的牛角面包，肚子不禁咕咕叫。

"小姐，你好。"

一个法国警察利落地跟她点点头，表示他必须绕过她身边。她让到一旁，看着他把海报贴在一家遭到弃置的商店橱窗上。

第一张海报写着：

公告

犹太人雅克·曼萨德、共产党徒维克特·亚隆斯基、犹太人路易斯·戴福瑞，因从事间谍活动处以枪决。

第二张海报写着：

公告

从今以后，凡因任何不法或颠覆活动而遭逮捕的法国人，一律视为人质。当法国境内发生危害德国之举时，所有人质都将遭枪决。

"他们平白枪决法国百姓?"她说。

"你看起来脸色发白,小姐。这些警告不是针对像你这么漂亮的女孩。"

伊莎贝尔怒视对方。这个法国人对自己同胞做出这种事,简直比德国人更卑鄙。正因如此,她憎恶维希政府。如果半个法国处于自治状态,却让民众成为纳粹的傀儡,又有什么意义?

"小姐,你还好吗?"

如此殷勤、关切。如果她骂他是叛国贼,朝他脸上吐口水,他会怎么做?"我很好,谢谢。"她看着他信心十足地过马路。他抬头挺胸,帽子好端端地戴在褐色的短发上,咖啡馆里的德国士兵们热情相迎,拍拍他的背,把他拉到他们之间。伊莎贝尔不屑地把头转开。

就在这时,她看到那部闪闪发亮、斜斜靠在咖啡馆侧墙的自行车。一看到它,她马上想:若是每天骑着自行车来回镇上,她可以减轻多少痛苦,日子会好过许多。

自行车通常由咖啡馆的士兵们看守,但在这个飘雪的早晨,没有人坐在户外。

别动手。

她的心怦怦跳,连指手套里的掌心潮湿发烫。她四下观望。在肉铺前面排队的女人们刻意忽视一切,躲避任何人的目光。对街咖啡馆的窗户蒙上雾气,里面的人们只是一个个浅橄榄绿的侧影。

他们太信得过自己。

信得过我们,她尖酸地心想。

一想到这里,她心中仅存的一丝自制全部烟消云散。她把篮子紧贴在身侧,一跛一跛地踏上冰滑的鹅卵石街道。从踏出那一步的那一刻起,她周遭的世界似乎一片模糊,时间也慢了下来。她听到自己的呼吸声,看着自己的鼻息化为眼前一团团白雾。屋宅迷迷蒙蒙,消褪为花白的庞然大物,雪花令人目眩,最后眼中只有闪闪发亮的把手和漆黑的车胎。

她知道手脚要快,不可左顾右盼或稍有迟疑。唯有如此才能得手。一只狗在某处吠叫,一扇门"砰"地关起。

伊莎贝尔继续往前走,离自行车只有五步。四步。

三步。两步。

她踏上人行道,抓住自行车,跳上车。她沿着鹅卵石街道往前飞驰,自行车随着路面的颠簸铿锵作响。她车子一斜,飞快地骑过街角,差点滑倒,她赶紧稳住,用力踩着踏板,朝格兰德街前进。

她在格兰德街转进一条巷子,跳下车,敲敲路边的一扇门,重重连敲四下。门慢慢开启,亨利看到她,眉头一皱。

她推挤入内。

小小的集会所灯光暗淡。一盏油灯孤零零地搁在一张布满刻痕的木桌上。室内只有亨利,他正用托盘上的肥瘦肉灌制香肠,一串串香肠挂在墙上的钩子上,室内弥漫着鲜肉和香烟的气味。她拖着自行车入内,"砰"地把门关上。

"嗯,你好呀,"他边说边在一条毛巾上擦手,"我没听说今天要开会。"

"没有。"

他瞄了一眼她的身侧。"那不是你的自行车。"

"我偷的，"她说，"我从他们的眼前直接偷走的。"

"那是……嗯，或说曾是……亚朗·达斯尚普的自行车。德国人进占卡利弗时，他抛下一切跟着家人逃往里昂。"亨利朝她走来。"最近我看到一个党卫军的士兵骑着它在镇上四处走动。"

"党卫军？"伊莎贝尔雀跃的心情慢慢消散。最近盛传党卫军跟他们种种暴行的可怕谣言，说不定她刚才应该想清楚一点……

他靠得更近，她甚至感觉得到他散发出的暖意。

她从来不曾与他独处，或跟他靠得这么近。她头一次看出他的双眼不是褐色，也不是绿色，而是那种让她想起林中深处蒙上白雾的灰棕色。她看到他眉毛上有道小小的伤疤，要么原本伤口极深，要么没有好好缝合。她突然猜想，他之前究竟过着什么生活，导致他来到这里，投身共产主义？他起码比她大十岁，但老实说，他有时看起来似乎更年长，仿佛承受过莫大的伤逝。

"你得帮车子上漆。"他说。

"我没有油漆。"

"我有。"

"你可不可以……"

"亲一下。"他说。

"亲一下？"她重复一次，借以拖延时间。战争开打前，她对诸如此类的事早习以为常。男人们仰慕她，始终渴望她。她想重温那种感觉，想要跟亨利调情，让他跟她打情骂俏，但这个念头让她有点难过，有点失落，好像亲吻再也不算什么，调情更没意义。

"亲一下，我今晚就帮你漆自行车，你明天来拿。"

她朝他跨了一步，头一歪，凑向他的脸。

他们自然而然地贴近对方,即使两人间隔着大衣、外套、一层又一层的报纸与羊毛。他把她搂在怀里,亲吻她。在那美妙的一秒间,她又是昔日那个热情洋溢、受男人倾慕的伊莎贝尔·罗西诺。

亲了她之后,他抽身,而她感觉……泄气。悲伤。

她应该说些什么,或许开开玩笑,说不定装出一副开心的模样,即使心里没什么感觉。过去,要是亲吻多少有点意义,她就会这么做。

"你心里另外有人。"亨利边说边仔细端详她。

"我没有。"

亨利温柔地摸摸她的脸颊。"你在说谎。"

伊莎贝尔想到亨利为她做的一切。他把她带进"解放法国"组织,给她机会;他相信她,对她有信心。然而,他吻她时,她想的却是贾约丹。"他不要我。"她说。这是她头一次对人坦承。话一出口,连自己也感到讶异。

"要是目前情况不同,我会设法让你忘了他。"

"我也会让你试试。"

她看到他听了微微一笑,也看出他笑容中的哀伤。"蓝色。"他沉默了一会儿后说。

"蓝色?"

"我有蓝色的油漆。"

伊莎贝尔笑笑。"太合适了。"

那天稍后,当她站在另一个队伍中等着领取少许食粮,或在林中拣拾柴火扛回家时,她想起了那个吻。

她想了又想,盘据在脑海中的是:"如果是……那该有多好。"

13

一九四一年四月底一个清朗的春日,伊莎贝尔置身家对面的田野,躺在毛毯上舒展筋骨。牧草繁茂生长,她深深吸口气,吸进牧草的甜香。闭上双眼,她几乎可以忽略远处的德国卡车发出隆隆的引擎声,载送士兵和法国的农产品前往图尔的火车站。历经凄惨的冬天后,她格外珍惜阳光照着她的脸颊,哄着她坠入沉沉的梦乡。

"你在这里啊。"

伊莎贝尔叹了口气,坐了起来。

薇安穿了一件条纹连身洋装,蓝色的洋装已被粗糙的自制肥皂洗得泛白。她整个冬天挨饿,变得更加削瘦,颧骨的线条更明显,喉口也更凹陷。一条陈旧的围巾包住她的头,盖住她那已经失去光泽,也已不再卷曲的秀发。

"给你的。"薇安递过一张纸片,"一个男人送来,说是给你的。"她又说一次,好像这件事值得复述。

伊莎贝尔手忙脚乱地站起,猛然从薇安手里抢过纸片。纸片上草草写道:窗帘开启。她弯腰拾取毛毯,动手折叠。这是什么意思？他们从来没有召集过她，肯定发生了重要的事。

"伊莎贝尔？你要不要解释一下？"

"不要。"

"那人是亨利·纳瓦，旅社的小老板，我以为你不认识他。"

伊莎贝尔把纸片撕成碎屑，任由它飘落地上。

"他是共产党员，你知道吧？"薇安轻声说。

"我得走了。"

薇安抓住她的手腕。"你该不会整个冬天偷溜出去跟共产党员碰面吧？你知道纳粹怎么看他们。光是被看到跟那个家伙在一起，你就有危险。"

"你以为我在乎纳粹的看法？"伊莎贝尔边说边挣脱姐姐的掌握。她光着脚跑过田野，从家里随便抓了一双鞋，跳上自行车，跟一脸惊愕的薇安说再见，沿着泥土小路往前骑。

到镇上后，她不动声色地骑过荒废的帽子店把车停下。

没错，窗帘果然拉开。悄悄转进鹅卵石小巷，她把自行车停靠在凹凸不平的石灰墙边，用力敲四下门。敲到第四下，她忽然想到说不定这是陷阱。一念及此，她不禁倒抽一口气，东张西望，但已经太迟。

亨利开门。

伊莎贝尔悄悄入内。室内弥漫着香烟的烟雾，散发着菊苣咖啡的焦味，还有一丝残留的血腥味，先前有人在这里灌香肠。那个先头逮到她的大个子笛迪耶坐在一张山桃木椅背的旧椅子上，整个人往后仰，两个椅脚悬空，脊背轻轻擦过他身后的墙壁。

"你不应该把通知送到我家，亨利。我姐姐起疑了。"

"我们必须马上跟你谈。"

伊莎贝尔兴奋得心头微震。他们是不是终于要叫她做其他事情,而不单只是把传单塞进邮箱里?

"我来了。"

亨利点燃一根香烟,吐出灰色的烟雾,缓缓放下火柴,她可以感觉到他始终看着她。"你有没有听说沙尔特的一个地方长官因为是共产党员而被捕,遭到刑求?"

伊莎贝尔皱起眉头。"没有。"

"他宁愿用碎玻璃割破咽喉,也不愿供出任何姓名或认罪。"亨利踩熄烟屁股,把剩下的一截收进外套口袋,留待稍后再抽。"他正在集结一群像我们这样响应戴高乐号召的同志。这位割破自己咽喉的先生正设法前往伦敦,跟戴高乐本人会晤,他希望筹办一个'解放法国'运动。"

"他没死?"伊莎贝尔问,"或割断自己的声带?"

"没有,他们说是奇迹。"笛迪耶说。

亨利仔细端详伊莎贝尔。"我有一封非常重要的信必须送给我们在巴黎的联络人,很不巧的是,他们最近盯得我很紧,笛迪耶也被严密监视。"

"嗯。"伊莎贝尔说。

"我想到你。"笛迪耶。

"我?"

亨利把手伸进口袋,掏出一个皱巴巴的信封。"你可以把这封信送交给我们在巴黎的同志吗?他希望下星期的今天可以收到。"

"但是……我没有通行证。"

"没错,"亨利轻声说,"而且如果你被逮到……"他没把话说完,特意强调那种悬而未决的危险性。"如果你拒绝,当然没有人会瞧不起你。这个任务相当危险。"

"危险"不足以形容事态的严重。卡利弗四处张贴行刑告示，纳粹在占领区处决法国民众，即使只是微不足道的过失，民众依然遭到杀害，协助这项解放法国的运动起码会让她坐牢。但她依然坚信法国的民主与自由，正如她姐姐坚信天主。"嗯，所以你们希望我拿到一张通行证，前往巴黎送交一封信，然后回家。"若是这样描述，听起来似乎不是非常危险。

"不，"亨利说，"我们需要你待在巴黎，成为我们的……姑且这么说吧，我们的信箱。未来几个月里，我们必须送交多封这类信件。你爸爸在巴黎有栋公寓，是吧？"

巴黎。

自从爸爸把她赶出巴黎后，她一心渴望离开卡利弗，返回巴黎，投身抗争组织，成为其中的一员。"我爸爸不会让我住下。"

"说服他。"笛迪耶打量她，审视她，语调不疾不徐。

"他不是容易被说服的人。"她说。

"这么说来，你办不到啰？好吧，我们得到答复了。"

"等等。"伊莎贝尔说。

亨利走向她。她看出他眼中的犹豫，也知道他希望她拒绝这个任务。他显然担心她。她扬起下巴，直视他的双眼。"我去。"

"你必须跟每一个你爱的人说谎，而且始终处于戒慎恐惧的状态。你有办法过这样的日子吗？你到哪里都不会觉得安全。"

伊莎贝尔阴郁地笑笑。她自小不就是这样过日子吗？"你们会帮我照顾我姐姐，"她问亨利，"确保她安全？"

"我们每一项工作都必须付出代价。"亨利说。他看了她一眼，眼神中充满哀伤，传达出他们知道的真相。没有安全这回事。"我希望你了解这一点。"

伊莎贝尔只看到眼前的机会,她终于可以做些重要的事。"我什么时候出发?"

"一拿到通行证就走,而这可不容易。"

那个女孩究竟在想什么?

一个男人像在学校操场传纸条似的送信给她?还是个共产党员?她是玩真的?薇安打开包装纸,把这星期配给的一小片羊肉放在柜台上。

伊莎贝尔始终轻率鲁莽、精力无穷,说真的,她是个喜欢不按牌理出牌的女孩。无数修女和师长已经知道她无法受到管束。

但这事非同小可。这可不是在舞会里亲吻一个男孩,逃跑出去看马戏团表演,或拒绝穿上袜带和丝袜。

现在是战时,而且她们住在占领区。伊莎贝尔怎么可能依然认为她的选择不用承担后果?

薇安动手剁碎羊肉。她加进一颗宝贵的鸡蛋和走味的面包,撒上盐和胡椒调味,把肉馅做成一个个肉饼,这时,她听到摩托车噗噗地驶近,她走到门口,把门打开一个小缝,刚好够她往外窥看。

贝克上尉跨下摩托车,石墙遮住他部分身影,薇安只看得到他的头和肩膀。过了一会儿,一辆绿色的军用货车缓缓开到他身后,停了下来。另外三个德国士兵出现在她家院子里,男人们彼此交谈,然后聚集在覆满玫瑰、她高曾祖父建造的石墙边,其中一个士兵举起铁锤,重重落在石墙上,石墙应声瓦解,岩石裂成碎片,玫瑰纷纷掉落,粉红的花瓣四散在青绿的草地上。薇安赶紧冲到院子里。"上尉先生!"

铁锤再度落下,哐——

"莫里亚克太太。"贝克说,看起来不太高兴。她居然够了解他,察觉得出他的心情,一想到这里,薇安就感到不安。"我们奉命拆毁这条小路上的每一道墙。"

一个士兵开始拆石墙,另外两个谈笑风生走向大门,问都没问径自走进她家。

"抱歉,"贝克边说边踏过碎石,朝她走来,"我知道你非常喜欢这些玫瑰。更抱歉的是,我的属下们必须执行命令,征收你家的东西。"

"征收?"

士兵们从屋里走出来,一人扛着原先悬挂在壁炉上方的油画,另一人拿着客厅里那张过分松软的椅子。

"那是我祖父最喜欢的椅子。"薇安轻声说。

"对不起,"贝克说,"我没办法阻止他们。"

"天啊,这是什么世界……"

当伊莎贝尔扛着她的自行车走过一堆碎石,把自行车靠在树边,薇安不知道自己应该松一口气或是担心。她的家和小路之间再也没有屏障。

即使骑车骑得脸颊泛红、汗水淋漓,伊莎贝尔看起来依然非常美丽。银闪闪、波浪般的金发勾勒出她娇美的脸庞,褪色的红洋装紧贴着她的身躯,显现出窈窕的曲线。

士兵们停下来看她,那张卷成圆柱形、从客厅搬出来的奥布松织花地毯垂挂在两人之间。

贝克脱下军帽,对抬着地毯的士兵们说了几句话,士兵们随即匆匆走向货车。

"你拆了我们的墙?"伊莎贝尔说。

"少校希望从小路上就可以看到每一栋屋子。有人散发反德国的传单。我们会找到这个人,逮捕他。"

"你觉得那些无伤大雅的纸值得如此大费周章?"伊莎贝尔问。

"伊莎贝尔小姐,那些传单绝非无伤大雅,它们鼓吹恐怖主义。"

"恐怖主义必须严加防范。"伊莎贝尔边说边把手臂交叠在胸前。

薇安无法不看着伊莎贝尔。事情不太对。她妹妹似乎压抑怒气,挺直脊背,好像一只准备猛扑的猫。"上尉先生。"伊莎贝尔过了一会儿说。

"伊莎贝尔小姐,有什么事吗?"

士兵们抬着早餐餐桌,走过他们身边。

伊莎贝尔任由他们走过,然后走向上尉。"我爸爸病了。"

"是吗?"薇安说,"我为什么不晓得?他怎么了?"

伊莎贝尔不理睬薇安。"他要我到巴黎照顾他,但是……"

"他要你去照顾他?"薇安不敢置信地说。

贝克说:"你需要通行证才可以离开,伊莎贝尔小姐,你知道的。"

"我知道。"伊莎贝尔好像喘不过气。"我……我以为你说不定可以帮我弄到通行证。你很顾家,你当然可以理解父亲的请求有多重要。"

说来奇怪,伊莎贝尔说话时,上尉微微转头看着薇安,好像她的看法才要紧。

/ 167

"好，我可以帮你弄到一张通行证，"上尉说，"因为你家里发生这种紧急状况。"

"谢谢你。"伊莎贝尔说。

薇安万分惊愕。贝克看不出来她妹妹在操控他吗？他做决定时，为什么转头看薇安？

如愿以偿后，伊莎贝尔马上转身走回自行车旁，握住把手，牵着车子走向谷仓，橡胶轮胎在凹凸不平的地上颠簸碰撞，砰然作响。

薇安追了上去。"爸爸病了？"她赶上妹妹，开口问道。

"爸爸没事。"

"你刚才说谎？为什么？"

伊莎贝尔犹豫了一下，虽然只是稍微踌躇，但薇安依然察觉得出。"我猜我没必要再说谎，干脆摊开来明说。最近这阵子，我星期五早上偷溜出去跟亨利见面，现在他问我要不要跟他一起去巴黎，他在蒙马特有一栋不错的小公寓。"

"你疯了吗？"

"我想我爱上他了，可能有一点。"

"你打算穿越纳粹占领的法国，就为了跟一个你可能有一点爱上的男人在巴黎共度几晚？"

"我知道，"伊莎贝尔说，"这样好浪漫。"

"你肯定是发高烧，还是你脑袋有问题？"她双手叉腰，不以为然地哼了一声。

"如果爱情是种疾病，我猜我受到了感染。"

"天啊！"薇安手臂交叉，抱在胸前。"我要说什么才能阻止你做这傻事？"

伊莎贝尔看着她。"你相信我？你相信我会因为一时兴起而穿越纳粹占领的法国？"

"伊莎贝尔，这可不是逃学去看马戏团表演。"

"但……你相信我这番话？"

"当然，"薇安耸耸肩，"你太蠢了。"

伊莎贝尔看起来垂头丧气，倒是反常。"我不在的时候，拜托你离贝克远一点，别信任他。"

"这不就是你的作风？你担心地警告我，却不会因为担心而留在我身边。真正重要的是你要什么。苏菲和我就算遭殃，你也不在乎。"

"不是这样。"

"不是？去巴黎吧。好好享乐，但绝对不要忘记你抛下外甥女和我，"薇安抱胸，回头瞥了一眼那个站在她院子里监督士兵们掠夺她家的男人，"把我们留给他。"

第二部 | 夜莺开始歌唱

14

一九九五年四月二十七日，俄勒冈州海滨

我跟等着进烤箱的鸡一样被捆缚起来。我知道这些现代化的安全带相当有用，但它们让我感觉被包围，心中焦虑不安。我们这一代可不指望受到保护，免于种种危险。

我记得从前是怎么回事，从前那个时代，人们必须做出明智的选择。我们知道种种风险，但仍冒险一试。我记得我开着那部老旧的雪佛兰，一只脚紧踩油门，有点超速，一边抽烟，一边听着小小的黑色音箱播送劳埃德·普莱斯[①]的歌曲 *Lawdy Miss Clawdy*，孩子们在后座滚来滚去，好像保龄球瓶。

我猜儿子担心我会找机会就跑，他的挂虑不无道理。过去这一个月，我的人生天翻地覆，我的前院挂着"吉屋已售"的牌子，我要离家了。

"车道很漂亮，不是吗？"儿子说。他以话语填补空白，而且

[①] 劳埃德·普莱斯（1933—2021），美国抒情歌星。

慎选言辞，他的作风向来精确，这就是为什么他能成为优秀的外科医生。

"是啊。"

他转进停车场，这里跟车道一样，两旁种满繁花盛开的树木。小小的白花垂落路面，好像一缕缕散落在裁缝师地板上的蕾丝花边，跟漆黑的沥青形成强烈对比。

停车时，我笨拙地想解开安全带。近来我的双手不听使唤，我深感挫折，甚至会放声咒骂。

"让我来。"儿子边说边斜斜地伸手帮我解开。

我还没拿起皮包，他已经下车，站在我这一侧的车门边。

车门开启，他牵起我的手，扶我下车。停车场距离入口很近，我却必须两度停下来喘气。

"每年这个时候，树木真漂亮。"我们一起走过停车场时，他这么说。

"是啊。"这些李子树绽放出粉红的花朵，繁茂丰美，确实非常漂亮，但我忽然想到香榭丽舍大道两侧繁花盛开的栗树。

儿子抓紧我的手，他想借此表示他了解我的心情：离开庇护了我将近五十年的家，心里肯定很难过。但现在我必须往前看，而不是回顾过去。

看看"海端养生村"。

说句公道话，这个地方还不赖，即使看起来有点冷冰冰。建筑物本身低矮狭长，窗户方方正正，前方的草坪修剪得完美无瑕，大门上方悬挂着美国国旗。我猜这大概是七十年代的建筑。

那个年代几乎什么东西都不怎么美观。中央有个庭院，两侧各有一排房间，我猜想坐着轮椅的老人家就在这个庭院里仰头晒太阳，静待时光流逝。谢天谢地，我的房间不在东侧的安养中心，最起码现在还不需要。我仍可以自己料理生活和住处，不劳大家费心。

朱利安帮我开门，我走进去，最先注意到的是接待区，接待区面积不小，装饰得像是海滨饭店的迎宾处，墙上还挂着一张满是贝壳的渔网。我猜想圣诞节时，他们会把饰品吊在渔网上，长袜从桌边垂挂而下，说不定感恩节刚过，墙壁就会钉上闪闪发光、欢天喜地的圣诞节牌示。

"来吧，妈妈。"

噢，对，不可以闲晃。

这个地方闻起来像什么？嗯，西米布丁和鸡汤面。软趴趴的食物。

不知怎么地，我继续往前走。我别的不行，唯独绝不停顿。

"到了。"儿子边说边打开317A室的房门。

说真的，这个一室公寓相当不错，厨房在门边的角落，隔着丽光板柜台从厨房望去，可以看到一张餐桌、四张椅子和客厅，客厅里有燃气壁炉，周边有一张咖啡桌、一套沙发和两张椅子。

角落的电视全新，还内嵌了录像带播放机。有人——说不定是我儿子——已经把我喜欢的电影叠在书架上：《恋恋山城》《断了气》《乱世佳人》。

我看到我的东西：一张亲手织的软毛花毯披在沙发椅背上，书搁在书架上。卧室的面积适中，我这边的床侧有张小桌子，桌上满是处方药瓶，橘色的小圆筒散置各处，宛如一处小小的丛林。"我这边的床侧"听起来滑稽，但有些事不会因为伴侣过世而改变，这就是其中之一。床的左侧是我的，即使现在床上只有我一人。置物箱搁在床尾,正如我的要求。

"你依然可以改变主意,"他轻声说,"跟我回家。"

"我们已经讨论过了,朱利安,你的生活非常忙碌,没有必要一天二十四小时为我操心。"

"你觉得你住在这里,我就比较不操心吗?"

我看着他,好爱这个孩子,我知道我的死会让他伤心欲绝,我不想让他看着我渐渐死去,也不想让他的女儿们承受这种悲伤。我很清楚那种感觉,有些影像一旦映入眼帘,你就永远忘不了。我要他们记得我现在的模样,而不是即将饱受癌症摧残的我。

他带我走进小小的客厅,扶我坐到沙发上等他帮我们倒杯酒,然后他在我身边坐下。

我想,他离开后我不晓得会有什么感觉,我确定他这样想。他叹了口气,手伸进公文包拿出一沓信。那声叹息取代了话语,传达了某种转变。我听得出来,从这一刻开始,我的人生迈入另一个阶段:我的新生活将是昔日生活的简略版,我也将接受儿子的照顾,再也不是由我照顾儿子。我们母子都感到不太自在。"我已经付了这个月的账单。这些信件我不知该如何处理,大概多半是垃圾邮件。"

我从他手中接下那沓信,草草检阅。一封特殊奥林匹克运动会的客制化信函……免费估价遮阳棚……牙医来函,提醒我已经六个月没去看牙。

一封来自巴黎的信。

信封上盖了几个红印,好像信件已被邮局转寄了几次,或是寄错了地方。

"妈?"朱利安说。他的观察力真敏锐,什么都逃不过他的眼睛。"那是什么？"

他伸手拿取这封信，我好想紧紧握住，不让他得手，但手指不听使唤。我的心像街舞舞步一样又急又乱。

朱利安拆开信封，取出一张米黄色的卡片。啊，一封邀请函。"上面写的是法文，"他说，"好像是说'法国十字勋章'，嗯，所以这跟第二次世界大战（以下简称'二战'）有关？说不定是爸爸的信？"

也是，男人始终以为战争是他们的事。

"有人在邀请函的一角写了几个字，是什么？"

这几个字在我眼前不断扩展，好像乌鸦伸展漆黑的双翼，庞大到无法忽视。明知不可，我依然拿起邀请函。那是一张邀集到巴黎团聚的请帖。

他们希望我参加。

我怎能参加却不想起过去种种，那些我做过的错事、守住的秘密、杀害的男人……还有那个我应该杀死的男人？

"妈？什么是摆渡人？"

我的声音低得几乎听不见："摆渡人是协助偷渡者，战时救助了不少民众。"

战争。

15

问你自己一个问题,抵抗就是这么开始的。然后问别人同一个问题。

——雷姆柯·坎珀[①]

一九四一年五月,法国

伊莎贝尔前往巴黎的那个星期一,薇安保持忙碌。她洗了衣服,吊在外面晾干;帮园圃除草,采收早熟的蔬果。忙了一整天后,她决定泡个澡、洗个头,放松一下。拿着毛巾擦干头发时,她听到有人敲门。她被这个突如其来的访客吓了一跳,一边扣上紧身胸衣的纽扣,一边走到门口,水珠滴落在她肩头。

她开门,看见贝克上尉站在门口,穿着军服,一脸灰尘。"上尉先生。"她边说边拂去垂落在脸颊边的湿发。

[①] 雷姆柯·坎珀(Remco Campert, 1929—),荷兰作家、诗人、专栏作家。

"莫里亚克太太,"他说,"今天我和一个同事出去钓鱼,我帮你带了我们钓到的鱼。"

"鲜鱼?太好了。我帮你煎一煎。"

"帮我们煎一煎,莫里亚克太太,你、我、苏菲。"

薇安无法不看着贝克或他手中的鱼。她确信伊莎贝尔绝对不会接受这项赠礼,也确知她的朋友和邻居会宣称他们拒绝敌人赠送的食物。拒绝代表尊严,每个人都知道。

"我没偷,也没强索。我跟每一个法国人一样有权钓鱼,你收下绝不是羞耻。"

他说得没错。这是一条从附近河流钓来的鱼,他没有从任何人手中强索。即使如此,当她伸手接过鱼,依然感觉这种合理化的借口有如重担般压着她。

"你很少赏光跟我们一起吃饭。"

"现在不同了,"他说,"因为你妹妹不在家。"

薇安退回屋里,让他进来,他跟往常一样一进门马上脱下帽子,咔咔踏过木头地板,走向他的房间。直到听见他的房门"啪嗒"关上,薇安才察觉自己仍站在原地,拿着一条用在巴黎印刷的德文报纸《巴黎新闻》包着的鱼。

她走回厨房,把纸包的鱼摊在砧板上,贝克已经把鱼洗得干干净净,甚至花工夫刮除了鱼鳞。她点燃燃气灶,把铸铁的平底锅搁在炉火上,在锅里加进一汤匙宝贵的油,趁着马铃薯渐渐焦黄、洋葱慢慢释放出焦糖的甜香时,她把鱼抹上盐和胡椒,静置一旁。家中很快弥漫着诱人的香味,苏菲跑进厨房,冲到曾经摆着早餐餐桌、现却空空荡荡的角落,停了下来。

"鱼啊。"她敬畏地说。

薇安用汤匙在马铃薯和洋葱间挪出空间，把鱼放在中央煎。油花四溅，鱼皮滋滋作响，愈来愈香脆。最后她在锅里加上几片腌渍的柠檬，看着柠檬慢慢在锅中变软。

"去跟贝克上尉说晚餐准备好了。"

"他要跟我们一起吃饭？伊莎贝尔阿姨不会赞成的。她离开前跟我说绝对不要直视他的双眼，而且设法不要跟他待在同一个房间里。"

薇安叹了一口气，妹妹真是阴魂不散。"他带了鱼给我们，苏菲，而且他住这里。"

"没错，妈，我知道，但是伊莎贝尔阿姨说……"

"去叫上尉吃饭，伊莎贝尔走了，她那些极端的顾虑也跟着拜拜了。快去。"

薇安回到炉边，过了一会儿，她端出一个重重的陶盘，盘中央是焦脆的鲜鱼，周围摆上香煎马铃薯、洋葱和腌渍柠檬，最后撒上一把新鲜的香芹提味。锅底的酱汁带着柠檬的微酸，漂浮着香脆的油渣，若是加点奶油，味道肯定更好，但酱汁闻起来依然香气诱人。她把盘子端到饭厅，发现苏菲已经坐定，贝克上尉坐在她旁边。

他坐在安托万的位子。薇安几乎绊跤。

贝克客气地站起来，快手快脚地帮她拉椅子，他从她手中接过盘子时，她稍微愣了一下。

"看起来真是称头。"他恳切地说，再次显示他的法文实在不怎么样。

薇安坐下，赶快移到她的位子。她还想不出要说什么，贝克已经着手帮她倒酒。

"一九三七年的蒙哈榭白酒,相当不错。"他说。

薇安知道伊莎贝尔对此肯定有话说。

贝克坐在她对面,苏菲坐在她左边。苏菲正说着某件学校发生的事,待她稍停,贝克讲起钓鱼,苏菲大笑,薇安强烈地意识到伊莎贝尔不在,正如她先前始终强烈地意识到伊莎贝尔在,两者皆令她无法忽视。

离贝克远一点。

薇安听得清清楚楚,仿若伊莎贝尔在她耳边发出警告。她知道就此而言,妹妹说得没错。毕竟薇安不可能忘记那份名单和解聘事件,也忘不了贝克坐在桌旁,脚边堆了一箱箱食物,身后挂着希特勒的肖像。

"……在那之后,我太太非常不信任我的钓鱼技术……"他面带微笑地说。

苏菲大笑。"有一次我们全家去钓鱼的时候,爸爸跌到河里,妈,你记得吗?他说鱼好大,把他拖下水,妈,是不是?"

薇安慢慢眨眼,花了一会儿才察觉话题绕了一圈,她又被纳入其中。

这种感觉……至少可说是怪异。她们跟贝克吃过几次饭,餐桌上始终静默,很少交谈。伊莎贝尔显然怒气腾腾,有她在场,谁说得出话?

现在不同了,因为你妹妹不在家。

薇安了解他的意思,如今家中和餐桌上的紧张气氛消失一空。她的离家还可能引发什么变化?

离贝克远一点。

薇安怎么办得到?更何况,她最近什么时候吃到过这么可口的一餐,或是……听到苏菲开怀大笑?

伊莎贝尔走出火车车厢时,里昂车站挤满了德国士兵。她拖拉着自行车往前走,小皮箱不停撞上她的大腿,急躁的巴黎人动手推挤,她一路挣扎搏斗,很不容易。她梦想回巴黎,已经想了好几个月。

在她的梦想中,巴黎仍是巴黎,没有受战争影响。

但在这个星期一的午后,她坐了一整天火车回到这里,看清了事实。巴黎的建筑物或许尚未被占领行动波及,里昂车站附近显然也未遭炮轰,但是周遭感觉阴沉,即使今日阳光普照。她骑着自行车沿宽广的大道前进,感觉巴黎隐隐弥漫着失落与绝望。

她心爱的城市似乎是个年华老去的烟花女,往昔娇美动人,如今被情人抛弃,形影憔悴,萎靡不振。不到一年,德军踢踢踏踏、永不歇止的马靴声消弭了巴黎的精髓,飘扬在每一个碑塔上的纳粹党旗诋毁了巴黎的华美。

街上只见挡泥板上插着小小卐字旗的黑色奔驰轿车和军用货车,偶尔冒出一部灰黑装甲坦克。林荫大道上,家家户户的门窗都遮黑,百叶窗拉下,似乎每隔一个街角就有路障。指引方向的告示牌上写着粗黑的德文,时钟全依循德国时间拨快两小时。

她踩着踏板,把头低下,骑过一群群德国士兵和款待德军的露天咖啡厅。转个弯、骑上巴士底大道时,她看到一个骑着自行车的老太太试图跨越路障,一个纳粹士兵挡在老太太前面,用德文痛骂,但老太太显然听不懂德文。过了一会儿,老太太把自行车掉头,骑车离去。

伊莎贝尔花了比平常久得多的时间骑到书店,等她放空踏板、停到书店前,她已经神经紧绷。她把自行车停靠在树边,把车锁好，然后紧紧抓住小皮箱走向书店。她从一家小餐馆的橱窗瞄见自己的身影：金发剪坏了，发尾参差不齐；脸色苍白，上了亮红的唇膏（她也只剩下这个化妆品）；上身是一件天蓝与奶黄相间的方格外套，搭配同款的帽子和天蓝色裙子，她的手套看起来相当破旧，但这种时候没有人会注意这种事。

这是她旅行时的最佳装扮。

她想要呈现自己最好的一面，给爸爸一个好印象，让他知道自己是大人。

她这辈子已经多少次返家前为了头发和衣着伤透脑筋，结果却发现爸爸不在家，薇安忙得没办法从乡下回来，她被托付给爸爸的某个女性友人？这种情况发生了太多次，致使她十四岁起就索性不回家过节；她宁可孤零零地坐在空荡的寝室，也不愿被一群不知道该拿她怎么办的人搪塞推诿。

但这次不一样。为了亨利、笛迪耶和那些"解放法国"的神秘友人，伊莎贝尔必须在巴黎住下。她不能让他们失望。

书店的橱窗已被遮黑，保护橱窗的铁栅也已拉下，牢牢锁住。她试着推门，发现上了锁。

星期一下午四点就打烊？她走到书店前，从爸爸习惯藏东西的缺口，找到那把生锈的万能钥匙，开门进去。

狭长的书店一片漆黑，似乎屏住气息。没有任何声响传来，她没有听到爸爸翻阅心爱的小说，也没听到他沙沙书写、琢磨诗句。灯没亮。

他从妈妈还在世时就热爱写诗。她随手带上门，打开门边的电灯开关。

她摸黑走到桌旁，找到一支插在黄铜烛台上的蜡烛，继续搜寻，抽屉冒出几支火柴。她点亮蜡烛。

即使烛火微弱，她也看得出店里各个角落饱受摧残。书架半数空空荡荡，其中许多已遭损毁，斜立在地上，书本散落各处，堆得跟小山一样高。海报被撕下，涂得乱七八糟。整个店里看起来好像有群强盗呼啸而过，搜寻某样藏匿的物品，随手捣毁一切。

爸爸。

伊莎贝尔匆匆离开书店，甚至没把钥匙放回原处，而是扔进外套口袋。她解开自行车锁，跳上车。她选择比较偏僻的小巷（小巷是少数没有设置路障的街道），终于骑到葛内乐街，她转个弯，骑往家中。

百余年来，这栋位于布尔多内街的公寓始终归属在她爸爸的家族名下。街道两旁一栋栋灰白的楼房以灰岩所砌，屋顶斜长，锻铁阳台，檐口雕着一个个白白胖胖的小天使。约莫六条街外，埃菲尔铁塔高耸矗立，令人瞩目。沿街约有几十家商店和咖啡馆，店家架起漂亮的遮阳棚，咖啡馆在户外摆上桌子，楼上则是住家。伊莎贝尔通常沿着人行道漫步，逛逛橱窗，感受周遭的繁忙与纷闹。但今天不同。咖啡馆和小餐馆空无一人，衣衫褴褛、一脸倦容的女人们排队等着领配给。

她一边抬头凝视遮黑的窗户，一边从袋子里摸出钥匙。她打开大门，抬着她的自行车，挤进漆黑的门厅。她把自行车锁在门厅的一根水管上，无视棺材大小的吊笼电梯，反正最近供电有限，电梯肯定形同虚设，直接爬上狭窄陡峭、环绕电梯井的楼梯，直上五楼。五楼有两户人家，各居楼梯口两侧，他们家是右边那一户。她打开门锁，踏入屋内。她听到邻居的开门声，转身想跟雷克勒太太打个招呼，门却"啪嗒"一声，默默关上。这位好管闲事的老妇人显然密切监看他们家有哪些人进出。

她走进家中,随手带上门。"爸?"

遮黑的窗户阻隔了光线,即使是大白天,屋里依然一片漆黑。"爸?"

无人回应。

说真的,她松了一口气。她提着小皮箱走到客厅。漆黑的室内让她想起多年前的那段时光。当时公寓里也是一片阴暗,带点霉味;有人轻声呼吸,吱吱嘎嘎踩踏木头地板。

嘘,伊莎贝尔,别说话。你妈妈跟天使们在一起了。

她打开客厅的电灯开关,华丽的水晶吊灯一闪一闪地亮起,褐黄的冰晶树枝闪烁着光芒,好像来自另一个世界。在微弱的光影中,她环顾公寓,察觉墙上少了几幅油画。这个房间不但反映出她妈妈一贯的装饰风格,同时兼具其他世代流传下来的古典品位。从两扇方格窗望出去,应该可以看到美丽的埃菲尔铁塔,但此刻窗户全部遮黑。

伊莎贝尔把灯关掉,等待时没必要浪费宝贵的电力。她坐到水晶吊灯下的圆木桌边,多年以来,数以千计的晚餐在粗拙的桌面留下一条条剐痕,她爱怜地轻抚陈旧的木桌。

让我待下,爸。拜托,我不会惹麻烦。

当时她几岁?十一?十二?她不太确定。但她记得她穿着修女院校的蓝色水手装制服。唉,那好像是上辈子的事。今天她又回到这里,准备哀求爸爸(爱她),让她待下。

稍后,到底过了多久?她不确定自己在黑暗里坐了多久,一边等爸爸回家,一边试着回忆妈妈的模样,她几乎忘了妈妈的长相。她听到脚步声,然后是钥匙插进锁孔,格格嘎嘎。

她听到门打开,赶快站起来。门"啪嗒"关上。她听到他拖着沉重的脚步走过玄关,穿过小小的厨房。

现在她必须坚强,绝不可动摇,但她心中的勇气跟她淡绿的目光一样,在她爸爸面前始终缓缓消散,此刻也不例外。"爸?"她对着暗处说,她知道他不喜欢惊喜。

她听到他站着不动。

然后电灯开关"咔"地一响,水晶吊灯亮起。"伊莎贝尔,"他叹口气说,"你在这里做什么?"她不至于笨到对这个极不在乎她感受的男人显露自己的犹豫,此刻她有任务在身。"我来巴黎跟你住,或说我又来巴黎跟你住。"她补上一句,好像原本没打算这么说。

"你留下薇安和苏菲独自应付纳粹?"

"我走了,她们反而比较安全,请相信我,我迟早会情绪失控。"

"失控?你哪里不对劲?你明天早上马上回卡利弗去。"他走过她身边,走向墙边的木制餐具柜,帮自己倒了一杯白兰地,咕噜噜三口喝下,再倒一杯。喝完第二杯后,他转头看她。

"不。"她说。这个字令她精神大振。她可曾跟他说"不"?她再说一次,以示强调。"不。"

"你说什么?"

"我说'不',爸。这次我不会照你的意思上火车,我不会离开,这是我家。我的家。"说到这里,她的声音顿时轻缓。"我看着妈妈踩缝纫机缝制这些窗帘。这张桌子是她叔公留给她的遗产。我卧室的墙上有我趁妈妈不注意,偷偷用她的口红画上的姓名缩写。在我堆建的秘密堡垒里,我敢保证我的洋娃娃依然沿着墙壁

/ 186

排排站。"

"伊莎贝尔……"

"不。爸,你不可以甩掉我,你已经做了太多次。你是我爸爸,这是我的家。现在是战时,我要待下。"她弯腰拿起脚边的小皮箱。

在水晶吊灯苍白的灯光中,她看到爸爸神情挫败,脸颊的皱纹更深。他垂头丧气,给自己又倒了一杯白兰地,贪婪地大口喝下。他显然非得仰仗酒精之助才有办法看着她。

"这里可没有舞会让你参加,"他说,"你那些大学男孩都离开巴黎了。"

"你真的以为我是那种女孩?"她说,然后换个话题,"我刚才去了书店。"

"纳粹,"他回了一句,"有一天他们突然冲进店里,翻出弗洛伊德、托洛茨基、托马斯·曼、托尔斯泰、安德烈·莫洛亚的著作,一本本烧毁,音乐作品也付之一炬。我宁愿不做生意,也不愿只卖他们准许我卖的书,所以我干脆关门。"

"那你靠什么维生?你的诗作?"

他大笑,笑声含糊而苦涩。"这种时候哪有精神搞风花雪月的事?"

"你哪来的钱付电费、买东西吃?"

他的神情一变。"我在克里雍大饭店找到一份不错的差事。"

"当服务生?"她几乎不相信他帮那些粗鲁的德国佬端啤酒。

他移开目光。

伊莎贝尔感觉作呕。"爸,你帮谁工作?"

"德国人在巴黎的最高指挥部。"他说。

这下伊莎贝尔了解他的心情,那是羞愧。"他们在'一战'对你做出那种事,你竟然……"

"伊莎贝尔……"

"我记得妈妈跟我们说过你战前是什么模样,战争如何让你崩溃。我曾经梦想有一天你会表现得像个父亲,但这一切都是谎言,对不对?你只是个懦夫,纳粹一回来,你马上赶去协助。"

"你竟敢批评我、评断我承受的痛苦?你才十八岁。"

"十九岁,"她说,"爸,你跟我说,你帮侵略者端咖啡,还是帮他们叫出租车,把他们送往高级餐馆?你吃他们午餐剩下来的食物吗?"

他似乎当着她的面泄了气,苍老了许多。她说不出为什么,但后悔自己说了重话,即使她说得没错,而且应当。既然话已出口,她就不能退却。"所以你同意啰?我这就搬进以前的卧室,在家里住下。如果你的条件是我们能不说话就不说话,我乐意照办。"

"巴黎食物短缺,伊莎贝尔,最起码对巴黎民众是这样。市区到处都是告示,警告大家不要吃老鼠,而这些告示有其必要。人们饿得养天竺鼠当食物。你在乡间会过得比较好,乡下地方大多有个园圃。"

"我追求的不是过得好,也不是安全。"

"那你到巴黎追求什么?"

她意识到自己说错了话。她愚蠢的话无异是个圈套,让自己跳进去。她爸爸可能有多种面貌,笨蛋可不是其中之一。"我来见一个朋友。"

"拜托别跟我说你这么做都是因为某个男孩,你不可能这么蠢。"

"乡下好无聊,爸,你晓得我的个性。"

他叹了一口气,又从酒瓶里倒了一杯白兰地。她看着他的眼神中浮现一丝疲惫。她知道再过不久他就会跌跌撞撞地走开,深陷于自己的思绪中。"你要待下,就必须遵守一些规矩。"

"规矩?"

"宵禁之前必须回家,绝对没有例外。你必须尊重我的隐私,我受不了你在我身边晃来晃去。你每天早上都得去各个店家,看看我们的配给卡可以领到哪些食物。你必须找份工作。"他稍作停顿,眯起眼睛看着她。"如果你跟你姐姐一样惹祸上身,我会二话不说马上把你赶出巴黎。"

"我不是……"

"我不管你有什么打算。工作,伊莎贝尔,找个工作。"

他话还没说完,她已经转身走开,走进她以前的卧室,用力把门关上。

她办到了!仅只一次,她如愿以偿。谁在乎他始终刻薄、妄下评断?她在她的卧室,在巴黎,她待下了。

卧室比她记忆中狭小。墙壁漆上令人心悦的白漆,里面摆着一张雕花铸铁的双人床和一把曾经华美的路易十五时代的古董椅,木板地铺着陈旧褪色的毡毯,从窗户望出去是中庭。小时候她始终知道邻居们什么时候出门倒垃圾,因为她可以听到他们咔啦咔啦走到中庭,"啪"的一声盖上垃圾桶的铁盖。她把她的小皮箱丢到床上,打开行李。

她带着逃难和带回巴黎的衣物都比她平日的装束破旧,几乎没必要摆进大衣橱,跟妈妈留给她的华服挂在一起。低腰、蕾丝珠饰、裙摆蓬松的复古洋装,缀着丝边的晚礼服,绉纱洋装,量身裁剪的毛料套装，各式各样成套的帽子和皮鞋，专供女士们在宴会厅翩然起舞，或是挽着门当户对的男孩参访罗丹美术馆。这些衣物属于那个已经消逝的世界，巴黎再也没有所谓"门当户对"的男孩。事实上，巴黎几乎看不到男孩，他们都被关进德国的战俘营，或逃到其他各地。

她把衣服挂在橱里的衣架上，关上核桃木橱门，把衣橱往旁边一推，露出隐藏在衣橱后面的那扇密门。

她的堡垒。

她弯腰，按一下门的右上角，那道嵌进白墙的密门顿时吱嘎弹开，露出一个长宽各约六英尺的储藏室，室内的屋顶非常倾斜，连她十岁时都必须弯腰才可以站进去。没错，她的洋娃娃果然还在里面，有些斜斜躺下，有些挺直站立。

伊莎贝尔关上密门，锁住回忆，把衣柜移回原位。她快快更衣，披上一件粉红色晨袍，真丝的晨袍依然隐隐带着玫瑰精露的香味或者她假装如此，让她想起妈妈。走出房间准备刷牙时，她在爸爸的房门口停下来。

房门紧闭。她可以听到他在书写；他的钢笔沙沙地刮过粗糙的纸张，不时诅咒几句，然后陷入沉默。（他沉默时肯定又灌了几口黄汤，绝对错不了）接着"砰"的一声，可能是酒瓶重击桌面，也可能是拳头。

伊莎贝尔上了发卷，洗了脸，刷了牙。梳洗完毕，走回卧室时，她听到爸爸又开口诅咒，这次比较大声，她赶紧躲回卧室，随手把门"啪"地带上。

我受不了你在我身边晃来晃去。

这话的意思显然是她爸爸受不了跟她同处一室。

想来好笑,去年她被女子精修学校退学,爸爸把她放逐到乡下前,他们父女一起住了几星期,她却没有意识到他受不了她。

没错,那段期间他们从来没有坐下来一起吃饭,或聊些稍有意义、让她有印象的话题,但不知怎么地,她就是没有意识到他受不了她。他们在书店里一起工作,共事了几星期。难道她可悲到只求待在他身边,而没有察觉他沉默以对?

嗯,现在她察觉到了。

他用力敲敲她卧室的门,力气大到她轻声惊呼。

"我要去上班了,"爸爸隔着房门说,"配给卡在柜台上,我留给你一百法郎,你买得到什么就买什么。"

她听到他的脚步声回荡在走廊。他重重踏过地板,墙壁几乎摇晃,然后大门"砰"地关上。

"没等我说声拜拜就走了?"伊莎贝尔喃喃说道,话一出口,自己都被尖酸的语气吓一跳。

然后她想起来了。

今天就是那个大日子。

她把被毯推到一边,下床,灯都没开就更衣打扮。她已经想好今天穿什么:土褐色的洋装、黑色的贝雷帽、白手套、她最后一双露出脚后跟的黑色粗跟凉鞋。可惜她没有丝袜。

她在客厅的镜中端详自己,试图挑毛病,但只看到一个衣着朴素、拿着黑色皮包的普通女孩。她再次打开皮包,低头凝视条纹真丝衬里。她已经把衬里割开一个小缝,悄悄把那个厚信封塞进去。打开皮包一看,皮包似乎空空如也,就算她被拦下——而她肯定不会被拦下的。谁会拦下一个穿衣打扮、外出用餐的十九岁女孩?人们在她的皮包里只看得到配给卡、身份证、居留卡和通行证,一切合规矩。

十点钟,她离开公寓。户外晴空万里,她顶着艳阳跳上蓝色自行车,骑向码头。

她骑到里沃利街,街上挤满了黑色汽车、车侧捆绑着油罐的绿色军用卡车、骑马的士兵。巴黎市民沿着人行道前进,骑着自行车经过少数几条允许他们通行的街道,站在延伸到街尾的队伍里等着领配给。他们神情挫败,不敢直视德国人,低头走过德国人身旁,让人一看就知道是巴黎市民。在美心餐厅的红色天篷下,她看到一群纳粹高级军官等着入内。根据流传四方的谣言,法国境内最优质的肉品和蔬果全都直接送到美心餐厅,以供最高指挥官享用。

然后她看到了:法兰西喜剧院入口处附近的那张铁长椅。

伊莎贝尔踩下刹车,跌跌撞撞地猛然停车,然后一脚在踏板上,另一脚踏到地面,全身的重量都靠单脚支撑,感觉脚踝稍微扭了一下。她心头一震,兴奋之情头一次转化为恐惧。

皮包忽然显得沉重,好像格外醒目。她的掌心湿漉,呢帽的帽檐也沾了一圈汗珠。

别乱想。

她是信使,而非惊慌失措的女学童。她知道自己承担什么风险。她站在原地,一名女子走向长椅,背对着伊莎贝尔坐下。一名女子。她没料到联络人是女的,但她感到出奇欣慰。

她深深吸口气,稳定一下心情,然后推着自行车穿越繁忙的马路,走过一个个卖围巾和饰品的小亭,站在那名女子身旁,说出她该说的话:"你觉得我今天需不需要雨伞?"

"我觉得今天应该会是大晴天。"女子转身。她一头黑发仔细盘起,露出五官分明、颇似东欧人的脸颊。她年纪较大,说不定三十岁,但眼神看起来更苍老。

伊莎贝尔正想打开皮包,女子忽然厉声说:"不。"接着说了一句,"跟我来。"快快站起。伊莎贝尔紧随而行,两人慢慢穿过宽阔壮观的拿破仑中庭,雄伟壮丽、气势轩昂的卢浮宫耸立在她们周遭,但纳粹党旗四处飘扬,德国士兵坐在杜乐丽花园的长椅上,卢浮宫感觉已经不像昔日君王帝后的宫殿。女子走进路侧的小巷,低头躲进一家小咖啡馆,伊莎贝尔把自行车锁在咖啡馆前的一棵树上,跟着女子入内,在她对面坐下。

"信在你那里?"

伊莎贝尔点点头。她打开搁在膝上的皮包,拿出信封,悄悄从桌下递给女子。两个德国军官走进咖啡馆,在附近的一张桌子旁坐下。

女子往前倾,扶正伊莎贝尔的贝雷帽,举动出奇地亲密,好像她们是姐妹或是闺蜜。她凑近,悄悄在伊莎贝尔耳边说:"你有没有听说过通敌者?"

"没有。"

"通敌者是跟德国人串通的法国男女,不光在维希出没。你每时每刻都得小心。通敌者非常喜欢向盖世太保告发我们。一旦他们晓得你是谁,盖世太保绝对盯上你。别相信任何人。"

她点点头。

女子往后靠,看看她。"连你爸爸都不能相信。"

"你怎么晓得我爸爸?"

"我们想跟你会面。"

"你已经见到我了。"

"我们，"她轻声说，"明天中午，圣日尔曼大道和圣赛门街的街口，不要迟到，不要骑自行车，小心别被跟踪。"

伊莎贝尔非常惊讶女子的动作如此迅速，她快快起身，瞬间不见人影。伊莎贝尔独自坐在桌旁，另一桌的德国大兵警戒地盯着她，她强迫自己点一杯欧蕾咖啡（即使她很清楚咖啡是菊苣根晒干磨成，而且也不可能有牛奶），赶快喝完，离开咖啡馆。

她走到街角，看到窗上贴着告示，警告民众不可谋反，否则将被处死。告示旁边的戏院窗口贴着一张黄色海报，上面写道：犹太人禁止入内。

她解开自行车的铁锁时，一个德国士兵从她身旁冒了出来。她猛一下撞上他。

他殷殷关切，她投以女明星般的微笑，点点头用法文说道："当然没事，谢谢。"她抚平洋装，拿上皮包，骑上自行车，头也不回地远离德国士兵。

她办到了。她拿到了一纸通行证，回到巴黎，强迫爸爸让她待下，而且已为"解放法国"组织传递了第一封秘密信函。

16

薇安必须承认，少了伊莎贝尔，乡园的日子好过多了。再也没有人情绪突然爆发，再也没有人在贝克上尉身边发表某些欲盖弥彰的议论，再也没有人逼迫薇安在已经落败的战争中挑起无谓的战火。尽管如此，少了伊莎贝尔，家里有时过于安静，在静默中，薇安发现自己的思绪过于嘈杂。

比方说现在。她已经醒来好几个小时，只是盯着卧房的天花板，等天亮。

终于，她起床下楼，帮自己倒了一杯橡果研磨、味道苦涩的咖啡，端着走到后院，坐在那张安托万最喜欢的椅子上，在枝叶繁茂的紫杉树下聆听小鸡迟钝地走动、爪子沙沙地刮过泥土。

她的钱几乎已经花光，现在她们必须靠她教书的微薄收入过活。

尽管难以下咽，她仍喝完咖啡。她端着空杯走回阴暗、温度已开始攀升的屋里，瞥见贝克上尉的房门开着。她在屋外时他已出门，整天都不会在家，真是万幸。

她叫醒苏菲，听着女儿讲述昨晚做了什么梦，帮女儿准备干硬的吐司和桃子果酱当早餐,然后母女两人走向镇上。

薇安尽量催赶苏菲,但苏菲心情欠佳,连声抱怨,拖拖拉拉。等她们走到肉铺,时候已晚,队伍排到门外,延伸到街尾。薇安站到队伍最后头,紧张地瞄了瞄广场上的德国人。

队伍慢吞吞地往前移动,薇安注意到橱窗贴上新的宣传海报。海报上一个微笑的德国士兵把面包拿给一群法国孩童,旁边挂出新的告示牌:犹太人禁止入内。

"妈,那是什么意思?"苏菲指着告示牌说。

"嘘,苏菲,"薇安厉声说,"我们讲过了,有些事再也不可以提。"

"但是乔瑟夫神父说……"

"嘘。"薇安不耐烦地说,一边拉扯苏菲的衣袖以示提醒。

队伍往前移动,薇安上前一步,发现自己跟一个头发灰白、肤色有如黏稠燕麦粥的女人对望。薇安眉头一皱。"傅尼叶太太呢?"她边问边把今天的配给卡递过去,暗自希望还能领到一些配给的肉类。

"犹太人禁止入内,"女人说,"我们剩下一点熏鸽肉。"

"但这是傅尼叶家的肉铺。"

"不是了,现在肉铺是我的。你要不要鸽肉?"

薇安接下一小罐熏鸽肉,丢进柳条藤篮里。她一语不发地带着苏菲走到店外,对街街角,一个德国哨兵在银行前站岗,提醒法国民众银行已被德国人征收。

"妈,"苏菲抱怨,"他们怎么可以……"

"嘘。"薇安一把抓住苏菲的手,走出镇外,沿着泥土小路走回家,苏菲毫不掩藏心中的不悦,一路上怒气冲冲,唉声叹气,喃喃抱怨。薇安不理她。

她们走到乡园破损的闸门时，苏菲甩开妈妈的手，猛然转身面对薇安。"他们怎么可以就这样接管肉铺？伊莎贝尔阿姨会做点什么，你只会害怕！"

"我该怎么做？冲进广场叫他们把肉铺还给傅尼叶太太？如果我真的开口，他们会对我怎么样？你看到镇上的海报了。"她降低音量，"他们处决法国人，苏菲，处决。"

"但是——"

"没有所谓的'但是'。现在是非常时期，局势危急，苏菲，你必须了解这一点。"

苏菲泪光闪闪。"我真希望爸爸在家……"

薇安把女儿抱进怀里，紧紧搂着。"我也是。"

她们拥抱了好久，才慢慢分开。"我们今天来腌黄瓜，好不好？"

"好，听起来很好玩。"

薇安无法不赞同。"你何不去采收一些小黄瓜？我来准备醋料。"

薇安看着女儿往前奔跑，低头闪躲果实累累的苹果树，冲向园圃。她的身影一消失，薇安又开始担心。钱用完了，该怎么办？园圃产量丰盛，所以蔬果不成问题，但如何应付即将到来的冬天？苏菲没有肉和奶酪吃，没有牛奶喝，如何维持健康？她们怎么弄到新鞋？她全身哆嗦，步履维艰地走进又热又黑的屋里。她走向厨房，紧抓着柜台的边缘，把头低下。

"莫里亚克太太？"

她快快转身，几乎踏到自己的脚，差点跌跤。

他坐在客厅的长沙发上，身旁点着一盏油灯，读着书。

"贝克上尉。"她轻轻叫了他的名字。她朝他走去，十指交握，抑制颤抖。"你的摩托车没有停在外面。"

"今天天气好,我决定从镇上走路回来。"他起身。她看到他最近理了发,也看到他今天早上刮胡子时刮伤了脸。他白皙的脸颊留下一道小小的红色伤痕。"你看起来不太高兴,说不定是因为你妹妹离开之后,你始终没睡好。"

她讶异地看着他。

"我听到你半夜走来走去。"

"你也醒着。"她实在不知道该说什么。

"我也经常睡不着。我想念我太太和小孩,我儿子还很小,不晓得他到底有没有机会认识我。"

"我也想念安托万。"她说,话一出口才讶异自己向他坦承。她知道不该对这个男人开诚布公,毕竟他是敌人。但此刻她太疲倦、太害怕,坚强不起来。

"嗯,我无意占用你的时间,但我有些消息跟你说。我花了一番工夫打听出你先生在德国的一个战俘营,我有个朋友是那里的警卫,你先生是军官,你晓得吗?他在战场上一定很英勇。"

"你找到安托万?他活着?"

他递过来一个皱巴巴、脏兮兮的信封。"这是他写给你的信。你可以寄爱心包裹给他,我相信他收到一定非常高兴。"

"噢……我的天啊。"她双脚发软。

他一把抓住她,帮她站稳,带着她走向长沙发。她颓然坐下,热泪盈眶。"你人真好。"她轻声说,从他手中接过信,紧贴在胸前。

"我朋友把信送到我手中。但是,很抱歉,从今以后你只能写明信片。"

他对她微微一笑,她有种奇怪的感觉,难不成他知道她夜深人静时,在心中书写一封封长信?

"谢谢。"她说,但愿短短二字足以表达她的感激。

"再见,莫里亚克太太。"他说完,大方地走开,让她一个人静一静。

皱巴巴、脏兮兮的信封在她手中颤动;她拆信,看到自己的名字,字母一个个在眼前蒙蒙飞舞:

我心爱的薇安:

首先,不要担心我。我很安全,能吃饱,没有受伤。真的,我身上没有弹孔。

我在营中还算幸运,占到了一张上铺,让我在这个过度拥挤的地方享有一点隐私。透过一扇小窗,我看得到月亮和纽伦堡的尖塔,而月亮让我想到你。

我们的食粮足以维生。我渐渐习惯黏糊的面粉球和小块的马铃薯。我等不及回家吃你做的菜。我无时无刻不在梦想你做的菜,还有你和苏菲。

我心爱的薇安,请别烦恼。请你坚强,在家等我,等到我可以离开这个樊笼。你是我黑暗中的阳光、我脚下的基石,因为有你,我才活得下去。小薇,我希望你也可以从我身上找到力量。我希望因为我,你会设法坚强下去。

今晚,请你紧紧拥抱我们的女儿,告诉她爸爸在远方想着她,告诉她我会回家。我爱你,薇安。

顺带一提,红十字会递送包裹,如果你可以把我的狩猎手套寄来,我会非常开心。这里的冬天非常冷。

薇安阅毕，马上从头再重读一次。

抵达巴黎一星期后，伊莎贝尔将与其他有志于一同为解放法国而效力的人们会面。她行走于面黄肌瘦的巴黎人与丰衣足食的德国人之间，朝未知的目标前进，心中七上八下，相当紧张。她今早慎选服装，挑了一件合身的水蓝人造丝洋装和黑皮带。昨晚上了发卷，早上梳理得服服帖帖，用发夹夹在耳后。她素颜，最后戴上女子学院的水蓝贝雷帽和白手套，打扮就绪。

我是女演员，而这是一个角色，沿着街道走时，她心中暗想，我是个坠入爱河、偷溜出去跟男孩碰面的女学生……

这就是她决定采用的说辞，她也依据这套说辞打扮。就算受到盘查，她确信自己可以说服德国人相信她。

街道路障重重，她花了比预期更久的时间才抵达目的地，但终于，她低头绕过一个路障，走上圣日尔曼大道。

她站在街灯下，身后的车辆川流不息，沿着大道缓缓行驶；喇叭刺耳，引擎轰轰，马蹄嗒嗒，自行车铃声大作。即使噪声四起，这条曾经热闹非凡的大道依然感觉死气沉沉，似乎褪尽了颜色。

警车在她身边慢慢停下，一名宪兵下车，肩上披着披风，手里拿着白色的警棍。

"你觉得我今天需不需要雨伞？"

伊莎贝尔吓得跳起来，轻声惊呼。她先前一直注视着那个宪兵，他正在过马路，冲向一个刚从咖啡馆出来的女子，几乎忘了任务，"我……嗯，我觉得今天应该会是大晴天。"她说。

男人紧紧抓住她的臂膀（他的手劲真的很强，除此之外，她不知如何形容），拉着她走到街尾，街上忽然空空荡荡，一辆警车居然能让巴黎民众销声匿迹，想来可笑。没有人敢冒着被逮捕的危险继续逗留，大家不想见证逮捕，当然也无意相助。

伊莎贝尔想要看看她身边的男人是谁，但他们走得太快，她看不清楚。她瞥见他那双噼噼啪啪踏过人行道的皮靴，陈旧，鞋带破损，左脚鞋尖擦痕累累，隐隐露出左脚趾。

"闭上眼睛。"他们穿过一条街时，他说。

"为什么？"

"照做就是了。"

她可不是那种盲目遵从的人（在其他状况下，她说不定会用"盲目"来讽刺他叫她闭上眼睛），但她急于加入这个行动，于是乖乖照办。她闭上眼睛，跟在他身边跌跌撞撞地前进，不止一次差点被自己的双脚绊倒。

他们终于停下来。她听到他敲了四下门。接着传来脚步声，她听到门"飕"地打开，一股辛辣的烟味迎面飘来，蒙上她的脸。

这一刻，她才赫然惊觉自己说不定有危险。

男人拉着她入内，门在他们身后"啪"地关上。虽然尚未得到许可，伊莎贝尔依然睁开眼睛。她最好立刻展现出勇气。

室内并未马上变得清晰。四下漆黑，烟雾凝重，每一扇窗都遮黑，唯一的光源是两盏油灯，一闪一闪地抵御黑暗与烟雾。

三个男人坐在桌边，桌上的烟灰缸已经满得溢出；其中两个是年轻小伙子，一身补丁的外套和破烂长裤，两人中间坐着一个削瘦、留着蜡灰八字胡的老先生，那个站在墙边的女子是伊莎贝尔的联络人，她一身黑衣，像个寡妇，嘴里叼着一根烟。

伊莎贝尔认出那个老先生。"李维先生，"她说，"是你吗？"

他脱下破烂的贝雷帽,露出闪亮的大光头,双手交握抓住帽子。"伊莎贝尔·罗西诺?"

"你认识这个女人?"其中一个小伙子问道。

"我是她爸爸书店的常客,"李维说,"我听说她是个鲁莽、冲动、迷人的女孩。伊莎贝尔,你被几间学校退学了?"

"我爸爸会说难以计数。但最近这种时候,我干吗非得知道大使的二儿子在晚宴上应该坐在哪里?"伊莎贝尔说,"但我还是很迷人。"

"而且还是很敢说话。个性轻率,或说话欠考虑,都可能让这里的每一个人送命。"他谨慎地说。

伊莎贝尔马上了解自己错了,她点点头。

"你年纪非常轻。"墙边的女子边说边吐口烟。

"才不呢,"伊莎贝尔说,"我今天打扮得比较年轻,我觉得这样对自己有利。谁会怀疑一个十九岁的女孩从事不法勾当?更何况,女人跟男人一样什么都办得到,你应该最明白这一点。"

李维先生靠向椅背,仔细打量她。

"一个朋友大力推荐你。"

亨利。

"他告诉我们,过去几个月来,你一直帮我们发传单。安露也说你昨天表现得相当镇定。"

伊莎贝尔瞄了瞄那个名叫安露的女子,女子点头回应。"我愿意竭尽所能为我们的目标奋斗。"

伊莎贝尔说。她充满企盼,胸口紧绷,完全没想过说不定大老远来却被拒绝,不准加入这群志同道合的人们。

李维先生终于开口:"你需要一些假证件。比方说新的身份证。我们可以帮你弄到一张,但要一点时间。"

伊莎贝尔深深吸口气,她正式加入了!周遭似乎充斥着一股使命感。她就要做点有意义的事了,她知道。

"眼下,纳粹非常自负,认为任何抗争行动都无法与他们抗衡,"李维说,"但他们会明白……终究会明白。而后我们每个人的处境都将更加险恶。你绝对不可以对任何人透露你跟我们的关系,谁都不行,包括你的家人。这是为了他们和你的安全着想。"

伊莎贝尔轻而易举就可以掩饰她的动向。没有人在乎她去哪儿、做什么。"好,"她说,"嗯……我有什么任务?"

安露从墙边抽身,踏过地上一叠传单,走到房间这一头。伊莎贝尔看不清传单的标题,好像提及英国皇家空军轰炸汉堡和柏林。安露把手伸进口袋,掏出一个小小的包裹。包裹跟一叠卡片一样大,用皱巴巴的黄褐纸包着,被粗绳捆起来。"你必须把这个包裹送到翁布瓦兹旧市区城堡正下方的烟草店,明天下午四点前送达,绝对不能迟到。"她把包裹和半张破旧的五法郎纸钞递给伊莎贝尔。

"把纸钞交给他,如果他把另外半张给你看,你就把包裹交给他,然后掉头离开,不要回头,也不要跟他说话。"

一接下包裹和纸钞,她马上听到有人重重、急促地敲门。室内随即弥漫一股紧张气氛,大家互看,伊莎贝尔再度强烈地察觉这个使命相当危险。门外可能是警察,或是纳粹。

随后传来三下敲门声。李维先生镇定地点点头。

门开了,一个鸭蛋头、满脸老人斑、身材肥胖的老先生走进来。"我看到他在附近晃荡。"老先生边说边退到一边,一个依然身穿英国皇家空军制服的飞行员出现在大家面前。

"天啊。"伊莎贝尔轻声说。安露阴郁地点点头。

/ 203

"他们散居各处，"安露轻声说，"人人从天而降。"她苦笑一声，"逃兵、从德国战俘营逃脱的囚犯、飞机被击落的飞行员。"

伊莎贝尔盯着飞行员。大家都知道协助英国飞行员会受到什么惩罚，市区到处有告示牌写得清清楚楚：入狱或处死。

"拿些衣服给他。"李维说。老先生转向飞行员，开口说话。飞行员显然不会法文。

"他们要拿些衣服给你。"伊莎贝尔说。

室内安静下来，她感觉每个人都看着她。

"你会说英语？"安露轻声说。

"勉强可以，我在瑞士读了两年精修学校。"

众人再度沉默。然后李维说："跟飞行员说我们会把他藏在安全的地方，直到找出法子让他离开法国。"

"你办得到？"伊莎贝尔说。

"现在还不行，"安露说，"当然别告诉他这一点。你跟他说我们站在他这一边，他大致上算安全，但必须遵照我们的话去做。"

伊莎贝尔走向飞行员，走近时，看到他脸上刮痕累累，飞行服的袖子好像被什么东西扯破。她相当确定他的头发粘着干硬乌黑的血块。她心中暗想：他投掷飞弹轰炸德国。

"不是每个法国人都消极被动。"她对年轻的飞行员说。

"你会说英文，"他说，"谢天谢地。我的飞机四天前坠落，我已经在阴暗的街角躲了四天，我不知道哪里可去，直到这个家伙抓住我，把我拖到这里。你会帮我吗？"

她点点头。

"怎么帮？你可以帮我回家吗？"

"我不知道，照着他们的话做就是了。这位先生，还有一事……"

"怎么了?"

"他们冒着生命危险帮你,你了解吗?"

他点点头。

伊莎贝尔转头面向她的同志们。"他了解,也愿意照大家的话去做。"

"谢谢,伊莎贝尔,"李维说,"你从翁布瓦兹回来后,我们在哪里跟你碰头?"

一听到这个问题,伊莎贝尔马上说出让自己吓一跳的答复。"书店,"她毫不犹豫地说,"我打算重新开张。"

李维看了她一眼。"你爸爸怎么说?我以为当纳粹限制他只能卖哪些书,他就把书店关了。"

"我爸爸帮纳粹当差,"她尖刻地说,"他的意见不重要。他叫我找工作,这就是我的工作。你们随时可以来找我,这是最理想的安排。"

"没错。"李维说,即使他听起来似乎不同意。"好极了,我们一弄到身份证,安露马上帮你送过去。我们需要一张你的照片。"他眯起眼睛看着她。"伊莎贝尔,请容我倚老卖老,提醒一个生性鲁莽的年轻女孩,绝不可再轻率行事。你知我跟你爸爸是朋友,最起码直到他露出真面目之前,我当他是朋友。这些年来,我听了太多关于你的事,现在你必须当个大人,听命行事,绝无例外。这是为了你好,也是为了我们大家好。"

李维觉得必须在大家面前对她耳提面命,这让伊莎贝尔相当不好意思。"我知道。"

"如果你被逮到,"安露说,"你会受到女囚的对待,你了解吗？他们会对我们施加某些……令人不悦的处置。"

伊莎贝尔用力吞口水,她想过监禁和处决,从未考虑其他惩处。她当然应该想一想。

"我们对彼此的要求是两天,或说无论如何撑个两天。"

"两天?"

"如果你被捕,而且被……审问,希望你两天内什么都别说,让我们有时间逃跑。"

"两天,"伊莎贝尔说,"两天不算太长。"

"你真是太年轻了。"安露皱着眉头说。

过去六天,伊莎贝尔四度离开巴黎,前往翁布瓦兹、布洛瓦、里昂递送包裹。她搭乘火车的时间多过待在爸爸的公寓的时间,父女两人对此皆感称心。只要她白天出去排队领配给,宵禁之前回到家,爸爸根本不管她做什么。但现在她回到巴黎,准备进行下一阶段的计划。

"你不可以让书店重新营业。"

伊莎贝尔瞪着爸爸。他站在遮黑的窗户旁,代代收藏的精美古董装点公寓,在苍白的灯光中,公寓看起来残破而华美。一幅幅镶着闪亮金框的珍贵油画,为墙面增色不少,其中几幅不见了,原来挂画的地方留下淡淡黑影;说不定爸爸把画卖了。如果可以拉开遮黑的窗帘,放眼望去即是壮丽宏伟、离阳台不远的埃菲尔铁塔。

"你叫我找工作。"她顽强地说。她皮包里那个小包裹带给她全新的力量,让她敢面对爸爸,更何况他已经喝得半醉。再过不久,他就会手脚一摊,躺卧在客厅的高背扶手椅上,呜咽地说着梦话。她年幼时,那些睡梦中发出的悲伤声响让她好想安慰他。但再也不了。

"我说的是能发薪水的工作。"他一边冷冷地说,一边拿起窄口的酒杯,再帮自己倒杯白兰地。

"你干吗不干脆用汤碗喝酒?"她说。

他置之不理。"我不准。什么都别说了,你不可以让书店重新营业。"

"我已经开门营业了,我今天下午都在店里打扫。"

他似乎愣住了,浓密而灰白的睫毛往上一扬,额头的皱纹看起来更深。"你打扫?"

"没错,"她说,"我知道你会吓一跳,爸,但我已经不是十二岁的小女孩。"她朝他走去。"我要重新经营书店,爸,我已经决定了。这样一来,我抽得出时间排队领配给,也可以赚点小钱。德国人会跟我买书,我向你保证。"

"你打算跟他们打情骂俏?"他说。

他这么说令她内心抽痛。"你帮德国人当差,有什么资格说我?"他瞪着她。

她瞪着他。

"好,"他终于开口,"你想干吗就干吗,但书店后头的储藏室是我的,我的。伊莎贝尔,我会把储藏室锁起来,带走钥匙,你必须尊重我,远离那个房间。"

"为什么?"

"原因不重要。"

"你在那里跟女人约会吗?在沙发上调情?"

他摇摇头。"你这个蠢女孩。谢天谢地,你妈妈没有活到看着你变成什么样。"伊莎贝尔好恨这话伤透她的心。"或是你,爸,"她说,"或是你变成什么样。"

17

一九四一年六月中旬，学校再过两天就放暑假，薇安站在黑板前解说一个动词的时态变化，这时，她听到德国摩托车那种噗噗噗、如今听来耳熟的声响。

"德国士兵又来了。"吉尔·傅尼叶尖刻地说。最近这个男孩始终怒气勃勃，谁能怪他呢？纳粹没收了他家的肉铺，把店交给通敌者。

"待着别动。"她对学生们说，随即走到外面的走廊上。两个男子迎面而来，一个是身穿黑色长大衣的盖世太保警官，另一个是地方警察保罗。自从跟纳粹共谋后，保罗胖了不少，圆滚滚的肚子把皮带绷得很紧。她多少次看着他沿着维克多·雨果街漫步，手里拿着多到他一家人吃不完的食物，而她却站在长长的队伍里，紧抓着那张供应不了什么的配给卡。

薇安双手紧紧叉在腰际，朝他们走去。她的洋装破旧不堪，领口和袖口都已磨破，让她感到不自在。尽管她小心翼翼地在光裸的小腿背画上一道褐色的细线，但这显然是障眼法。她没穿丝袜，这让她在男人面前感觉特别气短。走廊两侧的教室纷纷开启，老师们出来看看军警要做什么。他们彼此互望,但没人开口。

盖世太保断然走向帕洛斯基先生在走廊尽头的教室,胖保罗奋力赶上,气喘吁吁地随同前进。过了一会儿,帕洛斯基先生被保罗拖出教室。

他们走过她身旁时,薇安皱起眉头,老帕洛斯基多年前教过她算数,他太太料理学校的花草,此刻他惊恐地看着她。"保罗?"薇安厉声说,"这是怎么回事?"

保罗停下来。"他受到指控。"

"我没有做错事!"帕洛斯基先生大喊,试图挣脱保罗的掌握。

盖世太保察觉到骚动,精神马上一振。他飞快走到薇安面前,鞋跟踢踢嗒嗒踩过地板。在他炯炯目光的注视下,薇安惊慌恐惧,不禁哆嗦。

"他……他是我的朋友。"

"是噢——"他把语尾拉得好长,使之变成问句。"所以你晓得他散发反德国的文宣品?"

"那是新闻刊物,"帕洛斯基说,"我只是把实情告知法国民众。薇安!你跟他们说!"

薇安感觉大家都在看她。

"你叫什么?"盖世太保一边质问一边翻开笔记本,掏出一支铅笔。

她紧张地舔舔嘴唇。"薇安·莫里亚克。"

他记下她的名字。"你跟帕洛斯基先生合作,一起散发传单?"

"我没有!"她放声大喊,"他是我的同事,其他事情我一概不知。"

盖世太保合上笔记本。"有没有人跟你说最好不要问东问西?"

"我没有那个意思。"她说,感觉喉咙干涩。

他缓缓露出笑容,那笑容让她既心慌又卸下防备,她甚至花了一分钟才听懂他说了什么。

"这位太太,你被革职了。"

她的心脏几乎停止跳动。"你……你说什么?"

"我说你的教职,你被革职了。回家吧,不要再来学校。学生们不需要你这种人做榜样。"

太阳下山时,薇安跟女儿一起走路回家,偶尔回答苏菲那些没完没了的问题,但她自始至终只想着:这下怎么办?

这下怎么办?

这个时候摊贩和店家都已歇业,木桶和木箱空空如也,到处都是标示,上面写着:鸡蛋告罄、奶油告罄、食用油告罄、柠檬告罄、鞋子告罄、丝线告罄、纸袋告罄。

安托万离家后,她始终省吃俭用,甚至可谓吝啬,即使原先就没有多少钱。她只把钱花在必要的日用品,如柴火、电、燃气、食物,依然一毛不剩。少了她教书的薪水,她和苏菲怎么过活?

回家后,她愣愣地做事。她烧了一锅包心菜汤,在汤里加了很多煮得跟面条一样软趴趴的胡萝卜,用完餐后洗衣服,晾完衣服后补袜子,一直忙到夜幕低垂,再早早把嘀嘀咕咕、抱怨连连的苏菲赶上床睡觉。

她孤单一人,寂寞像把刀,抵住她的喉口,她在餐桌旁坐下,桌上搁着一张官方印行的明信片和一支钢笔。

亲爱的安托万:

我们的钱花光了,而且我丢了工作。我该怎么办?再有几个月就是寒冬。

她从明信片上移开钢笔,蓝色的字迹映着雪白的纸片,似乎愈来愈醒目。

钱花光了。

什么女人会寄这样的信给囚居战俘营的先生?她怎么能做这种事?

她把明信片揉成一团,扔进冰冷、沾了一层厚厚煤灰的壁炉,明信片孤零零地落在壁炉里,一堆灰黑的灰烬中只见一团白纸。

不。

她不能把明信片扔在家里。万一苏菲拾到它,读了它,那该怎么办?她从灰烬中拾起纸团,带到后院,丢进凉亭。鸡群会踏过它,把它啄成碎片。

她在安托万最喜欢的椅子上坐下,这种突发状况和刚刚浮现的恐惧让她迷茫。若能重来一次就好了。她用钱会更谨慎……会舍弃更多东西……会什么都不说,让他们带走帕洛斯基先生。

有人吱吱嘎嘎地开门,咔咔喀喀地关门。

脚步声。呼吸声。

她应该起身走开,但她累得不想动。贝克从后面走向她。

"你要不要喝杯酒?玛歌酒庄一九二八年的红酒,显然年份极佳。"

红酒。她想说"好,谢谢",说不定她从来不曾像现在这样想喝一杯,但她不能这么做。她也不能婉拒,于是什么都没说。

她听到软木塞"啵"地拔开,红酒咕噜咕噜地倒进杯里,他把满满一杯酒搁在桌上,酒香浓郁,令人沉醉。

他帮自己也倒了一杯，坐到她旁边的椅子上。"我要走了。"沉默了好一阵子后，他说道。她转头看他。

"别太高兴，我只是离开一阵子，说不定几星期。我已经两年没回家。"他啜饮一口。"此时此刻，我太太说不定坐在我们的花园里，猜想我究竟会不会回到她身边。唉，我不是那种抛弃家庭的男人。我见过一些事……"他稍作停顿，"这场战争……嗯……跟我预期的不一样。我离家这么久，事情难免有些改变，你说是不是？"

"是。"她说。她也经常这么想。

两人默默不语。沉默之中，她听到青蛙呱呱叫，树叶在飘散着茉莉花香的微风中啪啪飞舞，夜莺哀伤而寂寞地歌唱。

"莫里亚克太太，你今天似乎不太对劲，"他说，"请原谅我直说。"

"我今天被解聘了。"这是她头一次大声说出这几个字，话一出口，她顿时热泪盈眶。"我……我引起了他们的注意。"

"这么做相当危险。"

"我先生留给我的钱已经花光，我又失业，冬天也快到了，我怎么过活？怎么让苏菲吃得饱、穿得暖？"她转头看着他。

他们凝视对方。她想移开目光，但是办不到。

他把酒杯搁在她手里，强迫她握住。他的手贴上她冰冷的双手，感觉暖暖的，她不禁颤抖。她忽然想起他的办公室和那些堆放在角落的食物。"只是一杯酒。"他又说了一次，红酒闻起来像紫黑的樱桃、肥沃的黑土，而且带着薰衣草的微香，缓缓飘入她的鼻间，让她想起她曾经拥有的生活，一个个她和安托万坐在这里啜饮红酒的夜晚。

她啜饮一口，倒抽一口气，她已经忘了这种单纯的愉悦。

"你很漂亮，莫里亚克太太，"他说，声音有如醇酒般香甜，"说不定你已经好久没有听人这么说。"

薇安赶忙站起，差点推倒桌子，酒洒了一地。"上尉先生，你不应该说这种话。"

"没错。"他说，他起身站到她跟前，鼻息间带着红酒和薄荷口香糖的气味。"我确实不该。"

"拜托你……"她甚至不知如何收尾。

"莫里亚克太太，你女儿今年冬天不会挨饿。"他说，声音轻缓，好像这是他们的秘密协定。

"这一点你绝对可以放心。"

天啊，她听了居然松了一口气。她喃喃说了几句话，甚至不确定自己说了什么，走回屋，爬到床上，躺在苏菲身边，但过了好久才坠入梦乡。

书店曾是诗人、作家、小说家、学者的聚会之处。记忆中，伊莎贝尔童年最甜美的时刻都离不开这一间间带着霉味的小房间。当爸爸忙着在书店里头印制他的诗集，妈妈为伊莎贝尔朗读故事和童话，编写她们可以一起表演的戏码。妈妈生病、爸爸开始酗酒前，曾有一段日子，他们一家人在书店度过快乐的时光。

啊，我的小伊莎贝尔，来，过来坐在爸爸的膝上，我正在为你妈妈写诗。

或许那只是出自她的想象。说不定她的渴求有如一团丝线，她从中抽选，编织出一桩桩往事，紧紧捆缚在肩头。但她再也搞不清楚。

如今店里各个阴暗的角落挤满德国人。

伊莎贝尔重新经营书店后,士兵间显然已经传开,收银台后经常可见一个漂亮的法国女孩。

他们络绎不绝地上门,人人穿上最干净、最笔挺的军装,你推我挤,大声嚷嚷。伊莎贝尔宛如蛇蝎美女般跟他们打情骂俏,但绝对会等到店里空无一人才离开书店。她始终从后门离开,即使暑气逼人,也一贯披上暗灰色的斗篷,拉下衣帽。这些年轻士兵,有事没事到店里找漂亮的未婚小姐聊天,或帮家人买几本"合宜"的法国作家所写的经典名著,他们或许面带笑容,爱笑爱闹,但她绝不会忘记他们是敌人。

"小姐,你真漂亮,你对我们不理不睬,教我们怎么活得下去?"一名年轻德国军官伸手想抓住她。

她娇媚地笑笑,踮起脚尖转个身,躲过他的诱逮。"先生,您知道我不可以偏心。"她悄悄闪到柜台后面。"我看到您拿着一本诗集,您的家乡肯定有个女孩期待收到您这份贴心的礼物。"

朋友们把他往前推,大伙七嘴八舌,同时开口说话。伊莎贝尔接下他的钱,这时,店门上方的铃铛叮叮作响。

伊莎贝尔抬头,原以为会看到更多德国士兵,但来人竟是安露。她跟往常一样一身黑衣,倒不是因为时令,而是她高兴。她穿了合身的尖领黑色毛衣、黑色直筒裙,戴着黑色贝雷帽和黑手套,艳红的嘴唇叼着一支尚未点燃的高卢牌香烟。

她逗留在敞开的门边,身后的长巷空荡荡,只见一抹艳红的天竺葵和青绿的枝叶。铃铛一响,德国人全都转头。

安露放手让门"啪"地关上,漫不经心地点燃香烟,用力吸了一口。

她们之间相隔半个书店，店里有三个德国士兵走来走去，伊莎贝尔只得偷偷迎上安露的目光。过去几星期，伊莎贝尔扮演着信差的角色，她已经亲访布洛瓦、里昂、马赛、翁布瓦兹、尼斯，更别提最起码十二次在巴黎递交信件，每次都使用她的新名字朱丽叶·吉威斯，并借助安露有天在一家小餐馆当着德国人的面悄悄塞给她的假证件。这段期间，安露是她最常见面的联络人，虽然年龄有段差距，起码相差十岁，说不定更多，但两人已经成为朋友，就像是一段存在于平行宇宙的情谊，不言不语，却如沉默一样真切。伊莎贝尔已经懂得不要光看安露阴郁的神情、苍白的双唇，也晓得不要理会她的寡言，这些都是表象，背后隐藏着深沉的悲伤与愤怒。

安露大摇大摆往前走，那副不屑、倨傲的神态足以让男人还没开口就矮了一截。德国士兵们静了下来，人人盯着她看，退到一旁让她走过。伊莎贝尔听到他们其中一人说"男人婆"，另一人说"守寡的"。

安露似乎根本没注意到他们。她走到柜台前，停下来，深深吸了一口香烟，烟雾迷蒙，她的脸孔模糊不清，一时间，只见她宛如樱桃般鲜红的双唇。她从手提袋里拿出一本薄薄、黄褐的小书，作者的名字"波德莱尔"蚀刻在精装皮面上，但书封剐痕累累，陈旧褪色，书名已难以辨识。伊莎贝尔晓得这本诗集：《恶之花》，她们用它当作会面的暗号。

"我在找这个作者的其他著作。"安露边说边吸口烟。

"抱歉，我们店里没有波德莱尔的作品，说不定您想读一读保罗·魏尔伦或兰波？"

"不了，谢谢。"安露转身走出书店。直到铃铛叮叮一响，打破了她的魔咒，士兵们才恢复交谈。趁大家不注意，伊莎贝尔偷偷收起那本薄薄的诗集。诗集里藏着要她递送的讯息，以及必须送达的时间。地点则一如往常：法兰西喜剧院前方的长椅。讯息夹在扉页里，而扉页已被拆开、黏合了数十次。

伊莎贝尔看看时钟，希望用意志力让指针往前移动。她已经接获下一个任务。

下午六点整，她把士兵们赶出书店，关门打烊，结束一天的营业。她离开时看到隔壁小餐馆的老板兼厨师戴帕尔先生在抽烟，这个可怜的男人一脸疲倦，如同她的心境。有时她看着他挥汗如雨地炸东西或帮牡蛎去壳，不禁猜想他是用什么心情帮德国人准备吃食？"您好，戴帕尔先生。"她说。

"你好，罗西诺小姐。"

"今天很累吧？"她关切地说。

"是的。"

她递给他一本薄薄的童话故事。"给杰克和贾姬看。"她面带微笑地说。

"等一等。"他跑进餐馆，拿了一个油腻的小纸袋回来。"薯条。"他说。

伊莎贝尔既感激又觉荒谬。这阵子她不但吃敌人的残羹剩食，甚至还庆幸有剩食可吃。"谢谢。"伊莎贝尔把自行车留在店里，她决定不搭乘拥挤、安静得令人沮丧的地铁，而是一边享用油腻咸香的薯条，一边走路回家。放眼望去，她看到德国人拥进咖啡馆、小餐室和餐厅，面色蜡黄的巴黎人匆匆而行，赶在宵禁前回家。沿途她两度以为有人跟踪，转头一看后面却没有半个人。

她不确定自己为什么在公园附近的街角停下来，但很快就察觉不对劲。前方街道上到处都是对着彼此按喇叭的纳粹车辆,某处传来尖叫声。

伊莎贝尔觉得颈后寒毛直竖。她迅速往后一瞥,但后面没人。最近经常这样,她太紧张了。伤兵院的金色圆塔在消退的夕阳中闪闪发光,她的心开始怦怦狂跳。恐惧令她汗涔涔,汗水的酸臭混杂着薯条的油腥,一时之间,她感觉胃肠翻腾,很不舒服。

没事,没事。没有人跟踪她。是她疑神疑鬼。她转身走到葛内乐街。

某个东西捕捉了她的目光,令她止步。

前方不该有黑影,她却看到一个影子。前方应该静悄悄,她却看到一些动静。

她眉头一皱,小心翼翼地行走于缓缓行进的车辆间,过到对街。走过马路,她轻快地经过一群在小餐馆喝酒的德国人,朝下一个街角的一栋公寓前进。

果然没错:装饰华美的黑门旁边有一丛浓密的灌木,她看到一名男子藏匿在内,蹲在一株矗立在黄铜大瓮中的柠檬树后方。

她推开入口铁门,走入中庭,听到男人慌张地后退,靴子窸窣踏过脚下的石板。然后他静止不动。

伊莎贝尔听到德国人在街尾的咖啡馆谈笑,对着操劳过度的可怜女侍们大喊:喂,拜托一下。现在是晚餐时间。一天之中只有这一小时,敌人只管享乐,在肚子里塞满属于法国人的食物和美酒。她悄悄走向那株柠檬树盆栽。

男人蹲着,尽量缩成一团。他灰头土脸,一只眼睛肿得张不开,但一看就知道不是法国人;他身穿英国空军的飞行服。

"天啊,"她说,"英国人?"

他什么都没说。

"英国皇家空军?"她改说英文。

他睁大双眼。她看得出他在犹豫该不该信任她。他非常缓慢地点点头。

"你在这里躲了多久?"

他沉默了好一会儿,终于开口:"一整天。"

"你会被抓,"她说,"只是迟早的问题。"伊莎贝尔知道自己必须进一步询问他,但她没有时间,她跟他在这里多待一秒钟都会更危险。这个英国人居然还没被逮到,已是不可思议。

她要么帮他,要么趁引起别人注意前走开。后者当然比较明智。"布尔多内街五十七号,"她用英文悄悄说,"我往那边走。一小时后,我会出来外面抽烟,你设法过去,如果你没有被人发现,我会帮你,你了解我在说什么吗?"

"我怎么知道我可以信任你?"

她闻言大笑。"我正在做一件傻事,即使我答应过不再冲动行事。你却怀疑我值不值得信任?你要我怎么说?"她转身,翩然离开花园中庭,用力带上铁门。她沿着街道疾行,回家途中,心不停地怦怦跳,一直揣想自己是否做了正确的决定。但木已成舟,多想无益。她没有回头,一直走到她的公寓才停下来。看着橡木大门中央的黄铜门把,她感觉头昏脑胀,头重脚轻。她真的好害怕。

她慌慌张张地把钥匙插进锁孔,扭动门把,急急潜入阴暗、朦胧的室内。狭长的门厅到处都是自行车和手推车,她勉强走到楼梯口,坐在石阶上,静静等候。

她看手表看了上千次,每次都告诉自己别冒险,但到了约定的时间，她依然走到外面。天色已暗，窗户全都遮黑，也没点亮街灯，街上跟洞穴一样漆黑。车辆轰轰驶过，车前灯没有亮起，因此只闻其声，不见其影；除非缥缈的月光扫过车身，否则只听得见车声，闻得到汽油味，看不到车子。她点燃褐色的香烟，深深吸一口，慢慢吐气，试图平静下来。

"小姐，我来了。"

伊莎贝尔跌跌撞撞往后退，打开大门。"跟着我，低下头，别跟太近。"

她带着他走过门厅，两人噼噼啪啪地撞上自行车，木制手推车也被他们撞得吱嘎作响。她以前所未有的速度冲上五楼，把他拉进家中，"啪"地把门关上。

"把衣服脱掉。"她说。

"你说什么？"

她扭开电灯开关。

他高高矗立在她面前，现在看得见了。他双肩宽阔，身材削瘦，脸颊狭长，鼻梁看起来好像被打断过一两次，头发短得几乎像绒毛。"你的飞行服，脱掉。快一点。"

她哪里不对劲，居然做出这种事？爸爸很快就会回来，他会发现家里有个飞行员，然后向德国人告发他们。

她可以把他的飞行服藏在哪里？这靴子让人一看就知道怎么回事。他前弯，脱下飞行服。

她从没见过只穿内裤和运动衫的成年男子，她脸红了。

"小姐，不必脸红。"他咧嘴一笑，好像这种情况相当普通。

她一把抢过他的飞行服，抱在怀里，然后伸手索取军籍号码牌。他把两个挂在颈间的小圆牌递过去，两个牌子都记载相同的信息：泰伦斯·麦克林中尉，他的血型、连队、编号。

"跟我来。安安静静、蹑手……嗯，那个成语怎么说来着？"

"蹑手蹑脚。"他轻声说。

她带着他走进她的卧室，慢慢地、轻轻地把大衣橱推到一旁，露出密室。一排洋娃娃睁着骨碌碌、亮晶晶的眼睛回瞪她。

"小姐，这太恐怖了，"他说，"更何况，对一个人高马大的男人而言，这里的空间显然太小。"

"进去，别出声，任何一个不小心发出的声响都可能让我们被搜查。隔壁的雷克勒太太很好事，说不定是个通敌者，你了解吗？对了，我爸爸很快会回来，他在德国指挥部当差。"

"哎呀。"

她不晓得那是什么意思，她汗流浃背，衣服几乎粘贴在胸前。她怎么以为自己帮得了这个男人？

"如果我必须……嗯，你知道吗？"他问。

"憋着。"她把他推进密室，从她床上拿了一个枕头和一条毯子递给他。"我尽可能赶快回来。别出声，好吗？"

他点点头。"谢谢你。"

她不禁摇头。"我是个傻瓜。傻瓜。"她"啪"地关上门，把大衣橱推回原位，虽不是百分之百归位，但过得去。她必须趁爸爸回家前赶紧处理那套飞行服和号码牌。

她光着脚走过家中，尽量不出声。她不知道楼下的住户是否注意到衣橱挪动的声响，或有太多人在楼上走动。不怕一万，只怕万一。她赶紧把飞行服塞进一个破旧的百货公司纸袋，紧紧抱在胸前。

忽然间，走出家门似乎相当危险。待在家里也不见得安全。

她悄悄走过雷克勒太太的公寓，冲下楼梯。

她站在街上，上气不接下气，大口喘气。

接下来怎么办？这些东西可不能随便乱丢，她不想让其他人惹上麻烦……

她头一次庆幸巴黎实施灯火管制。她悄悄走上漆黑的人行道，没入暗影中。宵禁的时间快到了，街上只有几个巴黎人，德国人忙着畅饮法国美酒，根本懒得往外看。

她深深吸口气，试图镇定下来，静心思考。说不定再过几分钟就宵禁，但这不是最棘手的状况，最伤脑筋的是爸爸快回家了。

河流。

她离河边仅几条街，而且沿着码头绿树成荫。

她走过一排沿街停放的军用卡车，潜入一条设了路障的小巷，慢慢朝河边前进。

她这辈子从来没有走得这么慢。她和塞纳河岸只隔五十码，她一步一步慢慢来，每走一步，却感觉离河岸愈远，走下通往河边的石阶时，感觉也是如此，但她终于走到河边，站在岸上。她聆听一排排船只在黑暗中嘎嘎作响，河水啪啪拍打着木造的船身。她再一次觉得听到后面传来脚步声。她一止步，他们也跟着停下。她等着某人从她背后冒出来，喝令她出示证件。

四下静悄悄，一切只是她的想象。一分钟、两分钟……

她把纸袋丢进漆黑的河水里，再把号码牌用力扔到水中。漆黑回旋的河水马上吞没了证据。尽管如此，当她爬上石阶，穿越街道走回家中，依然浑身打战。

走到家门口时，她停下来，用手指梳理一下汗水涔涔的头发，扯平粘贴在胸前的棉衫。

一盏灯亮着，水晶吊灯。爸爸弓身坐在饭厅桌边，前面摊放着文件。他看起来很憔悴，太过瘦弱。她忽然想他最近究竟有没有进食。她返家几星期以来，从没看过他好好吃饭。他们父女各过各的，事事各自进行，吃饭也不例外。她原先认定他在其服务的最高指挥部吃德国人的剩食，现在却不敢确定了。

"你迟了。"他严厉地说。

她注意到桌上的白兰地酒瓶，瓶子已经半空。昨天还是满满一瓶。他怎么始终有办法弄到白兰地？"德国人不肯离开书店。"她走向他，把几张法郎纸钞搁在桌上。"今天生意不错。嗯，你在最高指挥部的朋友们又给你白兰地？"

"纳粹不会白白送人东西。"他说。

"没错。所以那是你赚来的啰？"

有个声音，或许是某个东西撞上地板。"那是什么声音？"她爸爸边说边抬头。

另一个声音，好像某个木制品刮过木板。

"有人在公寓里。"她爸爸说。

"别胡扯了，爸。"

他急忙从桌旁起身，走出饭厅。伊莎贝尔追上去。"爸！"

"嘘。"他低声斥喝。

他沿着走廊走向家中阴暗处，从大门旁的邦贝柜拿起一座黄铜烛台，点燃蜡烛。

"你该不会觉得有人闯进来吧？"她说。

他眯起眼睛，狠狠瞪了她一眼。"我不会再提醒你别出声，你这就闭嘴。"他的鼻息带着白兰地和香烟的气味。

"但是为什么……"

"闭嘴！"他转身背向她，沿着狭长倾斜的走廊往前走，朝卧室前进。

他走过挂大衣的袖珍衣柜，追随微微颤动的烛光走进薇安以前的卧房。房里空空荡荡，只有床铺、床头小桌和书桌，一切都是老样子。他慢慢跪到地上，查看床底。

检查完毕、终于确定房里没人后，他走向伊莎贝尔的房间。他听得到她怦怦的心跳声吗？

他查看她的房间，床铺底下、房门后头、织锦窗帘后方，窗帘从天花板垂挂到地板，掩盖着那扇可以俯瞰中庭的大窗。

伊莎贝尔强迫自己不要看着大衣橱。"你看吧？"她大声说，暗自希望飞行员会听到她的声音，挺直坐定。"房里没人，说真的，爸，为敌人当差让你变得紧张兮兮。"

他转身面向她。在烛光的光晕中，他的面容憔悴而疲倦。"害怕没什么不好，你懂吧？"他在威胁她吗？"爸，怕你？还是怕纳粹？"

"伊莎贝尔，你毫无戒心吗？每个人你都应该怕。好了，别挡我的路，我需要喝一杯。"

/ 223

18

伊莎贝尔躺在床上伸长耳朵。确定爸爸睡了后（肯定是醉醺醺地坠入梦乡，这点毋庸置疑），她下床，找到奶奶的陶瓷夜壶，端着它站到大衣橱前。

她一点一点地挪动，慢慢把衣橱从墙边移开，刚好足以让她打开密室的门。里面阴暗静默，只有专心聆听，才听到他在呼吸。"先生？"她轻声说。

"哈啰，小姐。"黑暗中传来声响。

她点亮床边的油灯，带着油灯走进密室。

他双腿伸长，靠墙坐着；微微的灯光中，他的五官似乎比较柔和，看起来还比较年轻。她把夜壶递给他，他接下，脸颊浮现红晕。

"谢谢你。"

她在他对面坐下。"我已经处理掉你的号码牌和飞行服。你必须截短靴子再穿。这把小刀给你用。明天早上我会拿一些我爸爸的衣服给你，恐怕不合身就是了。"

他点点头说："你有什么计划？"

她听了紧张地笑笑。"我不太确定。你是飞行员？"

"泰伦斯·麦克林中尉，英国皇家空军，我的飞机在香槟区的汉斯被击落。"

"你从那个时候起就靠自己？穿着你的飞行服？"

"算我运气好，我弟弟和我小时候常玩捉迷藏。"

"你在这里不安全。"

"我知道。"他微微一笑，面貌随之改观，让她想起他终究只是一个远离家乡的年轻小伙子。

"如果你听了会开心一点，我不妨告诉你，三架德国飞机被我击落，跟着我一起坠毁。"

"你必须回英国，才可以再度升空迎敌。"

"非常同意，但怎么回去？海岸线全都架上铁丝网，还有军犬巡逻。我不可能搭船或飞机离开法国。"

"我有些……朋友正在商议此事，我们明天跟他们会面。"

"你很勇敢。"他轻声说。

"或是愚蠢。"她说，不确定哪个比较贴切。"我经常听别人说我莽撞任性，我猜我的朋友们明天也会这么说。"

"小姐，你只会听到我说你非常勇敢。"

隔天早上，伊莎贝尔听到她爸爸走过她卧房，几分钟后，她闻到咖啡的香味，然后大门"啪嗒"关上。

她走出房间，走进爸爸的卧室，卧室里衣服丢了满地，床铺也没整理，喝干了的白兰地酒瓶斜斜地搁在写字桌上。她拉开遮黑的百叶窗，偷瞄一眼空荡的阳台，望向阳台下方的街道，看到她爸爸慢慢现身，走在人行道上。他把黑色公文包紧紧抱在胸前（难不成真有人在乎他的诗作？），黑色的帽子压低，盖住眉毛。

他弯腰驼背,像个过劳的秘书,朝地铁站走去。当他走出她的视线,她去他的衣橱翻寻旧衣服,找到一件衣袖磨损、松松垮垮的套头毛衣,一件臀部补丁、缺了几个扣子的灯芯绒长裤,一顶灰色贝雷帽。

伊莎贝尔小心翼翼地挪动衣橱,打开小门,密室带着汗味和尿骚味,气味非常强烈,她忍不住伸手遮住口鼻,倒抽了一口气。

"小姐,对不起。"麦克林睡眼惺忪地说。

"把这些衣服穿上。在小水盆里洗把脸,跟我在客厅碰面。把衣橱挪回原位,要小声,楼下有人,他们说不定知道我爸爸已经出门,楼上只有我一个人。"

几分钟后,他走进厨房,穿着她爸爸的旧衣服,看起来像故事书里一夜之间忽然抽高的男孩:毛衣紧绷在胸前,长裤太小,腰间的纽扣扣不上去。他把贝雷帽紧贴着头颅,好像那是一顶犹太人的小圆帽。

这绝对行不通,她怎么可能在大白天把他弄到市区的另一头?

"我可以,"他说,"我会跟着你。请相信我,小姐,我先前穿着飞行服四处晃荡,目前这种状况容易多了。"

现在回头已太迟。她收容了他,藏匿了他,现在必须把他弄到某个安全之地。"起码离我一条街,我若停,你也停。"

"如果我被搜到,你就继续走,千万不要回头看。"

"被搜到"肯定表示"被逮到"。她走向他,调整一下他的贝雷帽,让帽子斜斜地戴在头上。她迎上他的目光,"麦克林中尉,你从哪里来?"

"伊普斯威奇。小姐,如果有必要……你会通知我爸妈吗?"

"中尉,没有这个必要。"她深吸一口气。他再次让她意识到自己冒了多大的险帮他。如果碰到最糟糕的状况,她唯一的护身符是皮包里那张确认她叫朱丽叶·吉威斯,在马赛受洗,就读于索邦大学的假证件。她走到门口,打开门,朝外窥望。楼梯转角没人。她把他推出去,说:"快走,在那家空空的帽子店外等我,然后跟着我走。"

他跌跌撞撞踏出公寓,他一出去她就把门关上。一、二、三……

她默默计数,想象着每一步可能引发的麻烦。再也想不下去时,她离开公寓,走下楼梯。四下无声。

她发现他依照指示站在外头。她下巴一扬,看都不看他,径自走过他身旁。

她快步前进,一路走到圣日尔曼大道,从未回头,从未顾盼。她好几次听到德国士兵吹哨大喊"停!",还听到两次枪响,但她没有放慢速度,也没有东张西望。

等她行抵圣赛门街那栋公寓的红门前,她已经汗流浃背,有点头重脚轻。她匆匆连敲四下。

红门开启。

安露从门缝里探头,双眼讶异地圆睁。她打开门,往旁边站。"你来做什么?"

在她后方,几个伊莎贝尔见过的男人围坐在桌边,几张地图摊在他们面前,烛光照亮地图上一条条浅浅的蓝线。

安露正要关门,伊莎贝尔马上说:"先别关。"

此话一出,气氛随之紧绷。她看着紧张的气氛横扫室内,人人神色一变。坐在桌旁的李维动手收起地图。

伊莎贝尔瞄一瞄外头,看到麦克林走向门口,他一进来,她马上"啪"地把门关上。没人开口。大家全都盯着伊莎贝尔。"这位是英国皇家空军的泰伦斯·麦克林中尉,他是飞行员,昨天晚上我看到他躲在我家附近的灌木丛里。"

"而你把他带到这里。"安露边说边点燃一支香烟。

"他必须返回英国,"伊莎贝尔说,"我觉得……"

"不行,"安露说,"你不行。"

李维靠向椅背,从胸前口袋掏出一支高卢牌香烟,点燃,仔细打量这位飞行员。"我们晓得市区里还有其他飞行员,还有一些从德国战俘营逃了出来。我们想把他们弄出法国,但海岸和机场都被严密封锁。"他用力吸口烟,烟头红光一闪,瞬间变黑。"我们一直在想办法突破。"

"我知道。"伊莎贝尔说。她觉得自己必须负全责。她是否又过度急躁了?他们是否对她失望?

她不知道。她之前是否应该别管麦克林?她正要发问,忽然听到有人在另一个房间里说话。她眉头一皱说:"还有谁在这里?"

"其他人,"李维回答,"其他人始终在这里。你别管他们。"

"没错,我们必须帮这个飞行员想方法。"安露说。

"我们认为可以让他们从西班牙出境,"李维说,"如果能让他们进入西班牙的话。"

"比利牛斯山脉。"安露说。

伊莎贝尔见过比利牛斯山脉,所以明白安露的意思。那座山脉山势陡峭,直冲云霄,山顶经常覆盖着白雪,或笼罩在浓雾中。妈妈以前非常喜欢附近一个滨海小城比亚里茨,许久之前,全家和乐时,他们还到那里度了两次假。

"西法边境由德国人和西班牙人驻防。"安露说。

"整个边境?"伊莎贝尔问。

"当然不是整个边境,但谁知道他们在哪里出没?"李维说。

"圣让德吕兹一带的山势比较低矮。"伊莎贝尔指出。

"没错,但又如何?山区依然难行,几条山路都有人防守。"安露说。

"我妈妈的好朋友是巴斯克人,她爸爸以前牧羊,经常徒步越过山区。"

"我们动过这个念头,还试过一次,"李维说,"结果所有人下落不明。单独一人想要躲过圣让德吕兹的德国哨兵已经不容易,更别说好几个人,还得徒步攀越山区。这几乎是不可能的任务。"

"几乎不可能和不可能是两回事。如果牧羊人可以穿越山区,飞行员当然也可以。"伊莎贝尔说。说着说着,她忽然兴起一个念头。"女性比较容易通过检查站,特别是年轻的女性。没有人会怀疑一个漂亮的女孩。"

安露和李维互看一眼。

"我来,"伊莎贝尔说,"或者说我试试看。我带这个飞行员上路,还有其他人吗?"

李维先生眉头一皱。事情进展至此,显然让他相当讶异。香烟灰蓝的烟雾笼罩在两人之间。"你以前爬过山?"

"我身体状况很好。"她以此回答。

"如果他们逮到你,会把你关起来,或是……杀了你,"他轻声说,"你暂且不要如此轻率,好好想一想,伊莎贝尔,这可不是传递一张纸,你看过张贴在市区各处的公告吗?你知道协助敌人会得到多少酬金吗?"

伊莎贝尔急切地点点头。

安露重重叹口气,在满得溢出来的烟灰缸里按熄香烟。她盯着伊莎贝尔好一会儿,眼睛愈眯愈细,然后走向桌子后那扇开着的门。她把门推开一个小缝,吹了声口哨,有如叽叽啾啾的鸟鸣。

伊莎贝尔皱眉,她听到另一个房间传来声响:椅子从桌边推开,脚步声。贾约丹走了进来。

他衣衫褴褛,灯芯绒长裤的膝盖缝着补丁,裤脚磨损,稍微嫌短,毛衣松垮垮地罩住他瘦弱的身躯,而且一再穿脱,领口已被撑得走样。他的黑发留长了,差不多该剪了,他把头发往后梳,整个人看起来比较精明,几乎像只狼。他凝视她,好像室内只有他们两人。

片刻间,一切都回到从前。她试图埋藏、质疑,试图忽略的种种情绪再度涌上心头。她只看了他一眼,却几乎无法呼吸。

"你认识小贾。"安露说。

伊莎贝尔清清嗓子。她意识到他自始至终都晓得她在这里,却选择避开她。自从加入这个地下组织以来,伊莎贝尔头一次强烈感觉到自己年纪太小,不曾被当成自己人。他们都知情吗?他们是否在她背后讥笑她太天真?"是的。"

"嗯,"经过一阵令人不自在的沉默后,李维说,"伊莎贝尔有个提议。"

贾约丹一脸冷峻。"是吗?"

"她想要带领这个飞行员和其他人徒步攀越比利牛斯山,把他们弄进西班牙,我猜目的地是英国领事馆。"

贾约丹轻声诅咒了一句。

"我们总得试一试。"李维说。

"伊莎贝尔,你真的了解这事多危险吗?"安露边问边走向她,"如果你成功了,纳粹会耳闻,也会锲而不舍地追捕你。民众若是提供线索,促成纳粹逮捕飞行员或协助飞行员逃逸的人,就会得到一万法郎的奖金。"

伊莎贝尔总是在反抗。有人抛下她,她就跟上去。有人叫她不该做某件事,她就照做不误。她始终把每一个障碍变成良机。

但这事……

她放任自己稍微动摇,几乎屈服于心中的恐惧。然后她想到飘扬在埃菲尔铁塔的纳粹党旗,薇安跟敌人同住在一个屋檐下,安托万不知置身哪一个战俘营,还有艾迪丝·卡维尔。有时她当然也会害怕,但伊莎贝尔不会让恐惧妨碍自己。飞行员必须返回英国,如此,才能对德国投掷更多炸弹。

伊莎贝尔转向飞行员。"中尉先生,你的体能如何?"她用英文说,"攀山越岭时,你赶不赶得上一个女孩子?"

"当然赶得上,"他说,"尤其是像你这么漂亮的女孩,我不会让你离开我的视线。"

伊莎贝尔看着她的同志们。"我会把他带到圣塞巴斯蒂安的领事馆,抵达领事馆后,就看英国人如何送他返乡。"

伊莎贝尔看着周遭众人无声地交谈,疑问和关切尽在不言中。沉默中,众人做出决定。有些风险不得不放胆一试,在场的每一个人都知道。

"我们必须花几星期计划,说不定更久。"李维说。他转向贾约丹,"我们马上需要钱,你跟你的联络人谈谈?"

贾约丹点点头。他从长柜上抓了一顶黑色贝雷帽,戴在头上。

伊莎贝尔无法移开视线。她真的生他的气,她晓得,她可以感觉到自己的愤怒。

但当他朝她走来，怒气却渐渐干涸，有如尘土般烟消云散，取而代之的是一股渴求，这比愤怒要紧得多。他们四目相接，凝视对方；然后他走过她身旁，伸手扭动门把，踏出门外，"啪嗒"一声把门带上。

"好吧，"安露说，"我们开始计划。"

接连六小时，伊莎贝尔始终坐在圣赛门街那栋公寓的桌边。他们召集其他组织的成员，指派任务，诸如储备补给品，帮飞行员们收募衣物。他们研究地图，设计路线，逐步进行漫长、充满未知的布署，在沿途设立藏身所。讨论到某个程度后，他们渐渐将之视为事实，而不仅是大胆的点子。

直到李维先生提及宵禁，伊莎贝尔才从桌旁站起来。他们试着说服她留下来过夜，但她若没回家，爸爸肯定起疑。于是她反而跟安露借了一件黑色双排扣大衣套在身上，庆幸有大衣掩护自己。

圣日尔曼大道安静得近乎诡异，百叶窗全都紧紧拉下，窗户遮黑，街灯暗淡无光。

她沿着一栋栋屋宅前进，暗自庆幸自己这双白色牛津鞋的鞋跟已经磨平，不会在人行道上发出叩叩的声响。她悄悄走过一个个路障，绕过一群群在街上巡逻的德国士兵。

几乎快到家时，她忽然听到引擎隆隆怒吼。一辆德国货车从她后面的街上摇摇晃晃地驶近，上了蓝漆的车前灯已经熄灭。

她紧贴着背后粗糙的石墙，鬼魅般的货车缓缓驶过，隆隆消失于黑暗中。一切重趋宁静。有人吹了一声口哨，有如叽叽啾啾的鸟鸣。听来耳熟。

伊莎贝尔立刻知道自己始终等着他,暗自希望……她慢慢挺直身子,身旁的一株盆栽飘着花香。

"伊莎贝尔。"贾约丹说。

她几乎辨识不出他在黑暗中的身影,但闻得到他的发油、他洗衣服的粗肥皂、他之前抽的香烟。

"你怎么知道我先前帮保罗做事?"

"你以为谁跟他推荐你?"

她眉头一皱。"亨利……"

"谁跟亨利提过你?我一开始就派笛迪耶跟踪你、关照你,我知道你有办法跟我们接头。"

他伸手把她的头发塞到耳后,这个亲密的举动令她满怀希望。她想起自己曾对他说"我爱你",顿时感到羞愧懊恼,心中一阵抽痛。她不愿回想他带给她什么感受,他亲手喂她吃炙烤的兔肉,当她累得走不动,他就抱着她走……他让她知道一个吻依然值得在乎。

"对不起,我伤了你的心。"他说。

"你为什么这么做?"

"现在这不重要。"他叹口气,"我今天应该待在另一个房间别出来,我们不要见面比较好。"

"我不这么想。"

他微微一笑。"你习惯想到什么就说什么,是吗?"

"没错,我一直都这样。你为什么抛下我?"

他摸摸她的脸颊,温柔得让她好想哭;他的轻抚感觉像道别,而她太了解道别的滋味。"我想要忘了你。"

她想要多说些什么,诸如"吻我""别走""跟我说你在乎我"，但她始终太迟，那一刻，不管是否真有那一刻，悄然消逝。他从她身边走开，消失在黑暗中。他轻轻说了一句"伊莎贝尔，自己小心"，她还没回答，就晓得他已经离开；她打骨子里感觉身旁少了他。

她又等了一分钟，让自己的心跳慢慢平缓，情绪渐渐稳定，然后才走向家中。她钥匙还没拔出锁孔就被人拉到屋里，大门"砰"地在她身后关上。

"你到底上哪里去了？"

她爸爸带着酒味的鼻息迎面袭来，甜腻的酒香遮掩了某种淡淡的苦涩，好像他刚才一直咀嚼阿司匹林。她试着挣脱，但他把她拉得好近，几乎像是搂住她，而且牢牢抓住，力气大到在她手腕上留下瘀青。

而后他突然松手，正如他先前突然伸手抓住她。她跌跌撞撞往后退，双手胡乱挥舞，摸寻电灯开关。她扭开开关，四下依然漆黑。

"没钱付电费了。"爸爸说。他点亮一盏油灯，举到两人之间。在晃动的光影中，他仿佛是尊渐渐熔化的蜡像；他满是皱纹的脸颊斜向一侧，眼睑浮肿，微微泛蓝，扁平的鼻子布满针孔大小的黑色毛细孔。她一一看在眼里，忽然间，他显得疲倦而苍老，但最让她揪心的是他的眼神。

有些不对劲。

"跟我来。"他说，声音粗嘎刺耳，这么晚了，他的口齿竟是依然清晰，让人听不出那是他的声音。他带着她走过橱柜，绕过拐角走入她的卧房，然后转身面向她。

在油灯的光影中，她看到他身后的大衣橱被挪到一旁，密室的木门微微开启。尿骚味刺鼻。谢天谢地,飞行员已经离开。

伊莎贝尔摇摇头,说不出话。

他颓然地在她的床沿坐下,俯首轻叹。"天啊,伊莎贝尔,你真让人头痛。"

她无法动弹,无法思考。她瞄一瞄房门,不知道自己是否有办法全身而退。"没什么大不了的,爸,只是个男孩子。"这就对了。"爸,我们约会,玩亲亲。"

"你每个男朋友都会在衣橱里撒尿吗?你肯定很受欢迎。"他叹了一口气,"别糊弄我了。"

"糊弄?"

"你昨晚发现一名飞行员,把他藏在衣橱里,今天把他带到李维先生那里。"

伊莎贝尔不敢相信自己听到的话。"你说什么?"

"那个飞机被击落的飞行员,那个在衣柜里撒尿、在走廊上留下肮脏脚印的飞行员,你带他去见李维先生。"

"我不知道你在说什么。"

"做得好,伊莎贝尔。"

他一语不发,她受不了这种悬而未决的静默。"爸?"

"我知道你来巴黎帮地下组织传送信件,我也知道你在帮保罗·李维的组织做事。"

"你怎么……"

"李维先生是我的老朋友,事实上,当纳粹入侵巴黎,我整天酗酒,他来找我,把我拉出酒精的深渊。他指派工作给我。"

伊莎贝尔感觉天旋地转,几乎站不住。她跟爸爸并肩而坐,感觉太亲密,于是慢慢坐到地毯上。

"我不想牵扯到你,伊莎贝尔,所以先前才把你送走。我不想你因为我的工作而涉险。我早该知道你有办法让自己惹上麻烦。"

"之前你一次次把我送走呢?那又是为了什么?"话一出口,她就宁愿自己没问,但念头一浮上心,马上变成话语。

"我不是个好爸爸,我们都知道这一点。最起码从你妈妈过世后,我不是个好爸爸。"

"我们怎么知道?你试都没试。"

"我试了,只是你不记得。不管如何,这些都过去了。现在我们有更棘手的问题。"

"没错。"她说。不知怎地,她的过去感觉如此轻渺、失衡。她不知道该怎么想,也不知有何感受。最好赶紧改变话题,不要再沉溺其中。"我……我打算做一件事,会离家一阵子。"

他低头看着她。"我知道,我跟保罗谈过了。"他沉默了好久。"你知道从这一刻起,你的生命就起了变化。你必须隐匿而居,不能跟我住,也不能跟任何人住。在任何地方都不能久留,顶多住个几晚。你绝对不能信赖任何人。你再也不是伊莎贝尔·罗西诺,而是朱丽叶·吉威斯。纳粹和通敌者会不停搜捕你,如果他们逮到你……"

伊莎贝尔点点头。

他们互看了一眼。在他的眼神中,伊莎贝尔感受到前所未有的亲近。

"你知道德国人可能对战俘手下留情,但对你绝不会宽容。"

她点点头。

"伊莎贝尔,你做得到吗?"

"爸,我可以。"

他点点头。"你要找的人叫米雪儿·巴宾诺,她住在于尔鲁涅,是你妈妈的朋友。她先生在'一战'中丧生,我想她会欢迎你。对了,你跟保罗说我马上需要照片。"

"照片?"

"那个飞行员的照片。"她又说不出话来,他看在眼里,终于露出微笑。"伊莎贝尔,你真的还没拼凑出大概吗?"

"但是……"

"我伪造证件,伊莎贝尔。这就是我为什么在最高指挥部当差。我起先只是撰写你在卡利弗散发的传单,但……我这个写诗的人居然擅长伪造。你以为谁帮你取了'朱丽叶·吉威斯'这个名字?"

"但……但是……"

"你以为我跟敌人一个鼻孔出气,我不怪你。"

她忽然在他身上看到不同的面貌,在那失意的外表下,他始终是个勇敢无惧的男子。她放胆站起来,朝他移动,跪在他面前,抬头凝视他,热泪盈眶。"你为什么抗拒我和薇安?"

"我希望你永远不会意识到你多么脆弱,伊莎贝尔。"

"我不脆弱。"她说。

他嘴角轻扬,几乎称不上是微笑。"我们都脆弱,伊莎贝尔,只不过到了战时才懂。"

19

警告所有直接、间接帮助跳伞着陆或迫降的敌军飞行员逃逸、藏匿,或提供其他任何协助的男性,经逮捕,一律当场枪杀。

提供同等协助的女性将被送往德国的集中营。

"幸好我是女人。"伊莎贝尔喃喃自语。时至今日——一九四一年十月——法国已经成为女性的天下,德国人怎么可能还没发现?

即使这样说,她也明白是在虚张声势。此时此刻,她想要英勇无惧,如同甘冒生命危险的艾迪丝·卡维尔,但置身德国士兵巡防的火车站里,依旧相当害怕。

如今已无退路,也无法改变主意。经过几个月的计划和布署,她和四名飞行员即将试着逃跑。这个冷冽的十月早晨,她的生命将改变。搭上这列前往圣让德吕兹的火车,她就不再是伊莎贝尔·罗西诺,也不再是那个看管书店、住在布尔多内街的女孩。从现在起,她是朱丽叶·吉威斯,代号"夜莺"。

"来。"安露挽着伊莎贝尔的手臂,把她带离警示牌,走向售票柜台。

她们反复复习整套程序,伊莎贝尔早已熟记在心。唯一的问题是,目前为止他们始终联络不上巴宾诺太太。换言之,伊莎贝尔必须自己处理计划中重要的环节,也就是找到向导。在她左侧,麦克林中尉扮成农夫,等待她的暗号。他从逃生装备中留下两颗苯丙胺锭和一个非常袖珍的罗盘,看起来像纽扣,别在衣领上,假证件已经到手,他是比利时荷语区的农夫,他有身份证和工作证,但她爸爸无法保证这些证件经得起仔细检视。他已经截短飞行靴,剃了八字胡。

伊莎贝尔和安露花了无数小时训练他表现出合宜的举止。她们帮他穿上松垮外套和破旧肮脏的工作裤,用漂白水刷洗他被香烟熏黄的食指和中指,教他像法国人一样用拇指和食指拿着香烟。他知道他过马路前应该先看左边。除非伊莎贝尔先找他,否则绝不主动跟她说话。她已经指示他装聋作哑,也叫他搭火车的时候低头看报,一路都是如此。他还得自己买票,跟伊莎贝尔分开坐。他们全都分开坐。当他们在圣让德吕兹下车,飞行员们都得跟她保持一段距离,走在她的后面。

安露转身看看伊莎贝尔。准备好了吗?她以眼神示意。

她慢慢点头。

"艾提安表哥和艾米尔叔叔各自在波伊提耶和卢费克上车,尚·克劳德则在波尔多上车。"

她说的是其他几个飞行员。"好。"

伊莎贝尔计划在圣让德吕兹下车,同行还有四名飞行员,两个英国人,两个加拿大人,一起攀越山脉进入西班牙。完成后,她就发电报：夜莺已经歌唱。表示任务圆满达成。

她在安露的两颊各印上一吻，低声说再见，然后轻快地走到售票窗口。"圣让德吕兹。"她边说边把钱递给售票员，拿着车票走向月台，自始至终没有回头，即使她很想。

火车汽笛声大作。

伊莎贝尔上车，选了左侧座位坐下，乘客陆续上车，挑选座位，几个德国士兵坐到她对面。

麦克林最后一个上车，他踏进车厢，看都没看她就匆匆走过，刻意弯腰驼背，让自己看起来矮小一点。车门慢慢关闭时，他挑了车厢另一头的座位坐下，立刻摊开报纸。

火车汽笛声再度响起，庞大的车轮缓缓转动，慢慢加速。车厢左右晃动，没多久便四平八稳地前进，车轮铿铿锵锵地轧过钢铁车轨。

伊莎贝尔对面的德国士兵瞄了眼车厢另一头，目光停在麦克林身上。他轻拍朋友的肩，两人缓缓起身。

伊莎贝尔往前倾。"日安。"她面带微笑地说。

士兵们马上坐回座位。"日安，小姐。"两人异口同声地说。

"你们的法文讲得不错。"她说谎。她身旁一个富态的农妇轻蔑地哼了一声，轻轻用法文说道："你真可耻。"

伊莎贝尔展现欢颜，笑语盈盈。"你们要去哪里？"她问士兵们。既然必须在这节车厢里共度好几个钟头，她最好持续吸引他们的注意。

"图尔。"其中一人说，另一人同时说，"翁赞。"

"噢。你们知道哪些纸牌游戏可以打发时间吗？我带了一副牌。"

"知道,当然知道!"年纪较轻的士兵说。

伊莎贝尔从皮包里拿出纸牌,笑容可掬地发牌。这时,另一个飞行员上车,匆匆走过德国人身边。

列车长稍后来查票,她把车票递过去,他收下车票,继续往前。

他走到麦克林跟前,这个飞行员完全依指示行事,他头也不抬地把车票递过去,继续读报。另一个飞行员也一样。

伊莎贝尔放心地呼了一口气,往后靠向椅背。

伊莎贝尔和四位飞行员顺利抵达圣让德吕兹。他们两度通过德国检查站,当然是各自通关,站岗的士兵们几乎没看他们的假证件,头都没抬就说谢谢。士兵们的职责不是搜查飞机被击落的飞行员,而且显然未料到有如此大胆的计划。

伊莎贝尔和飞行员们已经逐渐接近山区。到山麓时,她走到河畔小公园,坐在俯瞰河水的长椅上。飞行员们按照计划陆续而至,麦克林头一个抵达,在她身边坐下。

其他人也就近找个地方坐下。

"你带了你的牌子吗?"她问。

麦克林从衬衫口袋掏出一张纸片,上面写着:我又聋又哑,等着妈妈来接我。其他飞行员也拿出纸片。

"如果德国士兵骚扰你们,你们就把证件和牌子拿给他看,不要开口。"

"而且装出愚蠢的模样。反正我已经一脸蠢相,这难不倒我。"麦克林咧嘴一笑。

伊莎贝尔焦虑得笑不出来。

她卸下肩上的帆布背包,递给麦克林。背包里装了几样必需品：一瓶酒、三条圆滚滚的猪肉香肠、两双厚毛袜、几个苹果。"你们在于尔鲁涅找个地方坐坐，当然别坐一起。低着头，假装看书，除非听到我说，'表哥，你到了，我们刚才到处找你'，否则不要抬头。了解吗？"他们全都点点头。

"如果我天黑前没回来，你们就各自前往波城，找到那家我提过的旅馆，一个叫作伊莲的女人会协助你们。"

"小心。"麦克林说。

她深呼吸，留下他们独自走向干道。走了约莫一英里，天色逐渐变暗，她越过一座摇摇晃晃的吊桥，干道愈来愈窄，到后来成了车轨般的泥土小径，而且不断攀升，直入青翠的山丘。月光助她一臂之力，数百个小小的光点在银白的月光下闪闪烁烁，原来是一只只山羊。到了这种高度，山间不见度假木屋，只有牧棚。

最后她终于看到那栋农舍：楼高两层，半为木造，红色屋顶，正如爸爸的描述。农舍似乎刻意让人难靠近，通往农舍的小径也是。难怪他们始终联络不上巴宾诺太太。山羊看到她马上咩咩叫，紧张地相互推挤。草草遮黑的窗户透出灯光，烟囱冒着白烟，空中充满香气，令人愉悦。

她敲敲门，木门打开一个小缝，只看得到一只眼睛和一张几乎被灰胡子遮住的嘴。

"您好。"伊莎贝尔说。她等了一秒钟，静待老先生客气地回应，但他什么都没说。"我找巴宾诺太太。"

"你找她干吗？"老先生质问。

"朱利安·罗西诺叫我来。"

老先生唇齿间发出啧啧的声响，把门打开。

伊莎贝尔最先注意到那锅炖肉，石饰大壁炉的挂钩上吊着一个黑色大铁锅，锅里慢慢炖着肉。

屋内面积宽阔，梁木架顶，最里头有张刻痕累累的巨型长桌，一名女子坐在桌边，从伊莎贝尔站立处看过去，女子似乎披着墨黑的毡毯。但当老先生点亮一盏油灯，伊莎贝尔才看出女子穿了粗拙的马裤和亚麻衬衫，领口交叉绑带，打扮得像个男人。她的发色有如铁屑，抽着一支香烟。

但伊莎贝尔仍然认得那名女子，即使已经相隔十五年。她记得坐在圣让德吕兹的海滩上，聆听女人们高声谈笑。巴宾诺太太说：玛德琳，这个小美人将来会给你带来很多麻烦，男孩子会围着她团团转。妈妈说：她很聪明，不会为男孩子浪费生命，我的伊莎贝尔，你不会吧？

"你的鞋子沾满了泥巴。"

"我从圣让德吕兹的火车站走到这里。"

"真有意思。"女子伸出穿了靴鞋的脚，把一张椅子踢到伊莎贝尔跟前。"我是米雪儿·巴宾诺。坐。"

"我知道你是谁。"伊莎贝尔说，然后打住。近来多说无益，甚至很危险。她必须慎言。

"是吗？"

"我是朱丽叶·吉威斯。"

"我为什么要知道？"

伊莎贝尔紧张地瞄了老先生一眼，老先生警戒地盯着她。她不喜欢背对着他，但别无选择，她在女子对面坐下。

"你要烟吗？这是高卢蓝牌，花了我三法朗和一只山羊，但绝对值得。"女子心满意足地深深吸了一口，吐出一缕香味独特的蓝色烟雾。"我为什么要知道你是谁？"

"朱利安·罗西诺认为我可以信任你。"

巴宾诺太太又吸了一口烟,然后用靴底踩熄,把烟屁股丢进胸前的口袋。

"他说他太太跟你交情不错,你是他大女儿的干妈,他是你小儿子的干爸。"

"曾经是。我两个儿子都在前线被德国人杀了,还有我先生,他们全死在'一战'。"

"他最近写了几封信给你……"

"最近邮政有什么屁用?他要干吗?"

这就是整个计划最严重的漏洞。如果巴宾诺太太是通敌者,那就完了。伊莎贝尔已经千百次假想这一刻,反复研拟,甚至盘算了讲到哪里应该停顿,设想了种种措辞保护自己。

如今她察觉这一切都是白费,除了直说,别无选择。

"四名飞机被击落的飞行员在于尔鲁涅等我,我想把他们带到西班牙的英国领事馆,希望英国人能帮他们返回英国,让他们再度执行任务,飞越德国上空,投掷更多炸弹。"

在其后的静默中,伊莎贝尔听到自己的心脏噗噗跳动,座钟嘀嘀嗒嗒,远处的山羊咩咩啼叫。

"还有呢?"巴宾诺太太终于开口,声音轻到几乎听不见。

"呃……我需要一位巴斯克向导,协助我们攀越比利牛斯山。朱利安觉得你可以帮我。"

伊莎贝尔头一次感觉女子全神贯注地看着她。"叫艾德瓦尔多过来。"巴宾诺太太对老先生说,老先生马上帮她出去找人,木门重重关上,天花板微微颤动。

女子从口袋里掏出抽了一半的烟,点燃,一边吞云吐雾,一边静静地打量伊莎贝尔。

"你打算……"伊莎贝尔开口发问。

木门轰然开启,一名男子冲进来。伊莎贝尔只看到一副宽肩、一身粗麻布,闻到一股酒味。那人一把抓住她的臂膀,把她从椅子上拉起来,猛然将她推到墙边,迫使她贴着凹凸不平的墙面。她痛得倒抽一口气,试图挣脱,但他制住她,膝盖粗鲁地顶在她的两腿之间。

"你知道德国人会如何处置你这种人吗?"他悄悄说,贴她贴得好近,她甚至无法聚焦,除了他乌黑的双眼和睫毛,她什么都看不见。他身上有香烟和白兰地的味道。"你知道你和那些飞行员会让我们赚到多少赏金吗?"

伊莎贝尔转头,试图躲开他酸臭的鼻息。

"你那几个飞行员呢?"

他的手指紧紧掐入她的上臂。

"他们在哪里?"

"什么飞行员?"她气喘吁吁地说。

"你协助脱逃的飞行员。"

"什……什么飞行员?我不知道你在说什么。"

他又嘟囔一声,把她的头重重压向墙壁。"你请我们帮你带那些飞行员攀越比利牛斯山。"

"我,一个女孩子,攀越比利牛斯山?你肯定在开玩笑。我不知道你在说什么。"

"你是说巴宾诺太太撒谎?"

"我不认识什么巴宾诺太太。我只是停下来问路,我迷路了。"

他微微一笑,露出沾了酒渍的黄板牙。"这女孩很聪明,"他边说边放开她,"而且一点都不怯懦。"

巴宾诺太太站起来。"好样的。"

男子往后退,给她一些空间。"我叫艾德瓦尔多。"他转向巴宾诺太太,"天气状况不错,她意志坚定,飞行员们今晚可以在这里休息,我明天带他们上路,除非他们打退堂鼓。"

"你愿意?"伊莎贝尔说,"带我们去西班牙?"

艾德瓦尔多看看巴宾诺太太,巴宾诺太太看看伊莎贝尔。"朱丽叶,我们很荣幸帮忙。好了,你那些飞行员在哪里?"

天还没亮,巴宾诺太太叫醒伊莎贝尔,带她走进厨房,厨房的炉子火光熊熊。"咖啡?"伊莎贝尔用手指梳理一下头发,用棉布围巾包住头部。"不了,谢谢,咖啡太珍贵。"

年迈的巴宾诺太太对她微微一笑。"没有人会对我这个年纪的女人起疑心,于是我成了以物易物的行家。来,喝喝看。"她递给伊莎贝尔一个缺了口的陶瓷马克杯,杯里盛满热腾腾的黑咖啡。真正的咖啡。

伊莎贝尔捧住杯子,深深吸进熟悉的咖啡香,她永远不会再把这股香味视为理所当然。巴宾诺太太在她旁边坐下。

她凝视老妇人的黑眼,看到悲悯的眼神,不禁想起自己的母亲。"我好害怕。"伊莎贝尔坦承。她头一次这么对人说。

"你应该害怕,我们都应该害怕。"

"如果出了差错,你可以传话给朱利安吗?他依然住在巴黎,如果我们……失败了,请跟他说夜莺没有飞起。"

巴宾诺太太点点头。

伊莎贝尔和巴宾诺太太坐下时,飞行员们一个个走了进来,现在是半夜，大家看起来都没睡好，但已经到了出发时间。

巴宾诺太太帮大家准备了面包、薰衣草风味的蜂蜜、滑润的山羊奶酪。飞行员们在不成对的座椅上坐下，急急靠向桌边，狼吞虎咽，迅速吃光所有东西。

木门轰然开启，一阵冰冷的夜风随之涌进，干枯的树叶飕飕扫入，飘过地板，贴上石砌的壁炉，好像一只只黑色的小手。壁炉的火光闪闪烁烁，愈来愈微弱。木门"啪"地关上。

艾德瓦尔多站在门口，望似一个邋邋遢遢挤在矮房里的巨人。他是典型的巴斯克人，虎背熊腰，脸孔看起来像是用钝刀雕刻的石像。他的大衣在这种天气里算单薄，而且到处都是补丁，几乎看不到一片完整的布料。

他递给伊莎贝尔一双巴斯克人常穿的鞋子，这种草编鞋的鞋底是粗绳，据说适合在崎岖不平的山路上行走。

"艾德瓦尔多，这种天气上路如何？"巴宾诺太太问。

"快要天寒地冻了，我们绝对不可耽搁。"他从肩上卸下一个破烂的帆布背包，扔到地上，给飞行员的，他说，"这些是草编鞋，对你有好处，找双合脚的穿上。"伊莎贝尔蹲在他旁边，帮飞行员们翻译。

飞行员们乖乖聚拢，围着帆布背包蹲下，拉出草编鞋，相互传递。

"没有合脚的。"麦克林说。

"尽量吧，"巴宾诺太太说，"抱歉，我们不是鞋店。"

飞行员们脱下靴子，换上草编鞋，艾德瓦尔多叫他们排成一列。他依次仔细打量他们，检查他们的衣服和小包包。"把口袋里东西全拿出来放在桌上，西班牙人会找出任何理由逮捕你，你不会希望逃过了德国人的追捕，却被关进西班牙人的监牢。"他递给每个人一个装满酒的山羊皮水壶、一根用覆满青苔的树枝制成的健行手杖。检查完毕后，他用力拍拍他们的背，力气大到他们差点跌跌撞撞地往前倾。

"别出声，"艾德瓦尔多说，"始终别出声。"

他们离开农舍，列队走上户外崎岖不平的牧羊草地。微弱的月光照亮天空。"夜晚是最好的保障。"艾德瓦尔多说。他转身，举起一只手示意大家停下来。"朱丽叶殿后，我带头。我走，你们就跟着走。大家排成一列纵队，不可以交谈，绝对不可。你们会觉得冷，今晚就会非常冷，肚子会饿，不久就会疲倦，但不能停，要继续走。"

艾德瓦尔多转身背对大家，迈步走上山丘。

伊莎贝尔马上感觉到冷，寒意袭上她毫无遮掩的脸颊，溜进她羊毛外套的衣缝。她伸出戴着手套的手拉住衣领，踏上不断攀升、牧草蔓生的漫长山路。

清晨三点左右，步行成了跋涉。山路更加陡峭，月亮隐遁到云朵后方，一闪一闪地消失无踪，把他们留在伸手不见五指的漆黑中。伊莎贝尔听到前面的飞行员们气喘吁吁，愈来愈吃力。她知道他们很冷；他们大多没有足够的衣服抵御如此寒冷的山风，鞋子也不合脚。小树枝在他们的脚下噼啪断裂，石头嘎啦嘎啦从他们的脚边飞起，落在陡峭的崖边，有如雨点敲打铁皮屋顶。饥饿之苦首度袭来，空空如也的肠胃一阵绞痛。

开始下雨。刺骨的寒风从下方的河谷猛然刮起，吹向行进中的队伍。雨水冻结成冰冷的碎片，打在毫无遮掩的肌肤上，伊莎贝尔开始不自主地打战，呼吸渐渐急促，咻咻喘气，但她继续攀爬。一爬再爬，不停攀升，直逼森林线。

前方有人高声叫喊，重重倒下，伊莎贝尔看不清是谁，夜色已将他们团团包围。她前面的飞行员止步，她撞上他的背，他绊了一跤，撞上旁边的大石头，低声诅咒。

"别停下来噢。"伊莎贝尔试图保持轻快，鼓舞士气。

他们一再攀爬，到后来伊莎贝尔每一步都气喘吁吁，但艾德瓦尔多不准他们休息。他只停下来确定大家跟了上来，马上再度迈步，像只山羊似的爬上多石的山坡。

伊莎贝尔的双脚好像着了火，疼痛不堪，虽然穿了草编鞋，水疱依然一颗颗冒起。每一步都痛苦万分，挑战她的意志力。

时间一小时一小时地过去，感觉似乎过了好久。伊莎贝尔上气不接下气，想讨水喝的话到嘴边又咽了下去，她知道艾德瓦尔多反正不会理会。她听到前面的麦克林气喘吁吁，每次滑跤就低声诅咒，她知道他的水疱已经化脓，双脚布满疮口，让他痛得喃喃抱怨。

她再也看不清路面，只是步履维艰地往前走，强迫自己别闭上眼睛。

她顶着山风，拉扯围巾遮住口鼻，歪歪斜斜地继续前进。她大口喘气，断断续续的鼻息让羊毛围巾变得暖烘烘，毛料沾了水气，微微湿润，然后冻成一道道硬邦邦、冷冰冰的皱褶。

"到了。"漆黑的前方传来艾德瓦尔多低沉的声音。他们已经爬到深山中，绝对碰不到德国或西班牙的哨兵。在这种高度的山区，生命的威胁来自大自然。

伊莎贝尔整个人瘫了下来，重重跌坐在一块大石头上，痛得大叫，但她已经累得不在乎了。

/ 249

麦克林跌坐在她身旁，用力喘气。"天啊。"他大声叹息，随即往前一瘫，伊莎贝尔赶紧抓住他的胳膊，稳住他的身子，以免他滑到山下。

然后她听到众人七嘴八舌——"谢天谢地！""累死了！"——接着听到众人倒地的声音。飞行员们不约而同一起瘫倒，好像双腿再也支撑不了。

"不是这里，"艾德瓦尔多说，"牧羊人的棚屋。来，去那边。"

伊莎贝尔摇摇晃晃地站起。她站在队尾等候，全身颤抖，双手环抱自己，好像这样能保存些许暖意，但她浑身冰冷，只觉自己像是片薄冰，一碰即碎。麻木的感觉似乎逐渐进占心中，她必须一直摇头以保持清醒，免得陷入昏迷。

她听到脚步声，知道艾德瓦尔多摸黑走到她身边，冰冷的雨水打在两人的脸上。

"你还好吗？"他问。

"我冻僵了，而且不敢看自己的脚。"

"水疱？"

"我相当确定水疱跟晚餐餐盘一样大。我的鞋子全湿了，但不知道是被雨水淋湿，还是被血水浸湿。"

她感觉自己热泪盈眶，但泪水立刻冻结，睫毛也凝固。

艾德瓦尔多牵起她的手，带着她走到牧羊人的棚屋。他在棚屋里生了火，她身间的寒冰缓缓融化，一滴滴流到地上，在她的脚边积成小水滩。她看着飞行员们就地倒下，噼噼啪啪地靠上粗糙的木板墙，把帆布背包拉到膝上，翻寻里面的食物。麦克林招手叫她过去。

伊莎贝尔小心翼翼地跨过众人，瘫坐到麦克林身边。静默中，她听着周遭众人咬嚼、打嗝、叹气,自己也慢慢吃她带着上路的奶酪和苹果。

她不晓得什么时候睡着了。这一刻明明还醒着,吃着勉强可称为山间晚餐的食物,下一刻有意识时,却是被艾德瓦尔多叫醒。灰白的天光映着棚屋肮脏的玻璃窗。他们睡了一整天,被叫醒时已是傍晚。

艾德瓦尔多生了火,煮了一壶劣等的代用咖啡递给大家。他们以走味的面包和硬干酪果腹,味道尚可,但几乎不足以压制昨天残留至今的饥饿感。

艾德瓦尔多精神抖擞地上路,像只山羊似的爬上湿滑、霜冻、陡峭的页岩小径。

伊莎贝尔最后一个离开棚屋。她抬头看小径,灰色的云朵遮掩了峰顶,皑皑白雪蒙蔽了声响,到后来一片沉寂,只听到他们的呼吸声。飞行员们在她眼前消失,变成雪地里的一个个小黑点。她咬牙踏入严寒中,跟随前方的男子稳稳地攀爬。皑皑白雪中,她能看到的只有他们的背影。

跟上艾德瓦尔多的步速令人筋疲力尽。他爬上崎岖蜿蜒的小径,沿途毫不停顿,似乎无视刺骨的寒风。山间严寒,每次呼吸胸口就一阵灼热,几乎迸裂。伊莎贝尔大口喘气,继续前进,飞行员们的速度一落后,她就加油打气,劝诱、逗弄、催促他们往前走。

当夜幕再度低垂,她使出两倍的精力提振士气。虽然饥寒交迫、晕眩反胃,她依然继续前进。任何一人若是放慢脚步,落后几英尺,就很可能永远迷失在这片酷寒的漆黑之中。偏离小径几英尺等于送死。

/ 251

她步履蹒跚地走了一整夜。

有人在她前方跌了一跤，高声叫喊。她赶过去，发现其中一个加拿大飞行员跪倒在地，他急急喘气，八字胡结了冰。"小美女，我没力气了。"他边说边试着挤出一个笑容。

伊莎贝尔悄悄在他身边坐下，感觉自己的臀部迅速变冷。"你叫泰迪，是吗？"

"对。听着，我走不动了，你们别管我，继续走。"

"你结婚了，泰迪，娶了家乡的女孩，是吗？"

她看不到他的脸，但听得出她的问题让他倒抽了一口气。"小美女，别这样。"

"生死关头，怎么样都不为过。泰迪，她叫什么名字？"

"艾莉丝。"

"泰迪，为了艾莉丝，你必须站起来。"

她感觉他移动一下身子，摇摇晃晃地试图站起来。她侧身靠向他，让他倚着她起身。"好吧。"他说，浑身打战。

她放手让他走，听着他一步步走到她前方。

她重重叹口气，庆幸他接受了。饥饿感咬啮着胃。她口干舌燥，用力吞了几口口水。她好想休息，一分钟也行，但反而跟随前方的众人继续前进，脑子又开始糊里糊涂，思绪一团紊乱。她能想的只有跨出一步，再跨一步，再跨一步。

天快亮时，雪花变成雨水，他们的羊毛外套被淋得湿答答，更觉沉重。开始下坡时，她几乎没有察觉。唯一的不同是飞行员们踩到湿滑的岩石，跌了一跤，滑下崎岖、危险的山腰。没有人救得了他们，她只能看着他们往下滑，直到万分惊险地停住，再过去搀扶他们站起。能见度极差，他们始终担心失去前一个人的踪影，迷失在雾蒙蒙的山中。

拂晓时分，艾德瓦尔多停下来，指指山腰上一个漆黑的洞穴。飞行员们聚集在山洞里，气喘吁吁地坐下，伸展双腿。伊莎贝尔听到他们打开背包，翻出仅存的食物。山洞深处有只小动物跑来跑去，爪子轻轻刮过坚硬的泥地。

伊莎贝尔跟着大家走进山洞，岩壁冰冷潮湿，不停滴水，藤根从洞顶垂悬而下，艾德瓦尔多跪下来，用今天早上采集、存放在腰间束带里的苔藓，生了一小堆火。"吃点东西，睡觉休息。"火光跳动之际，他对大家说，"明天还有最后一段山路。"他拿起羊皮水壶喝了一大口酒，走出山洞。

潮湿的木头噼啪作响，火花四溅，听起来像枪声，但伊莎贝尔和飞行员们累得连畏怯的力气都没有。伊莎贝尔坐到麦克林身边，疲倦地靠着他。

"你真是不可思议。"他压低声音说。

"大家都说我冲动、愚蠢，老是做傻事，这一趟说不定就是证据。"她浑身打战，不知道是因为寒冷还是疲倦。

"愚蠢，但是勇敢。"他面带微笑地说。

伊莎贝尔听了相当感激。"没错，那就是我。"

"我想我还没有好好谢谢你……救了我一命。"

"泰伦斯，我想我的任务还未完成。"

"请叫我小泰，"他说，"我的朋友们都这样叫我。"

他又说了几句，好像是有个女孩在家乡等他，但她累得不知道他到底说了什么。她醒来时，外面下着雨。

"他妈的，"一位飞行员说，"外面好湿。"

艾德瓦尔多立足山洞外，强健的双腿稳稳站定，脸上和头发

/ 253

沾满雨水,但他似乎根本没有察觉。他的身后一片漆黑。

飞行员们打开帆布背包,人人自动自发地吃东西,无须提醒。他们已经知道这套程序:当你获准停下来,你就喝水、吃东西、睡觉,而且依照这个顺序进行;当你被叫醒,你就吃东西、喝水、站起来,再痛都得遵行。

站起时,飞行员们个个唉唉叫,夹杂着几句粗话。那是个湿漉漉、黑黢黢的夜晚,没有月光,伸手不见五指。

他们好不容易越过山顶,这座山比昨天那座几乎高了一千英尺,快要走下半山腰,但天气越来愈糟。

伊莎贝尔离开山洞时,潮湿的树枝猛然打上她的脸颊。她用戴了手套的手拨开树枝,继续前进,健行手杖随着步伐重重敲击地面。大雨中,岩石像寒冰一样湿滑,雨水宛如小溪般流经他们身旁。艾德瓦尔多设定的步速几乎不近人情。这个家伙怎样都不会停下来,也不会减速,飞行员们奋力赶上。

"你们看看!"她听到有人说。

远处灯光隐隐闪烁,一个个白点连成蛛网般在黑暗中延展。

"西班牙。"艾德瓦尔多说。

眼前的景象让大家精神大振。他们继续前进,健行手杖叩叩作响,山势渐趋缓和,他们的步伐也渐趋稳定。

他们这样走了多久?五小时?六小时?她不清楚。她只知道他们一直走,走到双脚、腰背全都疼痛不堪。她不停吐出喷溅到口中的雨水,抹去滴落到眼中的雨珠;她饥肠辘辘,饥饿感有如脱缰的野兽。地平线渐渐浮现一抹苍白的天光,她走下七弯八拐的小径,天光慢慢焕放为一道灿烂的朝阳,先是浅紫,然后是粉红,最后一片金黄。她的脚好痛,甚至不得不咬紧牙关,以免大叫。

到了第四晚,伊莎贝尔已经完全失去时间感和空间感,不清楚他们在哪里,这种折磨还得持续多久。她满脑子只有一个单纯的恳求,随着痛苦不堪的步伐在心中摇荡:领事馆、领事馆、领事馆。

"停。"艾德瓦尔多高举一只手说。

伊莎贝尔摇摇晃晃地撞上麦克林,他的脸颊冻得通红,嘴唇龟裂,呼吸断断续续。不远处,青绿山坡的另一头,隐隐可见几个身穿亮绿军服的巡逻军警。

她第一个想法是,我们到西班牙了,随即艾德瓦尔多把他们两人用力推到树桩后面。他们躲了好一会儿,然后再度上路。

几小时后,她听到轰轰隆隆的水声。当他们走近河边,水声淹没了其他所有声响。

艾德瓦尔多终于把大家聚集在一起。他站在一摊泥土中,草编鞋消失在淤泥里。他后方是一片灰白的花岗岩峭壁,尖细的林木非但没有下坠,反而矗立在山崖间,似乎与地心引力抗衡。灌木丛环绕着令人生畏的岩石生长,状似火车头的排障器。

"我们在这里躲到天黑,"艾德瓦尔多说,"那边是比达索亚河,对岸就是西班牙,过了河我们就自由了。我们快到了,但是所谓'快到了'没什么意义。河边到处都是哨兵和巡逻犬,哨兵一看到任何动静就开枪,千万别乱动。"

伊莎贝尔看着艾德瓦尔多走开。之后,她和飞行员们蹲坐在巨大的圆石后方,藏身于倾倒的树木间。

大雨倾盆而下,连下了好几个小时,脚下的泥土变成一摊摊烂泥。她不停颤抖,双手紧紧抱膝,闭上双眼。说来似乎不可能,但她却沉沉入睡,已经累得忘了危险。

/ 255

但她睡不久。午夜时分，艾德瓦尔多把她叫醒。

伊莎贝尔一睁开眼睛就察觉雨停了。夜空繁星点点。她疲倦地爬起来，一站稳就发出痛苦的呻吟。她很幸运，草编鞋还算合脚，她无法想象飞行员们的双脚多么疼痛。他们在夜空下再度上路，隆隆的水声吞噬了他们的脚步声。

走着走着，一行人来到河边，站在峡谷边缘的林木间。峭壁下方，河水湍急，波涛汹涌，沿岸水花飞溅。

艾德瓦尔多叫大家聚拢。"我们不能游过去，雨下得太大，河水已经像是猛兽，会把我们全都吞没。跟我来。"

他们沿着河岸走了一两英里，艾德瓦尔多停了下来。她听到嘎叽嘎叽的声响，好像系绑小艇的绳索被高涨的河水拉得紧绷，偶尔夹杂着哗啦哗啦的噪声。

起先周遭一片漆黑，什么都看不见。然后对岸的探照灯闪过水花飞溅、滔滔不绝的河水，照到一座摇摇晃晃、连接峡谷两岸的吊桥。不远处有个西班牙检查站，几位哨兵前后巡逻。

"天啊。"其中一位飞行员说。

"老天！"另一位说。

伊莎贝尔跟大家一起蹲在树丛后面，耐心等候，静静看着探照灯来回闪过河面。

凌晨两点多，艾德瓦尔多终于点头。峡谷对岸终于死寂。如果他们够幸运，或说如果有那么一丁点好运，哨兵们说不定站岗的时候睡着了。

"我们走吧。"艾德瓦尔多轻声说，催促大家站起来。他带着他们走到桥头，吊桥摇摇晃晃，两侧是粗重的绳索，桥面是一块块木板，从木板的缝隙可以看到白花花的湍湍激流。几块木板已经不见了。吊桥在风中左右摇晃,发出叽叽嘎嘎、呜呜咽咽的声响。

伊莎贝尔看看飞行员们,他们大多脸色惨白,有如鬼魅。

"一步一步来,"艾德瓦尔多说,"木板看起来不太坚固,但支撑得了你们的重量。你们有六十秒的时间过桥,因为两次探照间隔是六十秒。一过桥马上跪下来,爬到检查站的窗下。"

"这不是你第一次过桥,对不对?"泰迪说,他的声音发抖。

"没错,泰迪,不止一次噢,"伊莎贝尔说谎,"如果我这么一个娇弱的女孩办得到,像你这么英武的飞行员肯定没问题,对吧?"

他点点头。"绝对没问题。"

伊莎贝尔看着艾德瓦尔多过桥。当他平安抵达对岸,她把其他飞行员叫过来,以六十秒的间隔计数,引导并看着他们走过吊桥,凝神屏气,紧握双拳,直到他们逐一踏上对岸。

终于轮到她。她甩开湿答答的兜帽,静候探照灯闪过身旁,踏上吊桥。桥看起来不太坚固,有些腐朽,但既然支撑得了飞行员们,当然也支撑得了她。

她紧紧抓住桥侧的粗绳,踏上第一块木板。吊桥左右摇晃,似乎直直下坠。她往下一瞥,只见一百英尺下方的河水隆隆奔流,激起一道道的水花。她咬紧牙关,稳稳地前进,踏过一块块木板,直到抵达对岸。一上岸,马上跪下,探照灯闪过上方,她手忙脚乱地爬上前方的堤岸,滚进岸边的矮树丛,飞行员们已经跟着艾德瓦尔多蹲在那里。

艾德瓦尔多带他们走到一个隐匿的土堆旁,终于让他们小睡片刻。当太阳再度升起,伊莎贝尔眨眨眼,昏昏沉沉地醒来。

"这里还不赖。"泰迪在她旁边轻声说。

伊莎贝尔睡眼惺忪，环顾四下。他们在泥土小径上方的水沟里，前方一排大树遮住了他们。

艾德瓦尔多把酒递给大家。他的笑容好灿烂，几乎像是在她眼前闪烁的阳光。"你们看。"他指着附近一个骑着自行车的年轻女子，女子身后的小镇在阳光中闪烁着银白的光芒，镇上处处可见角楼、钟塔和教堂尖塔，好像儿童绘本的一景。"阿玛朵拉会把你们带到圣塞巴斯蒂安的领事馆，欢迎来到西班牙。"

伊莎贝尔马上把先前那段艰辛的路程抛在脑后，也甩掉伴随着每个步伐的恐惧。"谢谢，艾德瓦尔多。"

"下回就不会这么容易了。"他说。

"这次已经不容易。"她说。

"他们没想到我们会这么做，但很快就会发现。"

他说得当然没错。他们这次不必逃避德国哨兵的巡逻或警犬的搜捕，而且西班牙的哨兵值勤宽松。

"但当你下次带着更多飞行员回来时，我会在这里等你。"他向她保证。

她点头表示感激，转身面向围在她身边的飞行员们，他们看起来筋疲力尽，她也同感疲惫。

"来，我们上路啰。"

伊莎贝尔和飞行员们蹒跚前进，走向那名年轻女子，女子扶着一部锈迹斑斑的旧自行车，站在道路的尽头，双方打招呼，各自报上假名，阿玛朵拉带他们穿过迷宫般的泥土小径和窄巷，走了数英里后，他们终于来到旧市区一栋淡棕色的华美屋宅。伊莎贝尔依稀听到浪花拍打海堤。

"谢谢。"伊莎贝尔用法文对女子说。

"不客气。"女子用西班牙语回答。

伊莎贝尔仰头看着油亮的黑门。"来吧。"她边说边昂首走上石阶。到门口时,她用力敲了三下,然后按电铃。一个穿着笔挺西服的男子来应门,她说:"我想见英国领事。"

"你跟他有约吗?"

"没有。"

"小姐,领事很忙。"

"我从巴黎带了四位英国皇家空军飞行员过来。"

男子的双眼稍微圆睁。

麦克林往前踏步。"泰伦斯·麦克林中尉,英国皇家空军。"其他飞行员照着做,大家并肩而立,报上姓名。

黑门开启。不一会儿,伊莎贝尔已经坐在一张不怎么舒服的皮椅上,隔着大桌子看着一名满脸倦容的男子,飞行员们立正站在她身后。

"我把四名飞机被击落的飞行员从巴黎带到你这里,"伊莎贝尔骄傲地说,"我们搭火车南下,然后步行攀越比利牛斯山。"

"你们步行?"

"嗯,可能比较像是'跋涉'。"

"你们从法国跋涉攀越比利牛斯山来西班牙。"他往后靠向椅背,一脸严肃,全无笑意。

"我可以再来一次。英国皇家空军的任务不断增加,肯定会有更多飞行员的飞机遭击落。为了救助他们,我们需要经济援助,帮他们筹措衣物、证件、食物,以及反馈给那些沿途提供庇护的人们。"

"你可以打电话给英国情报局第九处,"麦克林说,"朱丽叶小姐的组织需要什么，他们一定会全数支付。"

男子摇摇头，感叹地说："一个年轻女孩带领飞行员攀越比利牛斯山，还有比这更不可思议的事吗？"

麦克林对着伊莎贝尔咧嘴一笑。"没错，确实不可思议，我也是这样对她说。"

20

离开占领区不容易,而且相当危险。重回占领区倒不难,最起码对一个笑容可掬的二十岁女孩来说是轻而易举。

在圣塞巴斯蒂安待了几天,参加了无数会议和简报后,伊莎贝尔又搭上前往巴黎的火车,坐在三等车厢的木板长椅上,临时买票,只剩下这种座位,看着卢瓦尔河谷从眼前闪过。车厢里非常冷,挤满了吵闹的德国士兵、怯懦的法国男人和低垂着头、双手搁在膝上的法国女人。她提包里有一块硬干酪和一颗苹果,但即使肚子饿,其实是饥肠辘辘,她依然没有打开提包。

她穿着破烂松垮的褐色长裤和毛外套,感觉自己惹人侧目。她的脸颊被风吹得通红,而且剐痕累累,嘴唇干涩龟裂。但真正的改变却来自内心。成功攀越比利牛斯山,达成任务,不但令她自豪,更感觉自己长大了。有生以来,她头一次百分之百确定自己想做什么。

她跟英国情报局第九处的人员会晤,正式规划出逃脱路径。她是他们的主要联络人,他们称她"夜莺"。她提包的衬里藏着一千四百法郎,够他们设立藏身所,帮飞行员们购买衣物食粮,资助那些沿途收容他们的英勇人士。她向她的联络人伊恩（代号"星期二"）保证，其他飞行员会陆续到来。她已传讯息给保罗"夜莺已经歌唱"，那或许是她毕生最骄傲的一刻。

她在巴黎下车时，几乎已是宵禁时分。在凄冷阴暗的夜空下，晚秋的巴黎似乎在打冷战。秋风扫过光秃秃的树梢，吹得空荡的花坛嘎嘎作响，遮阳棚也噗噗啪啪。

她特意绕远路，去看看她在布尔多内街的公寓。经过时，她心中涌起一阵……嗯，或许可称为思念。在她的记忆中，没有任何地方比这里更可以称为家，而她已经好几个月没有踏入家门，也没有看到爸爸。自从研拟出逃脱路径后，她就搬出家中。他们父女最好分开行动，以策安全。于是一间狭小阴暗的公寓成了她最近的住所。公寓里只有一张餐桌、几张不相称的椅子、一个搁在地上的床垫、一个有故障的炉子。地毯飘散着前任房客留下的烟味，墙上点点水渍。

她停在大门口，四下张望。街上黑漆漆、静悄悄，她把万能钥匙插入门锁，轻轻转动，门锁"咔嗒"一响，她马上察觉到危险。不太对劲，黑暗之处不该出现影子，隔壁小餐馆发出铿锵声，即使老板几个月前就已歇业。

她慢慢转身，凝视漆黑宁静的街道。几辆卡车隐没在暗处，三三两两停放在街旁，几家冷清的小咖啡馆在人行道上投射出三角形的光影；微光中，德国士兵们宛若细长的剪影前后晃动。一股空寂的氛围笼罩这个曾经生气蓬勃的邻里。

一盏街灯立在对街，暗淡无光，一个漆黑的人影划破周遭的夜色。他在那里。她心知肚明，即使看不见他。

她慢慢往前移动，提高警觉，步步谨慎。她确定听到他的呼吸声；他就在附近，静静望着她。她直觉地意识到他始终等着她回返，惦念着她。

"贾约丹。"她悄悄说，以她的声音为饵，撒网布线，试图捕捉他。"这几个月你始终跟踪我，为什么？"

毫无回应。沉默随夜风在她四周扩散，刺骨凄冷。

"过来吧。"她苦苦哀求，下巴微微一斜。

依然毫无回应。

"嗯，现在是谁没做好心理准备？"她说。他的静默伤了她的心，但她了解他为何默不作声。他们的生命中充满太多风险，坠入爱河或许是最危险的选择。

唉，说不定她错了。说不定他不在那里，从头到尾不曾等着她，看着她。说不定她只是一个傻女孩，只身站在空荡的街上，思念着一个不要她的男人。

不。

他在那里。

那年冬天甚至比往年更糟。愤怒的天神存心折磨欧洲，日复一日，天空布满阴霾，雪花不断飘落。世间已然黯淡丑恶，再加上寒冷的气候，感觉更凄凉。

卡利弗跟许多占领区的小镇一样与外界失去联系，成了荒芜的孤岛。镇上民众信息有限，不知道世界发生了什么事，人人奋力求生，哪有时间细读宣传文件探寻真相？说真的，他们只知道美国参战后，纳粹愈来愈怒气冲天，态度恶劣。

一九四二年二月初的一个清晨，天光暗淡，寒风刺骨，树枝噼啪断裂，窗玻璃看起来像龟裂的池面薄冰。薇安很早醒来，盯着卧室斜高的天花板。她头痛欲裂,连眼眸深处都隐隐作痛,冷汗直冒,全身酸痛,呼吸时肺部一阵灼热,不由自主地咳嗽。

她不想起床,但也不想饿死。入冬以来,配给卡已经越来越不管用;食粮短缺,鞋子、布料或皮革也告罄。薇安已经没有柴火点燃火炉,也没钱支付电费。燃气非常珍贵,几乎没有热水,连洗澡都成了迫不得已、令人讨厌的差事。她和苏菲盖上厚厚一叠百衲被和毛毯,像幼犬一样挤在一起睡觉。最近几个月来,薇安把每一样木制品当柴火烧,也开始变卖贵重物品。

现在她把所有的衣服全穿在身上,法兰绒长裤、织的内衣裤、一件旧毛衣、一条围巾,但下床时还是冷得发抖,双脚一踏上地板,马上因为冻疮而痛得呻吟。她抓了一件毛裙套在长裤外,今年冬天她瘦了好多,不得不用别针把衣物固定在腰间。她一边咳嗽一边下楼,鼻息在眼前化为一朵朵云雾,但瞬间消散。她蹒跚地走过客房。

上尉不在,最近几星期他都不在。虽然不愿承认,但这些日子以来,薇安觉得他不在家反而糟。最起码他在的时候,他们有东西吃,壁炉也有柴火可烧,因为他拒绝让家里冷冰冰的。薇安尽量少碰他提供的食物,她告诉自己,挨饿是义务。但什么样的母亲会让孩子挨饿?难道薇安应该让苏菲用挨饿来证明对法国的忠诚?

她摸黑再穿上一双破了洞的袜子,这下总共穿了三双袜子再裹上一条毛毯,戴上她最近拆了苏菲的婴儿毛毯,用旧毛线织成的连指手套。

厨房里结了一层薄霜,她点燃一盏油灯,拿着油灯慢慢走到屋外,气喘吁吁地爬上冰滑的山坡,走向谷仓,两度不慎滑跤,跌到冰冷的草地上。

即使戴着厚厚的手套，谷仓的金属门把依然冷得手指刺痛。她必须使出吃奶的力气才能把门缓缓推开。她走进谷仓，摆好油灯，由于身体虚弱，一想到必须移动车子，几乎不知如何是好。

她深深吸口气，帮自己打气，走向车子。她确定车子挂了空挡，弯腰靠向保险杆，使尽全力往前推。车子慢慢滑行，好像正在接受鉴定。

当活板门出现在眼前，她拿起油灯，慢慢爬下木梯。自从她被革职，手边的积蓄告罄后，她一件件变卖传家宝。最近漫长的几个月里，她卖了一幅油画买饲料，好让鸡和兔子撑过冬天，用一组里摩陶瓷茶具换来一袋面粉，以一组纯银胡椒盐罐换来两只瘦巴巴的母鸡。

她打开妈妈的珠宝盒，低头端详天鹅绒的衬里。不久前，盒里搁着许多人造珠宝和几件漂亮的真品，包括几对耳环、一副精致的银手环、一个镶着红宝石和铸雕金属片的胸针。现在盒里只剩下珍珠。

薇安脱下连指手套，拿起珍珠搁在掌心。颗颗珠圆玉润，闪闪烁烁，有如少女柔滑的肌肤。珍珠是她和妈妈仅存的联系，也是家族唯一的传承。

如今苏菲无法在婚礼上配戴它们，也无法把它们再传给女儿。

"但这个冬天她不会挨饿。"薇安说。她语带哽咽，却不知是因为悲痛、哀伤还是宽慰。她很幸运，还有东西可以变卖。

她低头凝视珍珠，掂掂重量，珍珠撷取了她的体温，摸起来暖暖的，有那么短短的一秒钟，似乎灼灼发光。她叹口气，阴郁地戴上连指手套，爬上木梯。

/ 265

又过了三星期，天寒地冻，孤独凄凉，贝克依然不见踪影。二月底一个严寒的早晨，薇安一觉醒来头痛欲裂，发着高烧。她一边咳嗽一边下床，慢慢从床上拿起一条被毯裹在身上，还是不够暖。她已经穿了两件长裤、两件毛衣、三双袜子，依然不自主地发抖。屋外寒风呼啸，百叶窗被吹得啪啪作响，结了薄冰的窗户也发出吱吱声。

她慢慢地做她每天早上该做的事，试图不要用力呼吸，以免胸口一紧再度咳嗽。她拖着疲惫的双脚，步步都因冻疮而发痛，勉强帮苏菲准备了稀薄的玉米粥当早餐后，母女两人踏入飘雪的户外。她们一语不发，步履维艰地走到镇上。雪下个不停，前方的路面一片银白，树梢也覆满白雪。教堂坐落在镇边一个小小的空地上，一侧是河流，后面是修道院的古老石墙。

"妈，你还好吗？"

薇安又弓起身子。她捏捏女儿的手，却只感觉连指手套碰上另一副连指手套。她不停喘气，胸口灼热。"我没事。"

"你应该吃早餐。"

"我不饿。"薇安说。

"才怪。"苏菲边说边卖力踏过厚厚的积雪。

薇安带着苏菲走进礼拜堂，里面相当温暖，她们总算不再看到自己呼出的鼻息。中殿造型典雅，两侧朝中央拱起，形若祝祷中合拢的双手，原木梁柱带着粗拙的美感，雕花玻璃闪烁着各色光泽，靠背长椅大多已经坐满，但人人静默。尤其在这么寒冷的周日，这么难熬的寒冬，大家更不想说话。

教堂钟声响起，回荡在中殿，巨大的木门"啪"地关上，隔绝了雪地中仅存的天光。

乔瑟夫神父走向教友们,从薇安出生至今,这座教堂始终由这位和蔼的老神父管辖。"我们今天要为离家的人们祷告。我们要祈求这场战争不再持续……我们祈求天主赐予力量,协助我们对抗敌人,忠于自我。"

这不是薇安想听的布道。她渴望从神父的布道中得到慰藉,她希望从"荣誉""义务"等字眼中得到启发,因为如此,她才不畏风寒,在这个寒冷的星期日前来教堂。但今天,那些信念非常遥远,当你病了,而且饥寒交迫,你要如何秉持信念?当你从敌人手中接下食物,即使只是一丁点,你要怎样面对邻里?他们比你更饥肠辘辘。

她深陷于自己的思绪,甚至过了片刻才反应过来礼拜已经结束。她起身,一阵晕眩袭来,她赶紧扶住长椅。

"妈?"

"我没事。"

在她们左侧的走道,教区的民众们——大多是女性——列队走过,人人裹上层层毛料衣物和报纸,看来虚弱、憔悴、疲惫,恰似她心中的感受。

苏菲牵着薇安的手,带着她走向敞开的双扇门,走到门槛时,薇安停了下来,她又咳嗽又发抖,实在不想再出去面对银白寒冷的世界。

她跨出门槛(当年他们婚礼后,安托万抱着她跨过这道门槛……嗯,不对,他抱着她跨过乡园的门槛;她搞混了),踏入风雪中。薇安拉着包在头上、双层针织的毛线围巾,紧紧贴着喉口。她弯身前倾,顶着寒风,踏过湿冷沉重的积雪。

等行抵乡园那道毁损的闸门,她重重喘气,猛烈咳嗽。她绕过覆满白雪的摩托车和架在侧车上的机关枪,走进光秃秃的园圃。他回来了,她呆呆地想着;这下苏菲有东西吃……她快到家了,却感觉摇摇晃晃,快要倒下。

"妈!"

她听到苏菲的声音,也听到声音中的恐惧,她想:我吓到她了。她感到懊恼,但她的双腿好虚弱,甚至支撑不了自己,而且她好累……好累……

她依稀听到大门嘎嘎开启,女儿高喊"上尉先生",接着传来皮靴急急踏过地板的声音。

她重重摔到地上,头撞上覆盖着白雪的台阶,就这么倒在那里。她想:我先休息一下,再起来帮苏菲准备午餐……但家里还有什么东西可吃?

接下来她只知道她在飘浮,不,可能是飞翔。她睁不开眼睛,她好累,头好痛,但感觉得到自己在移动。有人把她抱在怀里,轻声劝哄。安托万,是你吗?

是你抱着我吗?

"开门。"有人说,然后地板嘎嘎作响。有人说:"我帮她脱外套,苏菲,赶快请尚普兰太太过来。"

薇安感觉自己被搁在某个柔软东西上。嗯,床铺。

她舔舔龟裂干燥的嘴唇,试图睁开眼睛。睁开眼睛好费劲,她试了两次。当她终于做到,视线却一片模糊。

贝克上尉坐在她的床沿,在卧室里握着她的手,身体前倾,几乎要碰到她的脸。

"莫里亚克太太?"

她感觉他温热的鼻息拂过脸颊。

"薇安!"蕾秋冲进卧室。

贝克上尉马上站起。"她昏倒在雪地里,头撞上台阶。我把她抱到这里。"

"谢谢,"蕾秋点点头说,"上尉先生,我来照顾她。"

贝克站在原地。"她没吃东西,"他生硬地说,"她把食物全都给了苏菲,我亲眼看到了。"

"那就是战时的母爱,上尉先生。好吧……抱歉……"她从他面前走过,在薇安身边坐下。他在原地又站了一会儿,看起来有点慌张,而后走出卧房。"你把食物全给她……"蕾秋柔柔地说,轻抚薇安潮湿的头发。

"不然怎么办?"薇安说。

"你必须想办法活下去,"蕾秋说,"苏菲需要你。"

薇安重重叹口气,闭上眼睛。她陷入深沉的梦乡,睡梦中,她躺在柔软的田野,田野朝四方无尽延展,她可以听到人们在黑暗中呼喊她、走向她,但她完全不想动,只想继续沉睡。

当她终于睁开眼睛,却发现自己躺在家中的长沙发上,不远处的壁炉火光熊熊。

她缓缓坐起,感觉虚弱,头重脚轻。"苏菲?"

客房的门一开,贝克上尉露出脸。他穿着法兰绒睡衣、开襟羊毛衫和长筒靴。他说:"晚上好,莫里亚克太太,"然后微微一笑,"很高兴你没事。"

她穿着法兰绒睡裤、两件毛衣、毛袜,头上戴着针织毛帽。谁帮她更衣?"我睡了多久?"

"只睡了一天。"

他走过她身边,踏入厨房,过了一会儿,带着一杯热腾腾的欧蕾咖啡、一块蓝莓奶酪、一块火腿和一大片面包回来。他什么都没说,直接把食物搁在她旁边的桌上。

她看看食物,肚子饿得咕咕叫,又抬头看看上尉。

"你撞到头,有可能送命。"

薇安摸摸额头,摸到柔软的肿块。

"要是你死了,苏菲怎么办?"他问,"你想过这一点吗?"

"你离开了好久,东西不够我们两个人吃。"

"吃吧。"他低头凝视她。

她不想移开视线。她竟然因为他回来而松了一口气,好惭愧。她终于移开视线,望向旁边,看到食物。

她端起餐盘,拿到眼前。烟熏火腿的咸香,加上奶酪微微刺鼻的气味,令她陶醉,臣服于那诱人的香味,她忘了抗拒,也不知道还有什么选择。

一九四二年三月初,春天的脚步依然遥远。盟军昨晚猛烈炮轰布洛涅-比扬古一带的雷诺汽车厂,巴黎近郊数百名民众在炮轰中丧命。民众因而惊慌失措,战战兢兢,伊莎贝尔也不例外。美国人来势汹汹地参战,如今空袭已是在所难免。

在这个凄冷飘雨的夜晚,伊莎贝尔顶着浓雾,骑着自行车沿泥泞、凹凸不平的乡间小路前进。雨水淋湿了头发,发丝粘在脸颊,遮掩了视线。她的车轮辗过污泥,打断了一个农民的呻吟;头顶上的飞机嗡嗡作响,几乎不停;看不到的牛群在田野中哞叫。浓雾中,各种声音似乎变得更清晰。她只有一顶毛料兜帽保护她。

分界线缓缓出现在眼前,界线歪歪斜斜地延展,好像有人拿起炭笔,犹豫不决地在牛皮纸上画线。她看到一圈圈铁丝网沿检查站左右两侧延伸,一个德国哨兵坐在黑白闸门旁,步枪搁在膝上,伊莎贝尔走近时,他站起来,举起枪指向她。

"停!"

她减速,车轮卡在泥地里,人几乎腾空飞起。她跳下自行车,踏入烂泥中。五百元法郎已被她缝进外套的衬里,还有几张帮躲藏在附近的飞行员假造的证件。

她对德国哨兵微笑,牵着自行车走向他,重重踏过泥泞的坑洞。

"证件。"他说。

她递给他伪造的朱丽叶身份证。

他低头瞄了一眼,几乎不感兴趣。她看得出他不喜欢在下雨天看守如此安静的边界。"过去吧。"他说,听起来百无聊赖。

她把证件放回口袋,跳上自行车,尽可能在湿滑的路面上飞速前进,赶快离开。

一个半小时后,她骑到小城布兰托姆的城郊。这一带是自由区,没有德国士兵,但近来种种证据显示法国警察跟纳粹一样危险,所以她不能掉以轻心。

数世纪以来,布兰托姆始终被视为可以疗愈身心、启发心灵的圣地。黑死病和百年战争重创乡间后,本笃会修士建造了一座庞大的修道院,以石灰岩砌成,一侧是直入云霄的灰色峭壁,一侧是宽广的德罗讷河。

小城尽头、山洞对面的街上有座废弃的磨坊,磨坊坐落在山洞和河岸间的一块三角形空地上,里面有间密室,他们最近在此设立了藏身所。古老的水轮规律地转动,木桶和轮子蒙上厚厚的青苔。窗户已被木板封住,反德国的涂鸦布满石墙。

伊莎贝尔在街上停下，左右张望，确认没有人跟踪她。她把自行车锁在一棵树上，走到对街，朝着地窖弯下腰，悄悄把门拉开。磨坊每一扇门都被木板封死，地窖门是唯一的入口。

她爬下漆黑、带着霉味的地窖，伸手拿取她放在木架上的油灯，点燃它，再沿着本笃会修士用来逃避所谓"野蛮人"的密道前进。狭长、陡峭的阶梯直通厨房，她开门，悄悄走进一个肮脏、布满蛛网的房间，再往楼上那个十英尺长、十英尺宽、兴建在旧储藏室后面的密室走去。

"她来了！振作一点，佩尔金。"

小小的房间里只点了一根蜡烛，两个男人起身，立正站好。他们都穿着不合身的衣物，装扮成法国农民。

"小姐，我是艾德·佩尔金上尉，"个子比较高的男人说，"这个笨蛋好像叫伊恩·楚弗德。他是威尔士人，我是美国人，我们都非常高兴见到你，在这个小房间待得快发疯。"

"只是快发疯吗？"她问。水珠从斗篷滴下，在她脚边凝聚成一个小水滩。她好想爬进睡袋，好好睡一觉，但必须先办妥公事。"你说你叫佩尔金。"

"是，小姐。"

"家乡是？"

"俄勒冈州的班德。我爸是水电工，而我妈烤的苹果派，附近四个县没人比得上。"

"这个季节班德的天气如何？"

"现在是什么季节？三月中旬？嗯，我想很冷吧。说不定雪已经停了，但阳光还没有普照。"

她扭动脖子，揉揉疼痛的双肩。骑车奔波、欺瞒撒谎、席地而睡，对她的身体造成损伤。

她审问两人，直到确定他们真是飞机被击落、已经等了两周准备逃离法国的飞行员。终于采信后，她打开帆布背包，拿出勉强可称为晚餐的食物，三人坐在破破烂烂、被老鼠咬得坑坑洞洞的地毯上，把蜡烛摆到中央。她拿出一条法国面包、一块卡蒙贝尔奶酪和一瓶酒，三人轮流饮用。

美国佬佩尔金喋喋不休，威尔士人默默咀嚼，只有接过酒瓶时说声谢谢，其他时候安静。

"你一定有个为你担心受怕的先生。"她合上帆布背包时，佩尔金说。她微微一笑。她经常被问到这个问题，尤其当对方是个年龄相仿的男子。

"那你一定有个等待音信的太太。"她说。她始终这么说，算是直率地提醒对方。

"没有，"佩尔金说，"像我这种傻瓜不会有女孩子排队等我，何况是现在……"

她皱皱眉头。"现在怎样？"

"我知道有这种念头不太英勇，但我若踏出这个被木板钉死的屋子，走进这个不知道怎么发音的小城，恐怕很快就被某个跟我无关的家伙开枪打死。要是我骑车穿越你们这些山丘，说不定会死在半路……"

"山岭。"

"我说不定一抵达西班牙就被西班牙人或纳粹射杀。他妈的，说不定在这些山丘里冻死。"

"山岭，"她又说了一次，镇定地迎上他的目光，"你不会。"

伊恩叹气。"佩尔金，这个瘦高的女孩会救我们出去的。"威尔士飞行员疲倦地对她微笑。"小姐,很高兴你来了。这家伙叽叽喳喳,让人受不了。"

"让他讲吧,伊恩,到了明天这个时候,你们只会不停喘气,其他什么都顾不了。"

"这些山丘?"佩尔金说,双眼圆睁。

"没错,"她微笑地说,"这些山丘。"

美国佬,就是不听话。

五月底,活力、色彩、暖意随着春天的脚步回到卢瓦尔河谷。薇安在园圃寻得慰藉。今天她除草种菜时,一队卡车、士兵和奔驰汽车隆隆驶过乡园。美国参战已经五个月,纳粹也已卸下所有彬彬有礼的面具。现在他们很忙,聚集在弹药储藏库,整日操演。盖世太保和秘密警察四处搜捕叛乱分子。只要一句耳语般的指控,你就可能被冠上恐怖分子之名。轰炸机几乎不间断地飞过天际,炮轰也几乎不曾停止。

入春以来,每当她排队领取配给,走过镇上,或等着领信时,有多少人悄悄凑到她身旁,问她英国广播公司说了什么。

我没有收音机,收音机是违禁品。她通常这么回答,而确实也是如此。但每次被问,她依然吓得发抖。她最近学到一个新词:通敌者,那些协助纳粹执行肮脏勾当,监视朋友邻人,向敌人告发的法国男女。他们把各种真实或是子虚乌有的违法行为通报敌人,光凭他们一句话,你就可能因为一桩小事被捕,许多被带到最高指挥部的民众甚至就此消失。

"薇安阿姨!"莎拉冲过残破的闸门,跑进院子。她看起来非常瘦弱,甚至看得到一条条血管。

"你快来帮帮我妈妈。"

薇安跪坐在地，把头上的草帽往后推。"怎么了？是你爸爸有消息吗？"

"我不知道她怎么了。她什么话都不说。我跟她说艾瑞尔肚子饿，需要换尿片，她耸耸肩说：'那又怎样？'她呆坐在后院，一直盯着缝到一半的衣服。"

薇安马上站起来，脱下园艺手套，塞进连身工作服的口袋。"我去看看。你去找苏菲，我们一起过去。"

趁着莎拉在屋里，薇安用户外的泵打水洗手，洗脸，把草帽收好，在头上系上一条方巾。女孩们一出来，薇安马上把工具收到木棚里，三人一起走到隔壁。

薇安一开门就看到三岁的艾瑞尔躺在地毯上睡着了，她一把抱起他，亲亲他的小脸，转身面向女孩们。"你们去莎拉的房间聊天吧？"她拉起遮黑的百叶窗，看到蕾秋一个人坐在后院里。

"我妈妈还好吗？"莎拉问。

薇安心不在焉地点点头。"去你房间吧。"女孩们一进房，她就抱着艾瑞尔走进蕾秋的卧室，把他放在婴儿床上。她没帮他盖被，今天这么暖和，不需要。

蕾秋坐在栗树下她最喜爱的木椅上，脚边搁着针线篮。她穿着斜纹布面的连身裤装，系着螺旋花纹头巾，抽着一支小小的褐色卷烟，身旁搁着一瓶白兰地和一个玻璃水杯。

"蕾秋？"

"啊，莎拉去搬救兵了。"

薇安靠过去，站在蕾秋身边，一只手搭在朋友的肩上，感觉到蕾秋轻轻颤抖。"马克怎么了吗？"

蕾秋摇摇头。

"谢天谢地。"

蕾秋拿起身旁的白兰地，帮自己倒了一杯，一口喝干，放下杯子。"他们通过一条新规定。"她终于开口，同时慢慢摊开左手，一片片皱巴巴、剪成星形的黄布呈现在眼前，每一片都标记着"犹太人"。"我们必须配戴这些布片。"蕾秋说，"必须把布片缝在那三件他们准许我们穿的外衣上，公众场合随时都要配戴。我还得用配给卡购买这些布片。说不定我根本不应该登记。要是不配戴，就会'受到严惩'，谁晓得那是什么意思。"

薇安在她旁边的椅子坐下。"但是……"

"你已经看到镇上张贴的海报，海报上把我们犹太人说成是必须驱除的害虫，意图霸占一切的守财奴？我挺得住，但……莎拉怎么办？她会觉得非常丢脸……薇安，十一岁女孩已经够难过日子了，现在又加上这件事。"

"不要戴。"

"如果他们逮到你没配戴，会马上把你抓起来。他们知道我是谁，我已经登记了。何况……贝克，他知道我是犹太人。"

两人随即沉默，薇安知道她们都想到卡利弗各处可见的逮捕事件和那些"销声匿迹"的人们。

"你可以去自由区，"薇安轻声说，"自由区离这里只有四英里。"

"犹太人拿不到通行证，而且我若被抓……"

薇安点点头。没错，逃跑确实非常危险，尤其是带着小孩。如果他们发现蕾秋没有通行证，私自穿越边境，蕾秋会被逮捕或处决。

"我好怕。"蕾秋说。

薇安伸手握住朋友的手。她们互望，薇安想说几句话帮蕾秋打气，却不知该说什么。

"情况只会越来越糟。"

薇安也有同感。

"妈？"

莎拉跟苏菲手牵手走进后院。女孩们看起来惊慌困惑。她们知道最近的局势非常恶劣，心头浮现前所未有的恐惧。薇安看到女孩们被战争改变，非常心疼。才不过三年前，她们还是爱笑爱闹、跟妈妈顶嘴闹着玩的小女孩，现在她们连走路都小心翼翼，好像脚下可能埋着地雷。两个人都瘦巴巴，因为营养不良而尚未发育。莎拉依然一头黑色长发，但近来她会在睡梦中猛扯头发，头皮已经这里秃一块，那里秃一块。苏菲走到哪里都抱着贝贝，那只可怜的绒毛玩具熊越来越破旧，家里到处是熊宝宝掉出来的棉絮。

"来，"蕾秋说，"过来这里。"

女孩们慢慢往前走，两人的手握得好紧，几乎融为一体。从某方面而言，这两个小女孩确实密不可分，就像蕾秋和薇安，她们的交情如此深厚，说不定生命中只剩下这份友谊值得信任。莎拉在蕾秋旁边的椅子坐下，苏菲终于放开好朋友的手，过去站在薇安旁边。

蕾秋看看薇安，短短一瞥交换了无尽哀伤。她们怎能在孩子面前讲这些事情？

"这些黄色的星星。"蕾秋边说边摊开手掌，粗糙、丑陋、做了黑色记号的布片出现在眼前。

"现在我们随时都得把黄星星别在衣服上。"

莎拉皱皱眉头。"但是……为什么？"

"我们是犹太人，"蕾秋说，"我们引以为傲。你绝对不能忘记我们是多么自豪，尽管别人……"

"纳粹。"薇安说，她没想到自己的口气如此强硬。

"没错，"蕾秋加了一句，"尽管纳粹想让我们觉得……可耻。"

"大家会嘲笑我吗？"莎拉问，眼睛愈睁愈大。

"我跟你一起别。"苏菲说。

莎拉听了小脸一亮，充满企盼，看了令人心酸。

蕾秋伸手抓住女儿的手，紧紧握住。"不行，我的小宝贝。只有这件事，你不可以和好朋友一起做。"

薇安看出莎拉的恐惧、羞愧和困惑。她极力想当乖女孩，努力挤出微笑，表现出坚强的模样，眼中却已经盈满泪水。"好。"她终于说。

在将近三年的惨淡岁月中，薇安从未听过如此哀伤的声调。

21

当夏天降临卢瓦尔河谷,酷暑的威力跟寒冬一样惊人。薇安好想打开卧室的窗户透透气,但在如此炎热的夏夜,户外甚至没有一丝微风。她拂去粘在脸颊的发丝,颓然坐到床边的椅子上。

苏菲嘟囔了一声,薇安从含糊的声音中听出女儿在叫"妈妈",她把破布浸到一个大碗里,大碗搁在仅存的床头柜上,碗中的水跟楼上其余东西一样温热。她在大碗上方扭拧破布,看着拧出的水流入碗中,然后把潮湿的破布贴在女孩的额头上。

苏菲喃喃说了几句让人无法理解的话,烦躁不安地动来动去。

薇安制住她,在她耳边好声好气地轻哄,感觉唇边热烘烘。"苏菲。"她轻唤女儿的名字,仿佛那是一篇没有开头,也没有结尾的祝祷文。"我在这里。"她说了又说,直到苏菲再度平静下来。

苏菲发高烧,情况愈来愈糟。她已经病了好几天,浑身酸痛,情况不妙。薇安起先以为女儿找借口,试图逃避两人分摊的工作,比方说整理园圃、洗衣服、腌罐头、缝衣服等。薇安始终试着加把劲,多做点事,即使现在还是盛暑,她已经开始担心冬天。

但今天早上薇安终于认清事实（也让她觉得自己是个糟糕的母亲，因为她没有一开始就发现）：苏菲病了，而且病得不轻。她整天都在发烧，而且体温不断爬升。她吃什么吐什么，甚至连身体急需的水都吐了出来。

"喝点柠檬汁好吗？"

没有回答。

薇安弯下腰，亲亲苏菲发烫的脸颊。

她把破布丢回满满的水碗中，走到楼下。厨房柜台上摆着一个等着她打包的纸盒，那是最近为安托万准备的爱心包裹，昨天准备的，如果不是苏菲的病情加重，早就寄出了。

快走到厨房时，她听到女儿尖叫。薇安赶紧冲回楼上。

"妈！"苏菲声音嘶哑，咳个不停，听起来非常可怕。她在床上不安地扭动，拉扯被毯，试图推到一旁。薇安尽力安抚，但苏菲宛如一只野猫，扭来扭去，高声叫喊，不停咳嗽。

如果她有柯林斯·布朗医生的哥罗丁就好了。哥罗丁是止咳良方，但家里当然一滴也不剩。

"没事、没事，苏菲，妈妈在这里。"薇安轻哄，但没什么用。

贝克在她身旁冒了出来。她知道自己应该生气，他居然出现在她的卧室。但她太累、太害怕，无法欺骗自己。"我不知道怎么办，镇上花再多钱都买不到青霉素。"

"甚至连变卖珍珠都买不到？"

她惊讶地看着他。"你知道我变卖我妈妈的珍珠？"

"我跟你住在同一个屋檐下，"他稍作停顿，"当然会留意你在做什么。"

她不知如何回应。

他低头看看苏菲。"她咳了整晚,我听得到。"

苏菲直挺挺地躺着,看了让人好害怕。"她会好起来。"

他伸手进口袋,掏出一个小瓶子。"拿去。"

她抬头看着他。他救了她女儿,这么想是不是太过分?还是,他特意让她这么想?她可以找出合理的借口,说服自己接受他提供的食物,毕竟他也得吃东西,而她的工作是帮他烹调。

但这是一份人情,怎么合理化都没用,而且要付出代价的。

"收下。"他轻声说。

她从他手中接下。有那么一秒钟,他们两人同时握着小瓶子,她感觉他的手指贴着她。他们四目相接,两人无声地提问,也得到了答复。

"谢谢你。"她说。

"千万别客气。"

"先生,'夜莺'到了。"

英国领事点点头:"请她进来。"

伊莎贝尔走向长廊尽头那间阴暗、桃花心木镶板的办公室。还没走近办公桌,桌后的男子就站了起来。"很高兴又见到你。"

她重重坐到那张不怎么舒服的皮椅上,接下他送上的一杯白兰地。最近这趟攀越比利牛斯山相当辛苦,即使七月的天气非常理想。其中一位美国飞行员不愿遵循"小女孩"的指示,擅自脱队,据说已被西班牙人逮捕。"美国佬!"她摇摇头,此外无须多言。从"夜莺潜逃路径"付诸实行开始,她始终跟她的联络人伊恩(代号"星期二")合作,借助保罗的人脉,在法国各地设立一处处有如狡兔三窟般的藏身所,还找到一群愿意把命押在协助飞

/ 281

行员们返家的爱国人士。这些法国男女扫视夜空，守望碰上麻烦的轰炸机，或缓缓飘下的降落伞。他们在街上仔细搜索，盯视暗处，巡查谷仓，找寻潜藏的盟军士兵。这些知道了逃生路径与网络的飞行员平安返回英国后，不再飞越法国上空执行任务，转而帮助同袍们应付最糟糕的状况：教导他们如何躲避追击，如何求助，帮他们张罗法郎、罗盘和伪造文件所需的照片。

伊莎贝尔啜饮白兰地。经验告诉她，翻山越岭完成任务后，饮酒最好适量。她脱水的状况通常比自己意识到的严重，尤其是盛夏。

伊恩把一个信封推到她面前，她拿起来，点数里面的法郎纸钞，再默默收进外套口袋。"过去八个月，你已经帮我们带来八十七名飞行员，伊莎贝尔。"他边说边坐下。只有在这个房间，两人单独相处时，他才称呼她的本名。在所有与英国情报局的官方函件中，她叫"夜莺"。对领事馆其他职员和英国的相关人士而言，她是朱丽叶·吉威斯。"我觉得你应该放慢步调。"

"放慢步调？"

"伊莎贝尔，德国人在搜捕'夜莺'。"

"伊恩，这是旧闻。"

"他们试图渗透你的潜逃路径。纳粹伪装成飞机被击落的飞行员，如果你接助其中之一……"

"我们很小心，伊恩，你知道的。我亲自审问每一个飞行员，巴黎那边也毫不松懈。"

"他们在搜捕'夜莺'，如果他们抓到你……"

"他们不会抓到我。"她站起来。

他也站起来。"伊莎贝尔，小心一点。"

"我一直很小心。"

他绕过桌子，挽着她的手臂带她走出领事馆。

她稍作逗留，欣赏滨海小城圣塞巴斯蒂安的美。她沿小径散步，远眺其下白花花的巨浪，观赏一栋栋没有插上纳粹旗帜的楼房。在那些短暂的时刻，她重温寻常生活的闲适与安宁。但这终究是奢侈的享受，她不能沉溺。她通过信差传交保罗一则信息：

亲爱的叔叔：

  收信平安。

  我在您最喜欢的海边，我们的朋友们已经安全抵达，明天三点我会探访在巴黎的奶奶。

朱丽叶　敬启

她经由迂回的路线返回巴黎，沿途探访卡利弗、布兰托姆、波城和波伊提耶的每一个藏身所，支付援助者所需的费用。供给飞行员们食粮和衣物所费不赀，既然每一位协助飞行员逃生的男男女女（大多是女性）已经冒了生命危险，伊莎贝尔和组织必须尽量确保他们不会破产。

每次隐身于斗篷和兜帽之下，偷偷摸摸走过卡利弗的街道，她始终想着姐姐。最近她愈来愈想念薇安和苏菲，经常想起她们晚上在炉火边玩牌下棋，薇安教她（或说试着教她）打毛线，苏菲笑语盈盈，种种回忆蒙上温暖的光晕。她有时想象薇安或许给了她一个家，只不过她当时没看出来。

但现在说这些都太迟了。伊莎贝尔不能出现在乡园，这会让薇安置身险境。贝克一定会问她为什么在巴黎待了那么久，在巴黎做了什么，说不定他很在意，已经派人查问。

　　火车开抵巴黎，她跟着群众下车，人人眼神呆滞、一身黑衣，仿佛表现主义派画家蒙克描绘的人物。她走过圆顶闪烁着金光的伤兵院时，薄雾渐渐笼罩街道，褪除了树木的颜色。咖啡馆多已歇业，桌椅叠架，放在破烂的遮阳棚下。对街那栋公寓就是她最近这个月的住所，一个肮脏、阴暗、苍凉的阁楼，位于肉肠店楼上，店家虽已歇业，但墙上依然残留着猪肉和香料的气味。

　　她听到有人大喊："停！"哨声大作，民众尖叫。几个德国士兵在法国警方的陪同下包围一小群人，被包围的人们马上双膝跪地，举起双手。伊莎贝尔看到他们的胸前佩戴着黄色星星。

　　伊莎贝尔放慢脚步。

　　安露冒了出来，钩住她的手臂。"你好。"她打招呼的语调极为轻快，伊莎贝尔马上意识到有人看着她们，或起码安露有此挂虑。

　　"你来无影去无踪，好像那些美国漫画里的人物，嗯，魅影奇侠，是吧？"

　　安露微微一笑。"你最近在山间的假期还好吗？"

　　"普普通通。"

　　安露凑近一点。"我们听说他们在进行某些布署。德国人在招募愿意在星期天晚上处理文书的妇女，薪水加倍，非常神秘。"

　　伊莎贝尔悄悄把口袋里的钞票递给安露，安露随即把信封丢进皮包。"晚上上班？文书工作？"

　　"保罗帮你安插了一个位子，"安露说，"你今晚九点上班。下班后回去你爸爸的公寓，他会在那里等你。"

　　"好。"

"说不定很危险。"

伊莎贝尔耸耸肩。"什么不危险?"

那天晚上,伊莎贝尔走到市区另一头的警辖区,她脚下的铺石传出嗡嗡声,表示车辆在附近行进,而且数量众多。

"喂,你,别动!"

伊莎贝尔止步,微微一笑。

一个德国士兵走向她,手里端着步枪蓄势待发。他的目光落到她胸前,查看是否别着黄星星。

"我今天晚上来工作。"她边说边指指前方的警辖区办公处。虽然窗户都已遮黑,里面依然忙碌。德国军官和法国宪兵来来往往,进进出出,时值深夜,这显得格外不寻常。中庭里停放着一排巴士,数量很多,从这一头排到另一头,司机们挤成一团抽烟聊天。

士兵头一歪。"去吧。"

伊莎贝尔拉紧土褐色外套的衣领。虽然气候温煦,但她今晚不想引起任何人注意,于是她把自己打扮得像一只鹩鹩,褐衣、褐裙,一身土褐,这是隐匿于众人之间的最佳方式之一。她拿了一条黑色围巾当头巾,包住一头金发,在额头打了一个大结,而且没有化妆,连口红都没搽。

她低头走过一群身穿法国军警制服的男人,一走进办公处,她就停下来。

办公处占地广大,两侧各有阶梯,每隔几英尺就有一间办公室,但今晚数百位女子坐在紧紧相连的桌前,整个地方看起来像是压榨劳工的血汗工厂。电话响个不停,法国军警匆匆入内。

"你是来这里帮忙分类的吗?"一个法国宪兵问道,他满脸无聊,坐在离门口最近的桌子旁。

"是的。"

"我帮你找张桌子工作,跟我来。"他带着她绕着里面走了一圈。

桌子排得极密,伊莎贝尔甚至须侧身才能挤过狭窄的通道,勉强走到他指给她看的那张桌子。她坐下,把椅子拉近桌子,手肘就撞到左右两侧的女子。桌面堆满了硬纸盒。

她掀开第一个纸盒,看到里面放了一叠卡片。她拉出头一张,仔细看着。

以撒·史霍尔兹 拉斯特巷十二号 第四区 鞋匠

卡片上还列出他妻小的资料。

"你的工作是区分外国裔和本国裔的犹太人。"宪兵说,她居然没注意到他跟在后头。

"对不起,你说什么?"她边说边抽出另一张卡片,这张登录了赛门·贝尔的资料。

"那边有空盒子,你把在法国出生和其他地方的犹太人分成两类,我们只管外国裔的犹太人。男人、女人、小孩,全都包括在内。"

"为什么?"

"他们是犹太人,谁在乎为什么?好了,开始工作吧。"

伊莎贝尔在座位里转个身。她眼前搁了好几百张小卡片,而房间里最起码有一百位女子。这项行动规模如此庞大,令人费解。纳粹到底要做什么?

"你做多久了?"她问旁边一个女人。

"好几天了,"女人边说边掀开另一个盒子,"我的小孩好几个月都吃不饱,昨天晚上总算没有饿肚子了。"

"我们在做什么?"

女人耸耸肩。"我好像听他们提到'春风行动'。"

"什么意思?"

"我不想知道。"

伊莎贝尔随便翻翻桌上的卡片,最靠近桌缘的那一张引起她的注意。

保罗·李维 布朗丁路六十一号公寓 第七区 文学教授

她急急站起,甚至撞到旁边的女人,女人的工作被打断,喃喃诅咒。她桌上的卡片有如瀑布般滑落地上,伊莎贝尔马上跪下捡拾,飞快把李维先生那张卡片塞进衣袖里。

她一站起,马上有人抓住她的手臂,拖着她走过狭窄的走道,沿途不断碰撞走道两侧的女人。走到墙侧时,她被逼转身,趴在墙上。

"你在搞什么?"法国警察大声斥喝,他抓得好紧,几乎在她的手臂上留下瘀青。

他可能察觉到她衣袖里藏着一张索引卡吗?

"对不起,真对不起,我需要这份工作,但我生病了,是流行性感冒。"她尽量大声咳嗽。

伊莎贝尔从他身边走开,走出办公处。她一路咳嗽,走到街角,然后拔腿飞奔。

"这可能是什么意思?"

伊莎贝尔透过遮黑的百叶窗,偷窥下方的街道。她爸爸坐在饭厅的桌边,被墨水沾黑的手指紧张地轻扣木头桌面。离家数月后,此刻回到家中,待在爸爸身边,感觉真好,但她太焦躁,无法放松,享受居家的温馨。

"你一定搞错了,伊莎贝尔。"爸爸边说边啜饮白兰地,从她进门,这已是第二杯。"你说办公室有成千上万张卡片,那铁定是巴黎每一个犹太人的记录,想必……"

"你可以质疑这可能是什么意思,爸,但你不能否定事实,"她回答,"德国人正在汇整巴黎每一个外国裔犹太人的姓名地址,包括男人、女人、小孩。"

"但是为什么?没错,保罗·李维是波兰裔,但他在巴黎已经住了几十年。他在'一战'时为法国效力,他的哥哥为法国捐躯。维希政府已经保证退伍军人不会受到纳粹迫害。"

"德国人叫薇安列一份名单,"伊莎贝尔说,"叫她写下学校里哪个老师是犹太人、共产党员、共济会员,然后把他们全部开除。"

"他们不能被开除两次。"他喝干手中那杯白兰地,再倒一杯。"而且汇整名单的是法国警方,如果是德国人,那就另当别论。"

伊莎贝尔不知如何回答。这些问题,他们已经反复讨论了三小时。

现在接近凌晨两点,他们依然研究不出一个可信的理由,厘清维希政府和法国警方为什么正在汇整巴黎每个外国裔犹太人的姓名。

她看到外面闪过一道银光。她偷偷把百叶窗拉高一点,盯着漆黑的街道。

一排巴士沿着街道前进，上了油漆的头灯完全没开，看似一只慢慢爬行、延伸数条街道的蜈蚣。她稍早已经看到几十辆巴士停在警辖区的中庭。"爸……"话没说完，她就听到门外传来匆匆上楼的脚步声。

某种类似传单的小册子从门下塞进来。

爸爸从桌边走到门口，弯腰拾起，拿回桌上，放在蜡烛旁边。伊莎贝尔站到他后面。

爸爸抬头看她。

"这是警告，上面说警察即将驱逐每一个在外国出生的犹太人，把他们遣送到德国的集中营。"

"我们只顾着讨论，应该采取行动的，"伊莎贝尔说，"我们必须把这栋大楼里的朋友藏起来。"

"这么做没什么用。"爸爸说。他的手不停颤抖，她看在眼里，再度疑心他在"一战"的战场上看过了什么，究竟知道哪些她不晓得的事。

"但这是我们能做的。"伊莎贝尔说，"我们可以保一些人平安，最起码度过今夜，明天再看着办。"

"平安？伊莎贝尔，哪里可能平安？如果这个行动由法国警方执行，我们就输定了。"

伊莎贝尔无法辩解。

他们一语不发地走出家门。

在他们这种老公寓里走动，几乎不可能不出声，何况她爸爸走路向来大声，而且喝酒喝得脚步不稳。他带她走下狭长曲折的楼梯，沿路绊倒了两次，轻声咒骂自己的失足。父女两人走到他们家正下方的那一户，她爸爸敲门。

他等了等，数到十，然后再敲一下，这次比较用力。

有人非常缓慢地开门，起先只是一个小缝，然后完全开启。"噢，朱利安，是你啊。"露丝·费德曼说，她穿了一件拖到地上的睡衣，外面套上一件男用大衣，睡衣底下露出光裸的双脚，满头发卷，用一条围巾包住。

"你看到小册子了？"

"看到了。他们真的要这样做？"她轻声说。

"我不知道，"她爸爸说，"外面停了好几辆巴士，而且卡车整晚隆隆驶过，伊莎贝尔刚从警辖区回来，他们正在汇整每个外国裔犹太人的姓名地址，我们觉得你最好暂时带着小孩到我们家，我们有地方可以躲一下。"

"但是……我先生是战俘，维希政府担保我们会受到保护。"

"我不确定维希政府可以信任，"伊莎贝尔对中年妇人说，"拜托，暂时躲一躲。"

露丝在原地站了一会儿，眼睛愈睁愈大。她外套上的黄星星明明白白地提醒众人，这个世界已经变了样。伊莎贝尔静候她做决定，最后她终于急急转身，离开客厅，不到一分钟，带着两个女儿走向门口。"要带什么？"

"什么都别带。"伊莎贝尔说。她带费德曼一家人匆匆上楼。大家安全地走进她家后，她爸爸把她们带到伊莎贝尔卧房里的密室，叫她们躲进去，把门关上。

"我下去带维兹尼亚克一家过来，"伊莎贝尔说，"暂时不要把衣柜挪回原位。"

"他们已经走到三楼，伊莎贝尔，你不可能……"

"我一出去，你就锁门，除非听到我的声音，否则不要开门。"

"伊莎贝尔,你不要……"

她爸爸的话还没说完,她已经冲下楼梯,快到连楼梯扶手碰都没碰。快冲到三楼楼梯的转角处时,下方传来声响。

他们已经上楼。

太迟了。她原地蹲下,躲在电梯旁。

两个法国警察走到转角处,年纪较轻的那个敲敲维兹尼亚克家的门,等了一两秒就把门踢开。屋内,一个女人号啕痛哭。

伊莎贝尔凑近一点,静静聆听。

"……是维兹尼亚克太太?"左边那个警察问,"你先生叫艾米尔,你的两个小孩叫安托和海莲娜?"

伊莎贝尔躲在角落偷看。

维兹尼亚克太太是个美女,肌肤似雪,秀发如云,但闪亮的长发从来没有这么凌乱过。她穿了一件轻薄的晨服,丝绸的晨服镶了蕾丝,肯定所费不赀。她把一双小儿女拉在身边,两个小孩圆睁双眼。

"收拾一下东西,只准带必需品,你们必须搬走。"年纪较大的警察边说边翻阅手上的名单。

"但是……我先生被关在皮蒂维耶的战俘营,他怎么找得到我们?"

"战争结束后,你们就会回到这里。"

"噢。"维兹尼亚克太太眉头一皱,伸手顺一顺她纠结的长发。

"你的孩子在法国出生,"警察说,"你可以把他们留在这里,他们不在我的名单上。"

伊莎贝尔不能继续躲藏。她站起来,下楼走到转角处。"莉莉,我会帮你照顾他们。"她说,试图保持语调平稳。

"不要!"两个孩童不约而同大声哀号,紧紧靠在母亲身边。

法国警察转向她。"你叫什么名字?"其中一个警察问伊莎贝尔。

她呆住了。她应该用哪个名字?"罗西诺。"她终于说,即使手边没有相符的证件,这个决定可能相当危险。但话说回来,如果她说她是朱丽叶·吉威斯,他们说不定会怀疑她凌晨三点在这栋公寓里做什么,为什么干涉邻居的事?

警察查看手上的名单,挥挥手叫她走开。"走吧,我今晚没时间管你。"伊莎贝尔不理他们,直直望向莉莉·维兹尼亚克。"我帮你把小孩带走。"莉莉似乎不了解她的意思。"你以为我会抛下他们?"

"我以为……"

"够了!"年纪较大的警察大吼一声,用枪托在地板上重重敲下。"你,"他对伊莎贝尔说,"你给我出去,这里没你的事。"

"维兹尼亚克太太,拜托,"伊莎贝尔哀求,"我会确保他们平安。"

"平安?"莉莉眉头一皱。"但我们跟法国警察在一起,怎么可能有事?他们已经向我们保证。况且母亲不能抛下孩子,将来你就懂了。"她把注意力转向孩子们。"来,收拾几样东西。"

站在伊莎贝尔身边的那个法国警察轻轻碰了她一下。她转过头,他说:"走吧。"她看出他眼神中的警告,但看不出他是想要吓唬她,还是保护她。"赶快走。"

伊莎贝尔别无选择。如果她待下,质问到底怎么回事,她的名字迟早会被呈报到警辖区,甚至送交到德国人手中。她和她的组织协助飞行员潜逃,她爸爸伪造种种证件,她怎么能不低调?

/ 292

她甚至不敢问邻居会被送到哪里。

她默不作声,盯着地板(她不知道自己会做出什么举动,最好别看他们),从警察身边走开,朝楼梯走去。

22

从维兹尼亚克家回来后,伊莎贝尔点亮油灯,走进客厅。在客厅里,她看到爸爸趴在桌上睡着,头靠着木头桌面,好像昏过去似的,旁边摆着一个半空的酒瓶,这瓶白兰地不久之前还是满的。她拿起酒瓶,放到边柜上方,暗自希望爸爸能因为够不着酒瓶,而放弃再喝。

她差点要伸手拨开遮住他脸颊的灰发、他沉睡时露出的一小块椭圆秃顶。她好想这样摸摸他、安慰他、陪伴他、怜爱他。

但她反而走进厨房,煮了一壶苦涩的橡果磨制的黑咖啡,找到一小条淡而无味的灰面包——如今巴黎人也只买得到这种面包,她剥下一块,边走边吃(杜弗女士不知作何感想?),慢慢咬嚼。

"那种咖啡真难闻。"爸爸说,他睡眼惺忪地抬头看着她走进来。

她把她那一杯递给他。"喝起来味道更糟。"

伊莎贝尔另外帮自己倒一杯,在他身旁坐下。油灯下,他脸上的皱纹似乎更加明显,眼袋浮肿,有如白蜡。

她等着他说话，但他只是盯着她。在他锐利的目光中，她喝完咖啡（她需要咖啡才咽得下干硬难吃的面包），推开空杯，在客厅里待到他又昏昏入睡，才走进自己的房间。但她根本睡不着。她在床上躺了几个钟头，不断揣想，不断担心，最后终于受不了，干脆起床走回客厅。

"我要出去看看。"她大声说。

"别出去。"他说，他依然坐在桌边。

"我不会做蠢事。"

她回到房间，换上一件夏天穿的蓝裙和短袖白罩衫，用褪色的蓝色丝巾包住一头乱发，在下颌打个结，走出家中。

她走到三楼，看到维兹尼亚克家的门开着，她探头往里望。

屋里被洗劫一空，只剩下几件最庞大的家具，黑色邦贝柜的抽屉全被打开，衣服和不值钱的小东西散置各处，墙上多了几个长方形的暗褐色块，看得出缺了几件艺术品。

她随手带上门。在门厅里稍作停留，稳定心神，随即打开公寓的大门。

巴士一辆接一辆沿着街道奔驶。隔着肮脏的车窗，她看到几十张孩童的脸孔，孩子们的鼻子紧贴着玻璃窗，坐在妈妈身旁。人行道上出奇空荡。

伊莎贝尔看到一个法国警察站在街角，便走向他。"他们要去哪里？"

"冬季自行车运动馆。"

"运动馆？为什么？"

"你不该在这里，快走，不然我就把你送上巴士，让你跟他们去。"

"也许我应该去,也许……"

警察往前倾,小声说:"快走。"他抓住她的手臂,把她拖到路边。"我们奉命射杀任何试图逃跑的人,你听清楚了吗?"

"射杀他们?女人和小孩?"

年轻的警察一脸无奈。"走吧。"

伊莎贝尔知道哪里都不去,才明智。但她想走去冬季自行车运动馆看看,说不定能跟巴士差不多时间到,毕竟体育馆离这里只有几条街。到了那里她或许就能弄清楚究竟发生什么事。

几个月来,巴黎巷弄的路障头一次无人看管。她低头绕过其中一座,沿着街道飞奔,冲过封死的商店和空荡的咖啡馆,跑向河边。跑过几条街就是运动场,她气喘吁吁地在运动场对面停下。无数巴士沿着庞大的运动场停放,载满了人,人们纷纷下车,不一会儿,车门呼哧呼哧地关上,巴士缓缓驶去,另一辆巴士马上开过来,停在空出来的车位。她看到成千上万颗黄色星星。

数以千计一脸困惑、神情悲戚的男女和孩童被赶进运动场。他们大多穿着一层又一层衣服,在这酷热的七月天,未免穿太多了。军警们在四周巡逻,好像驱赶牛群的美国牛仔,他们一边吹哨,一边大声喝令犹太人往前移动,进入运动场或坐上其他巴士。

一个个家庭。

她看到警察用警棍驱赶一名女子,非常用力,女子甚至跌跌撞撞地跪了下去。她摇摇晃晃地撑起身子,伸手摸索,一把抓住身旁的小男孩,用自己的身体护住他,一跛一跛地带着他走向运动场入口。

她看到一个年轻的法国警察,赶紧挤过人群,找他说话。

"这里怎么回事?"她问。

"小姐,没你的事,走开。"

伊莎贝尔回头看着庞大的自行车运动场,举目只见人群摩肩接踵,拥挤不堪,家人们在混乱中抓紧彼此,试图不要走失。军警对着他们大喊,把他们推向运动场,用力拉扯跌倒在地的女人和小孩,喝令站起。她听见孩童们的哭声。一个怀了孕的女人双膝跪地,前后摇晃,紧紧抱着隆起的腹部。

"但是……里面有这么多人……"伊莎贝尔说。

"他们很快会被遣送。"

"遣送去哪里?"

他耸耸肩。"我哪知道?"

"你一定知道什么。"

"德国的劳改营,"他咕哝了一句,"我只知道这么多。"

"但……他们是女人和孩童。"

他耸耸肩。

伊莎贝尔无法理解。法国宪兵怎么能对巴黎人做出这种事?"孩童做不了什么事呀,里面有上千个孩子吧,还有孕妇,他们要怎……"

"我看起来像主事者吗?我只是听命行事。他们叫我逮捕巴黎的外国裔犹太人,我就照办。他们叫我分开群众——单身男子送往德朗溪,家庭送往自行车运动场——我也照办。就是这样。上面要我们拿枪对着他们,随时准备开枪。政府要把法国境内每一个外国裔犹太人都送到劳改营,我们从这里开始。"

法国境内?伊莎贝尔感觉喘不过气。春风行动。"你的意思是,不止巴黎这样?"

"没错,这只是开头。"

薇安已经在酷暑中排了一天的队,为了什么?半磅干硬的奶酪和一条难吃的面包?

"妈,我们今天可以吃点草莓果酱吗?果酱会盖住面包的可怕味道。"

她们走出店里,薇安一直牵着苏菲,把她紧紧拉在身侧,好像她是个小小孩。"也许可以吃一点,但不能太多。记得去年冬天多凄惨吗?下一个冬天很快要来了。"

薇安看到一群士兵朝她们的方向走来,步枪在阳光中闪闪发光。他们昂首阔步走过,坦克车紧随其后,轰轰隆隆辗过铺了鹅卵石的街道。

"今天这里真热闹。"苏菲说。

薇安也这么想。路上到处都是法国警察,宪兵一群群拥入镇上。

一踏进蕾秋家宁静、悉心照料的庭院,感觉如释重负。她很渴望来蕾秋家。只有这样的时刻,她才觉得自己还好。

薇安敲敲门,蕾秋随即谨慎地探出头,看到是薇安在门外,马上露出微笑,开启家门,让阳光泻入空空如也的屋内。"薇安!苏菲!请进、请进。"

"苏菲!"莎拉大喊。

两个女孩紧紧拥抱,好像分开了几星期,而不只是几天没见。苏菲生病时,她们不能见面,两人的心情都受到影响。莎拉牵着苏菲的手,带她走到前院,一起坐在苹果树下。

蕾秋把门开着,这样才听得到女儿们的动静。薇安解开裹在头上的碎花围巾,塞进裙子口袋。

"我带了东西给你。"

"不行,薇安,我们讨论过了。"蕾秋说。她穿着用旧浴帘裁制的工装裤,曾经雪白、如今因为洗穿太多次而泛灰的连襟毛衣挂在椅背上,薇安从这里就可以看到毛衣上缝着黄星星的两个尖角。

薇安走到厨房的柜台边,打开放餐具的抽屉。抽屉里几乎没东西,两年前德军进占卡利弗后,屡次挨家挨户"征用"所需物资,次数多到数不清。德国士兵已经多少次夜闯民宅,要什么就拿什么?所有物资最终都被送上朝东行驶的火车。

如今镇上家家户户的抽屉、衣柜、置物箱多半是空的。蕾秋只剩下几把叉子和汤匙,还有一把面包刀。薇安带着刀子走到桌边,从她的篮子里取出面包和奶酪,小心地把食物切成两半,然后把其中一半放回篮子里。当她再抬起头,蕾秋的眼中已盈满泪水。"你听我说,你留着,你们需要食物。"

"你们也需要。"

"我应该拆掉那个他妈的星星。这样我至少可以趁着店里还有东西的时候,到镇上排队领配给。"当局不断增加对犹太人的限制,他们再也不准拥有自行车,只能在下午三点到四点之间外出,其他时间一律不准在公众场所露面。换言之,他们只准在三点到四点之间去店里,但那时店里早就什么都没了。

薇安还来不及回答,路上就传来摩托车的声响。她认得那个声音,走过去站到敞开的门边。蕾秋挤到她身边。"他来做什么?"

"嗯,我也纳闷。"薇安说。

"我跟你一起过去。"

薇安穿过果园,绕经一只围着玫瑰花飞舞的小鸟,走向闸门。她推开闸门,迈步入内,站到一旁,让蕾秋跟着进来。闸门在她们身后轻轻扣上,"啪嗒"一声,听起来好像折断了一根骨头。

"两位好。"贝克边说边脱下军帽,夹在腋下。"对不起打搅了两位女士的聚会,但是,莫里亚克太太,我有话告诉你。"他轻声强调"你",听起来好像两人之间有秘密。

"嗯?上尉先生,什么事?"薇安问。

他左右张望,匆匆一瞥,然后稍微靠向薇安。"尚普兰太太明天不该在家。"他小声说。薇安以为他可能是词不达意,无法清楚表达。"你说什么?"

"尚普兰太太明天不该在家。"他重复一次。

"那是我和我先生的房子,"蕾秋说,"我为什么要离开?"

"房子是谁的无所谓,明天没有人会在乎房子。"

"我的孩子们……"蕾秋开口。

贝克终于看着蕾秋。"你的孩子不关我们的事,他们在法国出生,不在名单上。"

名单。如今大家都害怕的字眼。薇安轻声说:"你想告诉我们什么?"

"我想告诉你们,如果她明天在家,她后天就不会在这里。"

"但是……"

"如果她是我朋友,我会想办法帮她躲一天。"

"躲一天就够?"薇安仔细打量他。

"我就是过来说这个,我不该这么做,如果话传出去,我……我会受到惩罚。要是有人问起,请两位不要告诉别人我有来提醒。"他立正,并拢后脚跟发出咔嗒一响,转身离去。

蕾秋看着薇安。她们已经听说巴黎的驱赶行动,据称女人和孩童被遣送,但大家都不相信。他们怎么做得出这种事?上万名犹太人半夜被法国警察从家中带走,一夜之间?怎么可能。这太疯狂了,难以置信。"你相信他?"

薇安想了想,很讶异自己居然说:"是。"

"那我该怎么办?"

"今晚就带着孩子到自由区去。"薇安不敢相信自己这么想,更别提大声说出。

"杜兰太太上星期试图越界,结果被射杀,她的孩子全被遣送。"

若从蕾秋的立场想,薇安也会说出同样的话。一个女人自己逃跑是一回事,让孩子冒生命危险是另一回事。但,要是待下来会让他们都没命呢!

"你说得没错,这样确实太危险,但我想你应该听贝克的劝,找个地方躲起来。反正只有一天,或许之后情况会比较明朗。"

"躲到哪里?"

"伊莎贝尔早有预备,而我当时以为她是傻瓜。"她叹了一口气。"谷仓里有个地窖……"

"你知道如果你被发现藏匿我……"

"我知道,"薇安赶紧说,她不想听到蕾秋说出那三个字——被处死。"我知道。"

薇安在苏菲的柠檬汁里加了几滴安眠剂,让她早点睡。(一个好母亲似乎不该这么做,但一个好母亲也不该带着苏菲参与今晚的行动,或让她醒来后看不到半个人。都是糟糕的决定,但没有其他选项了)等女儿入睡时,薇安来回踱步,百叶窗被夜风吹得哗哗作响,老房子的木头叽叽嘎嘎,她听着每一个声音,六点一过,她马上穿上那件破旧的连身工作服下楼。

贝克坐在她的长沙发上,身旁点着一盏油灯,手里拿着一张加了框的照片,照片里是他的全家福:他太太——薇安知道她叫希达——以及孩子吉赛拉和威廉。

她走近,他抬头,但没有站起来。

薇安不太确定该怎么办。此时此刻,她不想看到他,希望他关上房门,待在房里,让她完全忘了有他这个人。但他以仕途为赌注来帮助蕾秋,她怎能视而不见?

"最近发生一些不好的事,莫里亚克太太,令人不知如何是好。我受训成为军人,为我的国家而战,让家人引以为傲,那是光荣的抉择。但等我们返乡,大家会怎么看我们?怎么看我?"

她在他旁边坐下。"我也担心安托万会如何看我。我不该给你那些名字,我花钱应该更谨慎,应该更努力保住工作,说不定我应该听伊莎贝尔的话。"

"你不该责备自己,我相信你先生也会同意。我们男人大概都太快掏枪。"

他稍微转身,仔细打量她的装扮。

她穿了连身工作服和黑毛衣,一条黑色丝巾包住她的头发,看起来像伪装成主妇的间谍。

"逃跑对她来说太危险了。"他说。

"留下显然也危险。"

"所以,"他说,"真是两难。"

"不知道哪一个比较危险?"薇安问。

她不指望他回答,故而很讶异听到他说:"我想是留下。"薇安点点头。

"你不应该跟着去。"他说。

"我不能让她一个人走。"

贝克想了想，终于点头。"你知道弗列特先生养牛的那块地？"

"我知道，但是……"

"谷仓后面有条牧牛小径，通往一个守备最宽松的检查站。路很远，但宵禁之前应该走得到。也许有人想知道，但我不知道是谁。"

"我爸爸朱利安·罗西诺住在巴黎布尔多内街五十七号，如果我……一天之内没回家……"

"我会把你女儿平安送到巴黎。"

他站起来，手里依然拿着照片。"我要休息了，莫里亚克太太。"她站在他身边。"我害怕信任你。"

"不信任我才该害怕。"

此刻他们的距离更近，一同被笼罩在微弱的光影中。

"上尉先生，你是好人吗？"

"我曾经以为自己是，莫里亚克太太。"

"谢谢你。"她说。

"现在道谢还太早。"

他把她留在光影中，走回房间，稳稳关上门。

薇安重又坐下，静静等候。七点三十分，她从厨房门边的挂钩上拿下那条厚重的黑色披肩。

勇敢，她心想。就这一次，你要勇敢。

她拉起披肩包住头和肩膀，走出户外。

蕾秋和孩子们在谷仓后面等候，身旁有部独轮手推车，艾瑞尔裹着毛毯，在车里睡着了。他的两侧塞了几件蕾秋选择带着上路的物品。"假证件带了吗？"薇安问。

蕾秋点点头。"我不知道质量行不行，我卖了结婚戒指才弄到的。"她看看薇安，两人无声交谈，一切尽在不言中。

"你确定要跟我们一起去？"

"我确定。"

"我们为什么要离开？"莎拉问，看起来非常害怕。

蕾秋的手覆在莎拉的手上，低头看着她。"莎拉，为了我，你必须坚强，记得我们说过的话吗？"

莎拉慢慢点头。

他们穿过泥土小径，蹒跚越过牧草地，朝远方的杂树林前进。一走进笔直的林间，薇安觉得受到保护，稍感安全。等他们走到弗列特先生的田地，夜幕已经低垂。他们找到通往林中深处的牧牛小径，干裂的路面根茎盘绕，蕾秋必须用力推独轮车，才有办法继续前进。独轮车不时"砰"的一声撞上粗硬的根茎，嘎嘎地倒退，艾瑞尔在睡梦中嘟囔一声，贪婪地吸吮大拇指。薇安感觉到汗水一滴滴顺着颈背流下。

"我最近正好需要运动。"蕾秋气喘吁吁地说。

"我也喜欢在林中好好散步，"薇安回答，"莎拉小姐呢？你觉得我们的探险有意思吗？"

"我不要配戴那个愚蠢的星星，"莎拉说，"苏菲为什么没有一起来？她喜欢森林，记得我们以前在森林里挖宝吗？她总是先找到宝物。"

前方林木稀疏处闪过一道灯光，眼前出现边界的黑白标志。

铁门周遭灯火通明，只有德国人敢把灯开得这么亮，或说只有他们负担得起电费。一个德国哨兵站在旁边，步枪在白花花的灯光中闪烁，一小群民众排队等着过关，证件查验合格才可以通过边界，如果蕾秋的假证件禁不起查验，她和小孩都会被逮捕。

就在眼前了，薇安止步。

"如果有办法，我会写信给你。"蕾秋说。

薇安喉头一紧。即使一切顺利，她也可能好多年听不到好友的消息，甚至从此失联。没有什么办法能在这个新世界里跟你爱的人保持联系。

"别这样看我，"蕾秋说，"我们很快就会再相聚，边喝香槟边随着你喜欢的爵士乐跳舞。"薇安拭去眼中的泪水。"你知道每当你在大庭广众下跳舞，我老是躲到一旁，假装不认识你。"莎拉拉拉她的衣袖。"帮我跟苏菲说再见。"

薇安跪下来拥抱莎拉，但愿可以永远这么抱着，但她得放手。

她朝好友伸出手，但蕾秋往后退。"如果抱你我会哭，但我不能哭。"薇安的手颓然地垂到身侧。

蕾秋抓住独轮手推车，带着孩子们走出林中，加入检查站前排队的人群。骑着自行车的男人获准通行，推着花艺小车的老太太也顺利通行，眼看就要轮到蕾秋，这时，尖锐的哨声响起，有人用德文大喊，哨兵的步枪瞄准群众，开火射击。

微小的红点遍洒于黑暗中。

嗒嗒嗒嗒。

有个女人看到她身边的男人瘫倒在地，高声尖叫，队伍马上散开，人们四窜奔逃。

事情发生得太快，薇安反应不及。她看着蕾秋和莎拉奔向她，想跑回林中；莎拉在前，蕾秋推着独轮车在后。

"这里！"薇安大喊，枪弹声盖过了她的声音。

莎拉双膝一软，跪倒在草地上。

"莎拉！"蕾秋哭喊。

/ 305

薇安往前飞奔，把莎拉抱进怀里，抱回林中，扶着她在地上躺好，解开她外套的纽扣。女孩的胸前一个个弹孔，鲜血噗噗地涌出，漫向四处。

薇安用力扯下披肩，用披肩紧紧压住伤口。

"她怎么了？"蕾秋上气不接下气地在她身边停下来。"那是血吗？"蕾秋瘫倒在草地上，独轮车里的艾瑞尔开始尖叫。

检查站灯光闪烁，哨兵们逐渐聚集，警犬狂吠。

"我们得走了，蕾秋，"薇安说，"马上。"她慌张站起，踩上被鲜血浸得湿滑的草地，从独轮车里抱起艾瑞尔，把他塞进蕾秋怀里，蕾秋一脸茫然，似乎不明白发生了什么，薇安快手快脚地把独轮车里的东西全都丢掉，尽量小心地把莎拉抱进锈迹斑斑的车里，用艾瑞尔的毛毯垫在她的头下。她伸出沾满鲜血的双手，紧紧抓住车把手，抬高后轮，用力往前推。"来，"她对蕾秋说，"我们还能救她。"

蕾秋麻木地点点头。

薇安推着独轮车前进，车轮嘎嘎辗过盘根与泥土，她的心怦怦狂跳，慌张恐惧，满嘴苦涩，但她没有停下来，也没有往后看，她知道蕾秋紧随在后，她听得到艾瑞尔高声尖叫，况且若是有人追来，她宁可不要知道。

乡园就在眼前，薇安奋力把沉重的独轮车推过路旁的沟渠，爬上山丘，走向谷仓。当她终于止步，独轮车"砰"一声倒向地面，莎拉痛得呻吟。

蕾秋放下艾瑞尔，再把莎拉从独轮车里抱出来，轻柔地放在草地上，艾瑞尔号啕大哭，伸着小手讨抱。

蕾秋跪到莎拉身旁，看到莎拉弹孔累累的胸口。她抬头看薇安,神情是那么悲戚,薇安看在眼里几乎无法呼吸。蕾秋又低头看莎拉,一手抚抚女儿苍白的脸颊。

莎拉勉强抬头。"我们越过边界了吗?"鲜血从她苍白的嘴角涌出,顺着下巴流下。

"是啊,"蕾秋说,"我们成功了,我们都安全了。"

"我很勇敢,"莎拉说,"对吗?"

"对,"蕾秋哽咽地说,"非常勇敢。"

"我好冷。"莎拉喃喃地说,一直发抖。

莎拉颤抖地吸了一口气,缓缓呼出。

"我们现在就去买糖果和马卡龙。我爱你,莎拉,爸爸也爱你,你是我们的星星。"蕾秋泣不成声,泪流满面。"你是我们的宝贝,你知道吧?"

"告诉苏菲,我……"莎拉的眼睑急遽抽动,紧紧闭上。她颤抖地咽下最后一口气,然后动也不动,嘴唇张开,但再无气息呼出。

薇安跪到莎拉身旁,她探寻脉搏,却再也感觉不到跳动。四周的沉静转为哀戚,愈渐凝重;薇安满脑子都是这女孩的笑语,少了她,世间是多么孤寂。她知道死亡的滋味,那种把你撕成两半、让你永远无法愈合的哀恸。她无法想象蕾秋怎么活下去。如果是其他时候,薇安会坐到蕾秋身旁,握着她的手,让她痛哭一场,或抱着她,或跟她谈,或一起沉默。不管蕾秋需要什么,薇安都愿意全力奉上,但她现在办不到。又一次无可奈何,而她们连哀悼的时间都没有,这简直是另一个严重的打击。

为了蕾秋,薇安必须坚强。"我们必须埋葬她。"薇安尽可能轻柔地说。

"她讨厌黑暗。"

"我妈妈会陪着她，"薇安说，"你妈妈也是。你和艾瑞尔必须到地窖躲起来，我来照顾莎拉。"

"然后呢？"

薇安知道蕾秋问的不是如何躲在谷仓里，是如何熬过这种伤逝；如何抱起一个孩子，同时让另一个孩子离去；如何轻轻说再见，继续过日子。"我不能离开她。"

"为了艾瑞尔，你必须可以。"薇安慢慢站起，静静等候。

蕾秋深吸口气，牙齿格格打战，发出玻璃碎裂般的声音。她往前倾，亲吻莎拉的脸颊。"我永远爱你。"她悄悄说。

蕾秋终于站起，抱起艾瑞尔搂在怀中，搂得好紧，艾瑞尔又哭了起来。

薇安拉着蕾秋的手，带她走进谷仓，朝地窖走去。"等安全了，我马上过来找你。"

"安全……"蕾秋呆呆地说，回头盯着谷仓敞开的木门。

薇安移动车子，打开活板门。"下面有盏油灯，还有一些食物。"

蕾秋抱着艾瑞尔爬下阶梯，消失在黑暗中。薇安关上活板门，把车子移回原位，然后走向妈妈三十年前亲手种植的紫丁香花丛，繁花蔓生，已经延伸到石墙另一侧，三个小小的白色十字架竖立在花丛下，几乎被夏日的青绿掩盖。其中两个是纪念她小产的男婴，另一个是纪念她那不到一星期就夭折的小儿子。

每一个婴孩入土时，蕾秋都陪在她身旁。如今薇安独自站在这里，埋葬挚友的爱女、女儿的知交。仁慈的天主怎会容许这样的事？

23

天将破晓时,薇安在新翻的土堆旁坐下。她想祷告,但信仰似乎离她远去,宛如另一个女人生命的残影。

她慢慢站起。

天空渐渐蒙上淡紫与粉红的颜色,这种时候居然出现这样的美景,真讽刺。她走到后院,鸡群看到她忽然冒出来,拍拍翅膀咕咕叫。她脱下沾了血的衣物,在地上叠成一堆,走到水泵旁梳洗,然后从吊衣绳上扯下睡衣套在身上,走进屋里。

她身心俱疲,但完全无法入睡。她点燃油灯,在长沙发坐下,闭上眼睛,试着想象安托万在她身边。此时此刻,她会跟他说什么?我再也不知道做什么才是对的了。我想保护苏菲,确保她平安,但若她必须在一个只因为向不同的神祈祷,就必须永远消失的世界长大,就算安全又有什么好?如果我被逮捕……

客房的门开启,她听到贝克走来。他穿着军服,刮了胡子,她直觉他一直在等她回来。

"你回来了。"他说。

她确定他看到自己身上的血迹或泥巴,鬓角上的,手背上的。

他默默不语。她知道他等着自己看向他，告诉他发生了什么事，但她只是坐在那里。如果开口，她可能会尖叫。如果看着他，她可能会痛哭，逼他回答一个小女孩怎么可能在黑暗中无故被射杀。

"妈？"苏菲边说边走进来。"我醒来的时候，你不在床上，"她说，"我好害怕。"

她十指交握，搁在膝上。"对不起，苏菲。"

"嗯，"贝克说，"我得出门了，再见。"

门一关，苏菲马上凑过来。她睡眼惺忪，神情疲倦。"你吓到我了，妈，怎么了？"

薇安闭上眼睛。她必须告诉女儿这个坏消息，但之后呢？之后她会把女儿抱在怀里，轻轻摸着女儿的头，让她大声痛哭。她必须坚强，可她好厌倦当个坚强的母亲。"来，苏菲，"她边说边站起来，"如果想睡，我们就多睡一会儿。"

那天下午，薇安以为会看到某些让人感觉祸事将至的迹象，比方说镇上的士兵聚集在一起，步枪蓄势待发，警车停在广场，警犬将牵绳绷得紧紧的，一身黑衣的秘密警察四处走动。

但一切如常。

她和苏菲整天都待在卡利弗，站在明知纯粹是浪费时间的队伍中，沿着一条又一条街道行走。苏菲起先讲个不停，薇安几乎不接话。蕾秋和艾瑞尔躲在地窖里，莎拉刚死，她哪里能有心思聊天？

"妈，可以回家了吗？"快要三点时，苏菲说，"没有配给可领了，我们白白浪费时间。"

贝克肯定搞错了，说不定他只是过分小心。

他们当然不可能在这个时刻逮捕犹太人。大家都知道德国人绝对不会在用餐时抓人。纳粹做事精确,计划周详,不可能贸然行事,况且他们非常喜爱法国的佳肴美酒,绝对不会错过。

"好,苏菲。我们回家。"

她们离开镇上。薇安保持警戒,但路上反而比平常冷清。飞机场安静无声。

"莎拉可以来家里吗?"薇安慢慢推开破损的闸门时,苏菲问。

莎拉。

薇安低头看着苏菲。

"你好像很伤心。"女儿说。

"没错。"薇安轻声说。

"你想到爸爸吗?"

薇安深深吸口气,缓缓呼出。她柔和地说:"跟我来。"然后带着苏菲走向苹果树,坐在树下。

"妈,你吓到我了。"

薇安知道自己处理得不好,但她不知道怎么应付这种局面。苏菲已经大到无法糊弄,但还不到可以承受事实的年纪。薇安不能对她坦承莎拉在试图越界时遭射杀,她说不定会告诉不该知道的人。

"妈?"

薇安双手托住女儿瘦弱的脸颊。"莎拉昨天晚上过世了。"她轻声说。

"过世?她又没生病。"

薇安心一横。"有时事情就是如此。天主会做出意想不到的安排。她上了天堂,跟她外婆和你外婆在一起。"

苏菲抽身,站起来往后一退。"你以为我傻吗?"

"你……你这话是什么意思?"

"莎拉是犹太人。"

薇安不愿看到女儿目光中流露的一切。苏菲的眼神苍茫,不再天真,不再无邪,不再充满希望,甚至看不到悲伤,只是愤怒。

比较称职的母亲会把那股怒气捏塑为伤逝之情,而后将之转化为令人可以承受的温情记忆,但此时此刻,薇安心中一片空虚,没办法当个称职的母亲。她想到的都是谎言或废话。

她扯下衣袖袖口的蕾丝。"你看到我们头顶上那根树枝系着一条红色毛线吗?"

苏菲抬头。毛线稍微褪色,但在褐黄的枝干、青绿的树叶和青涩的苹果间依然醒目。她点点头。

"我在树上系条毛线,提醒自己记得你爸爸。你要不要也帮莎拉系上一条?这样我们每次出来就会想到她。"

"但是爸爸没死!"苏菲说,"你是不是骗我……"

"不,不,我没骗你。我们追悼失去的亲友,也想念下落不明的人们,不是吗?"

苏菲把卷成一团的蕾丝拿在手里,看来似乎有点摇晃,但她依然把蕾丝系在同一根树枝上。

薇安多么希望苏菲回到她身边,投入她的怀里,但女儿只是站在原地,凝视那片残破的蕾丝,眼中盈满闪亮的泪水。"不会一直这样的。"薇安只想得出这句话。

"我不相信你。"

苏菲终于看看她。"我要睡一下。"

薇安只能点头。通常她会为这种争执伤心,母女关系如此紧绷,让她自觉失败。现在她只是叹口气,站起来,拍掉裙上的青草,走向谷仓。进去后她把汽车往前挪动,打开活板门。"蕾秋?是我。"

"谢天谢地。"黑暗中传来轻微的话语声。蕾秋爬上嘎嘎作响的楼梯,抱着艾瑞尔出现在点点尘埃的天光中。

"情况怎么样?"蕾秋疲倦地问道。

"没事。"

"没事?"

"我去了镇上,一切似乎如常。说不定是贝克谨慎过头,但我觉得你应该在地窖里再待一晚。"蕾秋的脸一沉,神情疲惫。"我需要尿布,还得冲个澡,艾瑞尔和我都臭兮兮。"小小孩开始哭号。她摸摸汗涔涔的额头,拂去潮湿的鬓发,细声细气地哄他。她们走出谷仓,朝蕾秋家走去。

快走到门口时,一部法国警车缓缓停到门前。保罗下车,大步走进院子,手里拿着步枪。"你是蕾秋·德·尚普兰吗?"他问。

蕾秋眉头一皱。"你知道我是。"

"你被遣送出境了,跟我走。"

蕾秋抱紧怀里的艾瑞尔。"别带走我的儿子。"

"他不在名单上。"保罗说。

薇安抓住他的衣袖。"你不能这么做,保罗,她是法国人!"

"她是犹太人。"他把步枪瞄准蕾秋。"走!"

蕾秋想说什么,但保罗叫她闭嘴。他抓住她的胳臂,拉着她走到路上,逼她坐进车后座。

薇安本来打算待在原地,乖乖别动才安全。但接下来她只知道自己跟在车旁奔跑,猛敲引擎盖,哀求让她上车。保罗猛踩刹车,让她爬进后座,然后重踏油门。

"走吧,"车子开过乡园时,蕾秋说,"你不该上车。"

"任何人都不该上车。"薇安说。

换作一个星期前,她说不定会让蕾秋一个人上车,说不定会把头转开,八成很懊恼,绝对很愧疚,但她会觉得没有任何事比保护苏菲更重要。

昨晚改变了她。她依然感到脆弱、畏惧,说不定更胜于往常,但此刻她也有愤怒。

镇上十几条街道都设了路障,到处都是警方的车辆。胸前有黄星星的民众纷纷下车,成群地被驱赶到火车站,一节节运送牲口的车厢等着上路。车站里挤了数百人,他们肯定来自附近各个县镇。

保罗停车,打开车门。薇安、蕾秋和艾瑞尔加入其他犹太人的行列,跟着女子、孩童和老人慢慢走向月台。

一列火车等着出发,黑色的浓烟飘向暑气逼人的夜空。两个德国军人站在月台上,其中一个是贝克,他手里拿着一条皮鞭。

但驱赶众人的是法国军警,他们强迫民众排成一排,把大家推上运送牲口的车厢。男人一个车厢,女人和孩童另一个车厢。

前方有个抱着婴孩的女人试图逃跑,一个宪兵朝她背后开了一枪。她歪歪斜斜地倒下,当场死亡,婴孩滚到宪兵脚边,宪兵手中的步枪还冒着烟。

蕾秋停下来,转身看着薇安。"把我的儿子带走。"她轻声说。

人群推挤她们。

"把他带走,救他。"蕾秋哀求。

薇安毫不迟疑。如今她知道没有人可以保持中立,最起码她再也办不到。虽然担心危及苏菲的性命,但忽然之间,她更担心让女儿在这样的世界长大——好人袖手旁观,任由恶人作孽;善良的女人可能背弃需要救助的朋友。她接过艾瑞尔,抱在怀里。

"你!"一个宪兵用步枪的枪托猛地撞击蕾秋的肩膀,力气大到她几乎跌跤。"走!"

她看着薇安,眼神中蕴藏着两人一生的情谊——她们共享的秘密、许下的承诺、谨遵的诺言、对孩子们的期许、情同姐妹的默契。

"走吧,"蕾秋声嘶力竭地哭喊,"赶快走。"

薇安后退。接下来她只知道自己转身,推开众人,挤过人群,从月台、士兵和警犬旁走开,远离恐惧的气息、飕飕作响的皮鞭、哀号的女人和哭喊的婴孩。她不准自己放慢脚步,一直到走到月台尽头,她才紧紧抱着艾瑞尔回头看。

蕾秋站在阴暗、深广的车厢入口,脸上和手上依然沾着女儿的血。她环视人群,看到月台尽头的薇安,她举起沾了血的手,在空中挥动,然后就被一个个步履蹒跚的女人推入人群中,消失无踪。车厢门铿锵关上。

薇安瘫坐在长沙发上。艾瑞尔哭得无法控制,他的尿片湿了,身上带着尿味。她应该站起来帮他换尿片、做点什么,但她无法动弹。伤逝的心情重重压着她,让她无法呼吸。

苏菲走进客厅。"你为什么把艾瑞尔抱来家里?"她轻声问,声音中带着恐惧。"蕾秋阿姨呢?"

"她离开了。"薇安说。她没有力气说谎,何况谎言有什么用?

她保护不了女儿,让苏菲远离周遭的邪恶。她办不到。

苏菲会知道恐惧、伤逝,甚至憎恨的滋味。成长过程中,她会知道得太多。

"蕾秋阿姨在罗马尼亚出生,"薇安严肃地说,"加上她是犹太人,所以她被冠上罪名。维希政府不在乎她已经在法国生活了二十五年,嫁给法国人,先生为法国打仗,所以他们把她遣送出境。"

"他们把她遣送到哪里?"

"我不知道。"

"战争结束后,她会回来吗?"

会。不会。我希望会。一个好母亲应该如何回答?

"我希望会。"

"艾瑞尔呢?"苏菲问。

"他跟我们一起住。他不在名单上。我猜政府认为孩子没有父母也活得下去。"

"但是,妈,我们怎么……"

"怎么做吗?我不知道。"她叹了一口气,"你先帮我看着小宝宝,我去隔壁拿他的婴儿床和衣服。"

薇安几乎走到门口时,苏菲问:"贝克上尉那边怎么办?"

薇安愣愣地站在原地。她记得先前看到他手执皮鞭站在月台上,看到他挥舞皮鞭把女人和小孩赶上运送牲口的车厢。"是啊,"她说,"怎么办?"

薇安清洗了被血浸湿的衣物,挂在后院的晒衣绳上晾干,试着忽略肥皂水泼在草地上时,水色多么鲜红。她帮苏菲和艾瑞尔准备了晚餐(准备了什么?她记不得),哄他们上床,但家里一安静下来,她就再也压抑不了情绪。她好生气,气得想要高声咆哮,也好绝望。

她受不了自己如此阴郁,如此丑恶,如此愤怒,如此哀伤。

她扯下衣领上漂亮的蕾丝,沉重地走到户外。她想起蕾秋送她这件罩衫的光景,那不过是三年前的事。

巴黎人人都穿这种罩衫。

苹果树枝在她头上延展。她试了两次才把那一小块碎布系在多节的枝干上,两旁各是追念安托万和莎拉的毛线和蕾丝。完成后,她退后一步。

莎拉。

蕾秋。

安托万。

碎布的颜色渐渐模糊,她这才意识到自己哭了。

"天父,求求你。"她开始祷告,抬头看着系在枝干上、散布于青涩苹果间的毛线、蕾丝和碎布。当心爱的人都已离去,祷告又有何用?

她听到摩托车骑过小路,停在乡园外面。

过了一会儿:"莫里亚克太太?"

她迅速转身,跟他面对面。"上尉先生,你的皮鞭呢?"

"你刚才在那里?"

"鞭打法国女人的感觉如何?"

"你认为我下得了手?莫里亚克太太,我想到就难过。"

"但你在那里。"

"你也在,这场战争已经把我们推到不想去的地方了。"

"你们德国人不见得这么想。"

"我已经试着帮你。"他说。

听到这话,薇安感觉自己怒气尽失,哀伤重返心头。他确实试了。如果她们听他的话,让蕾秋在地窖里再躲一会儿,说不定不会落得这种下场。她摇摇晃晃。贝克伸手稳住她。

"你说早上把她藏起来，她在可怕的地窖里躲了一整天，到了下午，我以为……一切似乎如常。"

"凡·芮克特调整了时间表，火车出了问题。"

火车。

蕾秋挥手道别。

薇安抬头看他。"他们把她带到哪里？"

"德国的劳改营。"

"我藏了她一整天。"薇安又说了一次，仿佛这件事现在还很重要。

"德军已经失势，现在由盖世太保和秘密警察掌控一切，他们比军人……粗鲁。"

"你为什么在那里？"

"我听命行事。她的孩子们呢？"

"在检查站，莎拉被你们德国军人从背后射杀了。"

"天啊。"他喃喃说道。

"我把蕾秋的儿子带回来。艾瑞尔为什么不在名单上？"

"他在法国出生，而且不到十四岁。他们不会把法裔犹太人遣送出境。"他看着她，"至少现在还不会。"

薇安倒抽一口气。"他们以后会来找艾瑞尔？"

"我相信他们很快会把所有犹太人遣送出境，不论年龄或出生地。一旦他们真的这么做，你家里有任何犹太人都会很危险。"

"孩子被遣送，自己一个人。"即使已经亲眼见到，她还是不敢相信局势如此可怕。"我答应蕾秋会确保艾瑞尔安全，你会告发我吗？"

"我不是猛兽,薇安。"

这是他第一次直呼她的名字。

他靠得更近。"我想要保护你。"他说。

没有比他说出这句话更糟的事了。多年来,她始终感到孤单,但现在她真的是一个人。

他碰她的胳臂,几乎像爱抚,她的每一寸身体都感觉到他的触摸,像电流流窜全身。她不由自主地抬头看他。

他站得好近,两人之间只隔一吻。她只要给他最轻微的鼓励,一道气息、一次点头、一个触抚,他就会消弭两人之间的距离。一时间,她忘了自己是谁,忘了今天发生的事;她渴望温柔的抚慰,她想遗忘。她微微往前,几乎闻得到他的鼻息,感觉得到他轻轻吹拂着她的唇,然后她想起来了,带着怒意一下子全想起来了,她用力推开他,他几乎绊跤。她使劲擦嘴唇,好像真被他的嘴唇碰过。

"我们不可以。"她说。

"当然不可以。"

但当他看着她,她也看着他,他们都知道吻了不该吻的人还不是最糟。

最糟的是明知不应该,却依然想要。

24

夏季已远,灰白的天空和绵绵雨丝取代了炎热绚丽的艳阳天,伊莎贝尔专注于潜逃路径,几乎没有察觉季节的更迭。

一个寒冷的十月午后,她从一节挤满乘客的车厢下车,手里捧着一束秋天的鲜花。

她沿着宽广的街道前行,马路上到处都是德军的摩托车,喇叭声震天,堵得寸步难行。士兵们昂首阔步地行走于退缩胆怯、一脸土灰的巴黎民众间,纳粹旗帜在冷风中噗噗啪啪地飘扬,她快快走下地铁的阶梯。

通道挤满了人,贴满诋毁英国人和犹太人、称颂万能元首的纳粹宣传单。

空袭警报忽然高声咆哮,电灯"啪"地熄灭,人人顿时陷入黑暗。她听到人们耳语、婴孩大哭、老先生咳嗽。远处传来砰砰的重击声和隆隆的爆炸声,也许是布洛涅-比扬古再度遭到轰炸,这倒也不奇怪,毕竟雷诺汽车厂制造德军卡车。

警报终于解除,却没有人移动,直到电力恢复,灯光再度亮起,大家才开始走动。尖锐的警哨声响起时,伊莎贝尔正要上车。

她愣住了。纳粹士兵在法国通敌者的陪同下走过通道,他们一边说话一边指指民众,把一些人拉到一旁,强迫他们跪下。

一支步枪出现在她面前。

"证件。"德国人说。

伊莎贝尔一手紧握花束,一手慌张地乱翻皮包。花束里藏着一封给安露的信。这种搜查当然不叫人意外。自从盟军在北非传出捷报,德国人经常拦下民众,盘查证件。大街、商店、火车站、教堂,没有一个地方称得上安全。她把假身份证递过去。"我约了母亲的朋友吃午餐。"

一个法国人挨近德国人,仔细查看证件。他摇摇头,德国人把证件还给伊莎贝尔,对她说:"走。"

伊莎贝尔微笑点头致谢,匆匆上车。她一踏进车厢,车门随即关上。

在第十六区下车时,她已恢复平静。湿冷的薄雾笼罩街道,淹没了楼房和沿塞纳河缓缓航行的驳船。雾霭之中声音似乎更加响亮,感觉怪异。哪边有颗小球砰砰弹跳(说不定是小男孩在街上玩耍)。一艘驳船按了喇叭,汽笛声袅袅回荡。

她在街上转个弯,走向一家小餐馆,街上只剩几家餐馆还透着灯光,这是其中之一。凄冷的夜风吹皱了遮阳棚,她走过空荡的桌子,在户外柜台点了一杯欧蕾咖啡(当然,咖啡不像咖啡,也没有牛奶)。

"朱丽叶?是你吗?"

伊莎贝尔看到安露,微微一笑。"嘉柏丽,真高兴见到你。"伊莎贝尔把花束递给安露。

安露点了一杯咖啡。两人站在寒冷的户外啜饮咖啡时,安露

/ 321

说:"我昨天跟亨利叔叔聊天,他很想念你。"

"他身体不舒服?"

"不、不,他身体好得很。他打算下星期四晚上开派对,要我邀你参加。"

"我该帮你带个礼物给他吗?"

"不了,谢谢,但帮我捎封信吧。信在这里,我已经写好了。"

伊莎贝尔接下信,悄悄塞进皮包的衬里中。

安露看着她。她眼周隐隐浮现黑眼圈,脸颊和眼角冒出细纹,这种隐匿于暗处的日子显然已对她造成损伤。

"还好吗?"伊莎贝尔问。

安露疲惫地笑笑,但是笑容真诚。"还好,"她稍作停顿,然后继续说,"我昨晚见到贾约丹,他会参加在卡利弗的聚会。"

"为什么告诉我?"

"伊莎贝尔,你是我见过最藏不住感情的人,所有思绪和感情都显露在眼神中。你没有察觉你多常跟我提到他吗?"

"真的吗?我以为我藏得很好。"

"其实这样也好,提醒我为了什么而抗争。年轻男女、他们的未来,为的就是这么单纯的事。"她亲亲伊莎贝尔的脸颊,悄悄说,"他也跟我提到你。"

伊莎贝尔运气好,十月底的这一天,卡利弗下了雨。

这种天气,没有人会多看她一眼,连德国士兵都懒得盘查。她罩上兜帽,拉紧外套的领口。即使如此,当她把自行车从火车上抬下来,牵着车子走过月台时,雨水依然扑打她的脸颊,一道道冰冷的雨水顺着脖子流下。

她在镇郊跨上自行车,选了一条比较没有人走的小巷,避开广场,骑入卡利弗。这种下着雨的秋日,很少人外出;只有女人和小孩排队等着领配给,雨水从他们的外套和帽子滴下。德国人大多待在室内。

骑到贝尔维旅馆时,她已筋疲力尽。她跨下车,把车子锁在街灯上,走进旅馆。

一个铜铃在她头顶上叮当一响,为那些坐在旅馆大厅啜饮咖啡的德国士兵通报她的到来。

"小姐,"其中一个军官边说边拿取一个蓬松金黄的巧克力牛角面包,"你湿透了。"

"法国人不太知道怎么避雨。"

士兵们听了都大笑。

她保持笑容,走过他们身边,在柜台按了按铃。

亨利从后头的房间走出来,手里端着一托盘的咖啡,看到她便点点头。

"请等等,小姐。"亨利边说边从她身旁走过,将咖啡端给两名党卫军。他们一身黑衣坐在桌旁,宛似蜘蛛。

过了一会儿,亨利回到柜台,对她说:"吉威斯女士,欢迎再度光临,很高兴再见到你,你的房间当然已经准备好了,请跟我来……"

她点点头,跟着亨利走过狭窄的走道,上楼。到了二楼,亨利将一支万能钥匙插进门锁,转一下,打开房门,眼前出现一个小房间,有一张床、一个床边小桌和一盏灯。他带她进去,踢踢房门把门关上,然后把她揽进怀里。

"伊莎贝尔,"他把她拉近一点,"真高兴见到你。"他放开她,后退一步。"侯曼维勒的状况……我有点担心。"

伊莎贝尔脱下湿淋淋的兜帽。"我了解。"过去两个月，纳粹开始追捕所谓的叛乱分子与抗争者。他们终于看出女性在这场战争中扮演的角色，已经将两百多名法国女性监禁在侯曼维勒。

她脱下外套，垂放在床尾，从皮包的衬里掏出一个信封，递给亨利。"这是给你的。"她边说边把英国情报局提供的资金交给他。亨利的旅馆是他们组织最重要的藏身所之一。他们居然把英国人和美国佬大喇喇地藏匿在纳粹眼前，伊莎贝尔想到就开心。今晚她将暂住在这个最小的房间。

她从刻痕累累的写字桌后面拉出一张椅子，坐了下来。"晚上的会议安排好了？"

"十一点，在安格勒农场那座废弃的谷仓里。"

"讨论什么？"

"我不清楚。"他在床尾坐下。她看得出他想说些正经话，无奈地叹口气。

"我听说纳粹急着追捕'夜莺'，试图渗透潜逃路径。"

"我知道，亨利。"她眉毛一扬，"我希望你别再跟我说这件事多危险。"

"太频繁了，伊莎贝尔，你已经走了几趟？"

"二十四趟。"

亨利摇摇头。"难怪他们急着抓到你。我们听说还有一条潜逃路径也很成功，会经过马赛和比利牛斯山脚下的佩皮尼昂。你迟早会碰到麻烦，伊莎贝尔。"

看到他这么关心她，听到他直呼她的真名，伊莎贝尔居然出奇感动。一时之间，她又是伊莎贝尔·罗西诺，跟一个知道她是谁的人坐在一起，即使为时仅仅几秒，感觉也很好。她的人生已经花了太多时间躲藏、逃跑,和陌生人蛰居在藏身所。

虽说如此,她依然觉得没必要多谈。潜逃路径的重要性无法衡量,值得他们冒险。"你会照顾我姐姐,对吗?"

"会。"

"纳粹还寄宿在那里?"

亨利回避她的眼神。

"怎么了?"

"薇安被学校革职,已经好一阵子。"

"为什么?学生们很喜欢她,她是非常优秀的老师。"

"据说她质问盖世太保。"

"这听起来不像薇安。这么说来,她没有收入,那靠什么过活?"

亨利看起来不太自在。"有些流言。"

"流言?"

"关于她和那个纳粹。"

整个夏天,薇安把蕾秋的儿子藏在乡园。她加倍小心,绝不带他出门,连园圃也不去。她没有证件,无法佯称这个小男孩并非艾瑞尔·德·尚普兰。她必须让苏菲陪艾瑞尔在家,因此每次出门都神经紧绷,巴不得赶快回家。她告诉每一个想打探消息的邻友,好比商店老板、修女、镇上居民:蕾秋跟她两个小孩都被遣送出境了。这是她唯一想到能做的事。

今天她又排了一天队,辛苦站了一整天,结果却只听到店里什么都没了,不得不垂头丧气地离开镇上。据传法国各地发生了更多围捕、驱逐出境的事件,成千上万法国犹太人被关进拘留所。

/ 325

回家后，她把潮湿的披风挂在门外的钩子上。她不太指望明天前能干，但起码不会滴得地上到处是水。她脱下沾了泥巴的雨靴，搁在门边，走进屋里。苏菲一如往常站在门口等她。

"我没事。"薇安说。

苏菲一脸严肃。"我们也没事。"

"趁着我准备晚餐时，麻烦你帮艾瑞尔洗澡好吗？"

苏菲一把抱起艾瑞尔，走出客厅。

薇安解下缠绕在发间的丝巾，把丝巾挂起来，再把篮子搁在水槽里晾干。她去食物储藏间拿了一条香肠、一些又小又软的马铃薯、几颗洋葱。

她走回厨房，点燃炉火，预热铸铁煎锅，滴上几滴珍贵的油，煎香肠。

薇安低头盯着锅中的香肠，用木头汤匙把香肠截断，看着粉嫩的碎肉慢慢转为微焦的金黄色。香肠煎到香脆时，她加进切成小块的马铃薯、切成小丁的洋葱、大蒜。大蒜噗噗作响，渐渐焦黄，散发出诱人的香味。

"好香。"

"上尉先生，"她轻声说，"我没听到你的摩托车声。"

"苏菲小姐帮我开门。"

她把炉火关小一点，盖上锅盖，然后转身面向他。他们心照不宣，两人都假装果园里的那晚从未发生。虽然只字不提，但那晚始终萦绕在两人之间。

那晚之后，事情起了微妙的变化。现在他大多跟她们共进晚餐，食物通常由他提供，都是少量，只是一片火腿、一袋面粉或几条香肠。他直言不讳地聊到自己的妻小，她也提到安托万，这些话的用意都在强补那道已经被突破的心墙。他不断提议而且大多和颜悦色地主动帮薇安邮寄爱心包裹给安托万,薇安也尽其所能在包裹里装满她可以分让的小东西,比方说一双太大的旧手套、贝克留下的香烟、一罐珍贵的果酱。

薇安加倍小心,绝不跟贝克独处。这是最明显的转变。她晚上不去后院,苏菲入睡后也不熬夜。她信不过自己跟他独处。

"我带了礼物给你。"他说。

他拿出一沓证件,包括一张出生证明:小男婴丹尼尔·安托万·莫里亚克,一九三九年六月出生,父亲是艾提安·莫里亚克,母亲是艾蜜·莫里亚克。

薇安看着贝克。她跟他提过自己和安托万曾想把他们的儿子命名为丹尼尔吗?显然提过,即使她不记得。

"现在收容犹太孩童不安全,或许很快就会惹祸上身。"

"而你为了他,为了我们冒险。"

"为了你。"他轻声说,"这些证件是伪造的,莫里亚克太太,请你记住,证件是为了附和你的说辞,证明你从亲戚那里领养了他。"

"我绝对不会跟任何人说你帮我弄到证件。"

"我担心的不是我自己,莫里亚克太太。艾瑞尔必须马上变成丹尼尔,绝对不能有闪失。你绝对要十二分小心,盖世太保和党卫军非常……粗暴。盟军在非洲战场屡传捷报,对我们造成严重打击,然而这种处置犹太人的杀手锏……恶毒得令人难以理解。我……"他暂不作声,低头凝视她。

"我想要保护你。"

"你已经保护我了。"她边说边抬头看他。

他慢慢朝她移动,她也慢慢靠向他,即使她知道这样不妥。苏菲冲进厨房。"艾瑞尔饿了,妈,他一直叫。"

贝克戛然止步,伸手从她身后的柜台拿取叉子,手指轻轻擦过她的手臂。他用叉子好整以暇地叉起一口香肠、一块香脆的马铃薯、一粒焦黄的洋葱丁。

他慢慢咀嚼,低头凝视她。他靠得好近,她甚至可以感觉他温热的鼻息拂过脸颊。"莫里亚克太太,你的厨艺真棒。"

"谢谢。"她严肃地说。

他后退。"可惜我不能留下来吃晚餐,我得出一趟远门。"

薇安强迫自己把视线从他身上移开,朝苏菲微微一笑。"摆三副餐具吧。"她说。

过了一会儿,趁晚餐还在炉子上煨煮,薇安把孩子们聚集到床上。"苏菲、艾瑞尔,过来一下,我有话跟你们谈。"

"妈,什么话?"苏菲问,神情已经蒙上忧虑。

"他们要把法国籍犹太人遣送出境,"她说,"包括孩子。"

苏菲倒抽一口气,看看身旁的艾瑞尔,这个三岁大的小男孩正兴高采烈地在床上弹跳。他年纪太小,没办法多记住一套身份。就算从现在开始不停跟他说他的名字叫丹尼尔·莫里亚克,他也没办法理解为什么。如果他认为妈妈还会回来,一心等待,迟早会犯错,导致他被遣送,甚至害他们都送命。她不能冒这个险。为了保全他们三人,她必须伤透他的心。

原谅我,蕾秋。

她和苏菲难过地互望,她们都知道必须怎么做,但身为母亲,怎么能对另一个女人的孩子做出这种事?

"艾瑞尔,"她轻声说,把他的小脸捧在手心,"你妈妈跟天使们在天堂,不会回来了。"

他不再弹跳。"什么?"

"她走了,永远不会回来。"薇安再说一次,突然热泪盈眶,泪珠滚滚流下。她必须不断重复,直到他相信为止。"现在我是你的妈妈,而你的名字是丹尼尔。"

他皱起眉头,小嘴咬着内颊,摊开十指,好像在数数。"你说过她会回来。"

薇安厌恶自己这么说。"她不会,她走了,就像上个月那只生病的小兔子,你记得吗?"他们已经郑重其事地把小兔子埋在后院。

"跟小兔子一样走了?"他褐色的双眼盈满泪水,一滴一滴流下,小嘴不停颤动。薇安把他搂到怀里,抱着他,轻拍他的背。但她再怎么安抚都不够,也不想放手。最后,她的心情终于稳定下来,可以直视着他。"你懂吗……丹尼尔?"

"你会是我弟弟,"苏菲说,声音有点哽咽,"真的。"

薇安难过得心要碎了,但她知道唯有如此,才能确保蕾秋的儿子平安。她祈望他的年纪太小,会忘了自己曾经叫艾瑞尔,想到此,她心好酸,不知所措。"来,"她不疾不徐地说,"跟我说你叫什么。"

"丹尼尔。"他说,显然相当困惑,想要讨好她。

那天晚上,在他们吃着油煎香肠和马铃薯当晚餐,清洗碗盘,换睡衣上床睡觉时,薇安都不停跟他练习,叫他说了几十次。她祈望这个策略足以解救他,他的证件也会通过核查。她绝对不会再叫他"艾瑞尔",甚至不再视他为"艾瑞尔"。明天她会帮他剪头发,剪得愈短愈好,然后她会到镇上告诉每一个人(长舌妇海莲娜·卢埃尔将是头一个听众),她从尼斯一个过世的表亲那里领养了一个小孩。

愿天主护佑。

25

伊莎贝尔一身黑衣盖住金发,蹑手蹑脚地走过卡利弗空空荡荡的街道。宵禁时间已过,月亮忽隐忽现地映照凹凸不平的鹅卵石街道,投下微弱的光影,但大多时候被云层遮掩。

她留意着脚步声和引擎声,一听到就静止不动。行至镇郊时,她无视尖刺,爬过一座覆满玫瑰花的石墙,踏上漆黑潮湿的牧草地,前往会合地点。走到半途时,三架飞机从头顶隆隆飞过,飞得极低,树木和泥地被震得摇摇晃晃。机关枪连连扫射,声光迸裂,轰隆作响。

比较小型的一架飞机机身一斜,突然转向,开始攀升,她看到机翼下侧有个美国国徽。过了几分钟,她听到炸弹呼啸,发出残酷刺耳的飕飕声,然后某个东西砰然爆裂。

飞机场,他们正在轰炸飞机场。

三架飞机再度隆隆飞越上空,机关枪再度扫射,美军军机被击中。烟雾滚滚翻腾,尖锐的声响划破夜空;飞机坠落,机身回旋扭转,机翼捕捉了月光,反射出银白的光芒。

飞机坠地时力道猛烈,伊莎贝尔的筋骨被震得格格作响,脚下的地面也东摇西晃；金属机身猛然撞上泥地，铆钉噼啪弹落，青草也被连根拔起。坠毁的飞机滑过森林，树木犹如火柴纷纷倾倒。烟雾呛得让人受不了，然后"嗖"的一声，迅雷不及掩耳，飞机轰然化为一团火球。

空中出现一副降落伞，左右飘摇，吊挂在伞下的男人看起来跟逗点一样小。伊莎贝尔跨过一排烧焦的树木，浓烟熏得她眼睛刺痛。

他在哪里？

一个白色人影掠过眼前，她赶紧冲过去。

降落伞软趴趴地盖住树丛繁茂的地面，带着飞行员落地。

伊莎贝尔听到几个人在说话，而且离她不远，接着传来嘎吱嘎吱的脚步声。她祈祷他们是前来开会的同志们，但无从得知。纳粹忙着在飞机场善后，但不会为时太久。

她双膝跪地，解开飞行员身上的降落伞，把降落伞收好，带着它拔腿飞奔，尽可能跑远，把它埋在一堆枯叶下，再跑回飞行员身边，抓住他的手腕，把他拖到林中深处。

"你必须保持安静，了解吗？我会回来，但你务必静静躺在这里，不能出声。"

"你……了解。"他说，声音近似耳语。

伊莎贝尔用树叶和树枝盖住他，但她往后一站，看到泥地留下他的脚印，个个渗出黑色水渍，还有一道她刚才把他拖到林中的痕迹。黑色的烟雾在她身边滚滚翻腾，吞噬了她，大火逐渐逼近，火光更加炽烈。"该死。"她喃喃说。

有声音，人们大喊大叫。

她搓揉双手，想把手弄干净，但手上的泥巴愈弄愈脏，让她更加醒目。林中冒出三个人影,朝她走来。

"伊莎贝尔,"一个男人说,"是你吗?"

手电筒一亮,眼前出现亨利和笛迪耶,还有贾约丹。

"你找到飞行员了?"亨利问。

伊莎贝尔点点头。"他受伤了。"远处传来狗吠声,纳粹逐步逼近。

笛迪耶往后瞄了一眼。"我们时间不多。"

"我们绝对没办法回到镇上。"亨利说。

伊莎贝尔当下做出决定。"我知道这附近有个地方可以让他躲。"

"这不是个好主意。"贾约丹说。

"快点。"伊莎贝尔厉声说。他们来到乡园的谷仓,木门已随手带上。飞行员软趴趴地倒卧在泥泞地上,不省人事,笛迪耶的大衣和手套沾满了他的血。"把车子往前推。"

亨利和笛迪耶把雷诺汽车往前推,然后拉开通往地窖的活板门。活板门叽叽嘎嘎地抗议,往前落下,"砰"地撞上车子的挡泥板。

伊莎贝尔点燃油灯,用一手拿着,摸索爬下摇摇晃晃的木梯。她以前藏在这里的补给品,有些已经用掉了。

她举起油灯。"把他抬下来。"男人们彼此对望,看来担忧。

"我不确定这样可以。"亨利说。

"我们还有什么选择?"伊莎贝尔没好气地说,"快把他抬下来。"

贾约丹和亨利把不省人事的飞行员抬进漆黑潮湿的地窖,扶他在床垫上躺平,床垫被他压得沙沙作响。

/ 333

亨利担心地看她一眼,爬出地窖,站在他们上方。"来,贾约丹。"

贾约丹看看伊莎贝尔。"我们必须把车子移回原位,除非我们过来找你,否则你出不来。如果我们出事,就没有人知道你在这里了。"她看得出他想碰触她,她也渴望。但他们站在原地,两人的手臂都垂在身侧。"纳粹会拼命搜寻这个飞行员,绝不善罢干休,你如果被逮到……"

她下巴微微一斜,试图掩藏心中的恐惧。"那就别让我被逮到。"

"你以为我不想保护你?"

"我知道你想。"她轻声说。

他还来不及回答,亨利就从上方说:"来吧,贾约丹,我们必须找个医生,并设法明天把他们弄出这里。"

贾约丹退后一步,这一小步却像相隔整个世界。"我们回来时会敲三下门、吹口哨,别对我们开枪。"

"我尽量。"

他停顿了一会儿。"伊莎贝尔……"

她等候,但他无话可说,只是轻轻叫唤她的名字,那充满懊悔的口气已太熟悉。他叹口气,转身爬上木梯。

过了几分钟,活板门"啪"地关上。她听到地板嘎嘎作响,雷诺汽车慢慢移回原位。然后一片死寂。

伊莎贝尔开始感到恐慌。她又想到那间上了锁的卧室;女魔头管家"啪"的一声关门,咔嗒上锁,叫她闭嘴,别再吵着要东要西。

她出不去,连碰到紧急情况都出不去。

别想了,镇定下来,你很清楚必须做点什么。她走到木架旁,把爸爸的猎枪推到一旁,取出医药箱。她匆匆盘点,看到剪刀、针线、药用酒精、绷带、消毒水、苯丙胺、胶带。

她在飞行员身边跪下,把油灯搁在旁边的地上,鲜血浸湿了他的飞行服,她花了一番力气才剥除。剥掉飞行服后,她看到他的胸口有个血淋淋的大洞,旋即知道自己再也帮不上什么忙。

她在他身边坐下,握着他的手,直到他千辛万苦地咽下最后一口气,然后再无气息。他的嘴巴缓缓松开。

她轻轻取下挂在他脖子上的军籍号码牌。这必须藏好。她低头看着牌子:契斯·强森中尉。伊莎贝尔吹熄油灯,跟一个已无生息的男人坐在黑暗中。

隔天早上,薇安穿上牛仔布工作裤和法兰绒衬衫,那是安托万的衬衫,她将之修改成适合自己的尺寸。她最近瘦了好多,连裁剪过的衬衫也撑不起,只好再改一次。帮安托万准备的爱心包裹搁在厨房柜台上,等着邮寄。

苏菲昨晚没睡好,所以薇安让她多睡一会儿。她下楼泡咖啡,没想到贝克上尉在客厅踱步,差点撞上。"啊,上尉先生,对不起。"

他似乎没听到她说话。她从没见过他如此焦躁。那向来以发油梳整的头发乱七八糟,有一绺不停垂到脸上,他不断拨开,低声咒骂。他佩着枪,以前他在屋里从不佩枪。

他大步从她身边走过,双手握拳,垂在身侧。他英俊的脸庞气得扭曲,让人几乎认不出他是谁。

"昨晚一架飞机在附近坠落,"他说,终于转向她,"一架美国军机,他们称为'野马'。"

/335

"我以为你们希望他们坠机,你们开枪扫射不就是为了这个吗?"

"我们搜了整个晚上,都找不到飞行员。有人把他藏起来了。"

"把他藏起来?啊,不会吧,他可能死了。"

"死了会有尸体,莫里亚克太太。我们找到降落伞,但没有尸体。"

"但谁会这么蠢?"薇安说,"你们不是会……处死这样做的人吗?"

"立刻。"

薇安从来没听过他这样说话。她不由自主地后退,想起蕾秋和其他人被遣送出境那天,他手上握着的皮鞭。

"请原谅我失态,莫里亚克太太,但我们已经释出最诚挚的善意,但你们法国人却大多欺瞒、背叛、搞破坏,这就是我们得到的回报?"

薇安嘴角一沉,惊讶地张开嘴巴。

他看着她目瞪口呆的模样,试图挤出微笑。"请容我再次致歉,我说的当然不是你。指挥部认为找不到飞行员是我的错,我奉命今天要找到。"他走向门口,把门打开。"如果我没有……"

透过敞开的家门,她瞥见院中几个灰绿的人影。德国士兵。

"再见,莫里亚克太太。"薇安跟着他走到台阶。

"把所有门窗锁好,这个飞行员说不定会铤而走险,你不会想让他破门而入。"

薇安麻木地点点头。

贝克加入那些随行的士兵,领兵前进。军犬大声吠叫,沿着石墙地面嗅闻,奋力想往前冲,颈上的皮绳被拉得紧绷。

薇安抬头瞥了一眼山丘，看到谷仓的门微微开启。"上尉先生！"她大喊。上尉止步，他的部下也停下来。军犬们依然想往前冲。

接着她想到蕾秋。如果蕾秋成功逃脱，她说不定会躲到那里。

"呃，没事，上尉先生。"她大声说。

他粗率地点点头，带领部下沿着小路前行。

薇安套上搁在门边的靴子，士兵们一走远，她马上冲上山坡，朝谷仓跑去。匆忙中，两度在湿滑的草地上失足，差一点跌倒。她及时稳住自己，深深吸口气，把谷仓的门一直推到底。

她马上注意到车子被挪动过。

"我来了，蕾秋！"她说。她把车子打到空挡，慢慢往前移动，直到露出活板门。她蹲下，摸索扁平的金属把手，拉抬活板门，抬高后，把木门靠在车子的挡泥板上。

她拿起一盏提灯，把灯点亮，低头望向漆黑的地窖。"蕾秋？"

"走开，姐，马上走开！"

"伊莎贝尔？"薇安一边下阶梯一边说，"伊莎贝尔，你在……"她踏进地窖，转身，手上的提灯摇摇晃晃地发光。

她的笑容渐渐消失。伊莎贝尔的洋装沾满鲜血，金色的秀发粘着树叶和细枝，凌乱不堪，娇美的脸颊布满剐痕，看起来好像刚刚冲过一丛多刺的黑莓。

但最糟的还在后头。

"飞行员！"薇安盯着躺在破旧床垫上的男人，轻声惊呼。她吓得往后一退，撞上木架，某个东西哐当掉到地上，滚到一旁。"这就是他们正在搜寻的飞行员。"

"你不该下来这里。"

"我不该下来这里?你这个蠢蛋。你知道他们如果发现他在这里,我们会受到什么处置吗?你怎么可以把这种风险带进我家?"

"我很抱歉。拜托关上活板门,把车子挪回原位。等你明天醒来我们就离开了。"

"你抱歉。"薇安愤愤地说。一股怒气流窜全身。她妹妹怎么做得出这种事,怎么可以拖她和苏菲下水?如今家里还多了艾瑞尔,这个小男孩甚至不明白他为什么必须变成丹尼尔。"你会害我们全部被处死。"薇安往后退,伸手摸寻阶梯。她必须尽全力跟这个飞行员保持距离,以及她这个莽撞、自私的妹妹。"你们明天天亮前就得离开,伊莎贝尔,而且别再回来。"

伊莎贝尔竟然露出伤心的神情。"但是……"

"够了,"薇安厉声说道,"我不会再帮你找借口。我年轻的时候对你不好、妈妈早逝、爸爸酗酒、杜马斯太太亏待你,这些都是事实,我也一直想做个称职一点的姐姐,但我受够了,你向来自私轻率、胆大莽撞,现在还会害人送命。我不能让你牵连苏菲。不要再回来,这里不欢迎你,要是你回来,我会亲自告发你。"话一说完,薇安马上爬上阶梯,"啪"地关上身后的木门。

薇安必须保持忙碌,否则会陷入不可遏止的焦虑。她叫醒鸡群,喂它们吃了早点,开始忙家事。

她采收秋天最后一批蔬果,腌渍小黄瓜和绿栉瓜,做了几罐南瓜抹酱,自始至终不停想着谷仓里的伊莎贝尔和飞行员。

她该怎么办?这个问题不断浮现,纠缠了她一整天。每个选择都很危险。她显然应该沉默,不要揭发飞行员在谷仓里。沉默始终是上策。

但如果贝克、盖世太保、党卫军和他们的军犬自行进入谷仓,那该怎么办？如果贝克在他寄宿处的谷仓里找到飞行员，一定会激怒指挥部，贝克也会感觉被侮辱。

指挥部认为找不到飞行员是我的错。

被侮辱的男人可能非常危险。

说不定她应该告诉贝克。他是好人，他曾试着救蕾秋，也帮艾瑞尔弄到证件，还帮薇安邮寄爱心包裹给她先生。

说不定她可以说服贝克把飞行员带走，但放过伊莎贝尔。飞行员会被送到战俘营；嗯，这不算太糟。

晚上早早用餐，两个孩子也早已上床睡觉，但她依然想着这些问题，无心就寝。家人置身如此险境，她怎么睡得着？一想到这里，她对伊莎贝尔的怒气再度高涨。晚上十点，她听到门外传来脚步声，有人用力敲门。

她放下正在缝补的衣服，站了起来，拂去垂落在脸上的发丝，走到门口开门。她的手颤抖得非常厉害，不得不强迫自己握拳，贴在身侧。"上尉先生，"她说，"你回来晚了，要不要我帮你弄点东西吃？"

他喃喃说声"不了，谢谢"，然后推开她，从她身边走过，举止比之前任何时候都粗鲁。他走进房间，带着一瓶白兰地回来，用一个缺角的酒杯，帮自己倒了一大杯，一口喝干，然后再倒一杯。

"上尉先生？"

"我们找不到飞行员。"他边说边喝干另一杯，动手倒第三杯。

"噢。"

"那些盖世太保，"他看着她，"他们会杀了我。"他轻声说。

"他们不会。"

"他们不喜欢失望。"他喝下第三杯白兰地,把酒杯"啪"地搁在桌上,杯子差点破掉。

"我没有放过任何地方,"他说,"我找遍镇上各个角落。这个鬼地方的酒窖、地下室、鸡舍,我全都检查过了。浓密的荆棘间,成堆的垃圾底下,我也一一清查。但我的努力有什么成果?只找到一个沾了血的降落伞,飞行员还是下落不明。"

"那……显然是有什么地方漏了,"她试图安慰他,"我帮你弄点吃的好吗?我留了晚餐给你。"

他忽然动也不动。她看到他的目光逐渐凝聚,听到他喃喃说:"这不太可能,但是……"他抓起一个手电筒,大步走向厨房的橱柜,用力拉开柜门。

"你……你在做什么?"

"我在搜查你的房子。"

"你当然不可能认为……"

她站在原地,心脏扑通乱跳,看着他检查每个房间,丢出衣柜里各件外套,把长沙发从墙边移开。

"你满意了吗?"

"莫里亚克太太,我满意了吗?我们这个星期损失了十四名飞行员,天知道还有多少名工程人员丧命。两天前一个奔驰汽车工厂遭到轰炸,所有员工无一幸免,我叔叔在那里工作,恐怕凶多吉少。"

"很遗憾。"她说。

薇安深深吸口气,以为告一段落了,却看到他走向户外。

她刚才发出什么声响吗?恐怕是的。她赶紧追过去,想抓住他的衣袖,但是已经太迟。他已经走到户外,依他手电筒的灯光而行，厨房的门开着，他没有随手关上。

她追着他跑。

他走到鸽笼，猛然拉开笼门。

"上尉先生，"她放慢脚步，在裤管上擦擦濡湿的掌心，试图喘口气，"你在这里找不到任何东西或任何人，你知道的。"

"莫里亚克太太，你是骗子吗？"他不是生气。他害怕。

"不是。沃夫冈，你知道我不是，"她第一次直接叫他的名字，"你的长官不会怪你的。"

"你们法国人就是这样，"他说，"就算真相摆在眼前，你们也视若无睹。"他推开她，从她身边走开，走上山坡，朝着谷仓前进。

他会找到伊莎贝尔和飞行员……如果他找到了，那该怎么办？他们全都会坐牢，甚至更糟。

他绝对不会相信她不知情。她已经透露太多，他不可能认为她无辜。虽然想过请他仗义营救伊莎贝尔，现在都太晚了。薇安已经欺骗了他。

他打开谷仓的门，站在门口，双手叉腰，四下环顾。过了一会儿，他放下手电筒，点亮油灯，把灯搁在地上，仔细查看每一个畜栏和干草棚，一寸都不放过。

"你……你看吧？"薇安说，"好了，我们回屋里吧，说不定再来杯白兰地。"

他低头，看到尘埃遍布的地上隐隐可见一道轮胎印。"你说过尚普兰太太躲在地窖里。"

糟了。薇安想说些什么，但她张口却讲不出任何话。

他打开雷诺汽车的车门，打到空挡，把车子往前推，车子缓缓移动,眼前渐渐出现地窖的木门。

"上尉,拜托你……"

他在她面前弯下腰,手指沿着地面移动,寻找缝隙,试图摸到地窖的入口。

要是他打开那扇门,就一切都完了。他会射杀伊莎贝尔,或是把她抓起来关进牢里。薇安和孩子们会被逮捕。她不可能跟他讲理,更不可能说服他。

贝克解下配戴在腰间的手枪,扣下扳机。

薇安迫切地想找个武器,赫然看到墙边有支铁铲。

他拉起活板门,大喊几句。木门"啪"地开启,他站直,瞄准目标,准备开枪。薇安抓住铁铲,用尽吃奶的力气朝他一挥。铲头铿锵一声打中他的后脑勺,狠狠削过他的头盖骨。鲜血顺着他的军服汩汩流下。

在此同时,两记枪声响起:一记来自贝克的手枪,另一记来自地窖。

贝克摇摇晃晃,转过身来,他的胸前有个洋葱大小的洞口,鲜血喷溅,一块连着发丝的头皮遮住一只眼睛。"莫里亚克太太……"他边说边跌跌撞撞地跪下,手枪"哐"的一声掉到地上,手电筒嗒嗒滚过凹凸不平的地板。

薇安扔开铁铲,跪到贝克身旁,贝克手脚大张,倒在自己的鲜血中。她用尽全身的力气帮他翻身,他的脸颊已跟粉笔一样灰白,头发沾了血块,鼻孔冒出道道鲜血,每次呼吸就噗啪作响。

"对不起。"薇安说。

贝克的眼睛一颤一颤地睁着。

薇安试图拭去他脸上的鲜血,却只是愈弄愈糟,自己的手也被鲜血染红。"我必须阻止你。"她轻声说。

"告诉我的家人……"

薇安看着他逐渐失去气息,胸膛不再起伏,心脏停止跳动。她听到背后传来声响,妹妹爬上地窖的木梯。"姐!"

薇安无法动弹。

"你……你还好吗?"伊莎贝尔气喘吁吁地说。她一脸苍白,看起来有点惊慌。

"我杀了他,他死了。"薇安说。

"不,不是你,是我开枪打中他的胸部。"伊莎贝尔说。

"我用铁铲敲他的头。铁铲!"

伊莎贝尔凑向她。"薇安……"

"停,"薇安厉声说,"我不要听你的任何借口。你知道你做了什么吗?纳粹!一个纳粹死在我的谷仓里。"

伊莎贝尔还来不及回应,外面就传来尖锐的口哨声,然后一只骡子拉着四轮车走进谷仓。

薇安赶快夺下贝克的手枪,跌跌撞撞地从血淋淋、滑溜溜的地上站起来,瞄准眼前的几个陌生人。

"薇安,别开枪,"伊莎贝尔说,"他们是朋友。"

薇安看看骡车里衣衫褴褛的男人们,再看看她一身黑衣,脸色苍白,眼睛冒出黑眼圈的妹妹。

"他们当然是你朋友。"她退到一旁,但手枪依然瞄准挤在骡车前座的男人们。后面的车台里搁着一副松木棺材。

她认得亨利,这人在镇上经营旅馆,伊莎贝尔就是跟他私奔到巴黎。伊莎贝尔曾以为自己说不定爱上这个共产党员。"还用说吗?"薇安说,"你的情人。"

亨利从车上跳下来，关上谷仓的门。"这怎么回事？"

"薇安用铁铲打他，我对他开枪，"伊莎贝尔说，"我们姐妹正在争执究竟是谁杀了他，但他的确死了。贝克上尉，寄宿在我们家的德国军人。"

亨利跟其中一个男人互看一眼。这个年轻人看来好斗、五官鲜明，黑发有点过长。"这下麻烦了。"他说。

"你们能处理这具尸体吗？"伊莎贝尔问。她一只手贴在胸前，好像心脏跳得太快。"还有飞行员的，他没有撑过来。"

一个虎背熊腰、毛发浓密的男人从车上跳下来，他的外套和长裤缝满了补丁，而且显然太小。

"处理这两具尸体不算什么，其他问题才棘手。"

这些人是谁？

伊莎贝尔点点头。"他们会来找贝克。我姐姐禁不起审问的，我们必须把她和苏菲藏起来。"薇安听不下去了。他们当着她的面谈论她，好像她不在场。"逃跑只会证明我犯了罪。"

"你不能待下来，"伊莎贝尔说，"这样不安全。"

当然了，伊莎贝尔，你现在会担心我了，因为你置我与孩子们于险境，因为你害我杀了一个好人。

"姐，拜托你……"

薇安感觉自己的心愈来愈冷。在这场战争中，每次她觉得自己跌到了谷底，接下来的状况却还能更糟。如今她成了杀人犯，而她将之归咎于伊莎贝尔。她绝对不会听她妹妹的话，带着孩子们离开乡园。"我会说贝克出去搜寻飞行员，始终没有回来。我只是个普通的法国家庭主妇，哪里懂这些事？他一下子在一下子不在，人生不就是这样。"

"这样说过得去。"亨利说。

"都是我的错。"伊莎贝尔边说边走向薇安。薇安看得出妹妹的懊恼和愧疚,但她不在乎。她太担心孩子的安全,顾不了伊莎贝尔的心情。

"是,这都是你的错,而你让我成了共犯。我们杀了一个好人,伊莎贝尔。"

伊莎贝尔摇摇晃晃,有点不稳。"姐,他们会来找你。"

薇安原本想说:"你觉得这是谁害的?"但当她看到伊莎贝尔,话就哽在喉口。

她看到鲜血从伊莎贝尔的指间渗出。一瞬之间,周遭天旋地转,只剩下各种声音——男人们在她身后七嘴八舌,骡子重重踩踏地板,她自己吃力地呼吸。伊莎贝尔瘫倒在地,意识不清。

薇安还来不及哭喊,有人就把她往后拉,捂住她的嘴。接下来她只知道她被拉离妹妹身边,她试图挣脱,但抓住她的人力气太大,根本挣脱不了。

她看到亨利在伊莎贝尔身边跪下,撕破她的外套和罩衫,赫然看见一个弹孔出现在她锁骨下方。亨利脱下衬衫,紧紧压住伤口。

薇安用手肘猛撞抓住她的男人,把他撞得大叫。她挣脱掌控,冲向伊莎贝尔,差点被地上湿滑的鲜血绊倒。"地窖里有医药箱。"

黑发男子忽然惊慌失措,恰如薇安的心情。他马上爬下地窖的木梯,带着医药箱回来。薇安伸出颤抖的双手拿起酒精,尽可能把手洗干净。

她深深吸口气,用手压住伊莎贝尔的伤口,隔着亨利的衬衫,她可以感觉到伤口汩汩抽动。

鲜血不停涌出,她甚至不得不挪开衬衫,扭干血水再压住伤口，如此重复了两次，出血终于暂止。她轻轻地把伊莎贝尔抱进怀里，看到子弹射出的伤口。

谢天谢地，子弹没有卡在体内。

她小心翼翼地扶着伊莎贝尔躺回地上。"等一下会痛，"她轻声说，"但是，伊莎贝尔你很坚强，对不对？"

她把酒精淋上伤口。酒精一碰到伤口，伊莎贝尔马上颤抖，但她没有醒过来，也没有大声哭喊。

"好，很好。"薇安说。她的声音让自己镇定了下来，也提醒了自己她是个母亲，做妈妈的始终会照顾家人。"意识不清比较好。"她从医药箱里摸出针线，穿针引线。她把酒精淋在针上，身体前倾，靠向伤口，极小心地缝合撕裂的肌肤。整个过程没花太多时间做到这样。

她的技术不是顶尖，但她缝合了子弹射入的伤口后，自信心稍微提振，让她有勇气缝合子弹射出的伤口，再包上绷带。

完成后，她往后一坐，低头凝视自己沾满鲜血的双手和衣裙。

伊莎贝尔看起来格外苍白而虚弱，完全不像平日的她。她的头发污秽，纠结，衣服被她自己和飞行员的血浸得湿答答，她看起来真年轻。

真的好年轻。

薇安羞愧得胃部翻搅。她先前真的叫她妹妹，她的亲妹妹滚开、不要再回来？

伊莎贝尔这辈子已经多少次听到她的亲人、那些应当关爱她的人说出这种话？

"我会把她带到布兰托姆的藏身所。"黑发男子说。

"噢，不，你不行。"薇安说。她抬起头，看到那三个男人站在骡车旁边商议,猛然站起。"她哪里都不去,你们不可以把她带走。因为你们,她才会在这里。"

"不,因为她,我们才会在这里,"黑发男子说,"我必须马上带她走。"

薇安走向那个年轻人。他的眼神中有股张力,通常会让她害怕,但此刻她已超越恐惧,不再戒慎。"我知道你是谁,"薇安说,"她提过你。你就是那个把她留在图尔,在她胸口别上一张字条,当她是只流浪狗的男人,贾斯丹,对吧?"

"贾约丹。"他说,他的声音如此轻柔,她甚至必须前倾才听得到。"你有什么资格怪我?你不就是那个当她需要你的时候,懒得理她的姐姐吗?"

"如果你把她从我身边带走,我会杀了你。"

"你会杀了我。"他笑笑说。

她把头一歪,用眼神指指贝克。"我用铁铲杀了喜欢的人。"

"不要再吵了,"亨利边说边站到两人中间,"她不能待在这里,薇安,你想想,德国人会来找他们失踪的上尉,不能让他们看到一个带着枪伤和假证件的女人,你明白吗?"

大个子也往前一步。"我们会埋葬上尉和飞行员,也会处理那部摩托车。贾约丹,你把她带到自由区的藏身所。"

薇安的目光扫过每一个人。"但现在已是宵禁,边界离这里四英里,她又受了伤,你们要怎么……"

话还没说完,她已经知道答案。那副棺材。

薇安后退一步。这个主意真恐怖,她忍不住摇摇头。

"我会好好照顾她。"贾约丹说。

薇安不相信他,一点都不相信。"我跟你一起去。到边界看到你带着她平安抵达自由区,我再回来。"

"你不能这么做。"贾约丹说。

她抬头看看他。"你会很惊讶我可以怎么做,现在我们把她带离这里。"

26

一九九五年五月六日，俄勒冈州海滨

那张他妈的邀请函阴魂不散，苦苦纠缠。我敢发誓它甚至噗噗跳动。

我置之不理，忽略了好多天，但在这个晴朗的春天早晨，我察觉自己站在柜台前，低头盯着它。可笑的是，我不记得自己走了过来，但我却在这里。

另一位女子伸出她的手。那不可能是我的手。我的手怎么可能布满青筋，指关节这么粗大，颤抖得这么厉害？女子拿起信封。

她的手甚至比平常抖得更厉害。

敬邀出席空军潜逃救助会一九九五年五月七日在巴黎的联欢会，以纪念"二战"终战五十周年。

协助偷渡者的亲友们将首次共聚一堂，缅怀卓越非凡、代号为"夜莺"的朱丽叶·吉威斯女士。

地点为巴黎法兰西饭店的宴会厅，时间为晚上七点。

身旁的电话响了。我接起电话，邀请函从我手中滑下，落在柜台上。"你好？"某人跟我说法文。难道是我的想象？

"你是要推销东西吗？"我困惑地问。

"不！不！是关于我们的邀请函。"

惊讶中，话筒几乎从我手中滑落。

"好不容易，终于联络上您了。我打电话来是为了明晚的联欢会。我们打算聚一聚，纪念当年那些伸出援手、促成'夜莺潜逃路径'顺利运作的人士。请问您收到我们的邀请函了吗？"

"收到了。"我说，紧紧握住听筒。

"我们寄给您的第一张邀请函被退回，所以您才会这么晚收到，很抱歉。但……您会参加吧？"

"大家想见的不是我，是朱丽叶。她早已经不在了。"

"完全不是这样。很多人都想见到您，您的出席对他们意义非凡。"

我用力挂了电话，几乎像要打死一只小虫。

但忽然之间，我想回去看看——回家看看。我心里只有这个念头。

多年来，我不愿回想。我把往事藏在尘埃密布的阁楼里，远离自己窥探的目光。我告诉先生、孩子，也告诉自己，法国没有值得留恋之处。我以为我可以来美国展开新生活，忘掉那些我为了活下去而必须做的事。

现在我忘不了。

我想清楚了吗？要再考虑一下吗？

不。我打电话给旅行社，订了经纽约飞往巴黎的班机。然后我动手打包,用上一个很小的行李箱即可。我装进几双丝袜、几件长裤、几件毛衣、我先生在结婚四十周年送我的珍珠耳环、其他一些必需品。我不知道可能需要什么,反正思绪这么乱也想不清楚。然后我焦虑地等候。

直到最后一刻,我叫了出租车之后才打电话给儿子。电话里传来他答录机的录音。啊,我运气还不赖,因为不知道有没有勇气直接告诉他实情。

"嗨,朱利安,"我尽量轻快地说,"我去巴黎度周末。班机十点起飞,我到了巴黎再跟你打电话报平安,帮我跟孙女们问好。"我稍作停顿,因为我知道他听到留言后会作何感想,也知道他会多生气。这也难怪。这些年来,我始终让他以为我生性软弱,他看着我倚赖他爸爸,听从他爸爸的决定。他听我说"好,亲爱的,如果你觉得这样好"八成听了上百万次;他看着我在他人生的界外观望,而不是向他展现我人生的疆场。这是我的错。难怪他爱的是这个不完整的我。"我早该告诉你实情。"

挂上电话,出租车正在门前停下。我于是启程。

第三部 | 铭记

27

一九四二年十月，法国

薇安和贾约丹坐在骡车前座，棺材撞击着他们身后的木头车台，漆黑中，穿越森林的小径隐匿难寻，他们走走停停，绕来绕去，走了好些冤枉路。走着走着，天空飘起雨丝。路程的最后一个半小时，他们除了讨论走哪条路外，不发一语。

"那边。"来到森林边缘时，薇安说。前方灯光一闪，贯穿林中的树木，他们顿时成了炫目白光中的斜长黑影。

"边界。"

"哗——"贾约丹边说边拉紧缰绳。

薇安无法不想到上次来这里的景况。

"你打算怎么过去？现在是宵禁。"她说，双手交握，遏制颤抖。

"我会以劳伦斯·奥立维耶的身份过关。他伤心欲绝，带着心爱的姐姐回家下葬。"

"如果他们查看她有没有气息呢？"

"有人就会死在边界。"他轻声说。

薇安从他选择的言辞中清楚听出他没说出口的心意。她非常惊讶,甚至不知如何回应。他的意思是:为了保护伊莎贝尔,他牺牲性命也在所不惜。他转向她,凝视她。不只是看,而是凝视。她再度在那双灰眼中看到掠食者的力度,但还有别的。他在等候,耐心地等候,看她会怎么说。不知道为什么,他在乎她的反应。

"'一战'后,我爸爸从战场返家,变了一个人。"她轻声说,讶异自己居然对他坦承。她通常不提这些。"暴躁,刻薄,酗酒。我妈在世时,他还勉强……"她耸耸肩,"她过世后,他再也懒得伪装。他把我们姐妹送走,让我们跟一个陌生人住。那时我们都还小,都很伤心。我和伊莎贝尔的不同之处在于,我接受被抛弃的命运,把我爸爸排除在生活之外,找到另一个人爱我。但伊莎贝尔……她不知道如何向挫败低头。这些年,她硬是扑向我爸爸那道冷漠的高墙,拼命想要赢得他的爱。"

"你为什么告诉我这些?"

"从外表看来,她似乎跟钢铁一样坚强,什么都打不倒,但这只是为了保护她跟棉花糖一样的内心。我想说的是,不要伤害她。如果你不爱她……"

"我爱她。"

薇安仔细打量他。"她知道吗?"

"我希望她不知道。"

一年前,薇安不会了解这句话的意思,不了解爱情也有黑暗的一面,有些时候,隐瞒爱意是最厚道的做法。"我不知道为什么如此轻易忘记我多爱她。我们开始争吵,而且……"

"你们是姐妹。"

薇安叹了一口气。"没错,但我没有尽到做姐姐的责任。"

"你还有机会。"

"你相信?"

他的沉默是有力的回答。最后,他终于说:"好好照顾自己,薇安。当这一切告一段落,她会需要一个家。"

"如果这一切能告一段落。"

"会的。"

薇安跳下骡车,靴子陷入潮湿泥泞的草地。"我不确定她是否放心把我这里当成她的家。"

"当纳粹上门找他们的上尉,"贾约丹说,"你必须勇敢。你知道我们的真实身份,这对每个人都非常危险,包括你在内。"

"我会勇敢,"她说,"拜托你劝劝我妹妹,别再天不怕地不怕。"

贾约丹头一次露出微笑,薇安总算了解这个衣衫褴褛、骨瘦如柴、五官分明的年轻人为什么会掳获伊莎贝尔的心。他嘴角一扬,笑容随即进占整个脸庞——他的眉宇间全是笑意,脸颊甚至出现一个酒窝。那个笑容意味着:我真情流露,毫不隐瞒,哪个女人抵抗得了这种坦荡荡的倾诉?"噢,"他说,"你以为你妹妹那么容易听人家劝?"

火。

她被火包围。火光灼灼,闪闪跳动。营火。她看到红色的火光一闪一闪,忽明忽灭。火舌吻上她的脸颊,深深灼烫。

到处都是火光,然后……不见了。

周遭天寒地冻,雪白透明,破裂崩溃。她冷得发抖,看着自己的手指渐渐变蓝、龟裂、粉碎,好似粉笔般掉落,冻僵的双脚蒙上一层灰白的粉末。

"伊莎贝尔。"

鸟鸣。一只夜莺。她听到它哀伤鸣叫。夜莺代表失落,不是吗?爱上一个掉头离去,无法久留,或是根本不存在的人。有一首诗描写这种心境,她想,一首诵诗。

不,不是小鸟。

一个男人。说不定是火焰之王,一个藏身在冰冷森林里的王子。一只野狼。

她找寻雪地里的脚印。

"伊莎贝尔,醒醒。"

他的声音出现在她的想象中。贾约丹。

他不可能真在这里。她孤零零的——她始终孤零零,这太奇怪,只可能是一场梦。她忽冷忽热,疼痛不堪,筋疲力竭。

她想起什么事,巨大的噪声。薇安的声音:不要再回来。

"我在这里。"

她感觉他坐在身旁。床垫被他压得斜向一侧,他真的在这里吗?

某个冰凉潮湿的东西贴上她的额头,感觉真好,她一下就分心了。然后她感觉他的唇轻轻擦过她的唇,停在她唇边;他说了几句话,但她听不清楚,然后他后退。他的唇轻轻移开,感觉像开始时一样深刻。

这一切……如此真实。

她想说"别离开我",但说不出口。不,她不能再这么说。她不想求别人爱她。何况他不可能真的在这里,她何必多说?

她闭上眼睛,从那个不在这里的男人身边挪开。

薇安坐在贝克的床上。

明知这样想很荒谬,但她确实这么想。她坐在这个已经变成他卧室的客房里,暗自希望不会永远觉得这是他的卧室。她手里拿着一张小照片,是他的全家福。

我想你会喜欢希达,莫里亚克太太。嗯,她寄了这个酥皮卷给你,谢谢你容忍我这么一个粗人。薇安用力吞了一口口水,她不可以再为他流泪。她不准自己再为他哭,但是老天爷啊,她想为自己、为她做的事情、为她变成了什么样的人而哭。她想为那个丧生在她手下的男人,以及或许无法幸存的妹妹而哭。杀了贝克救伊莎贝尔,这个决定并不难。既然如此,她先前为什么一下子就对伊莎贝尔发脾气?这里不欢迎你。她怎么可以跟自己的妹妹说出这种话?如果那是她们姐妹之间最后的对话,那怎么办?

她坐着,望着照片(告诉我的家人……),静待门口响起敲门声。贝克遇害迄今已四十八小时,纳粹随时可能上门。

问题不在于他们会不会来,而是什么时候来。他们会猛敲她的家门,强行进入。她已经花了好几个小时设想自己该怎么做。她应该去一趟指挥部,报告贝克失踪了吗?

(不行,别傻了。哪个法国人会主动报告这种事?)

或许她应该等他们来?

(纳粹上门绝对没好事)

或许她应该试着逃跑?

这却让她想起莎拉和那个月光照耀的夜晚,她永远忘不了小女孩脸上那一道道血迹。想了半天,又回到原点。

"妈?"苏菲抱着小男孩,站在门口说。

"你得吃点东西。"苏菲说。她长高了,几乎跟薇安一样高。她什么时候长得这么高?但她好瘦。薇安记得女儿的脸颊曾跟苹果一样圆,眼睛里闪烁着淘气的光芒。现在她跟大家一样瘦得皮包骨,看起来比实际年龄苍老。

"他们快来了。"薇安说。过去两天,这话她已经说了好多次,再也吓不了任何人。"你记得该怎么做?"

苏菲阴沉地点点头。她知道这很重要,即使她不晓得上尉怎么了。耐人寻味的是,她完全没问。

薇安说:"如果他们把我带走……"

"他们不会。"苏菲说。

"如果他们把我带走呢?"薇安问。

"我们会在家里等三天,如果你没回来,我们就去修道院找玛丽·泰蕾兹院长。"

有人用力敲门。薇安快速站起,身体一斜,臀部撞上桌角,手里的照片掉到地上,玻璃相框噼啪破裂。"苏菲,赶快上楼。"

苏菲双眼圆睁,但她晓得最好不要多问。她抱紧怀里的小小孩,冲到楼上。薇安听到卧室门"砰"地关上后,她抚平身上那件陈旧的裙子。她仔细挑选,穿了灰色开襟毛衣和缝补多次的黑裙,让自己看起来正派规矩;头发上过发卷,梳得服服帖帖,让她削瘦的脸颊感觉比较柔和。

敲门声再起。她纵容自己深深吸口气,稳定一下心情,慢慢走向门口。开门时,她的呼吸已差不多平稳。

两个佩带着随身武器的党卫军士兵站在门口,比较矮小的那一个推开薇安走进屋里,他昂首阔步走过各个房间,边走边推开家具,家里仅存的几样小饰品重重摔到地上。走到贝克的房间时,他停下来，转身看她。"这是贝克上尉的房间？"

薇安点点头。

比较高大的士兵快步走向薇安，猛然朝她靠近，仿佛疾风把他吹得前倾。他居高临下地瞪着她，额头被闪亮的军帽盖住。"他在哪里？"

"我……我怎么知道？"

"谁在楼上？"士兵质问，"我听到声音。"

这是头一次有人问起艾瑞尔。

"我的……我的两个孩子。"她生怕自己的声音泄漏谎意，所以讲得非常小声。她清清嗓子，再说一次。"你当然可以上去看，但拜托别吵醒小宝宝，他……他感冒了，说不定是肺炎。"她最后补上一句，因为她知道纳粹非常怕生病。她抓起皮包紧紧护在胸前，好像它提供了某种保障。

他朝另一个德国人点头，后者随即阔步走上楼梯。她听到他在楼上走动，天花板嘎嘎作响，几分钟后，他回到一楼，用德文说了几句话。

"跟我们走，"比较高大的士兵说，"我相信你没什么好隐瞒的。"

他抓住薇安的手臂，拖着她走向停在闸门边的雪铁龙汽车，把她推进后座，"砰"地关上车门。薇安只有五分钟可以思考，然后士兵们就停妥车子，拉着她走上市政厅的石阶。广场上到处都是人，德国士兵和镇民摩肩接踵，非常拥挤。雪铁龙一停下，镇民们马上纷纷走避。

"那是薇安·莫里亚克。"她听到有个女人说。

纳粹士兵把她的手臂抓得瘀青，但她闷声不响，任由他拉着

/ 361

走进市政厅,拖着她走下一道狭长的阶梯。他把她推进一扇开着的门,"砰"地把门关上。

她花了一会儿才适应阴暗的光线。她在一个小房间里,四面石墙,没有窗户,木头地板。一张桌子立在中央,桌上只有一盏不起眼的黑色台灯,台灯在剐痕累累的桌面上投射出圆锥形的灯影。桌子前后都摆上椅背挺直的木椅。

她听到身后的木门开了又关,随之传来脚步声,她知道有人从后面走来。她闻到他飘散着香肠和香烟的气味,还有身上的汗味。

"这位女士。"他在她耳边低语,两人距离好近,她不禁畏缩。

他从背后抓住她的手腕,紧紧一捏。"你身上有武器吗?"他说,他的法文很糟,每个尾音拖得好长。他沿着她的身侧搜索,细长的手指滑过她的乳房,顺手轻捏,然后移到她的大腿上。

"没有武器,很好。"他走过她身边,在桌旁的椅子坐下,澄蓝的双眼在闪亮的黑色军帽下窥视。"坐。"

她依言坐下,双手交握,搁在膝上。

"我是凡·芮克特少校。你是薇安·莫里亚克太太?"

她点点头。

"你知道你为什么在这里。"他边说边从口袋里掏出香烟,划亮一根火柴,暗影之中,火光一闪一闪。

"不知道。"她说,声音不太稳定,双手稍微颤抖。

"贝克上尉失踪了。"

"失踪,你确定吗?"

"莫里亚克太太,你最后一次见到他是什么时候?"

她皱皱眉头。"我很少留意他的动向,但如果你非得问我……呃,我想大概是前天晚上。他相当烦躁。"

"烦躁？"

"有个飞行员的飞机被击落，下落不明，他很不高兴。上尉先生认为有人把飞行员藏起来。"

"有人？"

薇安强迫自己不要移开视线或紧张地轻踏地板，也不要伸手搔搔脖子上那个渐渐蔓延、让人不舒服的斑块。"他花了一整天追捕那个飞行员，回家后，他……嗯，我只能用暴躁来形容。他喝掉一整瓶白兰地，气得打破我家里几样东西，然后……"她暂不作声，眉头皱得更深。

"然后呢？"

"我想没什么意义。"

他用力拍一下桌子，力气大到台灯颤动。"什么意思？"

"上尉先生忽然说：'我知道他藏在哪里。'然后抓起随身佩带的手枪冲出去，'砰'地关上门。我看到他跳上摩托车，沿着小路往前，车速快得吓人，然后……他就一直没有回来。我以为他在指挥部忙着处理公事。我刚才也说过，不太在乎他的动向。"

少校深深吸一口手上的香烟，烟头发出红光，闪闪烁烁，然后慢慢变黑，烟灰有如雨点般纷纷飘落桌上。他透过烟雾仔细端详她。"男人不会抛下像你这么漂亮的女人。"

薇安动也不动。

"好吧。"他终于说，随手把烟蒂扔到地上。然后突然站起来，用力踩熄尚未熄灭的烟蒂，用靴子的鞋跟踩烂。"那个年轻上尉应该懂得用枪，但我猜他的枪法八成不行。这些国防军，"他边说边摇头，"经常让人失望。守纪律，但是欠缺……热忱。"

他从桌子后面出来，走向薇安。他一走近，她马上站起来，

/ 363

这样才不失礼。"上尉的霉运却让我捡到便宜。"

"你的意思是？"

他的目光从她的喉口缓缓下移，停驻在她胸口上方的雪白肌肤。"我需要另一个地方寄宿，贝尔维旅馆不理想，我相信你家应该会让我满意。"

薇安走出市政厅，感觉自己像是个刚被冲到岸边的女人。她步履蹒跚，微微颤抖，掌心出汗，额头发痒。放眼望去，广场上到处都是士兵；近来一身黑衣的党卫军已占多数。她听到有人大喊："停！"她转身，看到两个女人被一个士兵拿枪顶着跪在地上，女人们穿着破烂的大衣，胸前别着一颗黄星星。士兵抓住其中一人，拖拉着往前走，另一个年纪较大的女人在旁哭喊。啊，那是肉铺老板娘傅尼叶太太。她的儿子吉尔大喊："你不能带走我妈妈！"急急冲向附近的两个法国警察。

一个警察抓住小男孩，力道大得让他停下来。"别做傻事。"

薇安不假思索，看到她以前的学生有麻烦，马上前去。天啊，他只是个小男孩，跟苏菲一样年纪，开始识字，薇安就是他的老师。"你在做什么？"她质问，话一出口才意识到自己的口气不应该那么冲。

警察转身看她。啊，通敌者保罗。他比她上次见到时更胖了，满脸横肉，眼睛被挤成两道狭缝，像缝衣针。"莫里亚克太太，别管闲事。"保罗说。

"老师，"吉尔哭喊，"他们要把我妈妈带去车站，我要跟她一起去！"

薇安看看吉尔的妈妈傅尼叶太太，读出她眼神中的挫败。

"跟我走，吉尔。"薇安想都不想就说。

"谢谢。"傅尼叶太太轻声说。

保罗又把吉尔拉向他。"够了,这个男孩当众哭闹,他必须跟我们走。"

"不,"薇安说,"拜托,保罗,我们都是法国人。"她直呼他的名字,希望借此让他想起战争之前,他们曾属于同一邻里。他的几个女儿都曾是她的学生。"他是法国公民,在这里出生。"

"我们不管他在哪里出生,莫里亚克太太。他在我的名单上,必须跟我们走。"他眯起眼睛。

"你要提出申诉吗?"

傅尼叶太太哭哭啼啼,紧紧抓住儿子的手。另一个警察吹哨子,抬起枪托逼促吉尔往前走。

吉尔和他妈妈跌跌撞撞地加入被赶向火车站的人群。

我们不管他在哪里出生。

贝克说得没错,法国公民的身份再也不足以保障艾瑞尔的安全。

她把包包紧紧夹在腋下,走向家中。小路跟往常一样变成泥地,等她回到乡园的闸门,鞋子已经被污泥毁损。

她的两个小孩都在客厅等候。松了一口气的她肩膀不再紧绷,疲倦地笑笑,放下包包。

"你还好吗?"苏菲问。

艾瑞尔马上走向她,咧嘴一笑,张开双臂讨抱,咧嘴而笑地叫她"妈妈",表示他了解游戏规则。她把这个三岁小男孩抱进怀里,紧紧的,同时对苏菲说:"他们审问我,然后放我走,我想这是好消息。"

"坏消息呢?"

/365

薇安看着女儿,顿时感到挫败。苏菲班上的男孩被枪顶着,像牛群一样赶上货车车厢,说不定今后永远没机会相见,而她竟然得在这种世界里长大。"另一个德国人会寄宿在我们家。"

"他会像贝克上尉一样吗?"

薇安想到凡·芮克特那双冷冷的、闪烁着兽性的蓝眼睛,以及对她进行的"搜索"。

"不会,"她轻声说,"我不认为他会跟贝克上尉一样。除非绝对必要,否则不准跟他说话。不要看他,尽量躲开。还有一点,苏菲,纳粹正把法国籍的犹太人遣送出境,包括小孩,他们被送上火车,载往远方的劳改营。"薇安抱紧蕾秋的小儿子。"他是你的弟弟丹尼尔,时时刻刻都是,连私底下都不例外。我们从尼斯一个亲戚那里领养了他,就是这样,你了解吗?我们绝对不能说错话,不然他们会把他带走,我们的下场也会很惨。我不要给任何人机会,连看一眼他的证件都别想。"

"我好害怕,妈。"苏菲轻声说。

"我也是,苏菲。"薇安只能这么说。这下她们成了共谋,一起承担这个可怕的风险。她还来不及多说,门口就传来敲门声,凡·芮克特少校随即走进家中,他像刺刀似的挺直站立,头上的黑色军帽闪闪发亮,神情冷淡漠然,银白的铁十字勋章别在黑色军服各处,例如竖起的衣领或胸前,左胸口袋别着卐字符胸针。"莫里亚克太太,"他说,"我看到你冒雨步行回家。"

"是的。"她边回答边拂去垂落在脸颊旁潮湿凌乱的发丝。

"你应该请我的部下载你一程,这样的美女不该像走向饲料槽的小母牛在烂泥里跋涉。"

"好,谢谢,下次我会冒昧请他们送我。"

他没有脱下军帽,径自大摇大摆地往前走。他环顾四周,仔细端详一切。她确信他注意到墙上一处处浅白的印记、壁炉架上空空如也、地板上一个个褪色的区块。墙上曾经悬挂着油画,地板上曾经铺着家传数十年的毡毯,如今已不复见。"没错,这里可以。"他看看孩子们。"这两位是谁啊?"他用洋泾浜的法文问。

"我儿子,"薇安边说边站到他旁边,悄悄移向两个小孩,直到够得到他们。她没说"我儿子丹尼尔",以防艾瑞尔纠正她。"还有我女儿苏菲。"

"我不记得贝克上尉提过你家里有两个孩子。"

"少校先生,他干吗提这种事?这一点都不值得提。"

"嗯,"他边说边轻快地跟苏菲点头,"你,小女孩,把我的行李拿过来。"接着对薇安说,"带我看看各个房间,我来挑一挑我要住哪一间。"

28

伊莎贝尔在一个伸手不见五指的房间醒来,浑身疼痛。

"你醒了,是吗?"她身旁有人说话。

她认出是贾约丹的声音。过去两年来,她曾经多少次想象自己与他同床共枕?"贾约丹。"一说出他的名字,她马上想起好多事情。

谷仓。贝克。

她急忙坐起,突感天旋地转,一阵晕眩令她难以承受。"我姐姐……"她说。

"你姐姐没事。"他点亮油灯,搁在床边一个倒翻的木箱上。奶黄的光晕笼罩了两人,在漆黑中营造出一个椭圆的小世界。她摸摸肩膀上的疼痛处,微微战栗。

"那个混账对我开枪。"她说。她意识到自己居然忘了这件事,不禁讶异。她想起他们把那个飞行员藏在地窖里,被薇安逮到……她想起自己跟那个没有呼吸的飞行员待在地窖里……

"你也对他开枪。"

她想起贝克掀开活板门,朝着她举起手枪。她想起两记枪声……爬出地窖，跌跌撞撞，头晕目眩。当时她知道自己遭到枪击吗？

薇安拿着一支血淋淋的铁铲，站在贝克身旁，脚边一摊鲜血。薇安跟粉笔一样苍白，不停颤抖。我杀了他。

那之后的记忆模糊跳跃，只记得薇安很生气。这里不欢迎你，要是你回来，我会亲自告发你。

伊莎贝尔慢慢躺回床上，记忆勾起的痛比身上的伤更让人难过。这一次，薇安绝对有权驱逐伊莎贝尔。她怎么可以把飞行员藏在姐姐的谷仓里，更别说有个德国上尉寄宿在她家？难怪大家不信任她。"我在这里待了多久？"

"四天。你的伤口好多了，你姐姐缝合得很好。你昨天退烧了。"

"嗯……我姐姐呢？她一定不好吧，情况怎么样？"

"我们尽力保护她了。她拒绝离开，所以亨利和笛迪耶处理了那两具尸体，打扫谷仓，把那部摩托车拆得只剩下零件。"

"她会被审问，"伊莎贝尔说，"而且永远不会忘记她杀了那个家伙，一辈子都会为此内疚。她心软，不太容易憎恨人。"

"战争结束前，她会改变的。"

伊莎贝尔既是懊恼，又是羞愧，心头一紧。"我爱她，你知道的；或说我想要爱她。为什么我们只要意见不一，我马上就忘了这一点？"

"她在边界也说了类似的话。"

伊莎贝尔想翻身，肩膀立刻痛得让她倒抽一口气。她深呼吸，咬紧牙关，慢慢侧躺。但误判了他离她多近、床铺多狭小。他们像情侣般躺在床上，她侧躺仰望他，他仰躺凝视天花板。"我姐姐跟你走到边界？"

"你躺在骡车车台的棺材里，她要确定我们平安越过边界。"她听出他声音中的笑意，说不定这只是她的想象。"她威胁说如果我没有好好照顾你，她会杀了我。"

"我姐姐这样说？"她有点不可置信，但也不相信贾约丹会为了促使姐妹修好而说谎。从侧面望去，即使灯光昏暗，他的五官依然极分明。他拒绝看着她，而且尽量缩在床沿。

"她担心你会死，我们两人都很担心。"

他的声音非常轻柔，她几乎听不到他说什么。"现在跟以前一样。"她小心翼翼地说，生怕说错了话，但更怕什么都不说。世事充满未知，谁知道他们还有多少机会相处？"你和我单独在黑暗中，记得吗？"

"记得。"

"图尔好像是上辈子的事，"她继续说，"当时我只是个小女孩。"

他不发一语。

"看着我，贾约丹。"

"睡吧，伊莎贝尔。"

"你知道我会一直逼你，直到你受不了。"

他叹了一口气，翻身侧躺。

"我挂念你。"她说。

"别这么说。"他的声音粗嘎。

"你吻我，"她说，"那不是梦。"

"你不可能记得。"

伊莎贝尔察觉他的语气别具深意，心中小鹿乱撞，几乎无法呼吸。"你想要我，我也一样想要你。"她说。

他摇摇头否认,但静默中,呼吸愈来愈急促,她听得一清二楚。

"你觉得我太年轻、太无知、太冲动,我了解,真的,大家总是这样看我,我不够成熟。"

"倒也不尽然。"

"但你错了。说不定你两年前就错了。我的确说了我爱你,当时听起来一定很疯狂。"她深深吸口气。"但如今一点都不疯狂,贾约丹,说不定现在没有哪件事比爱情更合理。没错,我说的是爱情。我们眼见房屋在我们面前爆炸,朋友被围捕遣送,天知道我们今后还有没有机会相见。我可能会死,贾约丹,"她轻声说,"我不是为了让学校的男孩子吻我才这样说的女学生,我说的是实情,你心里清楚。你我都可能明天就没命。你知道什么会让我后悔吗?"

"什么?"

"我们。"

"伊莎贝尔,没有所谓的'我们',现在没有。我一开始就跟你说过。"

"如果我不再追问,你可以诚实回答我一个问题吗?"

"只有一个问题?"

"没错,然后我就乖乖睡觉,绝不食言。"

他点点头。

"如果不是躲在这里,如果这个世界不是分崩离析,如果这只是寻常世界中的寻常一日,贾约丹,你会想要所谓的'我们'吗?"

她看到他的脸孔一皱,心痛地流露出爱意。

"我怎么想都无所谓,你看不出来吗?"

"我只在乎你怎么想,贾约丹。"她在他眼中看出爱意,这就够了。言语还要紧吗?

她比以前聪明多了,如今她明白生命和爱情是多么脆弱。说不定她只有今天爱他,说不定她下星期就改变心意,说不定她到年老力衰都爱他,说不定他是她毕生的挚爱……说不定他是她的战时情人……说不定他只是她的初恋。她只知道在这个可怕、骇人的世界,她与他不期而遇。

而她不愿再放手。

"我就知道。"她微笑,喃喃自语。他的鼻息轻拂她的唇角,如亲吻般私密。她靠向他,稳稳地、真心地凝视他,伸手熄灭油灯。

黑暗中,她紧紧依偎着他,钻进被子里。他起先直挺挺地躺着,仿佛不敢碰到她,但渐渐地,他放松了下来,翻过身,开始打鼾。到了某个时候,不知道是何时,她闭上眼睛,一只手放在他凹陷的小腹上,感觉他的躯体随着呼吸起起伏伏,就像炎夏时把手搁在潮水升涨的海面。她抚摸他,沉沉坠入梦乡。

噩梦不肯放过她。在脑海深处,她隐约听到自己呜咽啜泣,苏菲抱怨"妈,你把毯子都抢走了",但这些没有惊醒她。梦境中,她坐在一张椅子上接受审问。那个小男孩丹尼尔是犹太人,把他带过来,凡·芮克特边说边硬生生地拿枪顶着她……然后他的脸渐渐消散,变成贝克,贝克手里拿着他太太的照片,摇摇头,他缺了半边脸……然后伊莎贝尔躺在地上血流不止,喃喃说着"姐,对不起",薇安却大喊"这里不欢迎你"……

薇安赫然惊醒,大口喘气。同样的噩梦已经纠缠了她六天,醒来之后始终感觉筋疲力尽，忧虑烦心。现在已经十一月，她完全没有伊莎贝尔的消息。她慢慢从被毯下起身，地板冰冷，但再过几星期会更糟。她伸手抓起先前留在床脚的大披肩，裹住肩膀。

凡·芮克特占据了楼上的卧室。薇安把整个二楼给他，自己带着两个孩子搬进楼下那间比较小的卧房，三个人挤在一张双人床上。

贝克的房间，难怪她在这里梦见他。空中依然留有他的气味，让她想起这个已经不在世间、而且死在自己手下的男人。她好想赎罪，但她能做什么？她杀了一个人。再怎么说，他都是一个正派的好人。她不在乎他是敌人，甚至不在乎她是为了救妹妹而做。她知道自己做了正确的决定。纠缠她的不是对与错，而是她的行为。谋杀。

她走出卧室，随手带上房门，房门"啪嗒"一声，悄悄关上。

凡·芮克特坐在长沙发上，一边阅读，一边啜饮真正的咖啡。那股香味让她好想也喝一杯。这个纳粹已经在家里住了几天，每天早上她都闻到研磨咖啡浓郁、苦涩的香味，凡·芮克特也确保她闻到了咖啡香，想喝。但她连啜饮一小口都甭想，凡·芮克特也确保她绝对喝不到。昨天早上他把整壶咖啡倒进水槽里，而且是当着她的面，面带微笑地倒掉。

他是个无意间掌握了一点权势就紧抓着不放的男人。他住进家中的头几个钟头，她已察觉到这一点，因为他挑选最舒适的卧室，把最温暖的毯子全都拿到他的床上，取走家中仅存的每一个枕头和每一支蜡烛，只留了一盏油灯让薇安使用。

"少校先生。"她边说边抚平身上那件难看的洋装和陈旧的开襟毛衣。

他专注于手上那份德文报纸,头都没抬。"再倒杯咖啡。"她拿起他喝干的杯子,走进厨房,快快再端一杯咖啡回来。

"盟军在北非浪费时间。"他边说边从她手上接过咖啡,搁在旁边的桌上。

"没错,少校先生。"

他鬼鬼祟祟地伸出一只手,紧紧抓住她的手腕,把她抓得瘀青。"我今晚请几个人过来吃饭,你得准备,而且别让那个小男孩烦我,他哭起来像一只快要翘辫子的小猪。"

他松手。

"是的,少校先生。"

她赶快从他身边走开,走进卧室,关上门。她弯腰叫醒丹尼尔,感觉他温暖的鼻息轻轻吹拂她的颈窝。

"妈,"他用力吸吮大拇指,喃喃说道,"苏菲打鼾好大声。"

薇安微微一笑,伸手揉揉苏菲的头发。即使是战时,她们活在恐惧中,经常饿肚子,不知怎么地,这个小女孩依然有办法睡得香甜,真是不可思议。"苏菲,你听起来像只水牛。"薇安逗她。

"哈哈哈,很好笑。"苏菲喃喃说,坐了起来。她瞄了一眼紧闭的房门。"马铃薯甲虫先生还在?"

"苏菲!"薇安轻声斥喝,忧虑地瞄了瞄紧闭的房门。

"他听不到我们说话。"苏菲说。

"就算是这样,"薇安轻声说,"我还是想不通你为什么把他跟啃食马铃薯的甲虫相比。"她试着忍住笑。

丹尼尔拥抱薇安,给她一个湿答答的吻。

她轻拍他的背,紧搂着他,鼻尖紧挨着他柔润的小脸,这时她听到车子的引擎发动。

谢天谢地。

"他要出门了。"她朝着小男孩喃喃说道,鼻尖依然挨着他的小脸。"来吧,苏菲。"她抱着丹尼尔走进客厅,开始一天的工作,客厅里依然飘散着现煮咖啡和男士古龙水的气味。

伊莎贝尔记得人们从小说她冲动轻率,后来说她鲁莽,最近则说她胆大妄为。过去一年来,她的心性逐渐成熟,明白了人们说得没错。她从小就是先做再说,先动手再考虑后果,说不定这是因为长久以来她始终感到孤独。从来没有挚友帮她加油打气,没有人帮忙想办法,或跟她一起解决问题。

她也不善于控制内心的冲动,也许是因为以前不在乎失去什么。

如今她了解恐惧与渴求的滋味——那种你好想要一个人,甚至想到让你心痛的感觉。

昔日的伊莎贝尔会直截了当告诉贾约丹她爱他,不在乎任何后果。

现在的伊莎贝尔会转身走开,试也不试。她不知道自己是否承受得起再次被拒绝。

不仅如此。

他们相逢于战时,时间是人们再也负担不起的奢侈品。明日有如黑暗中的吻,缥缈,稍纵即逝。她站在这个屋顶斜尖、面积狭小、他们权充为盥洗间的壁橱里,贾约丹已经扛了几桶热水上来让她洗浴。她奢侈一下,放任自己在黄铜沐盆里泡着,直到热水变凉。墙上的镜子镜面龟裂,挂得歪歪斜斜,镜中的她也跟着斜向一侧,脸颊的一侧比另一侧稍低。

"你怎么能害怕?"她对镜中的自己说。她曾冒着大雪攀越

/ 375

比利牛斯山，也曾在探照灯的强光下游过湍急冰冷的比达索亚河。有次，她甚至请一个盖世太保帮忙，把装满伪造文件的皮箱抬过德国检查站，因为他很强壮，而她走了许多路，真的好累。但她从来没有像现在这么害怕。忽然之间，她意识到她的一生、她的存在将因一个决定而改观。

她深呼吸，用破烂的毛巾裹住自己，走回藏身所在的主卧室，在门口逗留一会儿，没有太久，只是缓和一下急速的心跳，但没有用。然后她打开房门。

贾约丹站在遮黑的窗边，衣服破旧褴褛，沾了她的血。她紧张地笑笑，伸手摸索塞在胸前的那一截毛巾。

他站得笔直，似乎屏住气息，即使呼吸愈来愈急促。"小伊，别这么做。"他眯起眼睛，若是从前，她会说他在生气，但她现在聪明多了。

她解开毛巾，让它掉到地上。此刻她身无寸缕，仅有包扎枪伤的绷带。

"你到底要我怎么做？"他说。

"你知道我要你怎么做。"

"你清白无辜，现在是战时，我是个罪犯。你还需要多少理由离我远一点？"

这些争执属于另一个世界。"如果时局不同，我会逼你追求我，"她边说边往前跨一步，"我会逼你、考验你，要你想尽办法得到我。但我们没有时间，对不对？"

轻声告白后，她感到心中涌起一股哀伤。从一开始就是这样，他们永远没有时间。没办法追求、恋爱、结婚，说不定没有明天。她不愿意她的第一次沉浸在悲伤与失落的感伤里，但这就是他们

/ 376

所处的世界。

她要把第一次给他,这点她非常确定。她要永远记得他。"修女们总说我不会有好下场,我想她们指的是你。"

他走向她,双手捧住她的脸。"伊莎贝尔,你吓到我了。"

"吻我。"她只说得出这话。

他吻上她的唇,一切都变了,或许是伊莎贝尔变了。欲望流窜她全身,令她屏息。在他怀里,她感觉自己迷失、粉碎、凝聚、重生。"我爱你"三个字铸在她心中,蠢蠢欲动,急着化为言语。但她更想听到这三个字,就这一次,她渴望有人亲口对她说"我爱你"。

"你会后悔。"他说。

他怎能这么说?"绝对不会。你会吗?"

"我已经后悔了。"他轻声说,重又吻上她的唇。

29

其后的一星期,伊莎贝尔喜不自胜。他们秉烛长谈,手牵着手,轻柔爱抚;他们夜夜在令人心痛的欲望中醒来,亲密欢爱,再度坠入梦乡。

今天伊莎贝尔一觉醒来,感觉依然疲惫,微微疼痛,跟其他几天差不多。她的伤口开始愈合,伤疤痒痒的,有点刺痛。她感觉到贾约丹在身旁,结实的身躯散发出暖意。她知道他醒着;或许因为他的呼吸声,或许因为他的脚懒懒地揉搓她的脚,或许因为四下一片沉寂。她就是知道。过去几天,她已经习知他的一切。不管多么微不足道,没有一个细节逃得过她的眼睛。她不停告诉自己记得此情此景,连最微小的细节都不例外。

她读过数不清的爱情小说,也幻想过永志不渝的恋情;即使如此,她从来不晓得一张普通的双人床垫可以自成一个世界、一片绿洲。她侧躺,伸手点亮搁在贾约丹那一侧的油灯。在苍白的灯光中,她依偎着他,一只手臂懒懒地垂过他的胸前。一道小小的疤痕划过他凌乱的发际线,她伸手抚摸,指尖沿着疤痕缓缓移动。

"我哥哥用石头丢我,我动作太慢,来不及闪躲,"他说,"他叫乔治。"溺爱的声调微微上扬,让伊莎贝尔想起贾约丹的哥哥是个战俘。

她对他的人生几无所悉。他妈妈是裁缝师,爸爸养猪……他住在某处乡野的林间,家里没有自来水,全家人共睡一张床。他有问必答,但不会主动提。他宁可听她为什么被多所学校开除的刺激经历。比穷人勉强谋生的故事有意思多了,他说。

但谈天说地、轮流述说往事之际,她感觉时间在流逝。他们不能在此久留,事实上已经待了太久。她已经恢复到可以上路,或许还不能攀越比利牛斯山,但肯定不需要一直躺在床上了。

她怎么能离开他?说不定从此再也无法相见。这就是关键。

"你知道我懂。"贾约丹说。

她不知道他的意思,但听得出他语调中的沉重,直觉不是好事。与他同床共枕虽然令她欣喜,却也伴随着一股哀伤,此时此刻,哀伤之情似乎愈来愈浓。

"懂什么?"她问,但不想听到回答。

"我们的每一个吻都是道别。"

她闭上眼睛。

"外头还在打仗,小伊,我必须回到战场。"

她晓得,她也同意,即使听了胸口一紧。她只说得出"我知道",生怕再问下去,自己会伤心得无法承受。

"有一组人打算在于尔鲁涅会合,"她说,"如果运气好,我星期三天黑前应该赶得到。"

"我们的运气不好,"他说,"你心里有数。"

"你错了,贾约丹。现在你遇见了我,你永远都不会忘了我,这还不算运气好吗?"她凑过去讨个吻。

他贴在她唇边温柔地、悄悄地说了什么;或许是"这样不够"。她不在乎,也不想听。

十一月已至,卡利弗的民众们再度铆足了劲,准备熬过寒冬。如今他们认清了去年冬天没认清的事:日子可能更难过。战火已经蔓延到世界各地:非洲、苏俄、日本,甚至一个叫作"瓜达坎纳尔"的小岛。德军同时在几个前线作战,食粮因而更加短缺,柴火、燃气、电力、日常用品也更稀少。

这个星期五早晨格外阴冷,不适合外出,但薇安已经做了决定:今天就是行动日。她花了好一段时间说服自己带丹尼尔出门,即使仍犹豫,但她知道非做不可。他的头发剪得好短,接近光头。她帮他穿上大一号的衣服,让他看起来年纪更小。她想尽办法乔装他。

她强迫自己带着苏菲和丹尼尔,一手牵着一个小孩,神色从容地走过镇上。

丹尼尔。

他们走到糕饼铺,她跟往常一样站到队尾。她等着别人问起身边这个小男孩是谁,几乎不敢喘气,但排队的女人们又累又饿,被生活的重担压得连头都抬不起来。终于轮到薇安,柜台后面的伊雅特上下打量她。伊雅特一头赤褐色的长发,一双墨黑的大眼睛,两年前还是个大美女,如今战争迈入第三年,她看起来苍老而疲惫。"薇安·莫里亚克,我好久没看到你和你的女儿,你好,苏珊,你长得好高啰。"她隔着柜台瞄一眼,"啊,这个英俊的小男生是谁?"

"丹尼尔。"他骄傲地说。

薇安一只颤抖的手搁在丹尼尔小小的头颅上。"我从尼斯一个亲戚那里收养了他。那个亲戚……她过世了。"

伊雅特拂去垂落在眼睛前面的头发,一边从嘴里拉出一缕焦黄的发丝,一边低头盯着这个小小孩。她自己也有三个儿子,其中一个跟丹尼尔差不多大。

薇安一颗心怦怦跳。

伊雅特后退,走到糕饼铺和面包坊间的小门边。"中尉先生,"她说,"请过来一下好吗?"薇安抓紧她藤编的竹篮,手指轻叩把手,好像那是钢琴琴键。

一个胖胖的德国人慢慢走来,怀里抱着好多条刚出炉的长棍面包,他看到薇安,停了下来。"你好。"他打声招呼,嘴里塞满面包,圆滚滚的脸颊鼓了起来。

伊雅特跟那个德国士兵说:"今天只有这些面包,中尉先生。等我再烘烤,我会把最好的一批留给你和你的同袍。这个可怜的女人甚至买不到一条隔夜的长棍面包。"

德国士兵心满意足地眯起眼睛。他朝薇安移动,扁平的双脚重重踏着石板地。他不发一语,直接把一条吃了一半的长棍面包丢进篮子里,然后点点头走出去,小小的门铃随着他的离去叮当一响。

当店里只剩下她们,伊雅特靠向薇安,靠得极近,薇安甚至必须强迫自己不要后退。"我听说现在有个党卫军的军官寄宿在你家,那个英俊的上尉怎么了?"

"他消失了,"薇安无动于衷地说,"没有人知道他的下落。"

"没有人知道?他们不是把你带进指挥部讯问吗?大家都看到

你走进去。"

"我只是一个家庭主妇,怎么可能知道呢?"

伊雅特又默默盯了她一会儿,然后后退。"你是个好朋友,薇安·莫里亚克。"她轻声说。

薇安点点头,把孩子们赶到门口。那些跟朋友在街上聊天的日子已成过去,现在光是看人一眼都可能惹祸上身;友善的闲聊跟奶油、咖啡、猪肉一样,全都销声匿迹。

薇安逗留在糕饼铺的台阶上,台阶龟裂,几撮霜冻的杂草奋力钻出缝隙,冒出一处青绿。她穿了一件用织锦床罩裁制的冬季外套,外套的式样参照杂志:双排纽扣,长度及膝,翻领宽大,她还从妈妈最心爱的一件羊毛大衣拆下纽扣缝上。今天这种天气,外套足以御寒,但再过不久,她就得在毛衣和外套间塞上几层报纸。

薇安重新用围巾把头包起来,在下巴下方打个结,寒风狠狠吹袭她的脸庞,她打个哆嗦,把围巾系得更紧。树叶横扫巷弄,回旋飘过她穿了靴子的双脚。

她紧紧握住丹尼尔戴了连指手套的小手,走到街上,马上察觉不对劲。到处都是德国士兵和法国宪兵,他们在车里、在摩托车上,沿着冰冷的街道昂首行进、集结在咖啡馆,处处可见。

不管发生了什么,一定不是好事;离军人远一点绝对错不了,尤其是盟军在北非屡传捷报后。

"来吧,苏菲、丹尼尔,我们回家。"

她在街角右转,但发现街道被路障围起。沿街家家户户门窗紧闭,百叶窗拉下,餐馆空无一人,周遭弥漫着一股危险的气氛。

她尝试下一条街,但也被路障围起。两名纳粹士兵站在一旁看守,步枪对准她。在他们后方,德国军人踢着正步沿着街道列队前进,朝向他们走来。

薇安牵着孩子们加快脚步,但每条街都架设了路障,驻防看守。德国人显然正在进行部署。货车和巴士轰轰隆隆沿着鹅卵石街道前进,驶向镇上的广场。

薇安走到广场,气喘吁吁地停下脚步,把两个小孩拉近身侧。

吵嚷喧闹。巴士成排成列,民众纷纷下车,人人胸前别着一颗黄星星。女人和孩童受到推挤,被迫群聚在广场上。纳粹站在广场四周,围成一个骇人的警戒区,与此同时,法国警察把民众拉下巴士,扯下女人脖子上的项链,以步枪猛推他们。

"你!"一个宪兵对一位年纪很大的老者大喊。老者离薇安不远。

"站住!"

灰胡子老者摇摇晃晃地拄着拐杖,转身面向那个跨着大步愤怒地走过薇安身边的警察。

他伸手拉扯老者的裤子,老者试着护住,但警察将老者猛力推向玻璃窗,玻璃粉碎。军官一把扯下老者的裤子,露出行过割礼的阴茎,同时,警察用步枪痛殴老者,把老者打倒在地。

"妈!"苏菲哭喊。

薇安伸手蒙住女儿的嘴巴。

在她左侧,一位年轻女子被推到地上,德国士兵拉着她的头发喝令她站起,拖着她穿过人群。

"薇安?"

她猛然转身,看到海莲娜·卢埃尔一手拿着小皮箱,一手牵着小男孩,另一个年纪较大的男孩站在她的身侧,三人身上都别着破烂的黄星星。

"把我的儿子们带走。"海莲娜绝望地对薇安说。

"在这里把他们带走?"薇安边说边环顾四周。

"不,妈妈,"年纪较大的男孩说,"爸爸叫我照顾你,我不要离开你,就算你放手我也要跟着你。我们最好待在一起。"

后方又传来尖锐的哨声。

海莲娜把年纪较轻的男孩用力推向薇安,男孩被推得撞上丹尼尔。"他叫尚·乔治,跟他叔叔同名,今年六月满四岁,我先生的亲戚住在勃艮第。"

"我没有他的证件……如果把他带走,他们会杀了我。"

"你!"一个纳粹朝海莲娜大喊,从背后抓住她的头发,几乎害她摔到地上。她猛然撞上大儿子,他赶紧扶住她。

海莲娜和她儿子随即消失在人群中。小男孩在薇安身边喊"妈妈",呜咽啜泣。

"我们必须离开,"薇安对苏菲说,"马上!"她紧紧抓住尚·乔治的手,力气大到他哭得更大声。每次他大叫"妈妈!"她就吓得退缩,暗自恳求天主让他安静下来。他们匆匆走过一条条街道,避开一个个路障,绕过一个个破门而入、把犹太人驱赶到广场上的士兵。他们两度被叫住,所幸终究获准通行。走到泥泞小路时必须放慢速度,但她没有停下来,即使两个男孩开始哭。

走到乡园,薇安终于止步。

凡·芮克特的黑色雪铁龙停在门前。

"噢,糟了。"苏菲说。

薇安低头看着惊慌失措的女儿,从女儿的眼中,她看到惧怕,跟她心中的恐惧如出一辙。她突然知道自己必须怎么做。"我们必须尽力救他,不然我们就跟他们一样恶劣。"她说。没错,正是如此。她不愿把女儿牵扯进来，但她有选择吗？"我必须救这个小男孩。"

"怎么救？"

"我还不晓得。"薇安坦承。

"但是凡·芮克特……"

那个纳粹赫然出现在门口，好似被自己的名字召唤而来。他一身军装，工整得几乎吹毛求疵。

"啊，莫里亚克太太，"他说，他朝她走过来，愈走愈近，愈盯愈紧，"你回来了。"

薇安强自镇定。"我们刚才去镇上买东西。"

"今天可不是买东西的时候，犹太人被集中遣送出境。"他走向她，皮靴重重踩踏湿漉漉的草地。他身旁的苹果树叶子全掉光了，几块小小的碎布在光秃秃的枝干上飘动。红色。粉红色。白色。还有最近为贝克系上的黑布条。

"这个英俊的小家伙是谁啊？"凡·芮克特边说边伸出一根戴了黑手套的手指，摸摸小男孩布满泪痕的脸颊。

"我……我朋友的儿子，他妈妈这个礼拜因为肺炎过世。"

凡·芮克特马上猛然抽身，好像她说的是黑死病。"我不准那个小孩进屋，听懂了吗？你马上把他带到孤儿院。"

孤儿院。玛丽·泰蕾兹院长。

她点点头。"是，少校先生。"

他伸手轻轻一挥，意思是说：走吧，马上就走。他迈步离去，走了几步之后停下来，转头看着薇安。"你今天晚上得回家准备晚餐。"

"我一直都在家，少校先生。"

"我们明天启程,我要你帮我和部下好好准备一顿晚餐。"

"离开?"她问,心中忽然燃起希望的火苗。

"我们明天就要接管法国其他区域,再也没有什么自由区。他妈的,是时候了,让你们法国人自治简直是个笑话。再见,莫里亚克太太。"

薇安站在原地,动也不动,紧握着小男孩的手。在尚·乔治的哭声中,她听到闸门吱嘎开启,"啪"地关上,然后是引擎发动的声音。

他走后,苏菲说:"玛丽·泰蕾兹院长会把他藏起来吗?"

"我希望会。把丹尼尔带进屋里,锁好门,除了我之外不要帮任何人开门,我会尽快回来。"

苏菲忽然看起来大了好几岁,比实际年龄懂事。"妈,祝你顺利。"

"我们看着办吧。"她的心中只存有这么一点希望。

孩子们安全进屋锁上门后,她对身边的小男孩说:"来,尚·乔治,我们去走走。"

"去找我妈妈?"

她没办法看着他。"来。"

当薇安和小男孩走回镇上,空中断断续续地下起小雨。尚·乔治一下子哭哭啼啼,一下子连声抱怨,但薇安很紧张,几乎没听他说话。

她怎能恳求玛丽·泰蕾兹院长承担这个风险?她怎能不恳求?

他们经过教堂,走向隐匿在教堂后面的女修道院。"圣乔瑟夫修女会"一六五〇年由六位志同道合的妇女联手创建,纯粹只是为了服务社区里的穷人,其后会员增至数千人,遍布法国各地,直到法国大革命时期,政府严禁宗教团体,强制解散修女会。有些修女坚守理念,结果被送上断头台,因其信仰而成了烈士。

薇安走到女修道院门口,拉起笨重的门环放手让它落下,门环哗啦哗啦,重重撞上橡木大门。

"我们为什么来这里?"尚·乔治呜咽抱怨,"妈妈在里面吗?"

"嘘。"

一位修女应门,她披着白头巾,身穿连帽的黑色修女服,脸颊圆润,看起来和蔼可亲。"啊,薇安。"她面带微笑说。

"阿嘉莎,如果方便的话,我想见院长。"

修女退后一步,长袍扫过石地。"我去看看。你们两位先在花园坐坐?"

薇安点点头。"谢谢。"她带着尚·乔治慢慢穿过寒冷的修道院,走到拱顶的长廊尽头,朝左一转,踏进花园。花园方方正正,面积适中,草地已经枯黄,覆盖着冰霜,园中有座石狮头像的大理石喷泉,几把石椅散置各处。薇安冒雨在其中一张冰冷的石椅上坐下,把小男孩拉到她身旁。

她没有等太久。

"薇安。"院长边说边走过来,修女袍拖曳草地,手指紧握从颈间垂挂而下的十字架项链。"真高兴见到你,好久不见了,这位小绅士是谁?"

小男孩抬头,"我妈妈在这里吗?"

薇安迎上院长的目光,两人的眼神同样平静。"他叫尚·乔治·卢埃尔,院长,如果你有空,我想跟你单独谈谈。"

院长拍拍手,一个年轻的修女出来把小男孩带走。两人独处,院长在薇安身旁坐下。薇安厘不清思绪,所以陷入沉默。

"你朋友蕾秋出事了,真是抱歉。"

"不止她一个,还有好多人。"薇安说。

院长点点头。"我们从收音机里听到种种关于集中营的传言,据说相当可怕。"

"说不定天父……"

"天父对此保持缄默。"院长说,声音中带着浓浓的沮丧。

薇安深深吸口气。"海莲娜·卢埃尔和她的大儿子今天被遣送出境,尚·乔治落单,他妈妈……把他留给我。"

"留给你?"院长稍作停顿才说,"薇安,家里收留一个犹太孩童相当危险。"

"我想保护他。"她轻声说。

院长看着她,沉默许久,薇安心中的恐惧逐渐生根增长。"你打算怎么保护他?"院长终于问。

"把他藏起来。"

"藏在哪里?"

薇安看看院长,什么话都没说。院长的脸发白。"这里?"

"这里是孤儿院,还有什么地方比孤儿院更理想?"

院长站起,坐下,然后又站起,双手移向十字架,握在手中。慢慢地,她又坐下,肩膀微微低垂,随即挺胸抬头,显然做了决定。"孤儿院的孩童需要证件,出生证明、受洗证明等等,我当然……弄得到,但是身份证……"

"我弄得到。"薇安说,即使她完全不晓得是否可能。

"你知道窝藏犹太人是不法行为,你会受到惩戒。要是运气好,你只会被遣送出境,但我确定近来法国境内每个人的运气都不好。"薇安点点头。

院长接着说:"我会收容那个小男孩,而且可以……多收容几个。"

"多收容几个?"

"当然会有更多这样的孩童,薇安。我会跟我在吉洛的朋友谈谈,他在救助儿童会做事,我觉得他应该认识很多躲藏起来的家庭和小孩。我会跟他说你将登门造访。"

"我……我?"

"现在你是这项任务的领导人,既然我们打算冒着生命危险救助孩童,何不多救几个?"院长突然站起来,一手钩住薇安的手臂,两人绕着小小的花园走了一圈。"我们必须保密,孩子们必须学会如何应对,而且必须有经得起查验的证件,你得在院里有个职位。嗯,说不定是我们的老师,没错,兼职老师。这样一来,我们可以付你一点薪水,若被问起你为什么跟孩子们在院里,也说得出理由。"

"好。"薇安说,感觉自己微微颤抖。

"别怕,薇安,你在做正确的事。"

这点她绝不怀疑,但依然非常害怕。"都是他们害的,我们连自己的影子都怕。"她看着院长。"我该怎么做?难不成走到惊慌饥饿的女人面前,叫她们把孩子们交给我?"

"你可以问她们有没有看到朋友被赶上车,遣送出境。你可以问她们,为了不让小孩被送上火车,她们愿意冒什么险。你让每个母亲自行决定。"

"这是难以想象的抉择。就这么把苏菲和丹尼尔交给陌生人?我不确定自己办得到。"

院长倾身靠向她。"我听说有个可恶的党卫军寄宿在你家,这让你和苏菲的处境非常危险,你了解吧?"

"我当然了解,但我怎能让她以为在这种时局,我们还可以睁一只眼闭一只眼?"

院长止步,她放开薇安,柔软的掌心贴上薇安的脸颊,温柔地笑笑。"小心,薇安。我参加了你母亲的葬礼,不希望也参加你的。"

30

十一月中旬一个寒冷的冬日,伊莎贝尔和贾约丹离开布兰托姆,搭上前往拜雍的火车。车厢挤满一脸肃穆的德国士兵,人数甚至比平常更多。到站下车时,他们看到更多士兵挤在月台上。

伊莎贝尔牵着贾约丹的手,两人慢慢挤过一个个穿着灰绿军服的士兵,俨然是一对正要前往海滨小镇的情侣。"我妈妈以前很喜欢到海边,我有没有跟你提过?"当他们挨身经过两个党卫军军官时,伊莎贝尔问道。

"你们这些有钱人家的小孩真会享受。"

她微微一笑。"贾约丹,我们家称不上富有。"当他们走到车站外,她对他说。

"嗯,但你们也称不上贫穷,"他说,"我知道贫穷的滋味。"他暂不作声,让两人消化一下这句话,继续说,"我将来说不定会变成有钱人。"

"将来。"他又说了一次,叹了口气,而她很清楚他在想什么。他们两人始终有同样的念头:在他们的未来,还有所谓的法国吗?贾约丹放慢脚步。

伊莎贝尔看到他注意到的事了。

"继续往前走。"他说。

他们前面架起一个路障，到处都是手执步枪的士兵。

"怎么回事？"伊莎贝尔问。

"他们看到我们了。"贾约丹说。他握紧她的手，两人踱步走向一群群德国士兵。

一个虎背熊腰、方脸大耳的哨兵挡住他们的路，命令他们出示通行证和文件。

伊莎贝尔出示那张朱丽叶·吉威斯的身份证，贾约丹也拿出他的假证件，但哨兵对他后面的状况比较有兴趣，随便瞄了瞄证件就交还给他们。

伊莎贝尔对哨兵露出最纯真的笑容。"今天怎么回事？"

"自由区没了。"哨兵边说边挥手让他们通行。

"自由区没了？但是……"

"我们要接管整个法国，"他粗声粗气地说，"再也不必假装你们那个可笑的维希政府掌控任何区域。走吧。"

贾约丹拉着她往前走，穿过一群群聚拢的士兵。

他们继续走了好几个钟头。行进时，一辆辆德国军用货车和急忙超前的汽车朝他们猛按喇叭，匆匆驶过。

直到行抵宁静的滨海小镇圣让德吕兹，他们才躲过集结成群的纳粹。他们沿着空荡的防波堤漫步，大西洋波涛汹涌，重重拍打高高矗立在岸边的防坡堤。在他们下方，螺旋纹理的黄色细沙迫使浩瀚无尽、波涛滚滚的大海无法逼近。从此处远眺，伊比利亚半岛青葱翠绿，巴斯克式的传统屋宅点缀其中，家家户户屋墙雪白，家门漆上红漆，屋顶铺上亮红的砖瓦。空中一片灰蒙淡蓝，细长的云朵好像拉紧的晒衣绳般不断延展。四下望去空无一人,海滩空空荡荡,也没有人沿着古老的防波堤漫步。

伊莎贝尔总算感觉自己可以呼吸。"什么叫作'自由区没了'?"

"肯定不妙,你的工作也会更危险。"

"我本来就是在占领区行动。"

她握紧他的手,带着他走下防波堤。他们走下凹凸不平的石阶,慢慢走到路上。

"小时候我们全家曾经到这里度假,"她说,"那是在我妈妈过世之前。最起码我是这么听说,我几乎不记得。"

她希望借此找话题聊,但刚刚浮现在两人之间的沉默吞没了她的话语,她没有得到回应。无语中,伊莎贝尔察觉自己对他的思念令她窒息,即使此刻他还握着她的手。前几天独处时,她为什么没有多问他一些事,设法了解他生命中的每一个面向?现在没时间了,他们都清楚。他们在凝重的沉默中前进。

在傍晚的余晖中,贾约丹头一次瞥见比利牛斯山。

高低起伏、白雪覆顶的山脉直入灰暗的天空,云朵环绕着终年积雪的峰顶。"你攀越那些山脉多少次了?"

"二十七次。"

"真是不可思议。"他说。

"没错。"她笑笑说。

他们继续前进,步步攀升,穿越于尔鲁涅漆黑空荡的街道,走过门窗封死的商店和坐满了老先生的小餐馆。镇郊有条小径,直通山脚。最后他们走到一栋隐藏在黑暗山麓的木屋,木屋的烟囱冒出浓浓的白烟。

"你还好吗?"他察觉她放慢脚步,于是这么问。

"我会想你,"她轻声说,"你能待多久?"

"我明天早上就得离开。"

她想放开他的手,但办不到。她心中有股深沉、可笑的恐惧,觉得此刻若是放手了,就会永远失去他。想到这里,心中的伤痛几乎令她无法动弹。但她有任务在身,于是松开他的手,用力连敲三下门。

来开门的是个打扮得像男人婆的妇人,抽着一支高卢牌香烟,神情愉悦地说:"朱丽叶!·进来,进来。"她后退一步,欢迎伊莎贝尔和贾约丹走入屋内,四名飞行员围着餐桌站立,壁炉里火光熊熊,炉火上的铁锅里噗噗啪啪、嘶嘶作响。伊莎贝尔闻得出炖肉的种种食材——山羊肉、红酒、培根、香浓的高汤、蘑菇、鼠尾草,香味扑鼻,令人垂涎,她这才想到自己整天都没吃东西。

妇人把大家叫到桌边,一一介绍,四位飞行员中,三位是英国皇家空军,一位是美国飞行官,三个英国人已经在这里待了好几天,等候昨天才抵达的美国人。艾德瓦尔多明天就带他们攀越山脉。

"很高兴见到你。"一位飞行员边说边跟伊莎贝尔握手,拉着她的手猛烈摇晃,好像她是个水泵。"你跟他们说的一样漂亮。"

飞行员们突然同时七嘴八舌,贾约丹很快就融入他们之间,宛如是一分子。伊莎贝尔站到巴宾诺太太旁边,递给她一个装了钞票、几乎两星期前就应该递交的信封。"抱歉延误了。"

"你有很好的理由。你还好吗?"

伊莎贝尔动动肩膀,试探一下。"好多了,再过一个礼拜,我就可以爬山。"

巴宾诺太太把高卢牌香烟递给伊莎贝尔，伊莎贝尔深深吸了一口，吞云吐雾，仔细端详这群由她看管的飞行员。"他们如何？"

"那个高高瘦瘦、鼻子像罗马君王的家伙，你看到了吗？"

伊莎贝尔忍不住笑笑。"嗯，我看到了。"

"他宣称自己是勋爵，还是公爵什么的。波城的莎拉说他很麻烦，不肯听女人的话。"

伊莎贝尔暗暗记住。这一点当然不足为奇，飞行员通常不愿听命于女性——女孩、妇人、小姐，全都一样，但她还是必须试试。

巴宾诺太太把一封皱巴巴、脏兮兮的信递给伊莎贝尔。"他们其中一人叫我把这个交给你。"她快快拆阅，马上认出亨利潦草的笔迹。

  小朱：你的朋友撑过了德国假日，但她有客人。不要顺道去探访。我们会关照她。

薇安没事——他们讯问她之后就放人——但另一个或是一群军人寄宿在家里。

她把信揉成一团，丢进壁炉里，不知道应该松一口气还是更担心。她直觉地望向贾约丹，他一边跟一位飞行员说话一边看着她。

"你知道，我看得见你看他的样子。"

"大鼻子勋爵？"

巴宾诺太太大笑一声。"我虽然上了年纪，但眼睛没瞎。我说的是那个眼神灼热、长相英挺的小伙子。他也一直看着你。"

"他明天早上就走。"

"啊。"

伊莎贝尔转向这位过去两年来已成为知交的老妇人。"我好怕让他走。我冒了那么多险,却担心这个,真是疯了。"

巴宾诺太太漆黑的双眼流露出谅解与同情。"换作平时,我会叫你小心一点。我会提醒你,这个年轻小伙子大胆犯险,可能很善变。"她叹了一口气,"但近来我们对太多事戒慎恐惧,为什么爱情也要?"

"爱情。"伊莎贝尔轻声说。

"但我是个母亲,也知道有时我们管控不了自己,所以我还是必须提醒你:无论打不打仗,心碎的滋味同样痛苦。好好跟你那个小伙子说再见吧。"

伊莎贝尔等待着屋里安静下来,或说多少安静一点;几个大男人席地而眠,鼾声如雷,翻来覆去,哪能真的安静下来?她悄悄从毯子下钻出来,慢慢穿过客厅,走到户外。

星星在头顶闪烁,放眼望去一片漆黑,夜空显得格外浩瀚,月光照亮羊群,把它们变成山丘上一个个银白的圆点。

她站在木头栅栏旁凝视远方。她没有太多时间等待。

贾约丹从她后面走来,伸出手臂搂住她。她往后靠向他怀里。"在你怀里感觉好安全。"她说。他默不作声,她马上知道不对劲,心情下沉。她慢慢转身,抬头看着他。"怎么了?"

"伊莎贝尔。"他的口气吓坏了她。她想:噢,别告诉我。不管是什么,别告诉我。沉默中,各种声音格外清晰——羊群咩咩叫,她的心怦怦跳,岩石哗啦哗啦滚下远处的山丘。

"上次我们到卡利弗开会,就是你找到飞行员的那个会议?"

"怎么样？"她说。过去几天，她小心地观察他，仔细端详他脸上闪过的种种神情，因此她知道无论他想说什么，都不会是好事。

"我打算离开保罗的组织，以不同的方式抗争。"

"如何不同？"

"枪支，"他轻声说，"炮弹。任何我们有办法得手的东西。我要参加一群驻守在森林里的爱国游击队，负责爆破行动，"他微微一笑，"以及偷取炮弹零件。"

"你的经历应该派得上用场。"她想逗他，却不奏效。

他的笑容渐渐消失。"我不能只是传递文件，小伊，我必须多做点什么。所以……我想我恐怕好一阵子见不到你。"

她点点头，但即使点头，她依然暗想：我怎么离得开他？我怎么办得到？她总算明白他为什么从一开始就如此忧虑。

他望着她的眼神跟亲吻一样私密。在他的目光中，她看到自己的恐惧。他们说不定永远无法再相见。"跟我做爱，贾约丹。"她说。

仿佛这是我们的最后一次。

薇安在倾盆大雨中站在贝尔维旅馆外，旅馆窗户雾气腾腾；灰蒙之中，她看到一群身穿灰绿军服的士兵。

别犹豫，薇安，你已经加入了。

她肩膀一挺，推开大门，一个铃铛在头顶上轻快地当当响，室内的男士们停下手边的事，转头看着她。德国军人、党卫军、盖世太保，她觉得自己像只待宰的羔羊。

亨利从柜台边抬头，一看到她，马上从柜台后面走出来，快步穿越人群，朝她走来。他挽着她的手臂，嘘声说道："笑一笑。"她试图听从，但不确定自己是否办到。

他带着她走到柜台，放开她的手臂。他一边说话而且笑声连连，好像讲了笑话，一边回到工作岗位，站到厚重的黑木桌和收款机旁边。"帮令尊订房间，是吧？"他大声说，"两晚？"她麻木地点点头。

"来，让我带你看看我们现有的空房。"他终于说。

她跟着他走出大厅，踏入狭长的走廊，两人走过一个放有新鲜水果的小桌（如今只有德国人才负担得起这种奢侈品）和一间空空的洗手间。行至走廊尽头，他带着她爬上一道狭窄的楼梯，走进一个小房间，房间狭小到只放得下一张床，仅有一扇遮黑的窗户。

他随手带上房门。"你不应该来这里，我已经托人跟你说伊莎贝尔平安无事。"

"是的，谢谢。"她深深吸口气，"我需要身份证件，想了半天，只有你可能帮我。"

他眉头一皱。"莫里亚克太太，这个请求相当危险。谁需要证件？"

"一个藏匿中的犹太儿童。"

"藏匿在哪里？"

"我觉得你不会想知道，是吧？"

"没错。那里安全吗？"

她耸耸肩，一切尽在不言中。现在谁晓得什么叫作安全？

"我听说凡·芮克特少校寄宿在你家。他原本寄宿在这里，这人很危险，报复心强而且冷酷，如果他逮到你……"

"亨利，我们能怎么办？袖手旁观？"

"你让我想起你妹妹。"他说。

"请相信我，我不是个勇敢的女人。"

亨利沉默了好一会儿，然后说道："我会帮你弄到一些空白的证件，你必须学着自己伪造。我事情太多，没办法再负担这些。你多多练习，熟能生巧。"

"谢谢。"她暂不作声，凝视着他，想起几个月前他转交纸条，以及当时她对妹妹的种种误解。

现在她知道伊莎贝尔从一开始就从事危险的工作，危险，但是重要。为了保护她，伊莎贝尔隐瞒实情，即使被她视为傻瓜也不动摇。薇安始终采信妹妹最糟糕的一面，而伊莎贝尔充分利用了这一点。她怎能如此轻信谎言？"别跟伊莎贝尔说我在做这件事，我要保护她。"

亨利点点头。

"再见。"薇安说。

转身离开时，她听到他说："你妹妹会以你为傲。"薇安没有放慢脚步，也没有回应，她不顾德国士兵们的叫喊搭讪，慢慢走出旅馆，朝着家中前进。

如今法国完全被德国占领，但对薇安的日常生活没什么影响。她依然花大半天的时间排队。她最头痛的问题是丹尼尔。把他藏起来，不让镇上的民众见到，似乎是明智之举，即使当她说出那套收养的谎言时无人质疑。（她逢人就说，但大家要么忙着讨生活，没空理会；要么猜出真相，赞许她的作为，谁知道呢？）

此刻，她把孩子们留在紧闭的家中。这让她在镇上的时候总是紧张兮兮，焦躁不安。今天又花了一天排队，领取少得可怜的配给食粮，她重新围上围巾，走出肉铺。

她冒着寒风走在维克多·雨果街，既疲倦又担心，心神不宁到没有察觉亨利跟在她身边。

他四下环顾，看看街头街尾，但寒风中街上没有人走动。百叶窗紧闭，遮阳棚收起，小餐馆的露天餐桌也空空荡荡。

他递给她一条长棍面包。"内馅非常独特，我妈妈的食谱。"她了解。面包里藏着文件。她点点头。

"最近这一阵子，内馅独特的面包很难找，好好享用吧。"

"如果我需要更多……嗯……面包呢？"

"更多？"

"挨饿的孩子不在少数。"

他停下来，朝她转身，敷衍地在她两颊印上一吻。"那你就再来找我。"

她在他耳边悄悄说："跟我妹妹说我问起她，我们上次分开时很不愉快。"

他微微一笑。"我一天到晚跟我弟弟吵架，即使战时也不例外，但我们终究是兄弟。"

薇安点点头，希望他说得没错。她把面包放进篮里，用一小块亚麻布盖住，搁在今天配给的果冻粉和燕麦片旁边。她看着他走远，手里的篮子似乎愈来愈重。她抓紧把手，沿着街道前进。

快要走出镇上广场时，她听到了那个声音。

"莫里亚克太太，真令人惊喜啊。"

他的声音好像凝聚在她脚边的油脂，黏答答，滑溜溜。她舔舔嘴唇，挺直胸膛，试图让自己看起来一脸淡然，漠不关心。他昨天傍晚回来，一副凯旋的模样，大声吹嘘接管法国简直易如反掌。她为他和下属们烹调晚餐,帮他们倒了不知道多少杯酒,餐毕,他把剩下的菜肴丢去喂鸡。薇安和孩子们空着肚子上床睡觉。

他一身军装,缀满纳粹党徽和铁十字勋章,嘴里叼着烟,朝她左脸喷云吐雾。"你买完菜了?"

"聊胜于无吧,少校先生,今天东西很少,连配给卡都没用。"

"要是法国男人有点骨气,法国女人就不会饿成这样。"

她咬紧牙关,暗自希望挤得出一个微笑。

他端详她的脸庞,她知道自己一脸惨白。"莫里亚克太太,你还好吗?"

"我很好,少校先生。"

"让我帮你提篮子,护送你回家。"

她紧紧抓住篮子。"不了,谢谢,没关系,我……"

他朝着她伸出一只戴着黑手套的手,她别无选择,只好把藤编的竹篮交到他手中。

他接下篮子,迈步前进,她跟在他旁边,觉得大家都盯着看她和一个党卫军走在一起,即使卡利弗的街道上空无一人。

途中,凡·芮克特跟她闲聊。他提到盟军在北非的挫败、法军的怯懦、犹太人的贪婪,还提到"最终解决方案"[①],好像那是朋友间互相交换的食谱。

她脑中隆隆作响,几乎听不见他说什么。她鼓起勇气瞄向篮子,看到红白格子亚麻布底下露出一截长棍面包。

"你跟赛马一样气喘吁吁,莫里亚克太太,你不舒服吗?"

没错,这就对了。

---

①"二战"期间,德国纳粹针对欧洲犹太人进行系统性的种族灭绝,称之为"最终解决方案"。

她挤出一声咳嗽，赶紧用手遮住嘴巴。"对不起，少校先生，原本希望不会叨扰到你，但我恐怕被我那小男孩传染到感冒。"

他停下来。"我不是警告你，叫你让那些病菌离我远一点吗？"他把篮子推向她，力气大到撞上她的胸膛。她赶紧接住，怕篮子掉到地上，面包碎裂，伪造的证件散落出来。

"我……真抱歉。我太自私了。"

"我今天不会回去吃晚饭。"他边说边快快转身。

薇安在原地站了几秒，只是短短几秒，万一他又回头，自己才不至于失礼，然后赶紧回家。

那天晚上大半夜，凡·芮克特上床就寝后，薇安悄悄溜出卧房，走进空荡的厨房。她搬了一张椅子到卧室，静静地把门带上。她把椅子搁在床头小桌前，拉近一点，悄悄坐下。在蜡烛的烛光中，从腰带里掏出空白的证件。

她拿出自己的身份证，仔细研究每一个细节。然后取出家传的《圣经》，悄悄翻开，在每一个找得到的空白处练习伪造签名。起先她紧张得字迹歪斜，但练习的次数愈多，便愈镇定。当双手不再颤抖，呼吸不再急促时，她帮尚·乔治伪造了一张新的出生证明，把他命名为艾米尔·杜瓦。

但新证件还不够。当战争结束，海莲娜·卢埃尔返家后呢？如果薇安不在这里（她冒了这么多险，不得不考虑这个可怕的结果），海莲娜就不知道到哪里找她的小儿子，或是他现在叫什么名字。

她必须为他制作一张资料卡，记下她所知的一切——他的真实姓名、父母是谁、有哪些亲戚；每一件她想得到的事。

她撕下三页《圣经》，列出清单。

在第一页《圣经》经文上，她用黑色的墨水写下：

1. 艾瑞尔·德·尚普兰
2. 尚·乔治·卢埃尔

在第二页经文上,她写下:

1. 丹尼尔·莫里亚克
2. 艾米尔·杜瓦

在第三页经文上,她写下:

1. 卡利弗·莫里亚克
2. 三一修道院

她小心翼翼地把每一页经文卷起来,明天她会把它们藏在三个不同的地点。一张藏在工具棚一个装满铁钉的脏罐子里;一张藏在谷仓一个旧油漆桶里;一张藏在掩埋于鸡舍的盒子里。她打算把资料卡交给玛丽·泰蕾兹院长。

战争结束后,只要比对资料卡和清单,大家就可以辨明孩子的身份,让他们与家人团聚。记下这些信息当然非常危险,但如果她不这么做,又遭逢不幸,这些躲藏起来的孩童如何跟父母团聚?

薇安低头凝视自己的工作成果,久久没有移开目光,直到床上的两个孩子开始动来动去,喃喃说着梦话,蜡烛也开始噼啪作响。她倾身,一只手贴上丹尼尔暖暖的脊背,轻声安抚他。然后爬上床,窝在孩子们身边,过了好久才昏昏入睡。

31

一九九五年五月六日,波特兰,俄勒冈州

"我逃家了。"我对坐在旁边的年轻小姐说。她的发色有如棉花糖般雪白,身上的刺青足可媲美"地狱天使"飞车党,但在这个人群熙攘的机场,她跟我一样孤单。我得知她叫费丽莎。两小时前,广播宣布我们的班机误点,从那之后我们就变成旅伴,自然而然聊了起来。她看到我挑三拣四地翻弄那种难以下咽、美国人爱吃的法国薯条,而我注意到她看着我。她显然肚子饿了,我顺便把她叫过来,请她吃饭。当过母亲的人永远心怀母爱。

"或者这么说吧,逃家多年之后,现在我终于想要回家。有时很难知道哪一种情绪才是真的。"

"我可是真的逃家。"她边说边唏里呼噜地啜饮我帮她买的那杯跟鞋盒一样大的冷饮。"如果巴黎不够远,我的下一站就是阿姆斯特丹。"

我看穿她神情中佯装的倔强、刺青中展现的叛逆。很奇怪,我忽然觉得自己跟她非常亲近,好像我们同一国,两人一起逃家。

"我病了。"我坦承,话一出口,自己也很讶异。

"病了?比方说狼疮吗?我阿姨患了那种病,好恶心。"

"不是,我得了癌症。"

"噢,"呼噜,呼噜,"那你干吗去巴黎?你不用做化疗吗?"

我一一回答(不,不,我不做化疗,不想再受罪),渐渐明白了她的问题。你干吗去巴黎?我安静下来。

"我知道,你快死了,"她摇摇杯子,杯里的碎冰哗啦作响。"不想再试了。失去信心,沮丧绝望,诸如此类的心情。"

"你在想什么?"

我深深陷入自己的思绪——你快死了,这句突如其来、毫无掩饰的话,令我陷入沉思,甚至花了一会儿才意识到站在跟前、跟我说话的是朱利安。他穿着我去年圣诞节送给他的天蓝色休闲外套和时髦的水洗暗色牛仔裤,头发蓬乱,一个真皮的黑色旅行袋斜斜地背在肩上,看起来不太高兴。

"妈,巴黎?"

"法航号班机再过五分钟即将开始登机。"

"那是我们的班机。"费丽莎说。

我晓得儿子在想什么。他小时候哀求我带他去巴黎,希望看看那些我在床边朗读故事时提到的地方。他想知道沿着塞纳河散步,或在孚日广场选购艺术品是什么感觉。他也想体会在杜乐丽花园坐坐,在百年老店品尝一个蓬松的马卡龙是什么滋味。我一一拒绝,只说了一句:现在我是美国人,我的家在这里。

"带着两岁以下小孩、需要多一点时间的旅客,以及头等舱的旅客,现在请开始登机……"

我站起来,拉高随身行李的把手。"他们叫我登机了。"

朱利安站在我前面，似乎想阻挡我走往登机门。"你临时起意一个人去巴黎？"

"最后一刻才决定的，就是这样。说走就走。"我对他摆出这种情况下摆得出的最佳笑容。

我已经伤了他的感情，这不是我的本意。

"因为那张邀请函，对不对？"他说，"还有你从未告诉我的实话。"

我先前干吗在电话里跟他说那些？"你把整件事说得这么戏剧化，"我边说边挥挥我骨节嶙峋的手。"其实不是。好了，我必须登机了，我会打电话……"

"不必了，我跟你一道去。"

我忽然看到他个性中外科医生的一面，那个始终不被鲜血断骨影响，直接找出毛病的男人。

费丽莎扛起草绿色的背包，把喝干的纸杯丢进垃圾桶。纸杯在桶缘弹跳一下，咚咚掉了进去。

"这下逃不了家啰。"

我不知道自己是松了一口气，还是失望。"你会跟我坐在一起吗？"

"这么突然怎么可能，不会。"

我紧紧抓着随身行李的把手，走向一身蓝白制服、年轻貌美的空服员，她接下我的登机证，跟我说声一路顺风，我心不在焉地点点头，继续往前走。

登机道引领我前行。走道空间狭小，我忽然感到幽闭恐惧。我几乎无法呼吸，没办法把行李箱黑色的滚轮拖过机缘，拉入机内。

"我在这里，妈。"朱利安轻声说。他从我手中接下行李箱，轻而易举地拉入机内。他的声音提醒了我：我是个母亲，而为人母者万不可在孩子面前崩溃，即使她心里非常害怕，即使她的孩子们已经成年。

一位空中小姐看了我一眼，摆出那副"啊，又来了一个需要协助的老人家"的表情。我现在住在那个鞋盒似的楼房，住户们都是满头白发的老人家，我已经慢慢认得出那副表情。通常我会发火，甚至挺直腰杆，推开那个认定我无法自行处理的年轻人，但现在我又累又怕，让人帮点小忙似乎还不坏。我让她扶着我走到第二排靠窗的座位。先前挥霍了一下，买了头等舱的机票。为什么不呢？我再也没什么理由存钱。

"谢谢你。"我边对空中小姐道谢边坐下。我儿子接着登机。当他对空中小姐露出微笑时，我听到她悄悄惊叹。我心想：那可不。朱利安还没变声，女孩们就已为他倾倒。

"你们两位同行吗？"她问，我知道她觉得他是个好儿子，心里暗自帮他加了分。

朱利安对她露出足以融化冰块的微笑。"是的，但我们拿不到相邻的座位。我在她后面三排。"他把登机证递过去。

"噢，我确定我可以帮你解决这个问题。"当朱利安帮我把行李箱和他的随身行李放进我座位上方的置物柜时，她对他说。

我凝视窗外，以为会看到身穿橘色背心的男女在跑道上奔波，挥舞手臂，忙着装卸行李，但我只看到雨水顺着亚克力玻璃歪歪斜斜地流下，一道道波纹状的雨水交错穿梭，反映出我的样子；我的眼睛瞪着自己的侧影。

"真谢谢你。"我听到朱利安说，然后他在我旁边坐下，"啪"地扣上安全带，把紧绷的系带拉过胸前。

"好吧,"他等了好一会儿,直到一群群乘客慢吞吞地走过我们身边,那个漂亮的空中小姐为我们奉上香槟(我注意到她梳了头发,补了妆),他才开口,"那封邀请函。"

我叹了一口气。"邀请函。"没错,邀请函是事情的开端,或者句点,看你怎么想。"那是个联欢会,地点在巴黎。"

"我不了解。"

"你始终不该了解。"

他握住我的手,像医生似的拍拍我的手,自信满满,令人心安。

在他脸上,我看到自己的一生。看到那个我早已放弃希望,而后来到我生命中的麟儿,我也隐约看到那个曾经娇美的自己。他的眼中……道尽了我的一生。

"我知道你想告诉我一些事,不管那是什么,肯定很难开口。你不妨从头说起。"

我听了不禁笑笑。我这个儿子啊,真是典型的美国人。他以为人的一生可被浓缩为一段有头有尾的故事。他不了解那种你可能永远无法完全遗忘,也无法完全接纳的牺牲。他怎么可能了解?我始终护着他,不让他知道这些。

但话又说回来,当年的我旧伤未愈,几乎难以展望未来;现在的我搭机返乡,心情迥异,说不定有机会做出不同的选择。

"待会再说吧。"我说,真心的。我会跟他说说我在战时的那段过去,不是全盘托出,而是部分,足以使他了解那个比较真实的我。最糟的部分当然不提……"但不是在飞机上。我累了。"我往后靠向头等舱宽大的座椅,闭上双眼。

我满脑子只想着故事的结局,怎么能从头说起?

32

如果你正经历地狱般的试炼,不要放弃,继续前进。

——温斯顿·丘吉尔

一九四四年五月,法国

自从纳粹占领整个法国后,过去十八个月来,日子危险得无以复加。法国政治犯在德朗西遭到拘留,关进弗莱纳的监狱,成千上万的法国犹太人被遣送到德国的集中营。塞纳河畔讷伊和蒙特勒伊两地的孤儿院被清空,院童们被送往劳改营,四千多名被羁押在冬季自行车运动馆的孩童与父母别离,孤零零地被送到集中营。盟军日夜轰炸。德军随时抓人;民众因为微不足道的逾矩,或谣传加入抗争而被拖出家中和店里,遭到监禁或遣送。德军枪杀无辜的民众以示报复,而丧生枪下的民众甚至不知道德军为何报复。十八到五十岁的男性全都被遣往德国的劳改营。人人皆感风声鹤唳。街上再也看不到衣服上别着黄星星的人们。没有人敢直视对方,也不敢和陌生人交谈。电力已经中断。

伊莎贝尔站在巴黎繁忙的街角,准备过马路,但她那双破烂的木底鞋还没踏上路面的圆石,附近就传来尖锐的哨声。她往后退,躲到繁花盛开的栗树树荫下。

近来巴黎有如一名尖叫的女子。噪声四起,处处可闻。口哨哗哗咆哮,枪支啪啪开火,货车隆隆驶过,士兵高声吼叫。战争的局势逐渐改观。盟军已在意大利登陆,而纳粹束手无策。面临挫败,纳粹被逼得更具攻击性。三月份,他们在罗马屠杀了三百多个意大利人,借以报复炸死二十八名德军的游击炮轰。戴高乐将军终于掌控解放法国运动的军力,这星期将会展开某项重要行动。

一列德国士兵沿着圣日耳曼大道行军,走向香榭丽舍大街;一位军官骑着白色骏马,引领队伍行进。他们一走过,伊莎贝尔赶紧过马路,混入集结在路边的一群德国士兵中,她始终低着头,双手紧紧抓住皮包。她跟大多数巴黎人一样衣衫褴褛,木底鞋咔嗒咔嗒作响。没有人穿得起皮鞋。她避过一排排站在面包店和肉铺外面排队的女人和脸颊凹陷的孩童。过去两年来,配给一再减半;巴黎民众每天以八百卡路里维生。街上看不到小猫、小狗或老鼠。这星期大家只买得到木薯粉和四季豆,其他一概缺货。车站大道堆满家具、艺术品和首饰,这一件件贵重的物品都取自遭到遣送的犹太人,他们的家产被分类装箱,运往德国。

她低头走进圣日耳曼区的双叟咖啡馆,在角落找到位子。她坐到一张红色的皮面长椅上,在中国商贾雕像的注视下,不耐烦地等候。一名女子坐在门口的桌边,埋头在一张白纸上奋笔疾书,说不定正是西蒙·波伏娃。伊莎贝尔陷入舒适的座椅,她疲惫不堪。光是过去这一个月,她已经三度攀越比利牛斯山,而且亲访每一处藏身所,把钱交给协助偷渡飞行员的人们。现今已经没有所谓的自由区,步步充满危机。

"朱丽叶。"

她抬头,看到爸爸。这几年他苍老了好多,人人都是如此。贫困、饥饿、沮丧、恐惧,已在他脸上留下印记,他的肤色有如海滩的白沙,也粗糙如沙砾,且布满深深的皱纹。

他好瘦,身躯仿佛撑不住他的头颅。

他悄悄坐到她对面,皱纹累累的双手搁在桃花心木的桌上。

她往前倾,紧紧握住他的手腕。抽回双手时,她已经把那叠卷成铅笔大小、收在他衣袖里的假证件藏在掌心。她熟练地把证件塞进腰带,朝刚刚走近的侍者微微一笑。

"咖啡。"爸爸疲惫地说。

伊莎贝尔摇摇头。

侍者走回来,把一杯大麦研磨的咖啡搁在桌上,再度消失。

"他们今天开会,"爸爸说,"纳粹高级将领和党卫军都出席。我听到他们提到'夜莺'。"

"我们很小心,"她轻声说,"况且你窃取那些空白的假证件,比我还危险。"

"我是个老家伙,他们的眼中甚至没有我。但说不定你该休息一阵,让别人替你去山里健行。"

她摆出臭脸,人们会对男人说这种话吗?女人是抗争行动不可或缺的一环。为什么男人就是不懂?

他叹了一口气,在她受到冒犯的神情中得到了答案。"你需要地方暂住吗?"

他的好意,伊莎贝尔心领了。但她不禁心想:他们父女之间确有长足进展。他们依然不算亲近,但是一起工作,这已弥足珍贵。他不再排斥她,现在甚至主动邀她回家小住。她不免心怀希望,说不定战争结束后,他们父女可以好好谈谈。"不行,那会害你有危险。"她已经十八个月没有回家。这期间她也没有去卡利弗或见薇安。她很少在同一个地方待上三个晚上,她的生活中只有一个个隐匿的房间、一张张肮脏的床垫、一个个可疑的陌生人。

"有没有你姐姐的消息?"

"我请几个朋友关照她,听说她谨言慎行,低调,以保护女儿平安。她会没事的。"她听得出自己放缓语调,满怀希望地说出最后一句话。

"你惦念她。"他说。

伊莎贝尔发现自己忽然想着过去,即便宁愿自己能放手。没错,她惦念姐姐,她这辈子始终惦念姐姐,已经好多好多年。

"好吧。"他突然站起来。

她注意到他的手。"你的手发抖?"

"我戒酒了,现在的时局不太适合当醉鬼。"

"我可不确定,"她边说边抬头对他笑,"这种时候喝得醉醺醺似乎还不赖。"

"小心一点,朱丽叶。"

她的笑容渐渐消逝。最近无论见到哪个人,她都愈来愈难跟对方说再见;你不知道还能不能再见。"你也是。"

午夜。

伊莎贝尔摸黑蹲伏在一道倒塌的石墙后方。她深入林中,穿着一件曾经有模有样的牛仔布工作服、木底靴鞋、一件用旧窗帘裁制的轻便罩衫,打扮成农民的模样。她闻到随风飘来的营火烟雾，却连一丁点闪闪的火光都看不到。

在她身后，一根小树枝"啪"地断裂。她蹲得更低，几乎不敢呼吸。

有人吹口哨，听起来是夜莺啾啾鸣唱，或近似。她轻吹一声回应。她听到脚步声、呼吸声，而后是话语声："小伊？"

她站起，转身。一道微弱的光束扫过她，随即"啪"地熄灭。她踏过一截倾倒在地的圆木，投入贾约丹的怀抱。

"我想你。"他吻她，悄悄告诉她，然后慢慢抽身，她可以感觉他的踌躇。他们已经八个多月没见面，每次听到火车出轨、德军的旅馆被炸毁，或是德军和游击队小规模战斗，她都非常担心。

他牵起她的手，带着她穿越树林。林间一片漆黑，她看不见身旁的他，也看不见他们足下的小径。贾约丹始终没有打开手电筒。他在这里已经住了一年多，熟知这些林木。

行至树林尽头，他们看到一片辽阔的草地，人们一排排站在草地上，手执手电筒，像是信号灯般前后挥动，照亮了林木之间的平地。

她听到一架飞机在头顶上轰轰作响，热气嘶嘶拂上她的脸颊，空中飘散着飞机排放的废气。飞机飕飕从他们头顶上飞过，高度极低，林木被震得颤动。她听到轰然巨响、金属碰撞，然后一副降落伞从天而降，一个大盒子挂在伞下，左右晃动。

"投递武器。"贾约丹说，他拉拉她的手，又带着她走入林间，两人爬上山坡，走向林中深处的营地。营地中央营火熊熊，橘色的火光隐匿在葱郁的林木间，几个男人围着营火站立，一边抽烟一边说话。他们原本逃到这里，以免被强制送往德国的劳改营。来到此地后，他们拿起武器，加入抵御德军的游击战，在暗夜的掩饰下秘密行动，成为反纳粹游击队员，轰炸火车，炸毁军火弹药库，放水淹没河道，用尽一切手段阻断纳粹把物资和兵力从法国运往德国。他们从盟军手中取得补给和信息。他们始终冒着生命危险，若被敌人逮到，会立即被处以酷刑，如火刑、烙刑，甚至被刺瞎双眼。每一位反纳粹游击队员的口袋里都有一颗含有剧毒的氰化物药丸。

男人们蓬头垢面，看起来饥饿憔悴，大多穿着褐色的灯芯绒长裤，头戴贝雷帽，衣服都磨损褪色、满是补丁。

即使相信他们的使命感，她仍不想一个人待在这里。

"来。"贾约丹说。他带着她从营火边走开，朝帆布帐篷前进。帐篷看起来脏兮兮，掀开就看到一个睡袋、一堆衣服、一双沾了污泥的靴子；而且一如往常，弥漫着一股脏袜子和汗水的气味。

伊莎贝尔低下头，尽量蹲低，勉强挤进帐篷。

贾约丹在她旁边坐下，放下帐篷的帘布。他没有点燃油灯，以免其他人看到他们的侧影，低声讪笑。"伊莎贝尔，"他说，"我好想你。"

她倾身向前，放任自己被他拥入怀中，在她的唇上印上一吻。当他的嘴唇轻轻移开，她深深吸口气，暗自感叹这一吻为何无法持续到永恒。"你们在伦敦的组织叫我传信，保罗今天下午五点收到消息：'秋天的小提琴长叹啜泣。'"

她听到他倒抽一口气，这个他们从广播中得知的信息显然是个暗号。

"很要紧吗？"

他双手移向她的脸颊，把她拉进怀里，再印上一吻。这一吻感觉哀伤，仿佛又是道别。

"要紧到我必须马上离开。"

她能做的只有点头。"时间永远不够。"她轻声说。不知怎么地,他们每次相聚的时刻总是被侵占、被剥夺。他们碰面,躲到阴暗的角落、肮脏的帐篷或屋后的密室,在黑暗中做爱,但完事后无法像情侣般躺着闲聊。不是他离开她,就是她离开他。每次他拥着她,她总会想:这是最后一次见到他了吧。她总是等着他说爱她。

她告诉自己现在是战时;她告诉自己,他的确爱她,但害怕这份感情,害怕失去她。他觉得坦承心意只会造成更多伤害。心情好的时候,她甚至全心相信,毫不怀疑。

"你要去做的事很危险吗?"

又是一阵沉默。

"我会找到你,"他轻声说,"说不定我会到巴黎待一晚,我们可以偷偷溜进电影院,嘲笑那些宣传短片,参观罗丹美术馆。"

"就像是恋人一样。"她说,试图挤出微笑。他们始终对彼此这么说,梦想着一段似乎不可能永志、也不可能再现的岁月。

他极尽轻柔地抚摸她的脸颊,她忍不住热泪盈眶。"就像是恋人一样。"

过去十八个月,随着战火日炽,纳粹愈来愈嚣狂好斗,薇安已经找到十三个孩子,把他们藏匿在孤儿院。她原本依照救助儿童会提供的线索,彻底搜寻附近乡里。后来,院长联络上美国犹太人联合分配协会——该协会是个庞大的犹太人慈善团体,提供资金解救犹太人儿童,协助这项艰困的行动,协会也帮薇安引介需要更多救援的孩童。有时,母亲们哭哭啼啼地出现在她家门口,绝望迫切,苦苦哀求她帮忙。薇安总是来者不拒,但始终非常害怕。

一九四四年一个温暖的六月天,一千五百多名盟军已于一星期前成功登陆诺曼底,薇安站在孤儿院的课堂上,看着无精打采、懒懒散散坐在桌前的孩童们,人人一脸倦容。

过去这一年来,轰炸几乎不止。空袭警报非常频繁,晚上拉警报时,薇安甚至懒得带孩子们躲到储存食物的地窖,只跟孩子们一起躺在床上,紧紧抱着他们直到警报解除或轰炸声歇止。

轰炸声总是很快再响起。

薇安拍拍手,唤起大家注意。说不定玩个游戏会振奋一下精神。

"是不是又空袭了?"艾米尔说。现在他已经六岁,而且再也没有提起他妈妈。若是有人问起,他就回答说她生病过世了。大家也不再追问。他完全不记得自己曾是尚·乔治·卢埃尔。就像丹尼尔也不记得自己曾经是谁。

"不、不,不是空袭,"她说,"说实在的,我觉得教室里好热。"她拉拉宽松的领口。

"那是因为窗户全部遮黑,"克劳蒂说,这个小女孩以前叫柏娜黛特,"院长说她穿了一身羊毛修女袍,觉得自己好像一块熏火腿。"

孩子们听了大笑。

"总比冬天冷得要命好。"苏菲说,大家听了都点头同意。

"我在想,"薇安说,"今天或许很适合⋯⋯"

话还没说完,她就听到外面传来摩托车嘈杂的声响;过了一会儿,石板走道的另一头传来长筒皮靴的脚步声。

大家全都僵住。

她课堂的门被推开。

凡·芮克特走进教室,他一边走向薇安,一边脱下帽子塞在腋下。"莫里亚克太太,"他说,"请你跟我出来一下,好吗?"

薇安点点头。"小朋友们,"她说,"趁我出去的时候安静看书,我等一下就回来。"

凡·芮克特抓着她的手臂,而且是用力、带点惩罚地拉扯,带着她走到她教室外的石砌中庭,附近一座覆满青苔的喷泉汩汩地流着清水。

"你认识亨利·纳瓦吧?"

薇安暗自祈祷,希望自己没有露出畏缩的神态。"少校先生,你说的是哪一位?"

"亨利·纳瓦。"

"啊,是的,旅馆老板。"她悄悄握拳,借以遏制颤抖。

"你是他朋友?"

薇安摇摇头。"不是,少校先生,我只是知道有这个人而已。卡利弗是个小地方。"

凡·芮克特打量她一眼。"如果连这么小的事你都撒谎,那我恐怕要怀疑你还有什么事情瞒着我。"

"少校先生,我没有……"

"有人看到你跟他在一起。"他的鼻息带着啤酒和培根的气味,眼睛眯起。

他会杀了我,她头一次浮现这个念头。许久以来,她始终小心做事,从不跟他唱反调,也不违逆他。若是躲得过,她绝不跟他有任何眼神接触。但最近这几个礼拜,他变得反复无常,难以

/ 417

预料。

"我们这里是小地方,但……"

"莫里亚克太太,他已经因为协助敌人而被逮捕。"

"噢。"她说。

"我会再跟你谈一次,莫里亚克太太,而且是在没有窗户的小房间里。请相信我绝对问得出实话,我会查出你有没有跟他合作。"

"我?"

他抓得更紧,她感觉自己细瘦的手臂快被他捏到骨折。"如果查出你跟这件事有任何关系,我会审问你的小孩,而且是严审,再把你们全都送到法国监狱。"

"不要伤害他们,求求你。"

她从来没有对他提出任何恳求,听到她声调中的迫切与绝望,他脊背一挺,呼吸变得急促。没错,他起了色欲之心,像他的蓝眼睛一样明显。过去一年半来,她谨言慎行,表现得极为端庄,打扮得像个小老太婆,绝不吸引他注意,除了"是的""不是""少校先生",绝不多说一句。如今一瞬之间,她的努力前功尽弃。她泄漏了真正的弱点,他也看懂了。现在他知道怎么伤害她。

几个钟头后,薇安置身市政厅最里头的小房间,房里无窗,她浑身僵硬,直挺挺地坐在椅子上,紧抓扶手,指关节甚至泛白。

她已经单独在这里坐了好久,试着判断怎样回答最妥当。他们知道了多少?他们会相信什么?亨利已经供出她了吗?

应该没有。如果他们晓得她伪造文件、藏匿犹太孩童,早就直接逮捕她了。她身后的房门吱嘎开启,咔嗒关上。

"莫里亚克太太。"

她站起来。

凡·芮克特慢慢绕着她走来走去，色眯眯地盯着她。她穿了一件褪色的缝补多次的洋装，没穿丝袜，脚上一双垫了羊毛的平底牛津鞋。她已经两天没洗头，头发用一条格子布方巾包起来，在前额打个结。她的口红早就脱落，嘴唇因而泛白。

他走过来站在她面前，离她很近，双手交握在背后。

她鼓足勇气下巴微微一斜，抬头仰望，看到他那双冷酷的蓝眼，她知道自己处境堪虑。

"有人看见你跟亨利·纳瓦一起走在广场上。他涉嫌与利穆赞地区的反纳粹游击队同谋，那些懦夫好像牲畜似的住在森林里，协助诺曼底的敌人。"盟军登陆诺曼底时，游击队在法国各地阻断火车运输，设置炸弹，水淹河道，重创德军军力。纳粹急着找出游击队员，严加惩治。

"我们连点头之交都称不上，少校先生。我不认识任何协助敌军的人。"

"莫里亚克太太，你以为我是傻瓜吗？"

他想动手打她。她从他眼中看出这股丑恶、变态的欲望。先前她苦苦哀求时，这股欲望已在他心中生根，现在她不知如何拔除。

他伸手，指头轻轻刮过她的下颌。她不禁畏缩。"你真的这么无辜吗？"

"少校先生，你在我家住了十八个月，每天见到我。我养育孩子，在园圃里干活，在孤儿院教书。我怎么可能协助盟军？"

他的指头爱抚她的嘴，迫使她双唇微微张开。"如果我发现你骗我，莫里亚克太太，我会让你受罪，我会开开心心地看你受罪。"他移开手。"但如果你对我说实话，现在就说，我会饶了你和你的孩子。"

一想到他发现他始终跟一个犹太小孩同住，她忍不住颤抖。这会让他变成众人的笑柄。

"我绝对不会骗你，少校先生，你应该知道的。"

"我跟你说我知道什么，"他边说边往前靠，在她耳边悄悄说，"我希望你对我说谎，莫里亚克太太。"

他退开。

"你害怕。"他笑笑说。

"我没什么好害怕。"她说，但语气没什么说服力。

"我们很快就会知道你说的是不是真话，莫里亚克太太，暂且让你回家。你最好开始祷告，祈求天主不要让我发现你骗我。"

同一天，伊莎贝尔沿着山城于尔鲁涅的鹅卵石街道前进。她听到背后的脚步声叩叩答答，回声袅袅。从巴黎来此的途中，她的两位"旅伴"——弗利士官长和史密赛军士，完全照她的指示，顺利通过各个检查站。她已经好一阵子没有回头查看，但确定他们有照办，与她起码相距一百码。走到坡顶时，她看到一个男人坐在邮局前的长椅上，手里拿着一个硬纸板，上面写着：我又聋又哑，等妈妈来接我。令人讶异的是，这套简单的把戏依然骗得了纳粹。

伊莎贝尔走到他跟前。"我有一把雨伞。"她用口音浓重的英文说。

"看起来会下雨。"他说。

她点点头。"跟着走，但至少相隔五十码。"她继续走上山岗，只身一人。

等她行抵巴宾诺太太的园子,夜幕几乎低垂。她在路边暂停,等候飞行员们赶上。

那个坐在长椅上的男人最先抵达。"小姐,你好,"他边说边脱下那顶借来的贝雷帽,"汤姆·唐恩军士,波城的莎拉小姐请我代为致意,她是一流的女主人。"

伊莎贝尔疲倦地笑笑。这些美国佬……他们热情开朗,声若宏钟,令人无法忽视。他们的道谢也不同凡响,跟英国人完全不同。英国人温吞,只会用力握她的手以表谢意,而她已算不清多少次被美国佬抱得好紧,双脚都离了地。"我是朱丽叶。"她对军士说。

弗利士官长接着抵达。他咧着嘴对她笑说:"那些山脉真了得。"

"你说得对极了,"唐恩军士边说边热情地伸出一只手,"我是唐恩,芝加哥人。"

"弗利,波士顿人,幸会。"

史密赛军士垫底,几分钟后抵达。"哈啰,大家好,"他生硬地说,"那段路真够呛。"

"好戏还在后头。"伊莎贝尔大笑说。

她带着他们走到小木屋,连敲三下门。

巴宾诺太太小心翼翼地开门,她从门缝里看到伊莎贝尔,咧嘴一笑,往后退开让大家进屋。被煤烟熏黑的壁炉火光熊熊,炉火上方一如既往地悬吊着大铁锅,桌上已经摆好餐具,迎接他们的到来,还有一杯杯温热的牛奶和盛汤的碗盅。

伊莎贝尔四下张望。"艾德瓦尔多呢?"

"跟另外两个飞行员在谷仓里。补给品取得不易,这些他妈的

/ 421

轰炸，镇上一半都被炸成废墟。"

她伸出一只手摸摸伊莎贝尔的脸颊。"你看起来很累，还好吗？"

巴宾诺太太的抚触非常令人心安，一时之间，伊莎贝尔忍不住靠向这位老妇人。她好想跟她的朋友分享种种苦恼，暂且放下心中的重担，但这是另一种战时负担不起的奢华。种种苦恼只能自己承担。伊莎贝尔没有提到盖世太保已经扩大搜索范围，极力追捕"夜莺"，也没说她担心姐姐、爸爸和外甥女。说了又能怎么样？大伙都有各自挂念的家人，这种忧虑并不稀奇，都是这场战争带来的必然。

伊莎贝尔握住老妇人的双手。虽然从种种角度而言，她们的生命充满危险与不测，但也有一群历经试炼、情谊如钢铁般稳固的至交。多年来，伊莎贝尔孤零零地待在女修道院一隅，只身就读寄宿学校，无人理睬，无人关照，如今她有了一群彼此挂念、彼此关照的朋友，她绝对不会把他们视为理所当然。

"我没事。"

"你那个英俊的小伙子呢？"

"还在轰炸弹药库，追使列车出轨，诺曼底登陆前我跟他见过面。我知道大事就要发生，他涉入很深，我担心……"

伊莎贝尔依稀听到引擎噗噗作响，她转头看看巴宾诺太太。"还有谁要来？"

"从来没有人开车上来这里。"

飞行员们也听见了。他们话讲到一半暂停，史密赛抬头，看到弗利士从腰带里抽出一把刀。户外的羊群开始咩咩叫，一个黑影横越草地。

伊莎贝尔还来不及大声示警，木门已被踢开，强光倾入屋内，

/ 422

几个党卫军特务随之拥入。"把手举高,放在头上。"

步枪枪托重重打上伊莎贝尔的后脑勺,她倒抽一口气,跌跌撞撞往前倾,双脚一软,重重摔到地上,猛然撞上石板地,头破血流。

昏倒前,她只记得听到这么一句:"你们全都被捕了。"

33

醒来时，伊莎贝尔发现手腕和脚踝被绑在椅子上，绳索深深陷入肌肤，勒得好紧，她无法动弹。她的手指已无知觉。一个电灯泡孤零零地从头顶上的天花板悬挂而下，在黑暗中投下圆锥形的灯影。室内飘散着霉味和尿骚味，清水汩汩从石缝中渗出。

一支火柴在她眼前闪闪发光。

她听到火柴刮擦划亮，闻到硫黄的气味，她想抬头，但一阵剧痛让她不自主地发出呻吟。

"好极了，"有人说，"会痛。"

盖世太保。

他从暗处拉出一张椅子，面向她坐下。"痛或不痛，"他直截了当地说，"你自己选。"

"既然如此，我选择不痛。"

他重重甩了她一巴掌。她满嘴鲜血，尝起来苦涩腥臭，感觉鲜血顺着下巴滴流。

两天，她心想。只要两天。

她必须熬过四十八小时的拷问，绝不招出任何名字。如果她办得到、挺得住,她爸爸、贾约丹、亨利、笛迪耶、保罗和安露就有办法自保。就算他们还不晓得她被捕,也很快就会知道。艾德瓦尔多会把话传开,再找个地方躲起来。这就是他们的计划。

"姓名?"他边说边从胸前口袋掏出一本小笔记簿和一支铅笔。

她感觉鲜血沿着下巴流下,滴到膝上。"朱丽叶·吉威斯,你早就知道了。你有我的证件。"

"没错,根据证件,你的名字确实是朱丽叶·吉威斯。"

"那你还问我?"

"你究竟是谁?"

"我就是朱丽叶。"

"在哪里出生?"他一边懒懒地问,一边端详自己修剪得整整齐齐的指甲。

"尼斯。"

"你先前在于尔鲁涅做什么?"

"我先前在于尔鲁涅?"

他听了挺直身子,再度兴致盎然地盯着她。"你多大?"

"二十二岁,或说快满二十二岁。这年头生日没什么意义。"

"你看起来不到二十二岁。"

"我觉得自己不止二十二岁。"

他慢慢站起来,居高临下地站在她面前。"你为'夜莺'工作,我要知道他的身份。"他们不晓得她是谁。

"我不懂鸟。"

他忽然甩了她一巴掌,这巴掌来得又急又猛,她一惊,头突然一斜,"啪"地撞上椅背。

"告诉我'夜莺'的事。"

/ 425

"我已经跟你说……"

这次是一把铁尺扫过她的脸颊,他非常用力,她感觉皮肤迸裂、鲜血四溅。

他微微一笑,又说了一次:"告诉我'夜莺'的事。"

她使尽全力,狠狠啐了一口,但只吐出一抹鲜血,滴落到她的膝上。她甩甩头,试图让自己看得清楚一点,但马上后悔这么做。

他再度走向她,一边漫步,一边拿着滴着血的铁尺慢条斯理地拍打掌心。"我是史密特上尉,盖世太保在翁布瓦兹地区的指挥官。你是谁?"

他打算杀了我,伊莎贝尔心想。她拼命挣脱,气喘吁吁。她尝到自己的鲜血。"我是朱丽叶。"

她轻声说,迫切希望他相信。她撑不了两天。

人人都警告过她有此风险。风险伴随着任务而来,是无法避免的残酷事实。她先前怎么可能将之视为探险?她会害了自己,也会连累每一个她关心的人。

"你的同党大多已经落入我们手中,你没有必要为了保护死人赔上自己的性命。"

这是真的吗?

不。如果是真的,她早就死了。

"我是朱丽叶·吉威斯。"她又说了一次。

他拿起铁尺反手一击,力气大到椅子猛然倾倒,"啪"的一声撞到地上。她的头重重撞上石板地,他趁机踹她一脚,以皮靴猛踢她的腹部。她从来没体会过这种剧痛。她听到他说:"小姐,现在就报出'夜莺'的姓名。"就算想回答,她也无法言语。

他使尽全力再踢她一下。

意识清醒就会痛。

无处不痛。她的头、她的脸、她的身体。她的脚踝和手腕依然被绑在椅子上，绳索摩擦破裂、滴血的肌肤，掐入瘀青的血肉。

我在哪里？

周遭一片漆黑，不是那种屋里没开灯、稀松平常的阴暗，而是难以穿透的漆黑。这片漆黑紧紧黏附着她伤痕累累的脸颊。她感觉墙壁离她的脸仅几英寸。她试着移动，脚稍微往前伸，疼痛随即肆虐，深深啃咬她脚踝上被绳索勒绑的伤痕。

她在盒子里。

而且好冷。她感觉得到自己的鼻息，也知道鼻息将化为白烟，鼻毛冻僵。她剧烈颤抖，无法克制。

惊恐中，她放声尖叫，声声传回她的耳中，无人听见。

好冷。

伊莎贝尔冷得发抖，呜咽啜泣。她的鼻息在眼前化为一朵朵白云，结为冰霜，凝结在她的双唇。她的睫毛也冻僵了。

动动脑，伊莎贝尔，别放弃。

她强忍着寒冷与疼痛，略微移动一下身子。她坐着，脚踝和手腕依然被绑在椅子上。她全身赤裸，闭上双眼，一想到他趁着她失去知觉时脱了她的衣服，摸了她的身体，她不禁作呕。

在臭气冲天的黑暗中，她察觉到嗡嗡的声响。起先以为那是她痛得脉搏抽动，或是心脏为了求生而急急跳动。但不是。

那是马达声。附近有个马达嗡嗡作响，她听得出来。但那是什么？

她又开始抖。她试着摇动手指和脚趾，借此抗拒那股渐渐侵占四肢的麻木。先前她觉得双脚疼痛，然后是酥麻，现在却毫无

/ 427

感觉。她甩一甩头,全身上下也只剩下头可以移动,"咚"的一声撞上某个硬物。她赤身裸体被绑在椅子上,关在……

冰冷。漆黑。嗡嗡的声响。空间狭隘……

冰箱。

她大为惊慌,疯狂地想挣脱绳索,或让这个监禁她的牢笼倒下,但完全没用,只让她更焦虑、更挫折。她全身只有手指和脚趾能动,但手指和脚趾太冰冷,不听使唤。别这样,拜托。

她会冻死,或闷死。

她的鼻息袭向她、包围她,周遭只有阵阵战栗的呼吸声。她哭了,眼泪化为寒冰,好像冰柱般垂在脸颊。她想到每一个她爱的人——薇安、苏菲、贾约丹、爸爸。她先前为什么没有把握机会,天天跟他们说声我爱你?如今她大限将至,却没机会再跟姐姐说话。

薇安。她心里只有这个名字。既是祷词,也是悔恨,更是道别。

镇上广场的每一盏街灯都垂挂着一具尸体。

薇安停下来,不敢相信眼前所见。马路对面,一个老太太站在一具尸体下方。绳索紧绷,吱吱作响,声声萦绕空中。薇安谨慎地穿过广场,小心地避开街灯。

脸孔青紫、身躯肿胀、瘫软下垂的尸体。

十具死尸全是法国人,她看得出来。看样子是反纳粹的游击队员,也就是那群粗率的,以森林为家、身穿褐色长裤、头戴黑色贝雷帽、配戴三色臂章的爱国人士。

薇安走到老太太身边,扶住她的肩膀。"你不应该在这里。"

她说。

"我儿子,"老太太嘶哑地说,"他不可以留在这里……"

"来。"薇安说,这次比较严厉。她拉着老太太离开广场。走到格兰德街,老太太挣脱她走开,喃喃自语,低声啜泣。

走到肉铺的途中,薇安又看到三具尸体。卡利弗似乎连大气都不敢喘一下。过去几个月,盟军不断轰炸卡利弗,镇上几栋楼房被炸得只剩一堆瓦砾,似乎随时可能坍塌或倾倒。

空中飘散着死亡的气息,镇上沉寂无声,每个暗处、街角都隐藏着威胁。在肉铺排队时,薇安听到女人们压低声音说:"报复……""比图尔更糟……""你听说格拉纳河畔的奥拉杜尔[①]发生了什么事吗?"

即使亲眼见证围捕、遣送、行刑,薇安依然不敢相信新近的传言。昨天早上,德国纳粹长驱直入,攻占距离卡利弗不远的小村奥拉杜尔,借称检查大家的证件,持枪把每一个村民赶入教堂。

"每一个村民噢,"刚跟薇安讲话的女人说,"男人、女人、小孩,全被纳粹开枪打死。然后纳粹关上教堂大门,把大家锁在里面,放火把教堂烧成焦土。"她的眼中盈满泪水。"这是真的。"

"怎么可能?"薇安说。

"我们家的笛儿看到纳粹朝一个孕妇的肚子开枪。"

"她亲眼看见?"薇安问。

老妇人点点头。"笛儿在兔子窝后面躲了好几个钟头,看着整个村庄化为火海。纳粹放火烧了教堂时,有些人还没断气,她说她永远忘不了那种惨叫声。"

[①] "二战"期间,德国纳粹在此屠杀六百四十二位村民。

据说这是为了报复反纳粹游击队抓走一个党卫军少校。

同样的情况会发生在卡利弗吗？下次战事失利，盖世太保或是党卫军会不会把卡利弗的镇民驱赶在一起，把大家关在市政厅，放火焚烧？

她拿着这个月配给的一小罐油走出肉铺，拉上兜帽，遮住脸庞。

有人抓住她的手臂，用力把她往左拉。她斜向一侧，重心不稳，几乎跌跤。

他把她拉进黑暗的巷子里，表明身份。

"爸爸！"薇安说，他的容貌让她惊讶得说不出话。

她看到战争对他的摧残：他的额头多了几道深深的皱纹，疲倦而浮肿的双眼冒出眼袋，肌肤失去光泽，头发变得灰白。他瘦得可怕，脸颊凹陷，布满老人斑。她想起"一战"后他从前线返家时，看起来也是同样糟糕。

"有没有一个安静的地方可以让我们讲话？"他说，"我可不想看到你那个德国人。"

"他不是我的德国人，但我们可以找个地方谈谈。"

她不怪他不想见到凡·芮克特。"家里隔壁有间空屋，德国人觉得太小，懒得打理。我们可以在那里碰面。"

"好，二十分钟之内碰面。"他说。

薇安再度拉上兜帽，遮住用围巾包住的头发，走出小巷。离开镇上，沿着泥泞小路走回家时，她试着猜想爸爸为何前来。她知道或以为伊莎贝尔跟他待在巴黎，即使都是推测。据她所知，爸爸和妹妹在同一个城市各过各的日子。自从谷仓里那可怕的一夜后，她再也没有伊莎贝尔的消息，虽然亨利跟她说伊莎贝尔一切安好。

她匆匆走过飞机场,几乎没有察觉飞机全都东歪西倒,依然因为最近一次轰炸而冒着黑烟。

她在蕾秋家的闸门前停下,前后张望,观看路上的动静。没有人跟踪,似乎也没有人监视她。她悄悄走进院子,快步踏入废弃的小屋。大门早已破损,如今歪歪斜斜地垂挂。她径自入内。

屋里阴暗,尘埃密布,家具几乎都被征用或偷走,墙上曾经悬挂照片处,如今只剩下方方正正的黑印子,客厅里只有一张座垫脏兮兮、椅脚缺损的双人沙发。薇安坐下,紧张兮兮地蜷缩在沙发边缘,一只脚轻踏覆满锈灰的地板。

她咬啮大拇指的指甲,静不下心,然后听到脚步声。她走到窗边,掀起遮黑的窗板。爸爸站在门口。这个弯腰驼背、老态龙钟的男人怎么可能是爸爸?

她让他进屋。他看着她时,脸上的纹路更显深沉,深深陷入脸颊,好像一道道融化的油蜡。他伸手拨弄日渐稀疏的头发,白色的发丝尖尖翘起,好像通了电般怪异。

他慢慢朝她走来,脚步略为蹒跚。看到他拖着沉重而迟钝的步伐走路,往事顿时浮上薇安的心头。她仿佛听到妈妈说:你要原谅他,薇安,他变了一个人,而且无法原谅自己……他必须靠我们帮他走出来。

"薇安。"他轻轻叫了她一声,粗嘎的嗓音久久回荡。这又让她想起战前,当时他还是原本的他。她早忘了那段岁月。战后,她将所有关于他的回忆束之高阁;久而久之便抛在脑后。如今想起,心中百感交集,令她不知如何是好。他已经令她心碎太多次。

"爸爸。"

他走向双人沙发,坐了下来,瘦弱的身躯把座垫压得软趴趴地下陷。"我不是个好爸爸,亏待了你们姐妹。"

这话突如其来,而且千真万确,薇安不知如何回应。

他叹了一口气。"现在说什么都太迟了,我已无法弥补。"

她也走到双人沙发旁,在他的身边坐下。"永远不会太迟。"她谨慎地说。这是真话吗?她可以原谅他吗?

可以。她立即知道。她没料到自己会这么想,正如没料到他会出现在这里。

他朝她转身。"我有好多事想说,但没有时间。"

"待下吧,"她说,"我会照顾你,而且……"

"伊莎贝尔被抓了,罪名是协助敌人。她被关在吉洛。"

薇安倒抽一口气,心中涌起难以丈量的悔恨与愧疚。她跟妹妹最后说了什么?不要再回来。"我们能做什么?"

"我们?"他说,"这是个贴心的问题,但不该问。你绝对不可以采取任何行动。待在卡利弗,别惹麻烦,跟以前一样保护我孙女的安全,等你先生返乡。"

薇安只能全力压下想说的话:爸爸,我现在不一样了,我协助藏匿犹太孩童。她好想从他的目光中看看自己,就这么一次,她好想让他骄傲。

开口吧。告诉他。

她怎能说?他坐在那里,看起来苍老、伤心、失落。昔日的神采几已完全消逝,他再也不是当年的他。他不需要知道薇安也冒着生命危险,不需要担心说不定不止失去一个女儿。就让他以为她很安全吧,也以为她很胆小吧。

"当这一切结束,伊莎贝尔会需要你给她一个家。你必须告诉她,她做得没错。有朝一日,她会担心她的决定是否正确,会思索当初是否应该留在你身边、保护你和苏菲,会想起她抛下你独自应付纳粹、害你承受危险,她会被她的决定纠缠,深感苦恼。"

薇安听到隐藏在他话语中的忏悔。他正以仅知的方式,借由述说伊莎贝尔的状况,对她坦承他的心路。他正告诉她,他担心自己是否做了正确的决定,投身"一战";他念念不忘参战对他的家庭造成了什么影响,至感不安。他知道自己返乡后变了,心中的伤痛非但没有拉近他与妻女的距离,反而让彼此更加疏离。他后悔自己抗拒她们,后悔多年前把她们丢给杜马斯太太。

那个决定是个多么沉重的负担!她头一次以成人的角度,凭借这场战争所赋予的智慧,客观地检视自己的童年。战争摧毁了爸爸,她已经懂了这一点。妈妈曾一再重复,如今薇安总算了解。

战争摧毁了他。

"你们这个世代会继续过下去,会记得发生了什么事,"他说,"这些回忆……很难忘记。你们必须彼此扶持,必须让伊莎贝尔知道有人爱她。我很遗憾始终没有这么做,现在一切都太迟了。"

"你听起来像在道别。"

她看到他眼神中的哀伤与苍凉,马上明白他为什么来到这里,明白他想说什么。他打算为伊莎贝尔牺牲自己。她不知道他要怎么做,但确定他打算这么做。他想借此弥补自己多年来一次又一次辜负她们姐妹。"爸,"她说,"你想做什么?"

他摸摸她的脸颊,他的手温暖、实在、舒坦,恰是慈父的抚慰。她从未意识到,或是对自己坦承,她多么想念他。如今她瞥见一个不同的未来,一丝可能的救赎,思念之情有如潮水般在她身旁漫开。"为了救苏菲,你愿意做什么?"

"什么都愿意。"

薇安凝视眼前这个男人，战争尚未改变他之前，他曾教导她阅读写作，提醒她欣赏日落。但她已经好久没有想起这样的爸爸。

"我得走了。"他边说边递给他一个信封，颤抖的字迹在信封上写着：伊莎贝尔和薇安。"你们姐妹一起读。"

他站起来，转身准备离去。

她还不想让他走，伸手想抓住他，却扯下他一截衣袖。她低头凝视手中这一小片褐白相间的格纹棉布。长长的棉布，有如她系在苹果树上的其他布条，追忆一个个悄然逝去和行踪不明的挚爱。

"我爱你，爸。"她轻声说。她意识到这是真心话，始终如此，一点不假。许久以来，爱意褪变为伤怀，她抗拒，将之推到一旁，但不知怎么地，她的心中依然存在那么一丁点爱意。女儿对爸爸的爱永远不会改变。虽难以承受，却不可抹杀。

"你怎么可能爱我？"

她用力吞了一口口水，看到他眼中的泪水。"我怎么可能不爱你？"

他再次依依不舍地看着她，在她的两颊印上一吻，往后退，用轻柔得几乎听不见的声音说："我也爱你。"然后转身离去。

薇安看着他远去。他终于消失在视线外后，她走回家中，途中在那棵系了布条的苹果树下驻足。自从在树枝上系绑布条，这些年来，苹果树已经枯死，果实也凋零了。其他几棵苹果树繁茂强健，她这株追忆之树却枯黑扭曲，有如果树后方那个饱经轰炸的卡利弗。

她把那截褐白的格纹棉布系在蕾秋的花布旁。然后走进屋里。

客厅里生了火，整间屋子暖烘烘，烟雾弥漫。德国人真是浪费。她皱起眉头,随手把门带上。

"苏菲、丹尼尔。"她大喊。

"他们在楼上我的房间里,我给了他们一些巧克力和玩具。"

凡·芮克特。大白天他在这里做什么?他看到她跟爸爸了吗?他晓得伊莎贝尔的事吗?

"你女儿谢谢我给她巧克力,她真是个漂亮的小妞。"

薇安不会上当,她知道自己绝对不可以因为这话而面露惧色。她挺直身子,一语不发,试图平息怦怦狂跳的心。

"但是你儿子,"他稍微强调了那个词,"他跟你不像。"

"我先生安……"

他出手好快,她甚至没看到他移动。他抓住她的手臂,用力捏她柔软的肌肤,再猛然一推,迫使她靠向墙壁。她不禁轻声惊呼。"你又打算跟我说谎吗?"

他拉住她的双手,用力扭拧,逼迫她高举,然后伸出一只戴了手套的手,强将她的双手按在墙上。"拜托……"她说,"不要……"

"我查过了,你和安托万只有一个小孩,一个女孩,苏菲,其他的都死了。这个男孩是谁?"

薇安吓得无法好好思考。她只知道不能说实话,否则丹尼尔会被遣送出境,自己也不会有好下场……还有苏菲。"安托万的表亲难产过世,我们从战争一开打就收养了丹尼尔,你也知道最近很难取得正式证件,但我有他的出生证明和受洗文件,他现在是我们的儿子。"

"这么说来,他是你们的外甥。血亲,但不是骨肉。谁能确定他爸爸是不是共产党员?说不定他是犹太人。"

/ 435

薇安一阵抽搐,咽了一口口水。他尚未起疑。"我们是天主教徒,你知道的。"

"为了把他留在身边,你愿意做什么?"

"什么都愿意。"

他慢条斯理地解开她的纽扣,让每一颗纽扣缓缓蹦出磨损的扣眼。当她的紧身胸衣"啪"地蹦开,他一只手往里探,抚摸她的乳房,用力挤捏她的乳头,她不禁痛得大叫。"什么你都愿意?"

她木然地咽下口水。

"我们进去卧室,拜托,"她说,"我有两个孩子。"

他后退一步。"女士优先。"

"你会让我留下丹尼尔吗?"

"你在跟我谈判吗?"

"是。"

他抓住她的头发用力一扯,把她拉进卧室,然后用力踢门,把门关上。他把她推到墙边,她撞上墙壁,不禁哀叫。他押着她抵着墙面,拉高她的裙子,撕破针织底裤。

她把头转开,闭上眼睛,听着他松开皮带,解开纽扣。

"看着我。"他说。

她不动,甚至大气不喘。她没有睁开眼睛。

他又甩了她一耳光。但她依然故我,紧闭双眼。

"如果你看着我,丹尼尔就可以留下。"

她转头,慢慢睁开双眼。

"这样好多了。"

他脱下长裤,分开她的双腿,侵占她的身体与心灵。她咬紧牙根,没有发出任何声响,也没有望向别处。

34

伊莎贝尔试图从什么东西旁边爬开？她刚才是不是被人踢了一脚或被火灼伤？说不定被关在冰箱里？她记不得。她拖着疼痛、流血的双脚倒退爬过地板，步步剧痛。她的头、脸、下巴、手腕、脚踝，全身上下无处不痛。

有人抓住她的头发，拽着她的头后仰。肮脏、粗鲁的手指强迫她张开嘴巴，灌进大量白兰地，令她反胃，她把酒吐了出来。

头发逐渐解冻，冰水顺着脸颊缓缓流下，她慢慢睁开眼睛。

一个男人站在她跟前抽烟，烟味让她非常不舒服。她在这里多久了？

想一想，伊莎贝尔，想一想。

她什么时候被移到这个阴暗、密不通风的牢房。两天吧？天亮了两次，她也看到阳光，是吗？两天？还是一天？

她是否已经熬过够长的时间，足以让组织通知大家分头藏匿？她无法思考。男人一边走动一边问她问题，嘴巴一张一合，喷出烟雾。

她不由自主地抽搐，缩成一团，往后蹲。后方有个男人朝她的脊椎狠狠踢了一脚,她定住不动。嗯,两个男人。一个在她的前方,一个在后方。她留意到讲话的那一个。

他在讲什么?

"坐下。"

她想违抗,但使不出劲。她爬坐到椅子上,手腕被磨得破皮,血流不止,渗出脓汁。她用双手遮住自己裸露的躯体,但知道这是白费功夫。他会拉开她的双腿,把她的脚踝绑在椅脚上。

当她坐定,有个软软的东西打上她的脸,掉到膝上。她呆呆地低头看。一件洋装,不是她的。

她把洋装紧紧抱在赤裸的胸前,抬起头。

"穿上。"他说。

她双手颤抖,缓缓站起,别别扭扭地套上那件皱巴巴、松垮垮、最起码比她的尺码大三号的蓝色亚麻洋装。她花了好久才扣上纽扣。

"夜莺。"他边说边用力吸了一口烟。烟头闪烁着橘红的火光,伊莎贝尔不由自主缩回椅子里。

史密特,他叫史密特。"我不懂鸟。"她说。

"你是朱丽叶·吉威斯。"

"我跟你说了上百次。"

"你不知道任何关于'夜莺'的事?"

"我说过了。"

他点点头,伊莎贝尔立刻听到脚步声,她身后的牢门随即开启。

她想:不痛,不痛,这只是我的肉体,他们碰触不到我的心灵。这已成为她的定心咒。

"我们该问的都问了。"

他对她笑笑,那种笑容让她毛骨悚然。

"把他带进来。"

一个戴着脚铐的男人蹒跚地往前走。

爸爸。

她看到他眼中的惊恐,马上意识到自己看起来是什么模样:嘴唇撕裂、双眼瘀青、脸颊破相……胳臂布满香烟烧灼的印记,头发沾满凝结的血块。她应该站直在原地,但办不到。她咬紧牙根,强忍着疼痛,一跛一跛地往前走。

他脸上没有瘀青,嘴唇没有裂伤,也没有一脸痛苦地抱着身躯。

他们没有痛打他,也没有折磨他,这表示他们尚未拷问他。"我是'夜莺',"爸爸对那个折磨她的男人说,"这不就是你们想要知道的吗?"

她摇摇头,悄悄说不,声音轻得没人听得见。

"我才是'夜莺'。"她站定,双脚沾满鲜血,感觉烧灼。她转身面向那个拷问她的德国人。

史密特大笑。"你,一个女孩子?你说你是恶名昭彰的'夜莺'?"爸爸用英文跟那个德国人说了几句话,德国人显然听不懂。

伊莎贝尔明白了:他们可以用英文交谈。

伊莎贝尔跟爸爸离得好近,手一伸就摸得到他,但她没有伸手。"别这么做。"她哀求。

"我已经做了。"他说。他牵动嘴角,慢慢露出微笑。看到他的笑容,她胸口一阵刺痛。回忆如潮水般袭向她,漫过年复一年筑起的心防。爸爸飞快地把她搂在怀里,抱着她转圈;爸爸扶起跌倒的她，拍去她身上的尘土，轻声说："别哭得太大声，我的小恶魔，你会吵醒你妈妈……"

她急促地、浅浅地呼吸，拭去眼中的泪水。他试图补偿她，突然想寻求宽恕，想赎罪。他打算牺牲自己换她的性命。她瞥见昔日的他——那个妈妈爱上的诗人。战前的他说不定找得到其他方式，想得出最适切的言辞，修补他们父女千疮百孔的过去。但他再也不是昔日的他。他已经失去太多，伤逝之中，丢弃了更多。他只知道用这种方式表达对她的爱。"别这样。"她轻声说。

"没有其他方法了。原谅我。"他悄悄说。

盖世太保站到两人中间，一把抓住爸爸的胳膊，拉着他走向门口。伊莎贝尔一跛一跛地跟在后面。"我是'夜莺'！"她大喊。

牢门在她面前"啪"地关上。她蹒跚地走到牢房的窗边，紧抓着粗硬、生锈的铁条。"我是'夜莺'！"她尖叫。

在晕黄的晨光中，爸爸被拖进广场，行刑大队立正站定，高举步枪。

爸爸跌跌撞撞地往前走，弓着身子穿过铺着鹅卵石的广场，走过喷泉。晨光为万物蒙上一层金黄绚丽的光影。

"我们应该还有时间。"她轻声说，感觉热泪盈眶。她已经幻想了多少次她和爸爸重新来过，他们一家三口有新的开始？说不定战争结束后，爸爸、姐姐和她有机会团聚，重新学习如何成为一家人。

如今再也不可能。她再也没机会了解爸爸，感觉他的手暖暖地握着她的手，一起躺在长沙发上打盹；她再也没机会说出那些父女之间应该说的话。那些话将永远遗落，化为鬼魅，悄然飘逝。他们永远无法成为妈妈所承诺的一家人。"爸。"她说，这个字忽然变得如此沉重,纯粹只是梦想。

他转身面对行刑大队。她看着他直起脊背,挺胸抬头,拂去垂落在眼前的一绺绺白发。隔着广场,他们父女的目光相遇。她把铁条抓得更紧,死命握着,支撑自己。

"我爱你。"他以嘴形示意。

枪声大作。

薇安浑身疼痛。

她躺在床上,两侧各是熟睡中的孩儿,试图不要回想昨晚被性侵的种种细节。她慢慢走到抽水泵边,用冷水冲洗身体,碰到瘀青就痛得退缩。

她挑了容易穿脱的衣物:皱巴巴的亚麻连身洋装、合身的胸衣、波浪裙。

她整夜无法成眠,直挺挺地躺在床上,紧紧抱住孩子们,一下因他对她做了什么、剥夺了什么而啜泣,一下因自己无法制止这一切而气怒。

她想杀了他。

她想杀了自己。

安托万会对她作何感想?

老实说,她只想缩成一团,躲在某个阴暗角落,永远不再露面。

但是近来连羞愧都成了她负担不起的奢侈品。伊莎贝尔入狱,爸爸打算设法营救,这种时候她怎能担心自己?

"苏菲,"当她们吃完干硬的吐司和白煮蛋早餐后,她对女儿说,"我今天必须处理一些事,你跟丹尼尔待在家里,把门锁好。"

"凡·芮克特……"

"他明天才会回来。"她感觉自己脸红了。她跟他不应该熟稔得知道他的行踪。"他……昨天晚上告诉我的。"说到最后,她语带哽咽。

苏菲站起来。"妈?"

薇安赶紧拭去泪水。"我没事,但我得出门了。乖乖待在家里。"她亲亲两个小孩,说声再见,匆匆出门,以免自己找借口留在家里。

比方说苏菲和丹尼尔都在家。

还有凡·芮克特。他说今晚不会回来,但谁晓得呢?他始终可以派人跟踪她。但她若一直担心假设状况,肯定什么事都做不成。自从协助藏匿犹太孩童以来,她已经学会抗拒害怕,坚持下去。

她必须帮助伊莎贝尔。

(不要再回来)

(我会亲自告发你)

如果有办法,她也得帮爸爸。

她搭上火车,坐在三等车厢的硬板凳上。其他几位乘客,大多是女性,头低低地坐定,双手交握搁在膝上。一名人高马大的上尉守在门口,手中的步枪随时可以开火。眼睛细小、个性凶残的维希政府保安大队坐在车厢的另一头。

薇安没有理会包厢里另外两名女子,其中一人散发出大蒜和洋葱的臭味。包厢闷热,密不通风,薇安闻了有点反胃。幸好她的车程不远,刚过十点,她就抵达目的地吉洛,在郊外的小车站下车。

接下来怎么办?

艳阳高照。烈日下，小镇有如陷入昏眠。薇安抓紧皮包，感觉汗水流下脊背，汗珠沿着鬓角滴落。多栋砂灰色楼房已被炸毁，到处瓦砾成堆。一所学校的石墙漆着象征解放法国的蓝色洛林十字架，学校早已废弃。

街道蜿蜒，铺着圆石，行人稀疏，偶尔有个骑着自行车的女孩，或推着独轮手推车的男孩经过她身边，但大多时候四下一片静默，弥漫着离弃的氛围。

然后有个女人放声尖叫。

薇安走到最后一个弯曲的街角，看到小镇的广场。一具尸体倒卧在广场的喷泉旁，鲜血染红了池水，汨汨流过他的脚踝。他被一条军用皮带绑住，头往后仰，看起来像是休憩，但嘴角下垂，双眼无神，胸口布满弹孔，血肉模糊，毛衣也被子弹打得千疮百孔，血渍染污了他的胸口和裤管。

是爸爸。

伊莎贝尔整晚蜷伏在牢房潮湿、阴暗的一角。爸爸惨死枪下的景象一再浮现，她满心惊恐。她很快就会没命，这点她非常确定。

她吸气、吐气，心脏怦怦跳；她借着呼吸与心跳计时。时间一小时一小时流逝，她在脑海中写信，向爸爸、贾约丹、姐姐道别。她将回忆串联为字句，试图牢记在心，但每一句都以"对不起"作结。当士兵们前来拘提，铁钥匙哗啦哗啦地插入古老的锁孔，牢门嘎嘎地开启，被蠹虫蛀蚀的木门刮过凹凸不平的地板时，她想尖叫，高声抗拒，但已经喊不出声。

她被拽拉站起，一个身材有如坦克车的女人把鞋子和袜子推到她面前，用德文说了几句话。女人显然不会讲法文。

她把那几张朱丽叶·吉威斯的身份证件交还伊莎贝尔，证件已经皱巴巴、脏兮兮。

鞋子太小，夹痛脚趾，但伊莎贝尔庆幸有鞋可穿。女人拉着她走出牢房，爬上高低不平的石阶，踏入阳光炫目的广场。几个士兵站在广场另一头的楼房旁，肩上扛着步枪，忙着他们自己的事。她看到爸爸弹孔累累的尸体倒卧在喷泉旁，不禁放声尖叫。

广场上每个人都抬头。士兵们指指点点，嘲笑她。

"嘘！"德国女人低声斥喝。

伊莎贝尔刚想开口就看到薇安走向她。

姐姐举步维艰，好像不知道如何控制自己的躯体。她穿着一件破烂的洋装，在伊莎贝尔的记忆中，那件洋装曾经细致秀美。她红澄澄的头发失去光泽，稀疏散乱，塞在耳后，脸颊有如骨瓷茶杯般凹陷脆弱。"我来救你。"薇安悄悄说。

伊莎贝尔想痛哭。她想奔向姐姐，双膝跪地，恳求宽恕，满心感激地拥抱姐姐。她好想说"对不起""我爱你"，以及介乎歉意与爱意之间的种种话语。但她什么都不能做，必须保护薇安。

"他也是。"她头一歪，指向她们的爸爸。"你走吧，拜托。原谅我。"

德国女人用力拉扯伊莎贝尔。她跌跌撞撞地跟着走，双脚疼痛不堪，但她不容许自己回头望。她以为自己被带往行刑大队，但却经过爸爸颓软的遗体，走出广场，踏入一条小巷，一辆卡车在巷中等候。

女人把伊莎贝尔推进卡车车厢。她蹒跚地爬到角落蹲下，孤单一人。帆布车罩噗噗盖下，黑暗顿时袭来。引擎隆隆发动，她把下巴靠在骨瘦如柴的膝盖间，枕着硬邦邦的膝盖骨，闭上双眼。

当她醒来,四下毫无动静,卡车已经停下。远处警笛声大作。

帆布车罩被拂到一旁,白花花的灯光涌入车厢,伊莎贝尔一时目眩,一个灰蒙蒙的人影大喊"快点、快点!"朝她走来,除此之外,她什么都看不见。

她被拉出卡车,好像垃圾似的丢到街上。四列运送牲口的火车沿着月台停放,前三列车门紧闭,第四列车门开启,车里挤满女人和小孩。尖叫声,哭泣声,狗犬吠叫,士兵喊叫,警笛哔哔怒号,等着发动的火车铿锵低鸣,种种声响令人不知所措。

纳粹把伊莎贝尔推入人群,她一停步,他就推她,直到眼前出现最后一节车厢。

他抓起她,把她扔进车厢。她东歪西倒地撞上人群,几乎跌倒,幸好车厢挤满了人,才不至于摔到地上。人群持续拥入,人人脚步蹒跚,哭哭啼啼,紧牵着孩子的手,试图在人潮中找到一点立足之地。

车窗上了铁条。伊莎贝尔看到角落有个木桶。

众人的马桶。

一个个皮箱推放在角落的稻草堆上。

伊莎贝尔一跛一跛,拖着步步疼痛的双脚,挤过呜咽啜泣的女人和号啕大哭的孩童,走到车厢最里头。她看到一个女人孤零零地站在角落,手臂交叠在胸前,黑色的头巾包住粗硬的灰发,一副桀傲不逊的模样。

巴宾诺太太!她瘀青的脸颊突然一笑,露出一口黄板牙。看到朋友,伊莎贝尔大大松了一口气,几乎喜极而泣。

"巴宾诺太太。"伊莎贝尔轻声说,紧紧抱住她的朋友。

"我想现在你可以叫我米雪儿了。"朋友说。她穿了男装长裤和法兰绒工作衬衫，裤管显然过长。

她摸摸伊莎贝尔伤痕累累、血迹斑斑、瘀青肿胀的脸颊。"他们对你做了什么？"

"最恶劣的招数。"她说，试图以平常的口气说话。

"我想还不是。"米雪儿暂不作声，让两人思索这话，然后她头一歪，比比脚边的一个水桶，里面装满秽浊的饮水，人们一踏过木头地板，浊水就摇晃溅洒，泼到桶外。一支破裂的木勺搁在一侧。

"趁还有水的时候喝几口。"她说。

伊莎贝尔舀了满满一勺臭得令人反胃的浊水，强迫自己吞下。她站起，舀了一勺递给米雪儿，米雪儿喝干，用袖口抹干湿润的嘴唇。

"情况很糟。"米雪儿说。

"抱歉连累了你。"伊莎贝尔说。

"朱丽叶，你哪有连累到我？"米雪儿说，"我自愿参与的。"

警笛声再度大作，车门"砰"地关起，众人陷入黑暗中。门闩铿锵上锁，把所有人锁在车厢里。火车猛一震动，往前移动，众人摇摇晃晃，彼此推挤。婴儿尖叫，孩童哭号，有人在桶子里撒尿，尿味、汗臭与恐惧交融，臭气冲天。

米雪儿揽住伊莎贝尔，两人爬到稻草堆顶，一起坐下。

"我叫伊莎贝尔·罗西诺。"她悄悄说，听着自己的名字隐没于黑暗中。如果她将丧生在这节车厢里，她希望有人知道她是谁。

米雪儿叹了一口气。"你是朱利安和玛德琳的女儿。"

"你一开始就知道？"

"是，你有你妈妈的眼睛和你爸爸的脾气。"

"他被处决了,"她说,"他供认他是'夜莺'。"

米雪儿握住她的手。"他当然会这么做,等你当了母亲就会了解。我记得我曾觉得你爸妈不太相配,朱利安是读书人,不太爱讲话,你妈妈则耿直活泼。我觉得他们没有相似处,但现在我了解爱情大多都是如此。战争毁了他,你知道的;他变了个人,就像一支香烟,再也变不回原本的模样。你妈妈试图挽救他,竭尽全力。"

"她一过世……"

"没错。他非但没有振作,反而开始酗酒,自甘堕落,但他原本不是这样的人。"米雪儿说,"有些故事的结局并不圆满。即使是爱情故事,或者说,尤其是爱情故事。"

时间匆匆流逝。火车经常停下来载运更多妇孺或躲避轰炸。女人们轮流坐下,让大家都有机会休息,尽量照应彼此。饮水告罄,尿桶满溢,簌簌流出。每次火车减缓速度,伊莎贝尔马上冲到车厢边上,透过板条望向车外,试图看出她们身在何处,但只看到更多士兵、军犬、皮鞭……更多女人像牛群似的被赶上车厢。女人们在纸片或破布上写下自己的姓名,塞进车厢两侧墙壁的缝隙。明知无望,却依然希望有人记得她们是谁。

到了第二天,她们全都筋疲力尽,饥肠辘辘,口渴到不敢说话,以免浪费唾液。车厢里又闷又臭,令人难以忍受。

你应该害怕。

贾约丹不是这样说过吗?他说在谷仓的那一晚,薇安也曾经做出同样警告。当时伊莎贝尔并未充分理解,如今她总算懂了,以前总觉得任何事都打不倒她。但她会做出不同的抉择吗?

"不会。"她在黑暗中悄悄说。

她会义无反顾再来一次。

这不是终点,她必须谨记。她每熬过一天,就有机会得救。她不能放弃,绝对不能放弃。

火车停下来。伊莎贝尔坐起,双眼昏花,全身因为先前的严刑拷打而疼痛不堪。她听到粗声斥喝、军犬吠叫。警笛声大作。

"醒醒,米雪儿。"伊莎贝尔边说边轻轻摇醒身边的女子。

米雪儿慢慢坐起。

车里其他七十位妇孺也慢慢从漫长的旅程中苏醒。坐在地上的女人们站了起来,人人自觉地聚拢,贴靠得更近。

伊莎贝尔勉强站起,她的脚受伤,鞋子也太小,不禁痛得呻吟。她抓住米雪儿冰冷的手。

巨大的车门开启,阳光突然涌入,人人目眩。伊莎贝尔看到一身黑衣的党卫军,他们牵着咆哮的狗,对着妇孺大声喝令,大家虽然听不懂,但意思非常明显:下车,往前走,排成一列。女人们相互扶持,逐一下车。伊莎贝尔紧抓着米雪儿的手,踏上月台。

警棍重重打中她的头,她摇摇晃晃,身子一斜双膝跪地。

"站起来,"一个女人说,"你非得站起来不可。"

伊莎贝尔在女人的搀扶下站起。她头昏脑胀,靠向对方。米雪儿从另一侧走过来,一手揽住她的腰,帮她站稳。

一条长长的皮鞭在她左边飕飕飞舞,嘶嘶作响,皮鞭打中一个女人粉嫩的脸颊,女人惨叫一声,伸手蒙住皮开肉绽的脸孔,鲜血从她的指间不停涌出,但她继续往前走。

女人们排成参差不齐的队伍,走过凹凸不平的泥地,穿过一道被铁丝网围起的闸门。一座哨塔高高耸立在她们上方。

闸门内,伊莎贝尔看到数以百计,甚至数以千计的女人如鬼魅般四处游走,景象阴郁,几近荒诞。女人们瘦得皮包骨,双眼深陷,脸色死灰,头发被剪得非常短。她们身穿宽大、破烂、褴褛的旧衣,有些人光着脚。只有妇孺。没有男丁。

闸门后方、哨塔下,她看到一座座、一排排营房。

一个女人的尸体倒卧在她们前面的污泥中。伊莎贝尔跨过死者,她已经麻木到只想着继续前进。刚才有个停下来的女人受到重重鞭打,甚至没有再站起来。

士兵们从她们的手中抢下皮箱,硬生生地扯下她们的项链、耳环、婚戒。值钱的物品全被抢光后,她们被带进一个房间,大家挤成一团,大汗淋漓,口干舌燥,头昏脑胀。一个女人抓住伊莎贝尔的胳臂,把她拉到一旁,她还来不及多想,衣服已被剥得精光。她们全都遭受同样待遇。粗鲁的双手、肮脏的指甲刮过她的肌肤,她的腋下、头发、阴毛被狠狠剃光,动作粗鲁到让她渗血。

"快点!"

伊莎贝尔跟其他赤身裸体、冻得发抖、毛发被剃得精光的女人站在一起,她的脚很痛,头依然因为先前的重击嗡嗡作响。然后她们又要移动,成群结队地朝着另一栋楼房前进。

她忽然想起从英国情报局和英国广播公司听到的报道,报道中指出,犹太人在集中营里被送进毒气室。

她跟着人群蹒跚前进,走入一栋到处是莲蓬头的大房间,她不禁微微感到惊慌。

伊莎贝尔站到其中一个莲蓬头下,浑身赤裸,不住颤抖。在警卫、囚犯、军犬发出的噪声中,她听到老旧的通风系统嘎嘎作响。有些东西不断涌入,哗啦哗啦地穿过管线。

劫数难逃。

楼房各扇大门噼噼啪啪地关上。

寒冰般的冷水从莲蓬头哗哗流下，伊莎贝尔赫然一惊，感觉冰冷彻骨。转眼间，大家冲了澡，又被赶在一起。她冷得发抖，徒劳无功地试图用颤抖的双手遮住裸露的躯体，拖着沉重的步伐，踽踽地跟着其他女人往前移动。她们一个接一个被喷洒除虱药，然后有人递给她一件条纹罩衫、一件肮脏的男用内裤和一双没有鞋带、同是左脚的皮鞋。

她把这些刚得手的私人物品紧紧抱在湿冷的胸前，被推进一个形若谷仓、排放着木头双层床的建筑物，爬上其中一张木板床，跟其他九个女人一起躺下。她动作很慢地穿上衣服，然后躺回床上，盯着上铺灰黑的床板。"米雪儿？"

"我在这里，伊莎贝尔。"她的朋友从上铺说。

伊莎贝尔累得再也说不出话。她听到外面皮带噼噼啪啪、皮鞭嘶嘶作响，行动太慢的女人们惨叫连连。

"欢迎来到拉文斯布吕克集中营。"她身旁的女人说。伊莎贝尔感觉女人骨瘦如柴的臀部贴着她的大腿。她闭上眼睛，试图阻隔噪声、气味、恐惧、痛苦。

活下去，她想。

活——下——去。

35

八月。

薇安尽可能轻声轻气地呼吸。她置身楼上的卧房——她曾与安托万共享的卧房。在闷热的黑夜里,种种声音听起来似乎更加响亮。当凡·芮克特朝着另一侧翻身,她听到弹簧被他压得嘎嘎作响,似乎出声抗议。她静静观察他呼吸,暗自研判。他开始打鼾时,她一寸寸地往床边移动,推开潮湿、粘贴在她赤裸身躯上的被单。

最近几个月,薇安饱尝疼痛、羞愧和屈辱的滋味。她也学会如何求生,知道如何估量凡·芮克特的情绪、何时躲开、何时保持安静。如果她做得恰到好处,有时他几乎忘了有她这么一个人。只有当他过得不顺心、回家时已经一肚子气,她才躲不了。比方说昨晚。

他怒气腾腾地回到家中,喃喃念叨着巴黎的战事。反纳粹游击队已经开始打街头战,薇安马上知道他当晚有何要求。

他要让人受罪。

她赶紧把孩子们赶出客厅,带进楼下的卧房,哄他们上床睡觉。然后走上二楼。

他迫使她上楼找他，而她乖乖照办，最难受的也许是这点。她自动宽衣，以免衣服被他撕破。她穿上衣服，察觉到手臂一抬就痛。她在遮黑的窗前暂且止步。窗外的田野已被燃烧弹摧毁；树木断成两截，多处依然闷烧，家家户户的闸门和烟囱皆已毁坏，放眼望去有如末日地景。飞机场成了一堆堆坍塌的土石和木块，周围尽是报废的飞机和被炸毁的卡车。自从戴高乐将军接管解放法国的军队后，盟军已在诺曼底登陆，欧洲各地的空袭也日趋频繁。

安托万仍在某处吗？他是否置身某个战俘营，透过牢房的墙缝或钉上木条的窗户，凝视着这个曾经照亮他们温馨家宅的明月？还有伊莎贝尔。她只离开了两个月，感觉却好像过了一辈子。薇安始终担心她的安危，但担心之外她无计可施，只能默默承受。

她下楼，点支蜡烛。供电早已中断。她走进盥洗室，把蜡烛搁在水槽边，看着镜中的自己。即使在烛光中，她看起来依然苍白消瘦。微红的金发失去光泽，垂落在脸颊两侧。连年物资匮乏，她的鼻子似乎更加尖削，颧骨也更明显。她的鬓角有一处瘀青，微微青紫，再过不久就会转为黑紫。她看都不看就知道手臂会冒出几个手印，左乳也会有一处丑陋的瘀青。

他愈来愈愤怒，愈来愈不留情。盟军已在法国南部登陆，开始解放各个城镇。德军节节败退，而凡·芮克特似乎打定主意让薇安为此付出代价。

她脱下衣服，用温水洗洗身子，用力搓擦，直到皮肤起了红点，但依然觉得不干净。她始终觉得不干净。

搓到不能再搓后，她擦干身子，穿上衣服，再罩上睡袍。她系好腰带，拿着蜡烛走出盥洗室。苏菲在客厅里等候。她坐在长沙发上,双膝并拢,双手交握。家中只剩下长沙发这件像样的家具,其他全被征用或当作柴火烧了。

"这么晚了,你怎么还不睡?"

"我也可以问你同样的问题,但不问也知道为什么,对不对?"

薇安系紧睡袍的腰带,她一紧张,双手就停不下来。她向来如此。"我们去睡吧。"

苏菲抬头看她。这个小女孩已经快满十四岁,看起来渐渐像个大人。她的黑眼映着苍白的肌肤,睫毛又密又长。由于营养不良,她的头发不像以前那么浓密,但发尾依然微卷。她噘起丰润的双唇。

"算了吧,妈,我们还得假装多久?"她那双漂亮的大眼睛盈满愤怒与哀伤,看了让人心碎。薇安显然瞒不住这个被战争剥夺了童年的孩子。

一个做母亲的如何跟她几乎成年的女儿解释世间的丑恶?她怎能坦承?她怎能指望女儿抱持比较宽容的心态,不像她如此苛刻地评断自己?

薇安在苏菲身边坐下,想起她们往昔的生活:笑闹、嬉戏、一家人共进晚餐、圣诞节早晨、掉落的乳牙、第一句话。

"我不笨。"苏菲说。

"我从来不认为你笨,从来没有。"她深深吸口气,缓缓吐出,"只是想保护你。"

"让我不受真相伤害?"

"让你不受任何伤害。"

"怎么可能?"苏菲尖酸地说,"到现在你还看不出来吗?蕾秋阿姨走了,莎拉死了,外公死了,伊莎贝尔阿姨……"她的眼中盈满泪水。"还有爸爸……你最后一次听到他的消息是多久之前？一年？八个月？他说不定也死了。"

"你爸爸还活着，阿姨也是。如果他们死了，我会知道。"她伸手摸摸胸口，"我心里会有感觉。"

"你心里？你的心会有感觉？"

薇安知道这场战争改变了女儿的心性，恐惧与绝望让女儿变得冷漠，把女儿变成比较尖酸、愤世的苏菲，她清清楚楚地看在眼里，为之心酸。

"你怎么可以就这样……上楼找他？我看到那些瘀青。"

"那是我的斗争，与你无关。"薇安悄悄说，羞愧得几乎难以自容。

"伊莎贝尔阿姨会趁他睡觉的时候把他勒死。"

"没错，"她同意，"伊莎贝尔很坚强。我不一样，我只是个……试图保护孩子安全的母亲。"

"你以为我们希望你用这种方式保护我们？"

"你还小，"她说，深感沮丧，肩膀一垂，"等你当了妈妈……"

"我不会当妈妈。"她说。

"我让你这么失望，苏菲，我好抱歉。"

"我要杀了他。"苏菲过了一会儿说。

"我也是。"

"我们可以趁他睡着的时候拿枕头把他闷死。"

"你以为我没有想过这么做吗？但这样太危险。贝克寄宿在我们家的时候失踪，如果另一个军官同样下落不明，他们会把注意力集中在我们身上，这可不是我们所愿。"

苏菲郁郁地点头。

"我可以忍受凡·芮克特对我做的事，苏菲，但我无法忍受失去你或丹尼尔。我受不了跟你们分离，或看到你们受到伤害。"

苏菲紧盯着她。"我恨他。"

"我也恨他，"薇安轻声说，"我也恨他。"

"今天好热，说不定是游泳的好天气。"薇安带着微笑说。

台下立刻齐声欢呼。

薇安指示小朋友们走出孤儿院的教室，一边提醒大家聚拢，一边带领他们走向修道院。经过院长办公室时，门忽然开启。

"莫里亚克太太，"院长微微一笑说，"你这群小朋友看起来好开心，好像随时要唱歌。"

"院长，在这种大热天不会。"她挽住院长的臂膀。"跟我们一起走到小池塘吧。"

"好主意。在这个晴朗的九月天出去走走，实在很棒。"

"排成一排。"当大伙走到大马路，她对小朋友说。孩子们马上排成一排。薇安起个头，小朋友们马上大声接着唱，一边拍手一边蹦蹦跳跳。

他们究竟有没有注意到途中一栋栋遭到轰炸的楼房？或冒着黑烟、曾是家宅的断瓦残垣？说不定断瓦残垣已是他们童年熟知的光景，他们不以为奇，也视而不见。

丹尼尔跟往常一样跟在薇安身边，紧抓着她的手。他最近始终如此，生怕跟她分开太久。这让她苦恼，甚至伤心。她怀疑他多多少少记得失去的一切——母亲、父亲、姐姐。当他蜷伏在她身边沉沉坠入梦乡时，她始终担心他会迷迷糊糊地想起自己是艾瑞尔——那个被留弃的小男孩。

薇安拍拍手。"小朋友，大家要守规矩，排队过马路。苏菲，你来带头。"

孩子们小心翼翼地过马路，然后冲上山丘，跑向那个宽广的池塘。那是薇安最心爱的地方之一。

当年安托万就在池边第一次吻了她。

孩子们在池边脱光衣服，不一会儿就下水。

她低头看着丹尼尔。"你要不要跟姐姐一起下水游玩？"

丹尼尔紧咬下唇，看着其他小朋友在湛蓝、平静的池塘中戏水玩乐。"我不知道……"

"如果你不想，不一定非得游泳，也可以踩踩水就好。"

他眉头一皱，鼓起小脸，仔细考虑，然后放开她的手，谨慎地走向苏菲。

"他依然黏着你。"院长说。

"他依然做噩梦。"薇安正想说天晓得我也是，忽然感到一阵恶心。她喃喃说声抱歉，冲过草地，跑到小灌木林，在林间弯腰呕吐。她胃里没有东西，但依然不停干呕，让她感到虚弱疲倦。

她感觉院长的手搭在她背上，揉揉她，安抚她。

薇安直起身子，试着微笑。"对不起，我通常不会……"她住口。实情有如潮水般涌向她，她转身面向院长，"我昨天早上也吐了。"

"噢，糟了，薇安。你怀孕了？"

薇安不知道该笑、该哭，还是对着天父尖叫。她始终一再祈求天父让她再怀个小宝宝。但不是现在。不是跟他。

薇安失眠了一星期。她头晕目眩，筋疲力尽，惊慌失措。晨间害喜的情况愈来愈严重。

此刻她坐在床沿,低头看着丹尼尔。五岁的他长高了,睡衣变得太小,起了毛边的袖口和裤管露出一截细瘦的手腕和脚踝。他跟苏菲不一样,从不抱怨东西不够吃,在烛光下阅读不够亮,配给的灰面包很难吃。在他的记忆中,事情向来如此。

"嗨,丹尼尔舰长。"她边说边拂去垂落在他眼前的潮湿鬈发。他翻身仰躺,对她咧嘴一笑,炫耀一下自己缺了门牙。

"妈,我梦到家里有糖果。"

卧室的门"砰"地开启,苏菲上气不接下气地跑进来。"妈,快来看。"

"噢,苏菲,我正在……"

"现在。"

"来,丹尼尔,好像出了什么事。"

他生龙活虎地投入她的怀抱。他太重,她抱不动,所以紧紧抱他一下,然后抽身。她帮他拿来一件帆布长裤和一件毛衣,长裤是她用一件在谷仓找到的油漆工作服裁制,毛衣是她用宝贵的蓝色毛线亲手织打,家里也只剩下这两件衣服还算合身。穿好衣服后,她牵着他的手,带他走进客厅。大门开着。

教堂的钟声大作。某处似乎传来乐声。《马赛曲》?在星期二早上九点?

苏菲站在苹果树下。纳粹列队走过门前。过了一会儿,车辆随后而至。坦克、卡车、汽车一辆接一辆轰隆驶过乡园,激起漫天尘土。

一部黑色的雪铁龙汽车缓缓停在路旁,凡·芮克特下车,朝她走来。他的皮靴脏兮兮的,墨黑的太阳眼镜遮住双眼,嘴巴抿成一道细线，看似怒气腾腾。

"莫里亚克太太。"

"少校先生。"

"我们要离开你们这个丑陋的不中用的小镇。"

她默不作声。如果开口，她可能说出某些让自己送命的话语。

"这场仗还没打完。"他说，但这话是说给她听，还是说给自己听，她不太确定。

他目光一闪，瞥过苏菲，落在丹尼尔身上。薇安站得笔直，动也不动，神情漠然。

他转向她，看着她脸颊上那个最近冒出来的瘀青，嘴角一扬，露出微笑。

"凡·芮克特！"有人在队伍里大喊，"别管你那个法国荡妇。"

"他说的是你，你晓得吧？"他说。

她紧抿双唇，以免自己开口。

"我会忘了你，"他往前一靠，"我可不知道你忘不忘得了我。"

他昂首走进屋里，提着皮箱走出来，看都不看她一眼，直接上车。车门"砰"地关上。薇安伸手抓住闸门，稳住自己。

"他们走了。"苏菲说。

薇安双脚一软，身子一瘫，跪到地上。"他走了。"苏菲在薇安身旁跪下，紧紧抱住她。

丹尼尔光着脚跑过他们之间的泥地。"还有我，"他大喊，"我也要抱抱！"他一头冲进两人怀里，把她们撞得摇摇晃晃，跌向干枯的草地。

自从德国人离开卡利弗后，过去几个月来，盟军捷报频传，但战争尚未终止。德国尚未投降。遮黑的禁令逐渐放宽，窗户又可以透光，阳光流泻而入，有如一件令人惊喜的赠礼。但薇安依然无法宽心。既然再也不必提防凡·芮克特（有生之年，她绝对不要再提起他，但无法不想到他），她成天只挂念伊莎贝尔、蕾秋和安托万。她几乎每天写信给安托万，到邮局排队寄信，即使根据红十字会的报告，邮件全都无法寄达。安托万已经一年多音信全无。

"妈，你又在走来走去。"苏菲说。她跟丹尼尔坐在长沙发上，两人舒服地窝在一起，一本书摊在两人之间。壁炉架上摆着几张薇安从谷仓地窖里拿来的相片，这是少数她办得到的事情之一，试图让乡园感觉像个家。

"妈？"

苏菲的声音将薇安拉回现实。

"他会回家，"苏菲说，"伊莎贝尔阿姨也会回家。"

"一定会的。"

"我们跟爸爸怎么说？"苏菲问，从女儿的眼神中，薇安看得出这个问题在她心里闷了好久。

薇安一只手搁在依然平坦的腹部。虽然大家还看不出她怀了孕，但薇安相当了解自己的身体；一个小生命正在她体内生长。她走出客厅，走向大门，把门推开，光着脚走下龟裂的石阶，感觉柔软的青苔轻抚脚底板。她小心地避开一颗尖锐的石头，踏上小路，转身朝向小镇，继续往前走。

墓园出现在她右方。两个月前的一场轰炸摧毁了墓园。陈旧的墓碑坍塌倾倒，四分五裂。地面龟裂毁损，坑坑洞洞；骸骨吊挂在树间，白骨在风中嘎嘎作响。

她依稀看到一个男人从小路的转弯处走来。

其后多年,她经常自问:她受到什么牵引,竟然在那个炎热秋日的那个时刻来到这里?但她就是知道。

安托万。

她迈步奔跑,浑然无视自己光着脚。直到几乎置身他怀中、伸手就摸得到他,她才突然停下来,挺直瘦弱的身躯。他一眼就能看出她被另一个男人糟蹋过吧。

"薇安,"他用薇安几乎认不出的声音说,"我逃出来了。"

他变了好多,五官看来冷硬,头发也已灰,白色的胡楂盖住凹陷的脸颊和下颌,而且瘦得吓人。他的左手臂斜斜垂挂,看起来不太自然,好像曾被人打断再胡乱接上。

他也觉得她变了好多。她从他眼中看得出来。

他的名字随着她的鼻息轻轻飘送。"安托万。"她感觉泪水刺痛双眼,看到他也哭了。她靠向他、亲吻他,但当他退后,看起来却像是她从未见过的男人。

"我下次会做得更好。"他说。

她牵起他的手。只想感觉自己在他身旁、与他心意相通,但她所承受的一切使她倍感羞辱,也形成了两人之间的隔阂。

"我每天晚上都在想你,"他说,两人一起走回家中,"想象你在我们的床上,想象你穿上那件白色睡衣……我知道你跟我一样孤单。"

薇安无以回应。

"你的信件和包裹激起我求生的勇气。"他说。

走到乡园毁损的闸门时,他停下来。

她依循着他的目光看他们的家园。闸门东歪西倒,石墙坍塌,枯死的苹果树悬挂着几片肮脏的布条，而不是鲜红的果实。

他把闸门推开，门柱几近倾倒，只剩一根螺钉摇摇晃晃地闩住，轻轻一碰，闸门就吱吱嘎嘎地抗议。

"等等。"她说。

她必须现在就告诉他，以免太迟。全镇都知道纳粹寄宿在薇安家中，他绝对会听到闲话。如果她不到八个月就生产，大家可能起疑。

"没有你，日子相当难过，"她试着找个方法启齿。"乡园离飞机场很近，德国人进驻卡利弗的途中注意到我们家，两名军官寄宿在这里，他们……"

家门忽然开启，苏菲大叫"爸爸！"飞奔冲过院子。

安托万笨拙地单膝跪下，张开手臂，苏菲冲进他的怀里。

薇安感觉心中的哀伤渐渐漫开。他回家了，正如她的祈愿，但此刻她意识到一切都变了；怎么可能一如往昔？他变了，她也变了。她把一只手搁在平坦的腹部。

"你是个大人啰。"安托万对女儿说，"我离家时你是小女孩，一回家却变成年轻小姐。你得告诉我，我错过了什么。"

苏菲看着他身后的薇安。"我觉得我们不应该再谈战争，什么都不要说，永远不要说。战争已经结束了。"

苏菲希望薇安说谎。

丹尼尔在门口露面，他穿着短裤和形状走样的红色针织套头毛衣，袜子松垮垮地垂挂在不合脚的二手皮鞋上。他把一本图画故事书紧紧搂在瘦弱的胸前，跳下台阶，走到他们面前，眉头一皱。

"这位英俊的小绅士是谁？"安托万问。

"我是丹尼尔，"他说，"你是谁？"

"我是苏菲的爸爸。"

丹尼尔的双眼圆睁。他把故事书丢到地上，扑向安托万，高声大喊："爸爸，你回家了！"安托万一把抱起小男孩，高举到空中。

"我待会儿再跟你说，"薇安说，"我们先进屋，好好庆祝。"

薇安已经幻想了上千次先生从战场返家。刚开始的时候，她想象他一看到她就丢下皮箱，伸出强壮的臂膀，旋风似的把她抱进怀里。

然后贝克搬进家中，在她心中激起某种至今依然拒绝界定的感觉，即使他是敌人。当他跟她说安托万遭到监禁，她降低了心中的期望。她想象她先生变得瘦一点，看起来比较憔悴，但当他返家时，依然是她的安托万。

这个坐在她餐桌旁的男子却是个陌生人。他弓着身子坐在餐点前，两只手臂护住餐盘，一瓢一瓢地喝着牛骨汤，好像吃饭是计时活动。当他意识到自己的举动，神情羞愧，满脸涨红，喃喃地跟大家致歉。

丹尼尔说个不停，苏菲和薇安则仔细端详这个似乎只剩下空壳的安托万。他一听到声音就吓得跳起来，轻轻碰他一下，马上退缩。你不可能看不到他眼中的伤痛。

晚餐后，薇安趁着他哄孩子们上床睡觉时，一个人在厨房清洗碗盘。她庆幸他暂时走开，这个念头却让她更觉愧疚。他是她先生、一生的挚爱，然而当他碰她，她能做的只是制止自己不要婉拒。此刻她站在卧室的窗边等他过来，满心焦虑。

他从她身后走来。她感觉他强壮的大手搭在她的肩上，听到身后传来他的呼吸声。她好想往后一靠，倚在他的怀中，感受他俩相处多年培养出的熟稔与亲密,但办不到。他爱抚她的肩膀,双手顺着她的臂膀游移,停留在她的臀部。他轻柔地推推她,让她转身面向他。

他慢慢褪下她睡袍的衣领,亲吻她的肩膀。"你好瘦。"他说,粗嘎的嗓音带着热情和某些无名的情感,说不定是失落感,毕竟在别离期间他们都变了。

"入冬以来,我已经胖了一点。"她说。

"嗯,"他说,"我也是。"

"你怎么逃出来的?"

"当纳粹开始失势,情况变得……愈来愈糟。他们痛打我,把我的左手打成残废。我当下就决定宁可因为回到你身边而被射杀,也不愿被折磨至死。一旦视死如归,什么事做起来都容易了。"

现在是告诉他真相的时候了。他说不定能谅解性侵也是种折磨,她也是囚犯。发生在她身上的事不是她的错。她相信自己没错,但在目前这种状况中,她觉得谁对谁错都无所谓。

他捧住她的脸颊,强迫她抬高下巴。

他们的吻带着哀伤,几乎像是道歉,让彼此想起曾经共享的种种。他帮她宽衣时,她轻轻颤抖。她看到一条条红肿交错的鞭痕划过他的脊背和躯体,左手臂那道参差不齐、皱褶累累、丑陋不堪的伤疤,从肩头一直延伸到手肘。

她知道安托万不会动手打她或伤害她,但依然害怕。

"薇安,怎么了?"他边问边抽身。

她回头看向床铺,想到的却是他——凡·芮克特。"你……你不在家的时候……"

"我们必须谈这些吗?"

她想要全盘托出,一一忏悔。她想要倒卧在他怀里哭泣,让他安抚她,听他说没事、没事。但安托万呢?他也经历了种种折磨。她看得出来。他胸前那一道道血红、鲜明的伤疤,看起来像鞭痕。

他爱她。她看得出来,也感觉得到。

但他毕竟是男人。如果跟他说她被强暴,另一个男人的孩子在她体内成长,他绝对无法释怀。假以时日,他会怀疑她是否真阻止不了凡·芮克特,甚至怀疑她是否乐在其中。

事实就是如此。她可以告诉他贝克的事,甚至坦承杀了他,但绝对不能跟安托万说自己被强暴。

这个在她肚子里的小宝宝将会早产,很多婴孩都不足月就来到世间,没什么好奇怪的。但她不禁猜想,无论说或不说,这个秘密会不会毁了他们。

"我可以一五一十告诉你。"她轻声说,泪水道尽羞愧、伤逝、爱意。尤其是爱意。"我可以跟你说那些寄宿在家里的德国军官,我们的日子多辛苦,几乎熬不下去,我眼睁睁看着莎拉丧命,蕾秋被送上火车时多么坚强,我承诺确保艾瑞尔安然无恙。我可以跟你说我爸爸被枪杀,伊莎贝尔被逮捕遣送……但我想这些你都知道。"天父,原谅我。"说不定没有必要再提起,说不定……"她轻抚一道有如闪电般划过他左臂二头肌的鲜红伤疤。"说不定我们最好忘掉过去,继续过日子。"

他吻她,然后稍微后退,但嘴唇依然贴着她的唇。"我爱你,薇安。"

她闭上双眼回吻他,暗自希望身体能回应他的爱抚,但当她滑到他的身下,感觉两人亲密紧贴,正如往昔无数个夜晚时,她却毫无感觉。

"我也爱你,安托万。"她边说边制止自己别哭。

一个冷冽的十一月天。安托万返家将近两个月。伊莎贝尔依然音信全无。

薇安睡不着,躺在床上听着身旁的安托万轻微的鼾声。她以前从来不介意他打鼾,也从未因此失眠,现在却非如此。

不。

她想错了。

她翻身侧躺,凝视着他。圆月当空,月光从窗中泻入,照亮漆黑的卧室,月光中的他,身材瘦削,五官分明,三十五岁就已出现灰发,看起来如同一个陌生人。她悄悄下床,帮他盖上她奶奶那床鸭绒被毯。

她套上睡袍,走到楼下,游走于各个房间,追寻那个昔日深爱的男人。

她在追寻什么?说不定是昔日的生活,或样样都感觉不对劲,他们像陌生人。他也察觉到了,她知道。夜深人静时,"二战"依然静卧在两人之间。

她从客厅的置物箱拿出一条百衲被,裹住身子,走到室外。

圆月当空,映照残破的田野,在苹果树间投下一方方残缺的光影。她走到中间的那棵苹果树,站在树下。枯黑的枝干悬挂在她的头顶上,叶片落尽,瘤结累累,系绑着她的纱线、蕾丝和布条。

当初系丝绳缅怀逝者时,薇安天真地以为只要活下来就已足够。她身后传来开门关门的声响,感觉她先生悄悄走近,她始终感觉得到他的到来。

"薇安。"他边说边从她身后走来,把她搂在怀里。她想往后靠进他胸膛,但做不到。她凝视绑在树上的第一条纱线,安托万的纱线。纱线历经风吹雨打,褪尽颜色,正如他们。

是时候了。她不能再拖下去。她的小腹已经开始隆起。

她转身,抬头看着他。"安托万。"她却只说得出这几个字。

"我爱你,薇安。"

她深深吸口气,鼓起勇气说:"我怀孕了。"

他僵住了,过了好久才开口:"你说什么?什么时候?"

她凝视他,脑海中浮现其他几次怀孕的光景,也想起他们如何共享喜悦,走过悲伤。"快两个月了。我想一定是……你回家的头一个晚上。"

她看着他眼中闪过万般思绪:惊喜、担忧、关切、讶异,最后浮现喜悦。他轻抚她的下巴,勾起她的脸庞。"我知道你为什么看起来这么害怕,但是,小薇,别担心,我们不会失去这个小宝宝,"他说,"我们吃了好多苦,不会再失去。这是个奇迹。"

泪水刺痛她的双眼。她试图微笑,但愧疚感令她窒息。

"你吃了好多苦。"

"我们都吃了好多苦。"

"所以我们选择相信奇迹。"

他是否借此表示他知情?猜疑是否已在他心中滋生?当小宝宝提早降临,他会怎么说?"你……你的意思是?"

她看到他眼中泪光闪闪。"我的意思是,小薇,忘记过去,要紧的是当下。我们会永远相爱,我们十四岁时就对彼此许下这个承诺。我第一次在池塘边吻你的时候,记得吗?"

"记得。"她真幸运,遇见这个男人。难怪她爱上他。她会找出法子重回他的心中,就像他也会找出法子再爱上她。

"这个小宝宝会是我们全新的起点。"

"吻我,"她轻声说,"帮我遗忘。"

"我们需要的不是遗忘,薇安,"他边说边倾身吻她,"而是铭记。"

36

一九四五年二月,白雪覆盖一个个赤身裸体、堆栈在营区新建火葬场之外的尸身。腐臭的黑烟从烟囱中袅袅上升。

伊莎贝尔颤抖地站在队伍中,等着晨间点名。天寒地冻,冷得让人胸肺疼痛、睫毛结冰、指尖脚趾灼烧。

她静待点名告一段落,但哨声尚未响起。

白雪依然飘落。囚犯队伍中,有些女人开始咳嗽。还有个女人一头栽入泥泞乌黑的雪地中,再也唤不醒。刺骨的寒风吹过营区。

终于有个党卫军军官骑马从旁边经过,他逐一瞪视每一个女人,似乎注意到每一个小节,剪得极短的头发,虱虫咬伤的红印,冻得青紫、生了冻疮的手指,标示出犹太人、同性恋或政治犯的小布条,全都无处遁形。远处炮弹坠落,爆炸的声响有如蒙蒙的雷声。

军官指向哪个囚犯,那个不幸的犯人马上被拉出队伍。

他朝伊莎贝尔一指,她立刻受到拉扯,拖到队伍之外。那人手劲好猛,她几乎跌倒。

党卫军的警卫们团团围住被挑中的女人，强迫她们排成两排。哨声哔哔响。

"快点！一！二！三！"

伊莎贝尔往前移动，双脚冷得发痛，肺部灼热。米雪儿跌跌撞撞地跟在她身边。

她们好不容易走到铁门外一两英里处，一部卡车呼啸而过，车台上堆满了赤裸的尸体。米雪儿一时失足，伊莎贝尔伸手搀扶，帮朋友站稳。

她们继续前进。

最后终于走到一片白雪皑皑、笼罩在大雾中的田野。

德国人再度把女人们打散。有人猛拽伊莎贝尔，把她从米雪儿身边拉开，推向一群政治犯。德国人把大家赶在一起，不停对着她们大喊大叫，指指点点，直到伊莎贝尔终于明了。她旁边的女人开始尖叫，伊莎贝尔意识到她们被挑中执行什么任务。开路小队。

"别叫了。"伊莎贝尔刚开口，一根警棍就重重落在女人身上，把她打得扑倒在地。

伊莎贝尔像是犁田的骡子般麻木站立，任凭纳粹把粗糙的挽具套在肩上，紧束在腰间。她跟其他十一个年轻女子肩并肩、肘靠肘地绑在一起，挽具与她们后方的一个钢轮相连，钢轮非常巨大，跟部车子一样大小。

伊莎贝尔试图往前跨步，但办不到。

皮鞭噼噼啪啪划过她的脊背，她的肌肤像着火般灼热。她紧紧抓住挽具的勒带，向前踏步，再试一次。她们筋疲力尽，瘫软无力，双脚被白雪皑皑的大地冻得发僵，但必须往前走，不然就

/ 469

会遭到鞭打。伊莎贝尔脚步蹒跚,使尽全力,试图拉动巨大的轮子,勒带紧紧掐入她的胸前。一个女人摇摇晃晃地倒下,其他人继续拖拉。皮革马具嘎嘎作响,巨轮缓缓转动。

她们拉了又拉,在银白大地上开出一条路。另一批女人跟在后面用铁铲和独轮推车清除积雪。警卫们始终坐在小亭中,围在温暖的炉火旁,怡然自在地谈天说笑。

踏步。踏步。踏步。

伊莎贝尔的脑海中没有其他念头。天寒地冻,她又饿又渴,全身上下被跳蚤和虱子咬得点点红斑。不,她不想这些,更不多想真实世界。真实世界最危险,若是多想,她就会少踏一步,招致注意,受到鞭打或重击,甚至更糟。

踏步。

想着踏步就行了。

她脚一软,瘫倒在雪地上。旁边的女人伸出一只手,伊莎贝尔抓住女人颤抖、冻得发紫的手,紧握在自己麻痹的五指中,跌跌撞撞地爬起。她咬紧牙根,强忍着疼痛,再踏一步。再踏一步。再踏一步。

清晨三点半,警笛震天响,开始晨间点名,天天如此。伊莎贝尔如同其他九个睡在同一张上下铺的女孩,穿着手边每一件衣物睡觉——不合脚的鞋子,不合身的内衣,松垮破烂、袖口缝着狱中身份编号的洋装,她全都穿在身上,但没有一件足以保暖。她试着鼓舞周围的女人们,但自己也愈来愈虚弱。今年冬天相当难熬,她们都奄奄一息,有些因为斑疹伤寒和纳粹的暴行而撒手西归,有些却因饥饿和寒冷拖了好久才毙命,但人人难逃一死。

伊莎贝尔已经发烧了好几星期,但情况不够严重,所以还没有被送到医院。上星期她劳动的时候被打得失去意识,然后又因为跌倒再被痛揍。她那顶多八十磅的身躯爬满虱子,处处都是皮开肉绽的伤口。

拉文斯布吕克集中营从一开始就是险境,但到了一九四五年三月,情况更险恶。上个月已有数百个女人被送进毒气室或毒打致死。侥幸存活的女人们要么是没有利用价值的老弱病患,要么是"夜雾训令"①的政治犯,诸如伊莎贝尔和米雪儿之类的抗争分子。据称纳粹不敢把这些参与抗争的女人送进毒气室,因为战争的情势已经改观。

"你撑得过去。"

伊莎贝尔意识到自己一直在原地摇晃,渐渐不支倒地。米雪儿·巴宾诺疲倦地对她笑笑,以示鼓舞。"别哭。"

"我没哭。"伊莎贝尔说。她们两人都知道那些晚上闷声痛哭的女人,白天必死无疑。哀恸与伤逝随着每一次呼吸进驻心中,但再也无法驱出。你不能屈服。一秒钟都不行。

伊莎贝尔明白这一点。她关照营区其他囚犯,帮助她们支撑下去,她也只能用这种方式抗拒心中的哀恸。在这个宛如地狱的集中营,只能依靠彼此。夜晚时分,她们蜷伏在阴暗的床铺上,互相说着悄悄话,轻声哼歌,试图保留些许昔日的自我。待在营里的九个月来,伊莎贝尔已经结交、也已失去难以计数的朋友。

但现在她好累,而且病了。

她确定自己患了肺炎。说不定是斑疹伤寒。她闷声咳嗽,埋

---

① 一九四一年由希特勒亲自颁布,授意纳粹逮捕并格杀占领区的政治犯和抗争人士。

头工作，试着不要惹人注意。她最怕被关进"棚区"，那是一栋小小的砖屋，四面墙上铺着油布，纳粹把患了不治之症的女人全都关在这里。若被关进棚区，就不会活着出来。

"活下去。"伊莎贝尔轻声说。

米雪儿点点头，帮她打气。

她们必须活下去。尤其是现在。上星期被关进集中营的囚犯带来新的消息：俄国人在德国各处传来捷报，纳粹溃败，奥斯维辛集中营已被解放，据称盟军在西方赢得一场又一场战役。

你必须奋力求生，人人都知道这一点。战争已近尾声。伊莎贝尔必须坚持下去，直到见证盟军大获全胜，法国重获自由。

队伍前方传来震耳欲聋的警哨声。

众人窃窃私语，囚犯大多是女人，还有几个孩童。党卫军军官三人一组，牵着军犬在队伍前面踱步。

营区指挥官出现在众人面前。他停下来，双手交握，搁在身后，用德文斥喝了几句，党卫军军官们随即前进。伊莎贝尔听到"夜雾训令"几个字。

一个党卫军军官指指她，另一个军官挤过人群，边走边把女人们推到地上，踩在她们身上或是绕过她们往前走。他一把抓住伊莎贝尔瘦弱的手臂，用力拉扯。她跌跌撞撞地随行，暗自希望鞋子不会脱脚，丢了鞋子会被鞭打，还得光着脚度过剩下的寒冬，饱受冻疮之苦。

不远处，她看到米雪儿被另一个军官拉出队伍。伊莎贝尔一心只想着她必须保住脚上的鞋子。

一个党卫军军官大声叫嚷一个伊莎贝尔听得懂的字。她们将被送到另一个集中营。

/ 472

她感觉深沉无力的震怒。他们打算强迫她在雪地跋涉,前往另一个营区,她怎么熬得下去?

"不。"喃喃自语。自言自语已经变成一种应对之道。过去这几个月,当她站在队伍里,执行某些令她惊骇作呕的工作时,她悄悄跟自己说话。当她蹲坐在露天茅坑,置身其他罹患痢疾的女人之间,盯着对面一排排女人,试着别被她们拉肚子的恶臭熏得呕吐时,她也悄悄跟自己说话。刚开始的时候,她跟自己述说想象中的未来,也跟自己分享记忆中的过去。

如今却只是胡言乱语。有时甚至胡扯,纯粹只是为了提醒自己:你还活着,你还是人。她的脚指头踩到某个东西,整个人跌得狗吃屎,扑向肮脏的雪地。

"站起来,"有人大喊,"往前走。"

伊莎贝尔无法动弹,但她若待在原地会再被鞭打,或者更糟。

"站起来。"米雪儿说。

"我站不起来。"

"你可以。来,趁他们看到你摔倒前赶快站起来。"米雪儿伸手搀扶。

她们加入歪斜的队伍,跟着其他因犯蹒跚前进,在哨塔警卫的注视下,走出砖墙围绕的营区。她们走了两天,路程长达三十五英里,晚上倒卧在冰冻的地上,抱着彼此取暖,祈愿看到天光,结果却只在警哨声中醒来,被迫再度行进。

沿途多少人丧命?她想要记住她们的姓名,但她饥寒交迫,累得脑筋几乎不管用。

最后终于抵达目的地:一个火车站。她们被推上载运牲口的货车,车厢里飘散着粪便的臭味和死亡的气息。黑烟直冲大雪纷

/ 473

飞、一片银白的天空，树木光秃秃，空中再也看不到飞鸟，林中再也听不到叽啾吱喳的声响，静默死寂。

伊莎贝尔爬到沿着墙边堆放的干草堆上，尽量缩成一团。她把滴血的膝盖弓到胸前，紧紧环抱自己的脚踝，借此保存仅剩的体温。

她胸口一阵剧痛，忍不住猛咳，痛得弯身。她赶紧伸手遮住嘴巴。

"啊，你在这里。"米雪儿在黑暗中说，然后爬上干草堆，在她身旁坐下。

伊莎贝尔终于松口气，但马上又开始咳嗽。她伸手遮嘴，感觉鲜血喷溅掌心。她已经咳血咳了好几星期。

伊莎贝尔感觉一只手暖暖地贴在她光裸的额头，忍不住又猛咳。

"你在发高烧。"

货车车门铿锵关上。车厢猛然晃动，巨大的钢铁车轮开始转动。火车摇摇晃晃，嘎嘎作响。女人们跌撞在彼此身上，找个位子坐下。最起码在这种天气里，她们的尿液会结成寒冰，不会溅洒到桶外，流了一地。

伊莎贝尔瘫靠在朋友身上，闭起双眼。

她依稀听到远处传来刺耳的声响。一枚炮弹坠落。火车嘎嘎停下，炮弹轰然爆炸，距离近到火车格格作响。漫天烟雾，火光隆隆。下一枚炮弹可能击中火车，把她们全都炸死。

四天后，当火车完全停止、不再行进（为了躲避炮轰，火车已经数十次减缓车速）时，车门"啪嗒"开启，放眼望去一片雪白，几个党卫军军官在车外等候，只有他们身上厚重的黑外套，打破了绵延无尽的银白。

伊莎贝尔坐起,讶异地发现自己竟然不觉得冷。她很热,甚至全身冒汗。

她看到很多朋友在一夜之间离世,但她没时间哀悼,也没时间为她们诵祷或轻轻说声再见。月台上的纳粹吹着警哨,大声喊叫,前来拘提她们。

"快点!快点!"

伊莎贝尔用手肘推醒米雪儿。"握住我的手。"伊莎贝尔说。

她们手牵着手,小心翼翼地爬下干草堆。伊莎贝尔踏过一具尸体,有人拿走了死者的鞋子。月台另一头,囚犯们渐渐排成一列。

伊莎贝尔一跛一跛地前进。她前面的女人绊了一跤,双膝跪地。一个党卫军军官用力把女人拉起来,朝她脸上开了一枪。

伊莎贝尔没有放慢脚步。她忽冷忽热,摇摇晃晃,步履维艰地走过白雪皑皑的森林,直到眼前出现另一个集中营。

"快点!"

伊莎贝尔跟随前方的女人们。她们走过敞开的闸门,经过一大群瘦得皮包骨、身穿灰色条纹囚衣、站在铁丝网后面看着她们的男男女女。

"朱丽叶!"

她听到这个名字。起先不具任何意义,只是另一个噪声。然后她想起来了。她曾是朱丽叶,在那之前则是伊莎贝尔,也曾是"夜莺",不单只是。她瞄了一眼骨瘦如柴、列队站在铁丝网后面的囚犯。

有人跟她挥手。一个女人:肤色灰白、鼻梁高挺、双眼深陷。

/ 475

安露。

伊莎贝尔蹒跚走向铁丝网。

安露走向她,两人隔着冰冷的铁丝十指交握。"安露。"她说,听着自己的声音哽咽。她咳了几声,伸手遮住嘴巴。

安露的黑眼中流露出令人难以承受的哀伤。她飞快瞥一眼旁边一栋楼房,楼房的烟囱吐出一朵朵恶臭的黑雾。"他们打算杀了我们,借此掩饰他们干了什么勾当。"

"亨利?保罗?……贾约丹?"

"他们都被捕了,朱丽叶。亨利被吊死在镇上的广场,其他人……"她耸耸肩。

伊莎贝尔听到一个党卫军军官对她大喊,她从铁丝网旁边退开。她真想跟安露说些足以留念的话语,但一张嘴就咳个不停。她遮住嘴巴,跌跌撞撞地退到一旁,回到队伍中。

她看到朋友以嘴形示意"再见",伊莎贝尔甚至无法回应,她实在再也受不了道别。

37

即使在这个晴空万里的三月天，布尔多内街的公寓感觉依然像座陵墓。四处尘埃密布，地板也布满一层层灰尘。薇安走到窗边，扯下遮黑的窗纸，让阳光多年来头一次照进室内。

看来已经好一段时间没有人进来这间公寓。说不定从爸爸为了解救伊莎贝尔而离家后，公寓就闲置至今。

大多数画作依然悬挂在墙上，家具也还在原位，有些被砍了当柴火，堆放在墙角。餐桌上搁着一个空空的汤碗和一支汤匙，壁炉架上陈列着爸爸自费出版的诗集。"她似乎没有来过这里，我们得试试鲁特西亚饭店。"

薇安知道必须把家里的东西装箱打包，认领往昔岁月所遗留的物品，但她现在办不到。她不想动手，稍后再说吧。

她随同安托万和苏菲走出公寓，街上到处显现复苏的气象，巴黎市民们好像鼹鼠，多年来蛰居暗处，现在总算得以徜徉在阳光下。但粮食配给依然短缺，到处都是购买食品的队伍。战争或许逐渐接近尾声，德军已从各处撤退，但尚未宣告结束。

他们走到鲁特西亚饭店，巴黎被占领时，这里曾是纳粹反间谍机关的总部,现在则是收容中心,专门接待从集中营返乡的人们。

薇安站在优雅拥挤的大厅。四下观望时,她感觉非常不舒服,不禁庆幸先前把丹尼尔交给玛丽·泰蕾兹院长照顾。接待区挤满了骨瘦如柴、眼神空洞、衣衫褴褛的民众,人人看似行尸走肉。医师、红十字会工作人员、记者跟在他们身边走动。

一名男子走向薇安,把一张褪色的黑白照片塞到她面前。"你有没有见过她?我们最后一次听到她的消息时,她在奥斯维辛集中营。"

照片中的女孩甜美可人,笑容可掬,站在一部自行车旁,看起来顶多十五岁。

"没有,"薇安说,"抱歉。"

但男人已迈步走开,他那茫然的神情,有如薇安的心境。

放眼望去只见焦虑的亲属,人人双手颤抖,高举照片,苦苦哀求,希望得到挚爱之人的任何消息。她右手边的墙上贴满照片、字条、姓名和地址。生还的人寻找失踪的人。安托万靠向薇安,一手搭在她的肩上。"小薇,我们会找到她。"

"妈?"苏菲说,"你还好吗?"

她低头看向女儿。"或许我们应该把你留在家里。"

"现在再说保护我未免太迟了,"苏菲说,"你应该知道这一点。"

薇安知道这话不假,但听了依然难过。她牵着女儿的手,在安托万的陪同下,毅然决然地穿过人群。她在左手边的区域看到一群男人,人人一身脏兮兮的条纹囚衣,形销骨立。他们这样叫作活着吗?

她甚至没有意识到自己又停了下来,直到一名女子出现在她面前。

"这位太太?"这名在红十字会工作的女子轻声说道。

薇安强迫自己别再盯着衣衫褴褛的幸存者。"我在找人……我妹妹伊莎贝尔·罗西诺。她因为协助敌方而被逮捕遣送。还有我最要好的朋友蕾秋·德·尚普兰,她也遭到遣送。她先生马克是战俘。我……我不知道他们三人发生了什么事,也不知道如何寻找他们。对了……我有一份卡利弗地区犹太孩童的名单,必须让他们跟父母团圆。"

这位纤瘦、灰发的红十字会工作人员拿出一张纸,写下一个个薇安告诉她的姓名。"我这就去登记处查阅这些姓名。至于犹太孩童,请跟我来。"她带着他们三人走到长廊另一头的房间,一个看起来上了年纪、蓄了一把长须的男人坐在桌子后头,埋首于一沓文件中。

"蒙唐先生,"红十字会工作人员说,"这位女士知道一些犹太孩童的消息。"

老先生抬头,睁着通红的双眼看着她,修长、毛茸茸的手指轻轻挥动,示意她进来。"请进。"红十字会工作人员转身离去,方才一阵喧闹嘈杂,此刻忽然安静,感觉怪异。

薇安走向桌子。她的双手汗涔涔,悄悄沿着裙子两侧抹手。"我叫薇安·莫里亚克,来自卡利弗。"她昨晚已将在战时保存的三张名单汇整为一份,她打开皮包,取出名单。"这些犹太孩童藏匿在三一修道院的孤儿院,由院长玛丽·泰蕾兹修女照料。我不知道如何协助他们跟爸妈团聚。唯一的例外是名单上的第一个孩童艾瑞尔·德·尚普兰,我正在打听他爸妈的下落。"

"十九个孩童。"他轻轻地说。

"我知道这不算多,但是……"

他抬头看她,好像她是女英雄,而不是饱受惊吓的幸存者。"莫里亚克太太,如果没有你,这十九个孩童可能随他们爸妈一起丧生集中营。"

"你能协助他们跟家人团聚吗?"她轻声问。

"我会试试看,莫里亚克太太,但说来遗憾,如今这些孩童大多确实已是孤儿。来自各个集中营的名单都一样:母亡,父亡,法国境内的亲人无一人幸存。只有少数孩童逃过一劫。"他拨弄一下头上日渐稀疏的灰发。"我会把你的名单转交给尼斯地区的孩童救助协会,他们会想办法让孩子们跟家人团聚。莫里亚克太太,谢谢你。"

薇安静候了一会儿,但老先生没有再说什么。她走回先生和女儿身边,三人一起走出办公室,重回挤满难民、家属、集中营幸存者的大厅。

"现在怎么办?"苏菲说。

"我们等那个红十字会人员的消息。"薇安说。

安托万指指贴满照片和失踪者姓名的墙壁。"我们应该看看她的照片或名字有没有在墙上。"

他们互看一眼,两人都晓得站在墙壁前,细细检视那些失踪者的照片多么让人伤心。但依然走向那面贴满了照片和字条的石墙,开始一一检视。

他们在那里待了将近两小时,红十字会人员终于回来。

"莫里亚克太太?"

薇安转身。

"非常抱歉，莫里亚克太太，蕾秋和马克·德·尚普兰已被列入死者名单。我找遍所有记录，但都没有提到伊莎贝尔·罗西诺这个人。"

薇安听到"死者"两字，心中涌起一股几乎无法承受的哀伤，但她毅然压下。稍后等到独自一人，她会好好追念蕾秋，会端着一杯香槟走到屋外的苹果树下，跟她的好友说说话。"什么意思？没有伊莎贝尔这个人？我亲眼看到他们把她带走。"

"回家，等你妹妹回来。"红十字会人员说，她轻抚薇安的手臂。"别放弃希望，还有一些集中营尚未重获自由。"

苏菲抬头看她。"说不定她让自己消失了。"

薇安摸摸女儿的脸，勉强挤出一个哀伤的笑容。"你真懂事，让我好骄傲，也让我好难过。"

"来。"苏菲拉拉她的手说。薇安任由女儿带着她离开。当她们挤过纷扰的大厅，踏入明亮的街道，薇安觉得自己比较像小孩，而不是父母。

几个小时后，他们搭火车回家，坐在三等车厢的木头长椅上，薇安凝视窗外饱受战火摧残的田野，安托万坐在她身旁，头靠着肮脏的车窗，沉沉入睡。

"你还好吗？"苏菲问。

薇安一只手搁在隆起的腹部，小宝宝踢了一下，她的掌心感觉微微的踢动。她握住女儿的手。苏菲试图抽手，薇安温婉地坚持，把女儿的手搭在自己的腹部。

苏菲感觉微微的踢动，双眼圆睁。她抬头看看薇安。"你怎么可能……"

"这场战争改变了我们，苏菲。既然蕾秋已经……过世，丹尼尔成了你弟弟,你真正的兄弟。还有这个小宝宝,不管是男是女,小宝宝是无辜的。"

"我很难忘记,"苏菲轻声说,"我也永远不会原谅他。"

"但是爱的力量远胜于恨,不然我们没有未来。"

苏菲叹口气。"我想是吧。"她说,口气听起来远比她的年龄成熟。

薇安一只手搁在女儿的头顶。"我们会提醒彼此,对不对?我们不会忘了那段艰苦的日子,我们会为了彼此而坚强。"

点名已经持续好几个小时。伊莎贝尔双膝跪地,膝盖一碰到地面,她马上想:活下去,然后挣扎站起。

警卫牵着他们的警犬巡逻营区,挑选将被送往毒气室的女人。据传她们又得步行去另一个营区。这次的目的地是毛特豪森集中营,俄国战俘、犹太人、盟军飞行员、政治犯等数千名囚犯已在营中操劳致死,据说一旦被送进毛特豪森集中营,就不可能活着出来。

伊莎贝尔咳了一声,鲜血喷溅了整个手掌。她趁警卫发现前,赶快在肮脏的衣服上擦擦手。她的喉咙灼烫,太阳穴抽动,头痛欲裂。她一心只想着自己的痛苦,甚至没有马上察觉引擎声。

"你听到了吗?"米雪儿问。

伊莎贝尔感觉人群中一阵骚动。她痛得好厉害,几乎无法专心,一呼吸,肺部就刺痛。

"他们准备离开。"她听到有人说。

"伊莎贝尔,你看!"

起先她只看到蔚蓝的天空、树木、囚犯。然后她注意到了。

"警卫们走了。"她的声音粗嘎,断断续续。

闸门嘎嘎开启,一列美国卡车缓缓驶过闸门;大兵们坐在引擎盖上,站在卡车车台,步枪高举在胸前。

美国人。

伊莎贝尔双膝一软。"米……雪……儿,"她悄悄耳语,声音跟她的心神一样残破,"我们……熬……过来了。"

那年春天,战争逐渐中止。艾森豪威尔将军在广播中勒令德国投降。美国人越过莱茵河,进入德国境内;盟军赢得一场又一场战役,逐一解放集中营。希特勒退居在战壕中。

伊莎贝尔依然尚未返家。

薇安手一松,任由信箱铿锵关上。"她好像就这么不见了。"

安托万一语不发。过去几星期,他们不停打听伊莎贝尔的下落。薇安排了好几个小时队电话,寄了无数封信给各个机构和医院。上星期他们造访另一个安置战俘的营区,依然无功而返。所有文件记录都没有伊莎贝尔·罗西诺这个人,好像她已连同其他成千上百名战俘,从地球上消失。

说不定伊莎贝尔熬过了集中营的折磨,却在盟军抵达营区前遭到射杀。据说盟军解放伯根·贝尔森集中营时,发现一堆依然温热的尸体。

为什么?

因为这样一来,他们就开不了口。

"跟我来。"安托万边说边牵起她的手。她再也不会因他的触摸而身子一僵或是畏怯退缩,但依然无法放松感受他的爱抚。安托万返家之后的这几个月,他们始终出演一出深爱对方的戏。他说顾虑小宝宝,所以没有跟她燕好,她也同意这样最好,但两人都心里有数。

"我要给你一个惊喜。"他边说边带着她走进后院。

天空一片蔚蓝,艳阳之下,紫杉阴影重重,树下阴凉消暑。凉亭中,仅存的几只母鸡拍拍翅膀,咯咯啼叫,在泥土间啄食。

一张旧床单摊开,铺在紫杉树枝和一个铁帽架间,帽架肯定是安托万在谷仓里找到的。他把她带到摆放在石砌露台上的一张椅子旁,他不在家的这几年,青苔和野草逐渐侵占庭院这一角,地面变得凹凸不平,椅子因而有点摇晃。她小心地坐下,最近行动有点笨拙。先生对她微微一笑,笑容中的欢喜令人目眩,亲密得令人心惊。"孩子们和我忙了一整天,全是为了你。"

孩子们和我。

安托万在下垂的床单前站定,举起那只没有受伤的手臂,夸张地一挥。"各位女士、各位先生、各位小朋友、各位瘦巴巴的小兔子和脏兮兮的老母鸡……"

丹尼尔在布幕后面咯咯轻笑,苏菲嘘了他一声。

"本剧团沿袭'玛德琳在巴黎'的优良传统登台,今天也是莫里亚克小姐头次担纲饰演玛德琳,请大家鼓掌欢迎'乡园歌手'。"他夸张地扯下床单布幕的一侧,快手快脚地往旁边一推,露出一个木头打造的舞台,舞台架在草地上一块不怎么平坦的石板上,苏菲和丹尼尔并肩站在台上,两人把被毯当作披肩,胸前配戴一截开满苹果花的小树枝,头上戴着一顶用某种闪亮金属制成的王冠,还在王冠上粘上漂亮的小石头和各色玻璃碎片。

"嗨,妈!"丹尼尔边说边猛挥手。

"嘘,"苏菲对他说,"记得我刚才说的吗?"

丹尼尔严肃地点点头。

他们小心翼翼地转身,手牵着手,面向薇安,木条地板在他们的脚下东摇西晃。

安托万把银色的口琴举到嘴边,吹出一个哀伤的音符,音符回荡在空中,久久才逐渐消散,然后他开始吹奏。

苏菲以纯净的嗓音引吭高歌。"雅克兄弟[①],雅克兄弟。"

她蹲下,丹尼尔蹦蹦跳跳,接着高唱:"你睡了吗?你睡了吗?"

薇安一手遮住嘴巴,但笑声已从指缝中溜出。

台上继续欢唱。她看得出来这个昔日习以为常的小事让苏菲非常开心;她兴高采烈地为爸妈演出,丹尼尔一心一意地把自己那一段唱好。薇安全都看在眼里。

这种感觉既是无比神奇,却也恬淡平凡。在那短短的一刻,他们重温了昔日的生活。一股欢愉在薇安的心中漫开。

我们都会没事,她心想,转头看看安托万。曾祖父亲手种植的紫杉在她先生的身上投下一方阴影,孩子们的歌声在空中飘扬,她看了看她的另一半,再度心想:我们都会没事。

"叮,当,咚。"

当歌曲结束,薇安疯狂地鼓掌。孩子们庄重地鞠躬。丹尼尔被身上那件被毯披肩绊了一跤,摔倒在草地上,大笑地站起来。薇安摇摇晃晃地走到舞台旁,连声赞美,不停亲吻,把孩子们弄得几乎喘不过气来。

"这个主意真棒。"她对苏菲说,眼中洋溢着关爱和骄傲。

[①] 法国著名的童谣《雅克兄弟》,也就是我们耳熟能详的《两只老虎》。

"妈，我刚才很专心。"丹尼尔得意地说。

薇安不肯放手。她瞥见了他们的未来，心中盈满喜悦。

"我跟爸爸一起策划，"苏菲说，"就像以前一样。"

"我也有。"丹尼尔边说边鼓起小小的胸膛。

她大笑。"你们姐弟真会唱歌，而且……"

"薇安？"安托万在她身后说。

她看着满脸笑意的丹尼尔，无法移开视线。"你花了多久时间学会的那一段？"

"妈，"苏菲轻声说，"有人来了。"

薇安转头，看看身后。

安托万跟两个男人站在后门旁：两人都身穿磨损的黑西装，头戴黑色的贝雷帽。其中一人拿着一个破烂的公文包。

"苏菲，麻烦你暂时照顾一下弟弟，"安托万对孩子们说，"我们跟这两位先生有事要谈。"他走到薇安身边，一只手搁在她的背上，帮她站稳，催促她往前走。他们一语不发，鱼贯走进屋里。

两名男子随手把门带上，转身面向薇安。

"我是纳森尼尔·列涅。"比较年长的男人说。他一头灰发，肤色有如沾了茶渍的亚麻布，脸颊布满大大小小的老人斑。

"我是菲立普·霍洛维兹，"另一位男子说，"我们在救助儿童会工作。"

"你们有什么事吗？"薇安问。

"我们来接艾瑞尔·德·尚普兰，"菲立普温和地说，"他在美国波士顿的亲戚跟我们联络。"

如果安托万没有稳稳扶住她，薇安说不定会瘫倒在地。

"我们晓得你凭借一己之力解救了十九个犹太孩童，而且你家里还住了一个德国军官,这样的义举真令人佩服。"

"英勇无比。"列涅加了一句。

安托万把手搭在她的肩上,被他一碰,她才意识到自己已经安静了多久。"蕾秋是我最要好的朋友,"她轻声说,"我试着帮助她趁着被遣送前潜入自由区,但是……"

"她女儿遭到杀害。"列涅说。

"你怎么知道?"

"我们的工作是汇整详情,协助家人团聚,"他回答,"我们访谈了几个跟蕾秋一起关在奥斯维辛集中营的女士,很不幸,她在那里不到一个月就过世了。她先生马克在战俘营中丧生,不像你先生那么幸运。"

薇安什么都没说。她知道他们给她时间思考,她既感激,也怨恨。她完全不想接受这一切。"丹尼尔……嗯,艾瑞尔出生一星期马克就上战场。他不记得爸爸,也不记得妈妈,我必须让他相信他是我的儿子,这是最安全的做法。"

"但他不是你的儿子,莫里亚克太太。"列涅说,他的声音温和有礼,字字却有如皮鞭重重挥打。

"我答应过蕾秋会确保他的安全。"她说。

"你做到了,但现在必须让艾瑞尔回到他的家人和同胞身边。"

"他不会了解的。"她说。

"或许不会,"列涅说,"但是……"

薇安看看安托万,求助于他。"我们爱他,他是我们家的一分子,应该跟我们待在一起。你希望他留下来,安托万,是不是?"

她先生肃穆地点点头。

她转向那两个男人。"我们可以抚养他,视如己出,但我们当

/ 487

然会尊重他的传统,把他当作犹太人来扶养。我们会跟他说他是谁,带他上犹太教会堂,而且……"

"莫里亚克太太。"列涅叹口气说。

菲立普走向薇安,握住她的手。"我们知道你爱他,他也爱你,我们也知道艾瑞尔太小,不会了解这一切,他会哭闹,也会想念你,说不定想念很长一段时间。"

"但你还是要把他带走。"

"你看到的是一个心碎的小男孩。我之所以来到这里,原因在于我们犹太人的哀伤。你了解吗?"他脸色一沉,嘴角一垂,宛若一道蹙眉。"数百万犹太人在这场战争中丧生,莫里亚克太太,数百万。"他暂不作声,让她想想。"一整个世代就此消失。我们这些少数的幸存者必须团结,必须重建我们的传统。一个不记得自己是谁的小男孩说不定无足轻重,似乎没有必要争取,但对我们而言,他是我们的未来。我们不能让他在跟你不一样的宗教传统中长大,也不能让你想到了才带他上犹太教会堂。艾瑞尔是犹太人,他必须跟他的同胞在一起。他的母亲想必希望如此。"

薇安想到她在鲁特西亚饭店看到的那些人,满墙难以计数的照片。

数百万人遭到杀害。一个世代就此消失。

个个行尸走肉,骨瘦如柴,眼神有如着了魔。

她怎能不让艾瑞尔跟他的家人、他的同胞团聚?为了她的两个孩子,她愿意全力抗争,但目前这种局面,她没有敌人可以对抗,只会两败俱伤。

"谁将收养他?"她说,毫不在乎声音已经哽咽。

"他妈妈的表亲。她有十一岁的女儿和六岁的儿子。他们会好好照顾艾瑞尔,视如己出。"

薇安甚至没有力气点头,或拭去眼中的泪水。"说不定他们会寄照片给我?"菲立普凝视着她。"为了开始他的新生活,莫里亚克太太,他必须忘了你。"薇安太了解这话一点都不假。"你什么时候带他走?"

"现在。"列涅说。

现在。

"不能改天吗?"安托万说。

"不行,莫里亚克先生,"菲立普说,"艾瑞尔必须回到他的同胞身边,这样才对。他还有活着的亲友,已经是幸运。"

薇安感觉安托万握住她的手。他带她上楼,不止一次拉着她往前走。她爬上木头阶梯,双脚有如铅块一样沉重,不听使唤。

她在她儿子的卧房(不,他已经不是她儿子),有如梦游般走动,收拾他那几件衣服和私人物品。一只破烂的绒毛猴子(他总是抱着猴子玩,猴子的眼睛快要松动掉落);一块他去年夏天在河边找到的石化木;一床薇安用穿不下的旧衣服缝制的百衲被,薇安还在被子的反面绣上:献给我们的丹尼尔,爱你的妈妈、爸爸和苏菲。

她记得他看到这些字句时问她:"爸爸会回来吗?"她点点头,跟他说家人们始终找得到办法回家。

"我不想失去他。我不能……"

安托万紧紧搂住她,让她在怀里哭泣。当她终于镇定下来,他在她耳边说:"你很坚强,我们都必须坚强。我们爱他,但他不属于我们。"

她厌倦坚强。她还能承受多少伤逝?

"你要我跟他说吗?"安托万问。

没错,她要他这么做,她绝对希望由他开口,但这是母亲的职责。

她双手颤抖,把丹尼尔,不,艾瑞尔的东西塞进破烂的帆布背包,然后走出房间,一跨出房门才意识到自己把安托万抛在身后。她使尽全身的力气继续呼吸,继续走动。她打开卧室的房门,翻找衣柜,直到找到一张她和蕾秋的合照,大约是十或十二年前拍摄,仅存的蕾秋的照片。她把她们的名字写在照片背面,再把这张加了框的照片塞进背包口袋,走出卧室。她没有理会楼下的男士们,直接走到后院。后院里,姐弟两人依然披着披肩、戴着王冠,在随意凑合的舞台上玩耍。

三位男士紧随在后。

苏菲看着大家。"妈?"

丹尼尔大笑。她多久后会忘记那个笑声?她能保存多久?不够久,再怎样都不够久。如今她已明了,回忆总会褪色,即使是最美好的回忆。

"丹尼尔?"她必须清清嗓子,再试一次,"丹尼尔?过来一下,好吗?"

"妈,怎么了?"苏菲说,"你看起来好像哭了。"

她往前一步,紧抓着身侧的帆布背包。"丹尼尔?"

他抬头,对她咧嘴一笑。"妈,你要我们再唱一次吗?"他边问边扶正滑到一侧的王冠。

"丹尼尔,过来好吗?"她问了两次,确定自己真的说出口。她好怕这一切全是她的想象。

他蹦蹦跳跳走向她,边走边把披肩甩到一旁,以免被它绊倒。

她跪到草地上，握住他的小手。"我没办法让你了解，"她哽咽地说，"我迟早会全都告诉你，但原本打算等你大一点再说。我们甚至可以去看看你以前的家。可是时间到了，丹尼尔舰长。"

他眉头一皱。"你在说什么？"

"你知道我们多么爱你。"她说。

"我知道，妈妈。"丹尼尔说。

"我们爱你，丹尼尔，从你来到我们生命中的那一刻起，我们就深深爱你，但你原本属于另一个家庭，你以前还有一个妈妈、一个爸爸，他们也爱你。"

丹尼尔眉头一皱。"我以前还有一个妈妈？"苏菲在她身后说，"噢，妈，你不可以……"

"她叫蕾秋·德·尚普兰，她非常爱你。你爸爸叫马克，是个勇敢的好人。但愿我可以告诉你他们的故事，但轮不到我来说。"她拭去眼中的泪水。"因为你妈妈的表亲也爱你，她希望你跟他们一起住在美国。美国是个好地方，有很多东西可吃，很多玩具可玩。"

他的眼中盈满泪水。"但你是我妈妈，我不要去美国。"

她好想说"我也不想让你走"，但这话只会让他更害怕，而身为母亲，她必须让他安心，这是她最后一次为他尽到母亲的责任。"我知道，"她轻声说，"但你会非常喜欢美国，丹尼尔舰长，新家人会非常喜欢你、疼爱你，说不定还养了一只你一直想要的小狗。"

他开始哭，她把他拉进怀里。放手让他走，说不定是她这辈子最勇敢的作为。她站起来。两位男士马上走到她身边。

"你好呀，小家伙。"菲立普对丹尼尔说，脸上露出最热诚的笑容。

丹尼尔大哭。

薇安牵着丹尼尔的小手，带着他穿过屋里，走进前院，经过那株系满追思丝带的苹果树，跨出破损的闸门，走向那部停在路边的蓝色宝狮汽车。

列涅坐上驾驶座，菲立普站在车后的挡泥板旁等候。引擎隆隆发动，排气管喷出一朵朵烟雾。菲立普打开后座的车门，最后再看薇安一眼，满脸哀伤，悄悄上车，让车门开着。

苏菲和安托万走到她身旁，一起弯下身子拥抱丹尼尔。

"我们会永远爱你，丹尼尔，"苏菲说，"希望你会记得我们。"

薇安知道只有她可以让丹尼尔上车。他只信任她。

这场战争中，她做了很多令人心碎、难以启齿的事，但没有一件比正要做的更令人伤心：她牵起丹尼尔的手，领他坐进那部将把他带离她身旁的汽车。他爬进后座。

他睁着泪水汪汪、困惑不解的双眼凝视她。"妈妈？"

苏菲说："等等！"然后跑回屋里。过了一会儿，她抱着贝贝跑出来，把这只她心爱的毛绒玩具熊塞进丹尼尔怀里。

薇安弯下身子，直视他的双眼。"你得走了，丹尼尔。你得相信妈妈。"他的下唇不住颤抖。他把绒毛玩具熊紧紧抱在胸前。"好，妈妈。"

"要听话噢。"

菲立普靠过来关上车门。

丹尼尔扑向车窗，手掌紧贴着玻璃，一边大哭，一边叫喊"妈妈！妈妈！"，即使车子已经驶远，他们依然听得到他的哭喊。

薇安轻声说："祝你幸福，艾瑞尔·德·尚普兰。"

38

伊莎贝尔立正站好。她必须抬头挺胸,接受点名。如果她屈服于晕眩,摇摇晃晃地倒下,他们会鞭打她,说不定更糟。

不,不是点名。此刻她在巴黎一所医院的病房里。她在等待,等待某人。

米雪儿已经出去跟聚集在大厅的红十字会工作人员和记者说话,伊莎贝尔应当在此等候。门开了。

"伊莎贝尔,"米雪儿带着责备的语气说,"你不该站着。"

"我怕一躺下就再也起不来。"伊莎贝尔说。她真的这么说吗?或许是吧。

米雪儿跟伊莎贝尔一样骨瘦如柴,臀部瘦巴巴,套上直筒洋装后,髋骨好像指关节似的显露。她几乎光头,头上只有零星几处冒出发丝,眉毛也已掉光。她的颈背和双臂皮开肉绽,布满流着脓疮的伤口。"来。"米雪儿说。她带着伊莎贝尔走出病房,外面挤满返乡的民众和亲属,前者沉默、迟缓、衣衫褴褛,后者大声喊叫、双眼通红,急着寻找自己心爱的人,她们穿过这个奇怪的人群,走过不停提问的记者,米雪儿小心翼翼地引领她,把她带进一间比较安静的房间,里面还有其他集中营幸存者,大家颓然地坐在椅子上。

伊莎贝尔在一张椅子上坐下,乖乖把双手搁在膝上。她一呼吸,胸肺就灼热疼痛,而且头痛欲裂,好像有人拿着铁锤敲打她的头盖骨。

"是时候了,你该回家了。"米雪儿说。

伊莎贝尔抬起头,眼神空洞疲乏。

"要不要我跟你一起上路?"

她慢慢眨一眨眼,试图思考。她剧烈头痛,思绪混乱。"我要去哪里?"

"卡利弗。你要去找你姐姐,她在等你。"

"是吗?"

"你那班火车再过四十分钟出发,我的火车则是再过一小时。"

"我们怎么回得去?"伊莎贝尔放胆问,声音轻微得几乎像是悄悄话。

"因为我们幸运。"米雪儿说,伊莎贝尔点点头。

米雪儿搀扶伊莎贝尔站起来。

她们一同跛行到医院后门,一排救护车和红十字会的卡车已经停在门口,等着载送幸存者到火车站。等待上车时,她们站在一起,紧紧挨着彼此,如同过去这一年晨间点名、被押上载送牲口的车厢、排队领取食粮时,她们始终守在彼此身旁。

一名红光满面、身穿红十字会制服的年轻小姐拿着夹纸板走进来。"罗西诺?"

伊莎贝尔举起发烫、汗湿的双手,捧住米雪儿布满皱纹的灰白脸庞。"我爱过你,米雪儿·巴宾诺。"她轻声说道,然后在老妇人的唇上印上一吻。

"别用过去式说话。"

"但我已经是过去式,那个曾经是我的女孩……"

"她还在,伊莎贝尔。她病了,饱受创伤,但不可能消失。她以前可是如狮子般勇猛。"

"现在换你用过去式说话了。"老实说,伊莎贝尔根本不记得那个女孩。那个女孩曾经不假思索就投身反抗组织;那个女孩曾经莽撞地把一个飞行员带进爸爸的公寓,愚蠢地把另一个飞行员带到姐姐的谷仓;那个女孩曾经步行攀越比利牛斯山,在逃出巴黎的路上坠入情网。伊莎贝尔已经完全忘了她。

"我们熬过来了。"米雪儿说。

过去一星期来,伊莎贝尔经常听到这几个字。我们熬过来了。当美国人解放了营区,每个犯人都喃喃念着这句话。伊莎贝尔起先感到松了一口气,毒打、酷寒、欺侮、病痛、被迫在雪地上跋涉,全都成为过去。没错,她的确熬过来了。

如今她却不知何以为继。她回不去,找不回昔日的自我了,但要如何往前呢?她跟米雪儿挥手道别,爬上红十字会的卡车。

稍后在火车上,她假装没有察觉大家如何看她。她试图坐直,但办不到,颓然地往旁边一滑,把头靠在车窗上。

她闭上眼睛,很快就沉沉入睡,陷入昏沉激奋的梦境:坐上轰隆隆、载送牲口的火车,婴孩号啕大哭,女人急着安抚……然后车门开启,军犬在外等候。

伊莎贝尔猛然惊醒。她头昏脑胀,甚至花了一会儿才想起自己已经安全了。她用袖口轻轻拍打额头,她又发烧了。

两小时后,火车驶进卡利弗。

我熬过来了。但她为什么一点感觉都没有?

她奋力站起,强忍着痛苦蹒跚下车。踏上月台时,她一阵痉挛,剧烈咳嗽,怎样都遏制不了。她弓起身子,剧烈干咳,血丝喷溅到掌心。终于又喘得过气后,她挺直身子,感觉筋疲力尽,好像全身都被掏空。她老了。

姐姐站在月台的边缘,挺着大肚子,穿了一件褪色、打补丁的薄洋装,那头红褐的金发留长了,波浪般的长发垂过肩膀。她审视下车的乘客,目光直接略过伊莎贝尔。

伊莎贝尔举起干瘦的手打招呼。

薇安看到她招手,脸色骤然苍白。"伊莎贝尔!"薇安大喊,快快走向她。她伸出双手,捧住伊莎贝尔凹陷的脸颊。

"别靠太近,我有口臭。"

薇安亲亲伊莎贝尔龟裂、肿胀、干涩的双唇,轻轻说道:"妹妹,欢迎回家。"

"家。"伊莎贝尔重复这个她从没想过的字眼。她的思绪如此混乱,头痛如此剧烈,想不出任何跟家相关的影像。

薇安轻轻揽住伊莎贝尔,把她拉向自己。伊莎贝尔感觉姐姐柔软的肌肤和发间的柠檬清香。她感觉姐姐轻抚她的脊背,就像她们小时候一样,她想:我熬过来了。

家。

"你在发高烧。"回到乡园后,薇安说。伊莎贝尔一身洁净,躺在温暖的床上。

"没错,我好像一直退不了烧。"

"我帮你拿几颗阿司匹林。"薇安准备起身。

"没关系,"伊莎贝尔说,"别离开我,拜托,陪我躺一躺。"

薇安爬上小床,小心地挨近伊莎贝尔,怕自己再怎么轻手轻脚都会在妹妹身上留下瘀青。

"关于贝克,我实在很抱歉,请原谅我……"伊莎贝尔边咳边说。她始终想这么说,这一等等了好久,也已在脑海里演练了千百次。"……连累了你和苏菲……"

"不,伊莎贝尔,"薇安轻声说,"我才应该道歉。打从爸爸把我们丢给杜马斯太太,我始终让你失望。你跑去巴黎,我居然相信你那个荒谬的说辞,以为你是被爱情冲昏了头?我想到就难过。"薇安靠向她,"我们可以从头来过吗?我们可不可以听妈妈的话,当好姐妹?"

伊莎贝尔与睡意搏斗。"当然可以。"

"你在这场战争中做的一切,伊莎贝尔,真的让我很骄傲。"

伊莎贝尔热泪盈眶。"你呢?姐,你还好吗?"

薇安望向他处。"后来还有一个纳粹寄宿在我们家,他不是好人。"

薇安是否意识到自己说出这话时,摸了隆起的小腹?或她的脸颊因为羞愧而通红?伊莎贝尔直觉地知道姐姐吃了什么苦。女人被寄宿在家中的德国人强暴,伊莎贝尔已经听了无数类似的遭遇。"你知道我在集中营里学到了什么吗?"

薇安看着她。"什么?"

"他们碰不了我的心,改变不了我的内在。我的身体……他们头几天就摧毁了我的身体,但他们毁不掉我的心。姐,不管他做了什么,那些都是针对你的肉体,而你的肉体会复原。"她想再说下去,或许说句"我爱你",但忍不住又剧烈干咳。咳了好一会儿后，她又躺下，筋疲力尽，呼吸短浅断续。

薇安靠近一点，把一块清凉濡湿的碎布贴在她发烫的额头上。

伊莎贝尔看着毯上的血迹，想起妈妈临终前的那段日子。当年妈妈也吐血。她瞄了瞄薇安，看出姐姐也想起同一件事。

伊莎贝尔醒来，发现自己躺在地板上。她忽冷忽热，一下子冷得打战，一下子热得流汗。

四下寂静；没有老鼠或蟑螂飕飕爬过地上，没有雪水汩汩渗过墙缝，吱吱嘎嘎结成一块块坚实的寒冰，没有咳嗽声，没有哭声。她慢慢坐起，稍微一动就痛得呻吟。骨骼，肌肤，头，胸，全身上下无处不痛；她的肌肉已经毫无知觉，但关节和韧带依然抽痛。

她听到震耳欲聋的声响：枪声！她抱头躲到墙角，蜷伏蹲下。

不。

她在乡园，不在拉文斯布吕克集中营。那是雨点打在屋顶上的声音。

她慢慢站起来，头晕目眩。她在这里待了多久？四天？五天？

她一跛一跛地走向床边小桌，桌上搁着一个陶瓷水罐和一钵温水，她洗洗手，在脸上泼些水，换上薇安帮她摆在床上的洋装，那件苏菲十岁时的洋装，穿在伊莎贝尔身上却显得松垮。她迈开脚步，慢慢走下楼梯。

大门开着。屋外飘着细雨，雨中的苹果树迷蒙。伊莎贝尔走到门口，吸进香甜的空气。

"伊莎贝尔？"薇安走到她身边。"我们帮你熬一碗骨髓汤吧，医生说你可以喝点汤。"

她心不在焉地点头，任凭薇安假装伊莎贝尔喝不喝得下几匙热汤至关紧要。

她踏入雨中。周遭传来种种声响，生气盎然，小鸟吱喳啼叫，教堂钟声隆隆，雨水拍打屋顶，积水扑通飞溅。狭窄、泥泞的小路行车拥挤：汽车、卡车、自行车熙熙攘攘，喇叭声四起，返家的人们挥挥手，朝着彼此大嚷大叫。一辆美国卡车轰隆驶过，整车年轻力壮、神采飞扬的美国大兵面带微笑跟路旁的行人挥手。

看到他们，伊莎贝尔想起姐姐说希特勒已自尽，柏林宣告投降，即将被盟军接管。真的吗？战争真的结束了吗？她不知道，也记不得。最近她的脑子一片混乱。

伊莎贝尔一跛一跛地走到小路上，她意识到自己光着脚却来不及回头了（她的鞋子呢？鞋子丢了会挨揍），她继续往前走。她浑身颤抖，咳个不停，沾满雨水，一直走过遭到轰炸、已被盟军接管的飞机场。

"伊莎贝尔！"

她转身，猛烈咳嗽，吐了一口鲜血在手里。她冷得发抖，洋装被雨水淋得湿透。

"你跑到外头做什么？"薇安说，"你的鞋子呢？你患了斑疹伤寒和肺炎，却在这里淋雨。"薇安脱下外套，裹在伊莎贝尔的肩上。

"战争结束了吗？"

"我们昨天晚上聊过，记得吗？"

雨水模糊了伊莎贝尔的视线，顺着她的脊背一道道地流下。她颤抖地吸进一口湿冷的空气，感觉泪水刺痛双眼。

别哭。她知道这点非常重要，但忘了为什么。

"伊莎贝尔,你病了。"

"贾约丹保证战争结束后会来找我,"她悄悄说,"我必须去一趟巴黎,让他找到我。"

"如果他在找你,会到乡园来。"

伊莎贝尔不明白,她摇摇头。

"他来过这里,记得吗?图尔之后他带你过来。"

我的夜莺,我带你回家了。

"噢。他大概再也不会觉得我漂亮。"伊莎贝尔试图微笑,但知道成效不彰。

薇安一手揽住伊莎贝尔,小心地推她转身。"我们进屋写封信给他。"

"我不知道把信寄到哪里。"伊莎贝尔说,她靠向姐姐,忽冷忽热,不住颤抖。

她怎么走回家的?她不确定。她依稀记得安托万抱她上楼,亲吻她的额头,苏菲帮她端来热汤,但到了某个时候,她肯定沉沉入睡,因为醒来时夜幕已经低垂。

薇安坐在窗边的椅子上睡着了。伊莎贝尔咳了咳。

薇安马上站起,扶正伊莎贝尔身后的枕头,帮妹妹撑起身子。她拿起毛巾浸一浸床边的清水,拧干毛巾,贴在伊莎贝尔的额头上。"你要喝点骨髓汤吗?"

"啊,不要了。"

"你什么东西都没吃。"

"我吃了就吐。"

薇安伸手抓张椅子,拖到床边。

薇安碰碰伊莎贝尔灼热、潮湿的脸颊,凝视她凹陷的双眼。

"我有东西给你。"薇安从椅子上站起,走出房间,过了一会儿带着一个泛黄的信封回来。她把信封递给伊莎贝尔。"这封信是爸爸给我们的。他到吉洛找你的途中,顺道经过这里。"

"他经过这里?他有没有跟你说他打算自首,救我的命?"

薇安点点头,把信递给伊莎贝尔。

信封上写着她的名字,字母全都模模糊糊,拉得好长。她的视力已因营养不良而受损。"你可以念给我听吗?"

薇安拆开信封,取出信件,开始朗读。

伊莎贝尔、薇安:

我对自己正要进行的事情毫无迟疑。让我懊恼的不是死,而是我这一生。我对你们没有尽到父亲的责任,我很抱歉。

我可以找借口推诿理由。

战争毁了我,我酗酒,没有你们的母亲我活不下去。

但那些都不是。

伊莎贝尔,我记得你头一次为了跟我在一起而逃跑,自己一个人跑到巴黎。你的一举一动都在说:爱我,爱我。我看到你站在那个月台上,满心迫切地需要爸爸,我却掉头走开。我怎么可能不晓得你和薇安是上苍的赠礼,只要我伸出双臂?

原谅我吧,女儿们,请宽恕我的一切作为。让我跟你们说再见,请你们明白,心中受创的我,始终一心一意爱着你们两姐妹。

伊莎贝尔闭上眼睛,靠回枕头。终其一生,她始终等待这番

/ 501

话,期待爸爸的爱,现在她却只感到失落。他们未能把握时间,好好爱彼此,如今时间已经流逝。"姐,好好珍惜苏菲、安托万,和你新生的婴孩。爱稍纵即逝。"

"别这样。"薇安说。

"怎样?"

"别说再见。你会恢复体力,慢慢康复,会找到贾约丹,会结婚,这个小宝宝出生时,你会陪在我的身边。"

伊莎贝尔叹口气,闭上双眼。"你描述的未来真美好。"

过了一星期,伊莎贝尔坐在后院一张椅子上,身上裹着两条毯子和鹅绒被毯。五月的阳光亮晃晃地照在她身上,但她依然冷得发抖。苏菲坐在她脚边的草地上,为她朗读一本故事书。她的外甥女试着帮每个人物配上不同的声音,即使她非常不舒服、筋骨沉重得难以承受,她发现自己有时仍嘴角微扬,甚至开怀大笑。

安托万在某处敲敲打打,他想利用每一块没有被薇安当柴火烧了的木材,帮小宝宝打造一个摇篮。大家都看得出薇安显然快要临盆;她行动迟缓,而且一只手始终紧贴着腰眼。

伊莎贝尔闭着双眼,享受恬静美好的寻常一日。远处依稀传来教堂的钟声。过去这一个礼拜,钟声始终隆隆响起,通报战争终结。

苏菲念到一半,声音忽然中止。

伊莎贝尔以为自己说了声"继续念吧",但她不确定。她听到姐姐用意有所指的语调说:"伊莎贝尔。"

伊莎贝尔抬头。薇安站在她眼前,白皙、雀斑点点的脸庞沾了面粉,围裙也沾了粉末,一条磨损的头巾包住红褐的长发。"有人来看你。"

"跟医生说我还好。"

"不是医生,"薇安微微一笑说,"贾约丹来了。"

伊莎贝尔感觉自己那颗心几乎要蹦穿如纸片般单薄的胸膛。她试着站起来,但猛然跌回椅子里。薇安扶她起身,但一站起来就无法动弹。她怎能看着他?她骨瘦如柴,秃头,眉毛掉光,缺了几颗牙,指甲大多脱落。她摸了摸头,一伸手才意识到自己已经没有头发可以塞在耳后,顿时感到难为情。

薇安亲亲她的脸颊。"你很漂亮。"她说。

伊莎贝尔慢慢转身。啊,真的是他。他站在门口,她看到他也变了模样。他的身形、头发、活力全都不如往昔,看起来糟透了。但这些都不要紧。他来了。

他一跛一跛地走向她,把她拥入怀中。

她举起颤抖的双手,紧紧环抱他。过去几天、几星期,甚至一年以来,她头一次确切地感觉心中怦怦跳,洋溢着活力。当他缓缓抽身、低头凝视她,眼中的爱意烧光所有丑恶;眼前又只有他们两人:贾约丹和伊莎贝尔,一对不知怎么在战乱之时坠入爱河的情侣。"你跟我记忆中一样漂亮。"他说,而她竟然笑了起来,随即热泪盈眶。她拭去泪水,觉得自己好蠢,但泪水依然不停顺着脸颊流下。她终于为了一切而哭——她的痛苦、失落、恐惧、愤怒,她自己、他们众人在战火中经历的一切,她亲眼见证、永难摆脱的邪恶,她心中的惊恐,她为了生存不得不做出的种种牺牲。

"别哭。"

她怎能不哭?他们原本可以共度余生,分享心中的秘密,好好了解彼此。"我爱你。"她轻声说,脑海中浮现许久之前她跟他说出这三个字的光景。那时她很年轻,很耀眼。

"我也爱你,"他哽咽地说,"从见到你的那一刻,我就爱上你了。我以为我在保护你,所以没有跟你表白。如果我早点知道……"

生命是如此脆弱,如此不堪一击。

爱。

万事始于爱,也因爱告终。爱是基石,爱是穹顶,爱是飘扬在其间的空气。她的心灵残破,容貌丑陋,但这些都不要紧。他爱她,她也爱他。终其一生,她始终等待、始终期盼人们的爱,但此刻她明了什么是真正重要的。她已经懂了爱,也受到了爱的庇护。

爸爸。妈妈。苏菲。

安托万。米雪儿。安露。亨利。贾约丹。薇安。

她的目光飘过贾约丹,望向姐姐。姐姐是另一半的她。记得妈妈曾经告诉她们,有朝一日,她们会是彼此的挚友,时光会把她们的生活串联在一起。

薇安点点头,她也哭了,一只手搁在隆起的腹部。

别忘了我,伊莎贝尔心想。她希望自己有力气说出口。

39

一九九五年五月七日,法国某地

飞机机舱的灯光忽然一亮。

叮——

我听到机舱广播的声响,知会大家飞机已开始降落,即将抵达巴黎。

朱利安靠过来,调整一下我的安全带,确定椅背已经竖直,没有危险。

"妈,再次降落巴黎,感觉如何?"

我不知道怎么回答。

几个钟头后,我身旁的电话响起。

接起电话时我依然半睡半醒:"你好?"

"嗨,妈,你还在睡吗?"

"是啊。"

"现在是下午三点。你想什么时候离开旅馆,参加你们的联欢会?"

"我们在巴黎走走吧,我一小时之内可以出门。"

"我来接你。"

我慢慢爬下那张跟内布拉斯加州一样巨大的床,走向铺满大理石的浴室。洗个热水澡后,我的精神稍微振奋,感觉恢复正常,但直到坐在梳妆台前,凝视着镜缘发光的椭圆镜、瞥见镜中的自己时,我才赫然醒悟。

我回家了。

我是美国公民,在美国也待了大半辈子,远超过我待在法国的时间。但老实说,这些都无关紧要,我回家了。

我仔细地上妆,把雪白的头发往后梳,伸出不停颤抖的双手,在颈背上扎个发髻。我凝视镜面,看到一个优雅的老太太,她松软的肌肤布满皱纹,粉浅的双唇闪闪发亮,眼神中带着忧虑。

我只能做到这样。

我从镜子前面退开,走到衣柜旁,拿出带来的纯白长裤和纯白套头毛衣。我忽然想到,纯白或许不是最佳选择,但打包的时候没有多想。

朱利安来接时,我已经准备好了。

他带着我走到长廊上,搀扶着我,好像我眼睛失明、行动不便,我由着他,让他带我走过高雅的大厅,踏入巴黎春天梦幻的光影中。

但当他请旅馆大厅的侍者帮我们叫车时,我坚决地说:"我们散步过去吧。"他眉头一皱。"但是会场在市中心的西堤岛。"

他说西堤岛的发音令我摇头,但说真的,这得怪我。

我看到侍者微微一笑。

"我儿子喜欢地图,"我说,"而且他没来过巴黎。"

侍者点点头。

"妈,很远噢,"朱利安边说边走过来,站到我身旁,"而且你……"

"上了年纪?"我忍不住一笑,"我可是法国人呢。"

"你穿着高跟鞋。"

我又说了一次:"我可是法国人呢。"

朱利安转头看看侍者,侍者举起戴着手套的双手,说:"这就是人生。"

"好吧,"朱利安终于说,"我们步行。"

我挽着他的手臂,走向熙攘的人行道,在那美好的一刻,我仿佛回到少女时代。车辆从我们身旁飞驰而过,喇叭按得震天响;午后清朗,风和日丽,男孩们溜着滑板,穿梭于如织的观光客和巴黎人之间。栗树繁花怒放,花香、刚出炉的面包、肉桂、柴油、汽油废气、艳阳下的石头,这些飘散在空中的气味,始终让我想到巴黎。

右手边,我看到妈妈最喜欢的糕饼坊,回忆顿时涌上心头:我想起妈妈把一个马卡龙掰开,分给我一半。

"妈?"

我对他微微一笑。"来!"我急切地说,带着他走进那家小小的糕饼坊。好多人排队,我站到队伍的最后头。

"我以为你不喜欢糕饼。"

我不理会,盯着玻璃柜里一排排色泽鲜艳的马卡龙和巧克力羊角面包。

轮到我的时候,我买了两个马卡龙,一个椰子口味,一个覆盆莓口味。我把手伸进纸袋里,掏出椰子口味的马卡龙递给朱利安。

我们走出糕饼坊,继续前进,他咬了一口马卡龙,立刻止步。"哇!"过了一分钟后发出赞叹,然后心满意足地再说一次,"哇!"

我微微一笑。每个人都记得自己在巴黎品尝的第一口美食,这是他的初体验。他舔舔手指,扔掉纸袋,再度挽着我的手臂。

走着走着,我们经过一家漂亮的小餐馆,我说:"我们休息一下,喝杯小酒吧。"刚过五点,正好轻松地喝杯鸡尾酒。

我们选了一个露天座位,坐在花团锦簇的栗树下。马路对面,小贩们沿着河边架起一个个绿色的小亭,贩卖各式各样的商品,油画、古早的时尚杂志封面、埃菲尔铁塔钥匙圈,应有尽有。

我们分享一份油滋滋、装在锥形纸杯里的薯条,啜饮美酒。一杯喝完再喝一杯,午后逐渐变成微暗的黄昏。

我已经忘了巴黎的时光多么悠闲。没错,巴黎是个生气勃勃的大都会,但城市中自有静谧,让你不知不觉安静下来。人在巴黎,葡萄酒一杯在手,你可以就这么无所事事。

塞纳河沿岸,街灯一一亮起,家宅门窗闪闪烁烁。

"七点了。"朱利安说,我这才意识到他从头到尾都注意着时间。真是百分之百的美国人。

我家这个年轻的小伙子绝不闲着,总是顾着别人。他有耐心地等着我调整好自己。

我点点头,看着他付账。我们起身时,一对衣着入时的情侣抽着烟,悠闲地过来坐到我们的座位上。

朱利安和我手挽着手走到塞纳河上的新桥,从这座巴黎历史最悠久的石桥远远望去就是西堤岛。灰白的圣母院直入云霄,望似羽翼大张、伺机掠食的巨鸟。塞纳河捕捉了沿岸的灯光,漆黑的河水映着点点光影，晶莹闪烁，波光粼粼。

"好梦幻。"朱利安说，这话一点都没错。

我们慢慢前进，走过这座四百余年历史的优美石桥。过桥后，我们看到一个小贩正在收拾他的流动摊位。

朱利安停下来，拿起一个古董雪花球，轻轻一摇，球中的雪花纷纷飘落、回旋飞舞，遮掩了精雕细琢、闪闪发光的埃菲尔铁塔。

我看着微小的雪花，明知全都是人造的，但依然想起那些大雪纷飞、凄惨萧条的冬季：鞋子破了洞，裹着旧报纸御寒，把每一件找得到的衣物全都穿在身上。

"妈？你在发抖。"

"我们要迟到了。"我说。朱利安放下古董雪花球，我们再度上路，走过一群群等着进入巴黎圣母院的游客。

旅馆在圣母院后面的一条巷子里，隔壁就是巴黎历史最悠久的主宫医院。

"我害怕。"我说，话一出口，自己都感到讶异。记忆中，我已经好多年不曾坦承类似心绪，即使这种感觉确实存在。四个月前，当他们说我的癌症再度复发时，我心里好害怕，一边冲澡一边哭泣，哭到水都变凉。

"我们不一定非得进去。"他说。

"不，我们非得进去。"

我跨出一步，再跨一步，直到置身旅馆大厅，大厅有个牌示，指引我们前往四楼的宴会厅。

走出电梯，我听到有个男人正透过麦克风说话，音量变大，却也含混不清。宴会厅外面的走廊上摆了一张桌子，一张张名牌在桌上一字排开，让我想起以前一个电视节目《专注》①。大部分的名牌已被取走，但我的还在桌上。

还有一个我认识的名字，那张名牌搁在我的名牌下方。一看到那个名字，心中微微紧缩，百感交集。我伸手拿取名牌，撕去背后的胶纸，贴在我瘦巴巴的胸前，但从头到尾始终盯着那个名字。我拿起那张名牌，低头凝视。

"夫人！"坐在桌子后面的女子说。她站起来，看起来有点结巴。"我们一直等候您的到来。您的座位在……"

"没关系，我站在宴会厅后头就行了。"

"别这么说。"她挽住我的手臂，我想婉拒，但实在没有心情。宴会厅里坐满了人，人人坐在折叠椅上，她带着我穿过人群，走向讲台。台上坐着三位老太太，一名年轻男子站在麦克风前，他穿了蓝色休闲西装和卡其裤，西装皱巴巴——不消说，肯定是美国人。一看到我走进来，他马上停止说话。

宴会厅一片沉静，我感觉每个人都看着我。

我慢慢走过讲台上其他几位老太太，在音箱旁边的空椅坐下。麦克风前的男子看着我说："今晚我们有位特别的嘉宾。"

我看到朱利安站在宴会厅的另一头，手臂交叉在胸前，他倚着墙壁，皱起眉头。他一定不明白为什么竟然有人邀我坐上讲台。

"您想跟大家说说话吗？"

那名男子问了我两次，我才意识到他在问我。

---

① 《专注》（Concentration），美国的一个益智节目，一九五八年开播，一九九一年停播，两位参赛者专注在屏幕上三十张号码牌，屏幕其实是一幅拼图，参赛者凭着记忆力帮号码牌配对，若配对成功，号码牌会消失，出现拼图的一部分，谁先猜出拼图的全貌，谁就获胜。

/ 510

宴会厅里好安静，我甚至可以听见椅子吱吱嘎嘎，观众们轻踏地毯，女士们帮自己扇风。我想说："不，不，不是我。"但我怎能如此怯懦？

我慢慢站起来，走到麦克风前。整理思绪时，我望向台上三位老太太，看到她们的名字：阿玛朵拉、伊莲、安露。

我紧紧抓住木头讲桌的桌缘。"我的妹妹伊莎贝尔是个充满热情的女子，"我轻声说道，"她每一件事都铆足了劲去做，而且是全速前进，毫不迟疑。她小时候，我们无时无刻地担心她。她经常从寄宿学校、修道院、女子精修学院逃跑，从窗户偷溜出去，跳上火车。我觉得她莽撞、不负责任，漂亮得让人几乎无法直视。大战时，她利用我这些看法欺瞒我。她说要到巴黎私会情人，而我竟然相信她。"

"我竟然相信她。即使时隔多年，我想起来依然有点伤心。我应该知道她追随的不是情人，而是理念，我应该意识到她在进行某项重要的工作。"我暂且闭上眼睛，回想往事：伊莎贝尔跟贾约丹站在一起，她的手臂环抱着他，眼睛注视着我，泪光闪烁，盈满爱意，然后合上双眼，喃喃说了一些我们都听不到的话语，在那个深爱着她的男人怀里咽下最后一口气。

当时，我看到的是那一幕怀藏的哀愁；如今，我看到的是那一幕显现的纯美。

我记得那一刻的每一个细节：我家的后院中，紫杉的枝干在我们的头顶上延展，空中飘散着茉莉花的清香。

我低头看看手中的那张名牌。

苏菲·莫里亚克。

我娇美的爱女。日后，她长大成人，庄重慎思，成熟稳重，始终在我身边团团转,为我挂念,为我操心,像一只护卫小鸡的母鸡。历经我们所承受的一切之后,她对周遭始终抱持些许畏惧,我看在眼里,十分不忍。但是我的苏菲,她知道怎么爱。当癌症的病魔找上她,她不畏惧。临终时,我握着她的手,她闭上眼睛,喃喃说道:"阿姨……你在这里啊。"

如今,她们都等着我,再过不久,我将与我的妹妹、我的女儿重逢。

我强迫自己从名牌上移开视线,再度看看台下的观众。他们不在乎我已热泪盈眶。"伊莎贝尔、我父亲朱利安·罗西诺和他们的一群朋友策划执行'夜莺'计划,他们齐心协力,解救了一百一十七位飞行员的性命。"

我用力吞了一口口水。"伊莎贝尔和我在战时不常交谈。为了保护我免受牵累,她刻意避开我。因此,直到她从拉文斯布吕克集中营返回家中,我才知道伊莎贝尔做的一切。"

我拭去泪水。此刻再也没有任何一张椅子发出声响,再也没有任何人轻踏地毯。观众们动也不动,凝视着我。我看到站在后头的朱利安,他沉思默想,英俊的脸庞充满困惑。对他而言,这一切全都前所未闻。有生以来,他头一次明了我们之间的鸿沟,而不是我和他的母子情谊。此刻我不只是他的妈妈、他的亲人,我是个有着另一面的女人,他不太确定该如何看我。"那个从集中营幸存的女子,不再是那个逃过图尔轰炸、攀越比利牛斯山的女子。那个返回家中的伊莎贝尔身心受创,生了重病。她对很多事都没有把握,但对自己的作为毫不怀疑。"我看看坐在我前面的人们。"过世前的一天,她跟我一起坐在树荫下,握住我的手,说:'姐,对我而言,这样就够了。'我说:'怎样就够了?'她说:

'我这辈子,这样就够了。'

"她说得没错。我知道她救了在场一些男士的性命,但我知道你们也救了她。伊莎贝尔·罗西诺辞世时是英雄,也是坠入情网的女人。她绝对不会选择另一条路,她只希望有人记得她。因此,我代她致上最诚挚的谢意,谢谢诸位为她的生命赋予意义,激发她生命中最美的一面,多年以来始终记得她。"

我放开桌缘,往后退一步。

观众们猛然站起,疯狂鼓掌。我看到好多上了年纪的人哭了,忽然意识到这些人是飞行员们的家人。每一个她解救的飞行员返乡之后各组家庭,换言之,一个勇敢的女孩、她的父亲、他们的一群朋友,造就了更多生命。

接下来,人群有如龙卷风般涌来,宴会厅里的每个人都想亲自向我致谢,跟我分享伊莎贝尔和爸爸对他们的意义多么重大,拉着我一起照相。到了某个时候,朱利安稳稳地站到我身旁,多少成了我的保镖。我听到他说:"看来我们有好多事得聊聊。"我点点头,紧抓着他的胳臂,继续往前走。我尽量为妹妹担任亲善大使,沿途接纳她受之无愧的谢意。

我们快要穿过人群时,我听到有人说:"你好,薇安。"声音听来耳熟。

大家开始走向吧台喝杯小酒,人群渐渐散去

即使过了这么多年,我依然认得出那双眼睛。贾约丹。他比我记忆中矮小,有点佝偻,小麦色的脸颊印上年岁和天候的刻痕。他的头发长了,几乎披到肩膀,而且跟栀子花一样雪白,但我依然在哪里都认得出他。

"薇安,"他说,"我想让你见见我的女儿。"他把手往后伸,拉住一个年轻女孩，女孩穿了一件剪裁合身、时髦高雅的黑色洋装，系着一条亮丽的粉红色围巾，深具古典美。她面带微笑地走向我，好像我俩是朋友。

"我是伊莎贝尔。"她说。

我紧紧靠向朱利安的臂膀。我在心里自问，贾约丹知不知道这个小小的追念之举，对伊莎贝尔的意义是多么重大。

他当然知道。

他靠过来，在我的脸颊两侧各印上一吻，抽身时，轻声对我说："我一辈子都爱着她。"我们又聊了几分钟，没说什么，只是闲聊，然后他才离开。

我忽然感到疲惫。我挣脱儿子牢牢的掌握，走过人群，朝着安静的阳台走去，踏入漆黑之中。圣母院的灯光亮起，银闪闪的灯光，为塞纳河漆黑的河水上了颜色。我可以听到河水拍打岩石、船缆发出吱吱嘎嘎的声响。

朱利安走到我身旁。

"嗯，"他说，"这么说来，你妹妹，也就是我阿姨，被关到德国的集中营，因为她研拟出一条逃脱路径，解救飞机被击落的飞行员，这也意味着她必须攀越比利牛斯山脉？"他把这件事说得像是壮举，而这件事也确实英勇。

"为什么我从来没听过这些？不但没听你提过，姐姐也从来不说，天啊，我甚至不知道人们攀越山脉脱逃，或纳粹设立集中营专门囚禁参加抗争的女性。"

"男人讲述事迹，"我说，这是我想得出最真切、最简单的答复，"女人继续过日子。对我们而言，那是一场虚幻的战争。战争结束时，没有人为我们办游行，我们没有获颁勋章，历史教科书里也没有提到我们。大战时，我们做了必须做的事；大战后，我们收拾残局，重新来过。你姐姐跟我一样迫切地想忘掉过去，而我也顺着她，说不定这是我犯下的另一个错误，说不定我跟你姐姐应该好好谈一谈。"

"嗯，这么说来，伊莎贝尔阿姨离家解救飞行员，爸爸是战俘，你一个人被留下来照顾姐姐。"

我知道他已用不同的眼光看我，暗自猜想还有多少事情他不知道。"妈，你在战时做了什么？"

"我活了下来。"我轻声说。坦承说出之后，我忽然非常想念苏菲，几乎超越自己所能承受。因为我们活了下来，没错，我们母女守在一起，克服万难，熬过了一切。

"那可不容易。"

"的确不容易。"我不知不觉说了真话，连自己都感到讶异。

忽然间，我们母子互看一眼，他的目光带着外科医生的精准，什么都不遗漏，我新冒出来的皱纹、我的心跳略快、喉咙凹处的青筋不停跳动，全都被他看在眼里。

他摸摸我的脸颊，温柔地笑笑。唉，我的小儿。"妈，你以为你的过去会改变我对你的感觉？你真的这么想吗？"

"莫里亚克太太？"

有人打断我们的谈话，真是万幸。那是个我不想回答的问题。

我转头，看到一个英俊的小伙子等着跟我讲话。他是美国人，但不是一眼就看得出来。他少白头，头发剪得非常短，戴着一副名家设计的眼镜，说不定是个纽约客。他穿着剪裁合身的黑色休闲西装外套和昂贵的白衬衫，搭配水洗牛仔裤。我往前一步，准备跟他握手，他也往前一步，伸出一只手，两人不约而同在同一时间做着同一件事。我们的目光相遇，我竟然踩空了一步，没错，只是踩空了一步，到了我这把年纪，早已不晓得踩空了多少步，但朱利安在旁边扶住我。"妈？"

我盯着眼前这名男子。在他身上，我看见那个我曾深爱的小男孩和那个曾是我挚交的女子。"艾瑞尔·德·尚普兰。"我说，他的名字恍若耳语，宛如祷词。

他把我抱在怀里，紧紧拥抱我，回忆一一浮现心头，当他终于松手，我们都已泪流满面。

"我始终没有忘记你和苏菲，"他说，"他们叫我忘了你们，我试了，但办不到。我找了你们好多年。"

我又感到心中一阵紧缩。"苏菲大约十五年前过世了。"

艾瑞尔移开目光，然后轻轻地说："她那只毛绒玩具熊陪了我好多年。"

"贝贝。"我说，想起了那只熊宝宝。

艾瑞尔把手伸进口袋里，掏出那张我和蕾秋的合照。"我大学毕业的时候，妈妈把这张照片交给我。"

我噙着泪水，低头凝视照片。

"你和苏菲救了我一命。"艾瑞尔一本正经地说。

我听到朱利安深深吸口气，也知道这意味着他想问更多问题。

"艾瑞尔的母亲是我最要好的朋友，"我说，"当蕾秋被遭送到奥斯维辛集中营，我把他藏在我们家，即使当时有个纳粹寄宿在家里。那种情况相当……让人害怕。"

"你妈妈太谦虚了，"艾瑞尔说，"战争期间，她救了十九位犹太儿童。"

我在儿子的目光中看到怀疑与讶异，他那副不可置信的神情让我不禁微微一笑。在孩子的眼中,我们是如此不完美。

"我也姓罗西诺,"我轻声说,"我以自己的方式担任'夜莺'。"

"而且活了下来。"艾瑞尔补了一句。

"爸爸知道吗?"朱利安问。

"你爸爸……"我暂不作声,深深吸口气。你爸爸。就是这个秘密,让我隐瞒了一切。

我花了一辈子逃离它,试图将它抛在脑后,但现在我看得出根本无此必要。

无论从哪一个层面而言,安托万都是朱利安的父亲。决定父子关系的不是血缘,是爱。

我摸摸他的脸颊,凝视着他。"你让我重新燃起生机,朱利安。我见证了种种丑恶,但当把你抱在怀里,我感觉自己又可以吸呼。我又可以爱上你爸爸。"

直到这一刻,我才意识到这话确实不假。朱利安把我拉了回来。在那段充满沮丧和绝望的日子里,他的诞生是个奇迹。他让我、安托万和苏菲又成了一家人。我用爸爸的名字给他命名,苏菲也实现了她始终想要当姐姐的心愿,只不过爸爸已经辞世,我太迟才明白怎么爱他。

我终究会把我一生的故事告诉儿子。回忆总会勾动哀伤,但也会激发喜悦。

"你会把每一件事情都告诉我吗?"

"几乎每一件事,"我面带微笑说,"一个法国女人必须拥有秘密。"而我会……我会保留其中一个。

我对他们微笑,这两个男孩啊,他们原本都令我崩溃,但不知怎么地,他们都以自己的方式解救了我。因为他们,我才明白了什么值得重视。要紧的不是我失去了什么,而是心里的往事。伤痛总会愈合。爱持久不衰。

  我们迄今犹存。

致 谢

这本小说是爱的心血结晶，我也像分娩中的女子，经常不知所措，深切体会"拜托，帮帮忙，怎么会这样，帮我麻醉吧"的绝望，但奇迹似的，最后一切顺利，圆满落幕。

一本书若要展现潜力、寻获读者，真的必须劳师动众，仰赖一群A型人格、孜孜不倦、专心致志的友人。在二十余年的写作生涯中，我的作品受到一些杰出友人的支持与拥护，我想花些篇幅感谢对我影响至深的诸位，这是我早该做的事。

苏珊·彼得森·肯尼迪、里奥娜·纳福勒、琳达·格雷、伊莉莎·维尔斯、罗博·科恩、奇普·吉布森、安德鲁·马丁、简·博济、梅格·卢雷、吉娜·森屈罗、琳达·马洛和金·霍维，谢谢你们在我相信自己前就相信我。尤其是安·帕蒂，谢谢你改变了我的事业轨道，帮助我找到自己的声音。

谢谢圣马丁学院和麦克米兰学院的诸位人士。各位的支持与热忱对我的事业和写作影响甚巨。

萨利·理查德，谢谢你无止无休的热忱和恒久不变的友情。我那令人赞叹的编辑詹妮弗·恩德林，谢谢你敦促我交出最好的成绩，你真行！一并感谢莉森·拉扎勒斯、安妮·玛丽·塔尔伯格、莉莎·森兹、多丽·温特劳布、约翰·墨菲、特蕾西·盖斯特、马丁·奎因、杰夫·凯普秀、丽萨·托马塞洛、伊丽莎白·卡塔拉诺、咖色林·帕里塞、苏珊·约瑟夫、阿斯特拉·贝尔金斯加斯以及最耀目、最具天赋的迈克尔·斯托灵思。

人们常说写作是个寂寞的行业，确实如此，但写作也可能是场趣味横生的派对，派对中四处可见聪颖、风趣、令人赞叹的宾客，他们以特定的方式发言，像少有人懂的速记。我有几位非常特别的朋友，他们在我需要扶持时伸出援手，在我需要喝杯小酒时不吝帮我倒杯龙舌兰，与我一同庆祝最微小的成就。首先谢谢我长久以来的经纪人安德莉亚·西里洛，老实说，若是没有你，我不可能办得到。更重要的是，我说不定根本没有意愿。梅根·钱斯，谢谢你手执红笔，不假辞色地阅读我的初稿与定稿，在此献上由衷的谢意，若没有你跟我合作，绝对不可能有今日的我。吉尔·玛丽·兰蒂斯，谢谢你今年为我上了宝贵的写作课，你的指导造就了《夜莺》。

我也想趁此机会谢谢作家朋友塔提娜·德·罗思奈，写作《夜莺》时，她的慷慨相助有如一件料想不到的赠礼。她百忙中抽空帮我查证，确保《夜莺》贴近史实。我永远感激。当然，若有任何疏漏或是基于创意不得不然的逾矩，我应该负全责。

感谢犹太人大屠杀教育研究中心主任玛瑞安·克兰·卡森诺夫博士，以及迈阿密大学珊瑚岛校区的科拉尔·盖布尔，谢谢你们提供宝贵的协助。

最后当然必须谢谢我的家人：本杰明、塔克、凯莉、萨拉、劳伦斯、黛比、肯特、朱莉、麦肯锡、劳拉、卢卡斯、罗根、弗兰克、托尼、雅基、达娜、道格、凯蒂以及莱斯利。你们都是说故事的高手。我爱你们。

图书在版编目（CIP）数据

夜莺 /（美）克莉丝汀·汉娜著；施清真译 . — 北京：北京联合出版公司, 2021.11（2022.4 重印）
ISBN 978-7-5596-5416-8

Ⅰ. ①夜… Ⅱ. ①克… ②施… Ⅲ. ①长篇小说－美国－现代 Ⅳ. ① I712.45

中国版本图书馆 CIP 数据核字（2021）第 146618 号

北京市版权局著作权合同登记 图字：01-2021-4538
THE NIGHTINGALE BY KRISTIN HANNAH
Copyright: ©2015 BY KRISTIN HANNAH
This edition arranged with JANE ROTROSEN AGENCY LLC
through BIG APPLE AGENCY, LABUAN, MALAYSIA.
Simplified Chinese edition copyright:
2021 Beijing Guangchen Culture Communication Co., Ltd
All rights reserved.

夜莺

作　　者：[美] 克莉丝汀·汉娜
译　　者：施清真
责任编辑：徐　樟
出版统筹：慕云五　马海宽
项目监制：孙淑慧
产品经理：大　风
封面设计：朱　琳

北京联合出版公司出版
（北京市西城区德外大街 83 号楼 9 层　100088）
北京联合天畅文化传播公司发行
三河市中晟雅豪印务有限公司印刷　新华书店经销
字数 370 千字　880 毫米 ×1230 毫米　1/32　16.5 印张
2021 年 11 月第 1 版　2022 年 4 月第 5 次印刷
ISBN 978－7－5596－5416－8
定价：68.00 元

版权所有，侵权必究
未经许可，不得以任何方式复制或抄袭本书部分或全部内容
本书若有质量问题，请与本公司图书销售中心联系调换。电话：010-64258472-800